莎士比亚
经典戏剧全集 Ⅳ

The Complete Works of
Shakespeare's Classical Dramas

【英】威廉·莎士比亚 / 著

朱生豪 / 译

北方文艺出版社

目 录

泰特斯·安德洛尼克斯　001
罗密欧与朱丽叶　085
裘力斯·凯撒　191
哈姆雷特　281

泰特斯·安德洛尼克斯

剧中人物

萨特尼纳斯　罗马前皇之子，后即位称帝
巴西安纳斯　萨特尼纳斯之弟，与拉维妮娅相恋
泰特斯·安德洛尼克斯　征讨哥特人之罗马大将
玛克斯·安德洛尼克斯　护民官，泰特斯之弟

路歇斯
昆塔斯
马歇斯
缪歇斯
} 泰特斯·安德洛尼克斯之子

小路歇斯　路歇斯之幼子
坡勃律斯　玛克斯·安德洛尼克斯之子

辛普洛涅斯
卡厄斯
凡伦丁
} 泰特斯之亲族

伊米力斯　罗马贵族

阿拉勃斯
狄米特律斯
契　伦
} 塔摩拉之子

艾伦　摩尔人，塔摩拉之嬖奴
哥特将士，罗马将士等

塔摩拉　哥特女王
拉维妮娅　泰特斯·安德洛尼克斯之女
乳媪，黑婴

　　元老、护民官、将官、兵士、侍从、使者、乡人及罗马人民等

地　点

　　罗马及其附近郊野

第一幕

第一场　罗马

安德洛尼克斯家族坟墓遥见。护民官及元老等列坐上方；萨特尼纳斯及其党徒自一门上，巴西安纳斯及其党徒自另一门上，各以旗鼓前导。

萨特尼纳斯　尊贵的卿士们，我的权利的保护人，用武器捍卫我的合法的要求吧；同胞们，我的亲爱的臣僚，用你们的宝剑争取我的继承的名分吧：我是罗马前皇的长子，让我父亲的尊荣在我的身上继续，不要让这时代遭受非礼的侮蔑。

巴西安纳斯　诸位罗马人，朋友们，同志们，我的权利的拥护者，要是巴西安纳斯，凯撒的儿子，曾经在尊贵的罗马眼中邀荷眷注，请你们守卫这一条通往圣殿的大路，不要让耻辱玷污皇座的尊严；这一个天命所集的位置，是应该为秉持正义、淡泊高尚的人所占有的。让功业德行在大公无私的选举中放射它的光辉；罗马人，你们的自由能否保全，在此一举，认清你们的目标而奋斗吧。

玛克斯·安德洛尼克斯捧皇冠自上方上。

玛克斯　两位皇子，你们各拥党羽，雄心勃勃地争取国柄和皇座，我们现在代表民众告诉你们：罗马人民已经众口一词，公举素有忠诚之名的安德洛尼克斯作为统治罗马的君王，因为他曾经为罗马立下许多丰功伟绩，在今日的邦城之内，没有一个比他更高贵的男子，更英勇的战士。他这次奉着元老院的召唤，从征讨野蛮的哥特人的辛苦的战役中回国；凭着他们父子使敌人破胆的声威，已经镇伏了一个强悍善战的民族。自从他为了罗马的光荣开始出征、用武力膺惩我们敌人的骄傲以来，已经费了十年的时间；他曾经五次流着血护送他战死疆场的英勇的儿子们的灵柩回到罗马来；现在这位善良的安德洛尼克斯，雄名远播的泰特斯，终于满载着光荣的战利品，旌旗招展，奏凯班师了。凭着你们所希望克绳遗武的先皇陛下的名义，凭着你们在表面上尊崇的议会的权力，让我们请求你们各自退下，解散你们的随从，用和平而谦卑的态度，根据你们本身的才德，提出你们合法的要求。

萨特尼纳斯　这位护民官说得很好，他使我的心安静下来了！

巴西安纳斯　玛克斯·安德洛尼克斯，我信任你的公平正直；我敬爱你，也敬爱你的高贵的兄长泰特斯和他的英勇的儿子们，我尤其敬爱我所全心倾慕的温柔的拉维妮娅，罗马的贵重的珍饰；我愿意在这儿遣散我的亲爱的朋友们，把我的正当的要求委之于命运和人民的意旨。（巴西安纳斯党羽下。）

萨特尼纳斯　朋友们，谢谢你们为了我的权利而如此出力，现在你们都退下去吧；我把自身的利害、正义的存亡，都信托于祖国的公意了。（萨特尼纳斯党羽下）罗马，正像我对你深信不疑一样，愿你用公平仁爱的精神对待我。开门，让我进来。

巴西安纳斯　各位护民官，也让我这卑微的竞争者进来。（喇叭奏花腔；萨特尼纳斯、巴西安纳斯二人升阶入议会。）

——将官上。

将官 罗马人，让开！善良的安德洛尼克斯，正义的保护者，罗马最好的战士，已经用他的宝剑征服罗马的敌人，带着光荣和幸运，战胜回来了。

鼓角齐鸣；马歇斯及缪歇斯前行，二人抬棺，棺上覆黑布，路歇斯及昆塔斯随后。泰特斯·安德洛尼克斯领队，率塔摩拉、阿拉勃斯、契伦、狄米特律斯、艾伦及其他哥特俘虏续上，兵士人民等后随。抬棺者将棺放下，泰特斯发言。

泰特斯 祝福，罗马，在你的丧服之中得到了胜利的光荣！瞧！像一艘满载着珍宝的巨船回到它最初启碇的口岸一样，安德洛尼克斯戴着桂冠，用他的眼泪，因生还罗马而流下的真诚的喜悦之泪，向他的祖国致敬了。这一座圣殿的伟大的保卫者啊，仁慈地鉴临着我们将要举行的仪式吧！罗马人，我曾经有二十五个勇敢的儿子，普里阿摩斯王诸子的半数，瞧，现在活的死的，一共还剩多少！这几个活着的，让罗马用恩宠报答他们；这几个新近战死的，我要把他们葬在祖先的坟地上；哥特人已经允许我把我的宝剑插进鞘里了。泰特斯，你这不慈不爱的父亲，为什么你还不把你的儿子们安葬，害他们在可怕的冥河之滨徘徊？让他们长眠在他们兄弟的身旁吧。（开墓）沉默地会晤你们的亲人，平静地安睡吧，你们是为祖国而捐躯的！啊，埋藏着我所喜爱者的神库，正义和勇敢的美好的巢穴，你已经容纳了我多少个儿子，你是再也不会把他们还给我的了！

路歇斯 把哥特人中间最骄贵的俘虏交给我们，让我们砍下他的四肢，在我们兄弟埋骨的坟墓之前把他烧死，作为献祭亡灵的礼品；让阴魂可以瞑目地下，不至于为祟人间。

泰特斯 我把生存的敌人中间最尊贵的一个交付给你，这位痛苦的女王的长子。

塔摩拉　且慢，罗马的兄弟们！仁慈的征服者，胜利的泰特斯，怜悯我所挥的眼泪，一个母亲为了哀痛她的儿子所挥的眼泪吧！要是你曾经爱过你的儿子，啊！请你想一想我的儿子对于我也是同样亲爱的。我们已经成为你的囚人，屈服于罗马的威力之下，被俘到罗马来，夸耀你的光荣的凯旋了；难道这还不够，还必须把我的儿子们屠戮在市街上，因为他们曾经为他们自己的国家出力吗？啊！要是在你们国中，为君主和国家而战是一件应尽的责任，那么在我们国中也是一样的。安德洛尼克斯，不要用鲜血玷污你的坟墓。你要效法天神吗？你就该效法他们的慈悲；慈悲是高尚人格的真实标记。尊贵的泰特斯，赦免我的长子吧！

泰特斯　您忍耐点儿吧，娘娘，原谅我。这些已死的都是他们的兄弟，你们哥特人曾经看见他们怎样以身殉国；现在他们为了已死的兄弟诚心要求一件祭礼，您的儿子已经被选中了，他必须用一死安慰那些愤懑的幽魂。

路歇斯　把他带下去！立刻生起火来；在一堆木柴之上，让我们用宝剑肢解他的身体，直到烈火把他烧成一堆焦炭。（路歇斯、昆塔斯、马歇斯、缪歇斯牵阿拉勃斯下。）

塔摩拉　啊，残酷的、伤天害理的行为！

契伦　西徐亚的土人有他们一半野蛮吗？

狄米特律斯　不要把西徐亚和野心的罗马相比。阿拉勃斯去安息了，我们这些未死的囚徒，只有在泰特斯的狰狞的目光下战栗。所以，母亲，我们还是坚决地希望着，那曾经帮助特洛伊王后向色雷斯的暴君复仇①的天神们,也会照顾哥特人的女王塔摩拉,向她的敌人报复血海深仇。

    路歇斯、昆塔斯、马歇斯、缪歇斯各持血剑重上。

路歇斯 瞧,父亲,我们已经举行了我们罗马的祭礼。阿拉勃斯的四肢都被我们割了下来,他的脏腑投在献祭的火焰之中,那烟气像燃烧的香料一样熏彻天空。现在我们只要送我们的兄弟入土,高鸣号角欢迎他们回到罗马来。

泰特斯 很好,让安德洛尼克斯向他们的灵魂作这一次最后的告别。(喇叭吹响,棺材下墓)在平和与光荣之中安息吧,我的孩子们;罗马的最勇敢的战士,这儿你们受不到人世的侵害和意外的损伤,安息吧!这儿没有潜伏的阴谋,没有暗中生长的嫉妒,没有害人的毒药,没有风波,没有喧哗,只有沉默和永久的睡眠;在平和与光荣之中安息吧,我的孩子们!

    拉维妮娅上。

拉维妮娅 愿泰特斯将军在平安与光荣之中安享长年;我的尊贵的父亲,愿你活着受到世人的景仰!瞧!在这坟墓之前,我用一掬哀伤的眼泪向我的兄弟们致献我追思的敬礼;我还要跪在你的足下,用喜悦的眼泪浇洒泥土,因为你已经无恙归来。啊!用你胜利的手为我祝福吧!

泰特斯 仁慈的罗马,感谢你温情的庇护,为我保全了这一个暮年的安慰!拉维妮娅,生存吧;愿你的寿命超过你的父亲,你的贤淑的声名永垂不朽!

    玛克斯·安德洛尼克斯及众护民官、萨特尼纳斯、巴西安纳斯及余人等重上。

---

 ① 特洛伊王后之子波吕多洛斯被色雷斯王杀害;特洛伊城陷后,王后去复仇,挖去色雷斯王双目。

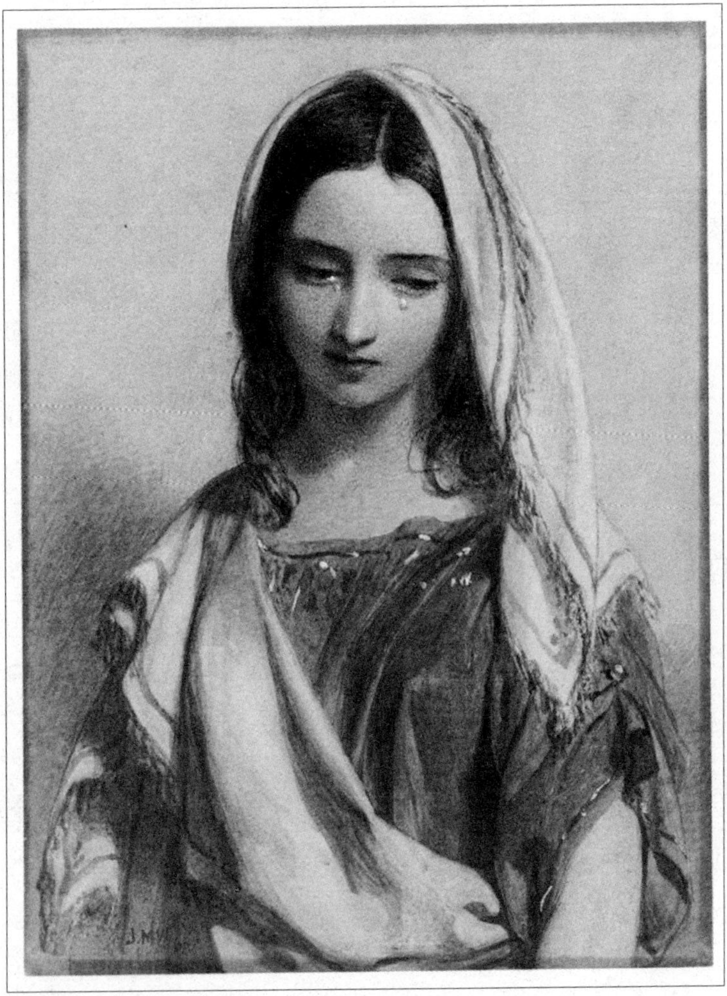

玛克斯　泰特斯将军，我的亲爱的兄长，罗马眼中仁慈的胜利者，愿你长生！

泰特斯　谢谢，善良的护民官，玛克斯贤弟。

玛克斯　欢迎，侄儿们，你们这些奏凯回来的生存的英雄和流芳万世的长眠的壮士！你们为国献身，国家一定会给你们同样隆重的褒赏；可是这庄严的葬礼，却是更肯定的凯旋，他们已经超登极乐，战胜命运的无常，永享不朽的美名了。泰特斯·安德洛尼克斯，你一向就是罗马人民的公正的朋友，他们现在推举我——他们所信托的护民官——把这一件洁白无疵的长袍送给你，并且提出你的名字，和这两位前皇的世子并列，作为罗马皇位的候选人。所以，请你答应参加竞选，披上这件白袍，帮助无主的罗马得到一个元首吧。

泰特斯　罗马的光荣的身体上不该安放一颗老迈衰弱的头颅。为什么我要穿上这件长袍，连累你们呢？也许我今天受到推戴，明天就会撒手长逝，那不是又要害你们多费一番忙碌吗？罗马，我已经做了四十年你的军人，带领你的军队东征西讨，不曾遭过败衄；我已经埋葬了二十一个在战场上建立功名、为了他们高贵的祖国而慷慨捐躯的英勇的儿子。给我一支荣誉的手杖，让我颐养我的晚年；不要给我统治世界的权标，那最后握着它的，各位大人，应该是一位聪明正直的君主。

玛克斯　泰特斯，你可以要求皇位，你的要求将被接受。

萨特尼纳斯　骄傲而野心勃勃的护民官，你有这个把握吗？

泰特斯　不要恼，萨特尼纳斯皇子。

萨特尼纳斯　罗马人，给我合法的权利。贵族们，拔出你们的剑来，直到萨特尼纳斯登上罗马的皇座，再把它们插入鞘中。安德洛尼克斯，我但愿把你送下地狱，要是你想夺取民众对我的信心！

路歇斯　骄傲的萨特尼纳斯，你还不知道光明磊落的泰特斯预备怎样照顾你，就这样口出狂言。

泰特斯　安心吧，皇子；我会使人民放弃他们原来的意见，使你重新得到他们的爱戴。

巴西安纳斯　安德洛尼克斯，我并不谄媚你，我只是尊敬你，我将要尊敬你直到我死去。要是你愿意率领你的友人加强我的阵营，我一定非常感激你；对于心地高尚的人，感谢是无上的酬报。

泰特斯　罗马的人民和各位在座的护民官，我要求你们的同意和赞助：你们愿意接受安德洛尼克斯的建议吗？

众护民官　为了使善良的安德洛尼克斯得到满足，为了庆贺他安返罗马，人民愿意接受他所赞助的人。

泰特斯　诸位护民官，我谢谢你们；我要向你们提出这个要求，请你们推戴你们前皇的长子萨特尼纳斯殿下践履皇位；我希望他的贤德将会普照罗马，就像日光照射大地一样，在这国土之上结成正义的果实。要是你们愿意听从我的建议，就请把皇冠加在他的头上，高呼"吾皇万岁"！

玛克斯　在全国人民不分贵贱一致的推戴拥护之下，我们宣布萨特尼纳斯殿下为罗马伟大的皇帝；萨特尼纳斯吾皇万岁！（喇叭奏长花腔。）

萨特尼纳斯　泰特斯·安德洛尼克斯，为了你今天推戴的功劳，我不但给你口头的感谢，还要用实际行动报答你的好意。我要光大你的荣誉和你的家族的盛名，泰特斯，第一步我要使拉维妮娅做我的皇后，罗马的尊严的女主人，我的意中的爱宠；我要在神圣的万神殿中和她举行婚礼。告诉我，安德洛尼克斯，这个建议使你满意吗？

泰特斯　是，陛下；蒙陛下不弃下婚，真是莫大的恩荣。当着罗马人民的面，我把我的宝剑、我的战车和我的俘虏，这些适合于呈奉罗马皇座的礼物，献给萨特尼纳斯，我们全体国民的君王和主帅，统治这一个广大的世界的皇帝。请陛下鉴纳愚诚，接受我这卑微的贡献。

萨特尼纳斯　谢谢你，尊贵的泰特斯，我的生命的父亲！罗马的历史上将要记载我是怎样地欣幸于得到你和你的礼物；要是有一天我会忘记这些无言可喻的伟大的勋绩中的最微细的部分，那时候，罗马人，忘记你们对我应尽的忠诚吧。

泰特斯　（向塔摩拉）现在，娘娘，您是一个皇帝的俘虏了；他将要按照您的尊贵的地位，给您和您的从者们适当的礼遇。

萨特尼纳斯　好一个绝色的佳人；要是让我重新选择，这才是我所要选择的配偶。美貌的王后，扫清你脸上的愁云吧；虽然一时的胜败改变了你的处境，你不会在罗马遭受侮辱，你在各方面都会得到优渥的待遇。相信我的话，不要让懊恼消沉你一切的希望；夫人，那能够使你享受比哥特人的女王更大的荣华的人在安慰你了。拉维妮娅，你听我这样说了，不会生气吗？

拉维妮娅　不，陛下；因为您真正高贵的品格向我保证这些话不过表示高尚的谦恭罢了。

萨特尼纳斯　谢谢，亲爱的拉维妮娅。罗马人，让我们走吧；这些俘虏都一起释放，不要他们的赎金。各位贤卿，吹起喇叭擂起鼓来，宣布我们今天的盛典。（喇叭奏花腔。萨特尼纳斯向塔摩拉做手势求爱。）

巴西安纳斯　泰特斯将军，恕我，这位女郎是属于我的。（夺拉维妮娅。）

泰特斯　怎么，殿下！您不是在开玩笑吗？

巴西安纳斯　不，尊贵的泰特斯；我已经下了决心，坚持我应有的权利。

玛克斯　物各有主,这位皇子夺回他自己的情人并不是非法逾分的行为。

路歇斯　只要路歇斯活在世上,谁也不能阻止他。

泰特斯　好一伙反贼,都给我滚开!皇上的卫队呢?反了,陛下!拉维妮娅被人抢走了。

萨特尼纳斯　抢走了!什么人敢把她抢走?

巴西安纳斯　把她抢走的,是一个有权利把他的未婚妻带到远离人世的地方去的人。(玛克斯及巴西安纳斯挟拉维妮娅下。)

缪歇斯　兄弟们,帮助他们护送她离开这地方,这一扇门归我仗剑把守。(路歇斯、昆塔斯、马歇斯同下。)

泰特斯　跟我走,陛下,我立刻就去把她夺回来。

缪歇斯　父亲,您不能打这儿通过。

泰特斯　什么!逆子,不让我在罗马通行吗?(刺缪歇斯。)

缪歇斯　救命,路歇斯,救命!(死。)

　　　　路歇斯重上。

路歇斯　父亲,您太狠心了;您不该在无理的争吵中杀了您的儿子。

泰特斯　你、他,都不是我的儿子;我的儿子决不会给我这样的羞辱。反贼,快把拉维妮娅还给皇上。

路歇斯　您可以叫她死,却不能叫她放弃原来的婚约另嫁旁人。(下。)

萨特尼纳斯　不,泰特斯,不;皇帝不需要她;她、你、你家里的人,我一个也用不着。我宁可信任一个曾经嘲笑我的人,可再也不愿相信你,或是你的叛逆傲慢的儿子们,你们都是故意这样串通了来羞辱我的。难道罗马没有别人,只有一个萨特尼纳斯是可以给人玩弄的吗?安德洛尼克斯,像这样的行为也会当着我的面干出来,怪不得你要向人夸口,说我的皇位是从你的手里讨来的了。

泰特斯　哎哟！这一番责备的话是从哪里说起！

萨特尼纳斯　去吧；去把那朝三暮四的东西给那为了她挥刀舞剑的家伙吧。恭喜你招到一位勇敢的女婿，你的不法的儿子们可以有一个打架的对手，扰乱罗马国境之内的安宁了。

泰特斯　这些话就像刺刀一样，刺痛了我的受伤的心。

萨特尼纳斯　所以，可爱的塔摩拉，哥特人的女王，你像庄严的菲苾卓立在她周遭的女神之间一样，使罗马最美的妇人黯然失色，要是你不嫌唐突，瞧吧，我选择你，塔摩拉，做我的新娘，我将要把你立为罗马的皇后。说，哥特人的女王，你赞同我的选择吗？这儿我指着一切罗马的神明起誓，因为祭司和圣水无须远求，蜡烛点燃得这样光明，一切都已准备着迎迓许门的降临；我要在这儿和我的新娘举行婚礼以后，再和她携手同出，巡行罗马的街道，跨进我的宫门。

塔摩拉　苍天在上，听我向罗马起誓，要是萨特尼纳斯宠纳哥特人的女王，她愿意做一个侍候他的意旨的奴婢，一个温柔体贴的保姆，一个爱护他的青春的慈母。

萨特尼纳斯　美貌的女王，登上万神殿去吧。各位贤卿，陪伴你们的皇帝和他的可爱的新娘一同进来；她是上天赐给萨特尼纳斯皇子的，他的智慧已经征服了她的命运。我们在圣殿之内，将要完成我们的婚礼。（除泰特斯外均下。）

泰特斯　他不曾叫我去侍候这位新娘。泰特斯，你生平什么时候曾经众叛亲离，受到这样的羞辱？

　　　　玛克斯、路歇斯、昆塔斯及马歇斯重上。

玛克斯　啊！泰特斯，瞧！啊！瞧你干了什么事；你已经在一场无理的争吵中杀死了一个贤德的儿子。

泰特斯　不，愚蠢的护民官，不；他不是我的儿子，你也不是我的兄弟，我一个也不认识你们；你们结党同谋，干出这样贻羞家门的事来；不肖的兄弟，不肖的儿子！

路歇斯　可是让我们按照他的身份把他埋了；把缪歇斯跟我们的兄弟们葬在一起吧。

泰特斯　反贼们，滚开！他不能安息在这座坟墓里。这巍峨的丘陇，已经经历了五百年的岁月，我曾经几度把它隆重修建，在这儿光荣地长眠着的，都是军人和罗马的忠仆，没有一个是在口角斗殴之中卑劣地丧命的。随便你们找一个什么地方把他埋葬了吧；这儿没有他的地位。

玛克斯　兄长，你这未免太没有骨肉之情了。我的侄儿缪歇斯的行为可以替他自己辩护；他必须和他的兄弟们葬在一起。

昆塔斯 & 马歇斯　他必须和他们合葬，否则我们愿意和他同死。

泰特斯　他必须！哪一个混蛋敢说这句话？

昆塔斯　倘不是因为在您的面前，说这句话的人一定要用行动保证这句话的实现。

泰特斯　什么！你们胆敢反抗我的意旨把他埋葬吗？

玛克斯　不，尊贵的泰特斯；我们请求你宽恕缪歇斯，让我们把他葬了。

泰特斯　玛克斯，你竟也向我这样公然顶撞，跟这些孩子们联合起来伤害我的荣誉；我把你们每一个人都看作我的仇敌；不要再跟我纠缠了，一起给我滚吧！

马歇斯　他已经疯了；我们走吧。

昆塔斯　在缪歇斯的尸骨没有安葬以前，我是不走的。（玛克斯及泰特斯诸子下跪。）

玛克斯　哥哥，让兄弟骨肉之情打动你的心——

昆塔斯　爸爸，愿您俯念父子之情——

泰特斯　算了，不要说下去了。

玛克斯　著名的泰特斯，我的心灵的主体所在——

路歇斯　亲爱的爸爸，我们大家的身心的主宰——

玛克斯　让你的兄弟玛克斯把他的英勇的侄儿安葬在这些忠臣义士的中间，因为他是为了拉维妮娅的缘故光荣地死去的。你是一个罗马人，不要像野蛮人一般；当初埃阿斯自杀了，聪明的俄底修斯曾经请求把他隆重入殓，希腊人经过考虑，还是把他依礼入葬了。缪歇斯曾经是你所心爱的孩子，让他进入这一座墓门吧。

泰特斯　起来，玛克斯，起来。今天是我一生中最不幸的日子，在罗马被我的儿子们所羞辱！好，把他葬了，回头再来葬了我吧。（缪歇斯尸身被置入墓中。）

路歇斯　这儿长眠着你的骸骨，亲爱的缪歇斯，和你的亲人们在一起；等候着我们用战利品来装饰你的坟墓吧。

众人　（跪）没有人为英勇的缪歇斯流泪；他为正义而死，生存在荣誉之中。

玛克斯　把这些伤心的事情先搁在一旁，兄长，那哥特人的狡猾的王后怎么一下子就在罗马得到这样的恩宠？

泰特斯　我不知道，玛克斯；我只知道有这么一回事，天才知道这里头有没有什么诡计。她不是应该感激那使她得到这样极大幸运的人吗？

玛克斯　是的，她一定会重重酬答他的。

　　　　喇叭奏花腔。萨特尼纳斯率侍从以及塔摩拉、狄米特律斯、契伦、艾伦等自一方上；巴西安纳斯、拉维妮娅及余人等自另一方重上。

萨特尼纳斯　好，巴西安纳斯，你已经夺到你的锦标；恭喜你得了一位美貌的新娘！

巴西安纳斯　我也要同样恭喜你，陛下！我没有别的话说，愿你快乐；再会。

萨特尼纳斯　反贼，要是罗马还有法律，我还有权力的话，你和你的同党免不了有一天会懊悔这种奸占的行为。

巴西安纳斯　陛下，我夺回明明和我订有婚约的爱人，现在她已成为我的妻子了，你却说这是奸占吗？可是让罗马的法律决定一切吧；我所占有的是属于我自己的。

萨特尼纳斯　很好，你敢在我面前这样放肆，总有一天我要叫你知道我的厉害。

巴西安纳斯　陛下，我所干的事，必须由我自己担当，决不诿卸我的责任。只有这一点是我希望你明白的：这位高贵的骑士，泰特斯将军，是被你误解了，他在名誉上已经横蒙不白之冤；他为了尽忠于你，看见他对你的慷慨的许诺遭到意外的阻挠，在争夺拉维妮娅的过程之中，由于一时的气愤，已经亲手杀死了他的幼子；他已经用他一切的行为，证明他对于你和罗马是一个父亲和一个朋友，萨特尼纳斯，不要错怪他吧。

泰特斯　巴西安纳斯皇子，不要为我的行为辩护；都是你和那一伙人使我遭到这样的羞辱。罗马和公正的天庭可以为我做证，我是多么敬爱萨特尼纳斯！

塔摩拉　陛下，要是塔摩拉曾经在您尊贵的眼中辱蒙见爱，请听我说一句没有偏心的话；亲爱的，听从我的请求，把已成过去的事情忘怀了吧。

萨特尼纳斯　什么，御妻！被人公然侮辱，却卑怯地不知报复，就这样隐忍了事吗？

塔摩拉　不是这样说，陛下；要是我使你做了不名誉的事，罗马的神明也会不容我的！可是我敢凭着我的荣誉担保善良的泰特斯将军在一切事情上都是无罪的，他的真诚的愤怒说明了他的内心的悲痛。所以，听从我的请求，用温和的眼光看待他吧；不要因为无稽的猜测而失去这样一个高贵的朋友，更不要用恼怒的脸色刺痛他的善良的心。(向萨特尼纳斯旁白)陛下,听我的话,不要固执,把你的一切愤恨暂时遮掩一下;你现在即位未久,不要把人民和贵族赶到泰特斯一方去,使他们觉得你是忘恩负义而把你废黜,因为忘恩负义在罗马人看来是一桩极大的罪恶。听从我的请求,一切都包在我的身上;我会有一天杀得他们一个不留,把他们的党羽和宗族剪除干净;那残忍的父亲和他的叛逆的儿子们,我要叫他们抵偿我的爱子的性命,使他们知道让一个王后当街长跪,哀求他们俯赐矜怜而无动于衷,会有些什么报应。(高声)来,来,好皇帝;来,安德洛尼克斯;扶起这位好老人家来,安慰安慰他那在您满脸的怒色中濒于死去的心吧。

萨特尼纳斯　起来,泰特斯,起来;我的皇后已经把我说服了。

泰特斯　谢谢陛下和娘娘的恩典。这些仁慈的言语、温和的颜色,把新的生命注入我的身体之内了。

塔摩拉　泰特斯,我已经和罗马结为一体,现在我也是一个罗马人了,我必须为了皇上的好处,给他忠诚的劝告。从今天起,安德洛尼克斯,一切争执都消灭了。我的好陛下,我已经使你和你的朋友们言归于好,这就算是我的莫大的荣幸吧。至于你,巴西安纳斯皇子,我已经向皇上保证,今后你一定做一个驯良安分的人。不用担心,各位贤卿,还有你,拉维妮娅,大家听我的话,跪下来向皇上陛下求恕吧。

路歇斯　是,我们向上天和陛下起誓,我们刚才所干的事,都是为了我们的姊妹和我们自己的荣誉而不得不采取的行动,我们已经尽力约束了自己,没有过分越出了轨道。

玛克斯　我可以凭着我的名誉起誓。

萨特尼纳斯　去,不要说话了;少向我们烦渎吧。

塔摩拉　不,不,好皇帝,我们大家都要变成好朋友。这位护民官和他的侄儿们都在向您跪求恩恕；您必须听我的话；好人儿，转过脸来吧。

萨特尼纳斯　玛克斯，既然我的可爱的塔摩拉向我这样请求，为了你的缘故，也为了你的兄长的缘故，我赦免了这些少年人的重罪；站起来。拉维妮娅，虽然你把我当作一个村夫似的丢弃了，我已经找到一个爱我的人，我可以确实发誓当我离开祭司的时候，我不会仍然是一个单身的汉子。来，要是皇帝的宫廷里可以欢宴两个新娘，你，拉维妮娅，和你的亲友们都是我的宾客。今天将要成为一个释嫌修好的日子，塔摩拉。

泰特斯　明天陛下要是高兴的话，我愿意追随您出猎，打些豹子公鹿玩玩；我们将要用号角和猎犬的吠声向您道早安。

萨特尼纳斯　很好，泰特斯，谢谢你。（喇叭声；同下。）

第二幕

第一场　罗马。皇宫前

艾伦上。

艾伦　现在塔摩拉已经登上了俄林波斯的峰巅,命运的箭镞再也不会伤害她;她高居宝座,不受震雷闪电的袭击,脸色惨白的嫉妒不能用威胁加到她的身上。正像金色的太阳向清晨敬礼,用它的光芒镀染海洋,驾着耀目的云车从黄道上疾驰飞过,高耸云霄的山峰都在它的俯瞰之下;塔摩拉也正是这样,人世的尊荣听候着她的智慧的使唤,正义在她的颦蹙之下屈躬战栗。那么,艾伦,鼓起你的勇气,现在正是你攀龙附凤的机会。你的主后已经长久成为你的俘虏,用色欲的锁链镣铐她自己,被艾伦的魅人的目光紧紧捆束,比缚在高加索山上的普罗密修斯更难脱身;你只要抱着向上的决心,就可以升到和她同样高的位置。脱下奴隶的服装,摈弃卑贱的思想!我要大放光辉,满身戴起耀目的金珠来,侍候这位新膺恩命的皇后。我说侍候吗?不,我要和这位女王,这位女神,这位仙娥,这位妖妇调情;她将要迷惑罗马的萨特尼纳斯,害得他国破身亡。哎哟！这是一场什么风暴？

    狄米特律斯及契伦争吵上。

狄米特律斯 契伦，你年纪太轻，智慧不足，礼貌全无，不要来妨碍我的好事。

契伦 狄米特律斯，你总是这样蛮不讲理，想用恐吓的手段压倒我。难道我比你小了一两岁，人家就会把我瞧不上眼，你就会比我更幸运吗？我也和你一样会向我的爱人献殷勤，为什么我就不配得到她的欢心？瞧吧，我的剑将要向你证明我对于拉维妮娅的热情。

艾伦 打！打！这些情人一定要大闹一场哩。

狄米特律斯 嘿，孩子，虽然我们的母亲一时糊涂，给你佩带了一柄跳舞用的小剑，你却会不顾死活，用它来威吓你的兄长吗？算了吧，把你的玩意儿藏在鞘里，等你懂得怎样使剑的时候再拔出来吧。

契伦 你不要瞧我没有本领，我要让你看看我的勇气。

狄米特律斯 哦，孩子，你居然变得这样勇敢了吗？（二人拔剑。）

艾伦 哎哟，怎么，两位王子！你们怎么敢在皇宫附近挥刀弄剑，公然争吵起来？你们反目的原因我完全知道；即使有人给我百万黄金，我也不愿让那些对于这件事情最有关系的人知道你们为什么发生争执；你们的母后也决不愿在罗马的宫廷里被人耻笑。真好意思，还不把剑收起来！

狄米特律斯 不，我非得把我的剑插进他的胸膛，把他在这儿侮辱我的不逊之言灌进他自己的咽喉里去，决不罢手。

契伦 我已经完全准备好了，你这满口狂言的懦夫，你只会用一条舌头吓人，却不敢使用你的武器。

艾伦 快走，别闹了！凭着好战的哥特人所崇拜的神明起誓，这一场无聊的争吵要把我们一起都毁了。唉，哥儿们，你们没有想到侵害一位亲王的权利，是一件多么危险的事吗？嘿！难道拉维妮娅是一个放荡的淫妇，巴西安纳斯是一个下贱的庸夫，会容忍你们这样争风吃醋而恬不为意，不向你们报复问罪吗？少爷们，留心点吧！皇后要是知道了你们争吵的原因，看她不把你们骂得狗血喷头。

契伦　我不管，让她和全世界都知道，我是什么也不顾的；我爱拉维妮娅胜于整个的世界。

狄米特律斯　小子，你还是去选一个次一点儿的吧；拉维妮娅是你兄长看中的人。

艾伦　哎哟，你们都疯了吗？难道你们不知道在罗马，人们是不能容忍情敌存在的吗？我告诉你们，两位王子，你们这样简直是自己找死。

契伦　艾伦，为了得到我所心爱的人，叫我死一千次都愿意。

艾伦　得到你所心爱的人！怎么得到？

狄米特律斯　这有什么奇怪！她是个女人，所以可以向她调情；她是个女人，所以可以把她勾搭上手；她是拉维妮娅，所以非爱不可。嘿，朋友！磨夫数不清磨机旁边滚过的流水；从一个切开了的面包里偷去一片是毫不费事的。虽然巴西安纳斯是皇帝的兄弟，比他地位更高的人也曾戴过绿头巾。

艾伦　（旁白）嗯，这句话正好说在萨特尼纳斯身上。

狄米特律斯　那么一个人只要懂得怎样用美妙的言语、风流的仪表、大量的馈赠，就能猎取女人的心，他为什么还要失望呢？嘿！你不是常常射中了一头母鹿，当着看守人的面前把她捉了去吗？

艾伦　啊，这样看来，你们还是应该乘人不备，把她抢夺过来的好。

契伦　嗯，要是这样可以使我们达到目的的话。

狄米特律斯　艾伦，你说得不错。

艾伦　那么你们为什么要吵个不休呢？听着，听着！你们难道都是傻子，为了这些事情而互相闹起来吗？照我的意思，与其两败俱伤，还不如大家沾些实惠的好。

契伦　说老实话，那在我倒也无所谓。

狄米特律斯　我也不反对，只要我自己也有一份儿。

艾伦　真好意思，赶快和和气气的，同心合作，把你们所争夺的人儿拿到手再说吧；为了达到你们的目的，这是唯一的策略；你们必须抱定主意；既然事情不能完全适如你们的愿望，就该在可能的范围以内实现你们的企图。让我贡献你们这一个意见：这一位拉维妮娅，巴西安纳斯的爱妻，是比鲁克丽丝更为贞洁的；与其在无望的相思中熬受着长期的痛苦，不如采取一种干脆爽快的行动。我已经想到一个办法了。两位王子，明天有一场盛大的狩猎，可爱的罗马女郎们都要一显身手；森林中的道路是广阔而宽大的，有许多人迹不到的所在，适宜于暴力和奸谋的活动。你们选定了这么一处地方，就把这头娇美的小鹿诱到那里去，要是不能用言语打动她的心，不妨用暴力满足你们的愿望；只有这一个办法可以有充分的把握。来，来，我们的皇后正在用她天赋的智慧，一心一意地计划着复仇的阴谋，让我们把我们想到的一切告诉她，她是决不容许你们同室操戈的，一定会供给我们一些很好的意见，使你们两人都能如愿以偿。皇帝的宫廷像流言蜚语之神的殿堂一样，充满着无数的唇舌耳目，树林却是冷酷无情，不闻不见的；勇敢的孩子们，你们在那里说话，动武，试探你们各人的机会吧，在蔽天的浓荫之下，发泄你们的情欲，从拉维妮娅的肉体上享受销魂的喜悦。

契伦　小子，你的主见很好，不失为一个痛快的办法。

狄米特律斯　不管良心上是不是过得去，我一定要找到这一个清凉我的欲焰的甘泉,这一道镇定我的情热的灵符。哪怕要深入地府,渡过冥河,我也情愿。(同下。)

第二场　森林

　　内号角及猎犬吠声。泰特斯·安德洛尼克斯率从猎者及玛克斯、路歇斯、昆塔斯、马歇斯等同上。

泰特斯　猎人已经准备出发,清晨的天空泛出鱼肚色的曙光,田野间播散着芳香,树林是绿沉沉的一片。在这儿放开猎犬,让它们吠叫起来,催醒皇上和他的可爱的新娘,用号角的和鸣把亲王唤起,让整个宫廷都震响着回声。孩子们,你们要小心侍候皇上;昨天晚上我睡梦不安,可是黎明又鼓起我新的欢悦。(猎犬群吠,号角齐鸣。)

　　萨特尼纳斯、塔摩拉、巴西安纳斯、拉维妮娅、狄米特律斯、契伦及侍从等上。

泰特斯　陛下早安!娘娘早安!我答应陛下用猎人的合奏乐把你们唤醒的。

萨特尼纳斯　你奏得很卖力,将军;可是对于新婚的少妇们,未免早得太煞风景了。

巴西安纳斯　拉维妮娅,你怎么说?

拉维妮娅　我说不;我已经完全清醒两个多时辰了。

萨特尼纳斯　那么来,备起马匹和车子来,我们立刻出发打猎去。(向塔摩拉)御妻,现在你可以看看我们罗马人的打猎了。

玛克斯　陛下,我有几头猛犬,善于搜逐最勇壮的豹子,攀登最峻峭的山崖。

泰特斯　我有几匹好马,能够绝尘飞步,像燕子一样掠过原野,追踪逃走的野兽。

狄米特律斯　（旁白）契伦，我们不用犬马打猎，我们的目的只是要捉住一头娇美的小鹿。（同下。）

第三场　森林中之僻静部分

　　　　艾伦持黄金一袋上。

艾伦　聪明的人看见我把这许多金子埋在一株树下，自己将来永远没有享用它的机会，一定以为我是个没有头脑的傻瓜。让这样瞧不起我的人知道，这一堆金子是要铸出一个计策来的，要是这计策运用得巧妙，可以造成一件非常出色的恶事。躺着，好金子，让那得到这一笔从皇后的宝箱中取得施舍的人不得安宁吧。（埋金。）

　　　　塔摩拉上。

塔摩拉　我的可爱的艾伦，万物都在夸耀着它们的欢乐，你为什么郁郁不快呢？小鸟在每一株树上吟唱歌曲；花蛇卷起了身体安眠在温和的阳光之下；青青的树叶因凉风吹过而颤动，在地上织成了纵横交错的影子。在这样清静的树荫底下，艾伦，让我们坐下来；当饶舌的回声仿效着猎犬的长嗥，向和鸣的号角发出尖锐的答响，仿佛有两场狩猎正在同时进行的时候，让我们坐着倾听他们嘶叫的声音。正像狄多和她的流浪的王子受到暴风雨的袭击，躲避在一座秘密的山洞里一样，我们也可以彼此拥抱在各人的怀里，在我们的游戏完毕以后，一同进入甜蜜的梦乡；猎犬、号角和婉转清吟的小鸟，合成了一阕催眠的歌曲，抚着我们安然睡去。

艾伦　娘娘，虽然金星主宰着你的欲望，我的心却为土星所占领①。我的凝止的眼睛、我的静默、我的阴沉的忧郁、我的根根竖起的蓬松的头发，就像展开了身体预备咬人的毒蛇一样，这些都表示着什么呢？不，娘娘，这些不是情欲的征兆；杀人的恶念藏在我的心头，死亡握在我的手里，流血和复仇在我的脑中震荡。听着，塔摩拉，我的灵魂的皇后，你的怀抱便是我的灵魂的归宿，它不希望更有其他的天堂；今天是巴西安纳斯的末日，他的菲罗墨拉②必须失去她的舌头，你的儿子们将要破坏她的贞操，在巴西安纳斯的血泊中洗手。你看见这封信吗？这里面藏着恶毒的阴谋，请你把它收起来交给那皇帝。不要多问，有人看见我们了；这儿来了一双我们安排捕捉的猎物，他们还没有想到他们生命的毁灭就在眼前。

塔摩拉　啊！我的亲爱的摩尔人，你是我的比生命更可爱的人儿。

艾伦　不要说下去啦，大皇后；巴西安纳斯来了。你先找一些借口，跟他拌起嘴来；我就去找你的儿子来帮你吵架。（下。）

　　　　巴西安纳斯及拉维妮娅上。

巴西安纳斯　什么人在这儿？罗马的尊严的皇后，没有一个侍从卫护她吗？或者是狄安娜女神模仿着她的装束，离开天上的树林，到这里的林中来参观我们的狩猎吗？

塔摩拉　好大胆的狂徒，竟敢窥探我的私人的行动！要是我有像人家所说狄安娜所有的那种力量，我就要立刻叫你的头上长起角来，变成一头鹿，让猎犬把你追逐，你这无礼的莽撞鬼！

拉维妮娅　恕我说句话，好娘娘，人家都在疑心您跟您那摩尔人正在作什么实验，要替什么人安上角去呢。乔武保佑尊夫，

---

① 金星照命主多情，土星照命主多愁，出自西方古代星相学。

② 菲罗墨拉（Philomela），是雅典公主，其姊夫忒柔斯垂涎其美色，奸之而割其舌，菲罗墨拉把其遭遇织为文字，制衣赠其姊普洛克涅，普洛克涅杀子而与菲罗墨拉偕遁。

让他今天不要被他的猎犬追逐！要是它们把他当作了一头公鹿，那可糟啦。

巴西安纳斯　相信我，娘娘，您那黑奴已经使您的名誉变了颜色，像他身体一样污秽可憎了。为什么您要摈斥您的侍从，降下您的雪白的骏马，让一个野蛮的摩尔人陪伴着您跑到这一个幽僻的所在，倘不是因为受着您的卑劣的欲念的引导？

拉维妮娅　因为你们的好事被我们打散了，无怪您要嗔骂我的丈夫无礼啦。来，我们走吧，让她去和她的乌鸦一般的爱人尽情作乐；这幽谷是一个再适当不过的地方。

巴西安纳斯　我的皇兄必须知道这件事情。

拉维妮娅　啊，这些败行他早该知道的了。好皇帝，竟遭到这样重大的耻辱！

塔摩拉　为什么我要忍受你们这样的侮蔑呢？

　　　　狄米特律斯及契伦上。

狄米特律斯　怎么，亲爱的母后！您的脸上为什么这样惨淡失色？

塔摩拉　你们想想我应不应该脸色惨淡？这两个人把我骗到了这个所在，一个荒凉可憎的幽谷！你们看，虽然是夏天，这些树木却是萧条而枯瘦的，青苔和寄生树侵蚀了它们的生机；这儿从来没有太阳照耀；这儿没有生物繁殖，除了夜枭和不祥的乌鸦。当他们把这个可怕的幽谷指点给我看的时候，他们告诉我，这儿在沉寂的深宵，有一千个妖魔、一千条咝咝作声的蛇、一万只臃肿的蛤蟆、一万只刺猬，同时发出惊人的、杂乱的叫声，无论什么人听见了，不是立刻发疯就要当场吓死。他们告诉了我这样可怕的故事以后，就对我说，他们要把我缚在一株阴森的杉树上，让我在这种恐怖之中死去；于是他们称我为万恶的淫妇，放荡的哥特女人，和一切诸如此类凡是人们耳中所曾经听见过的最恶毒的名字；倘不是神奇的命运使你们到这里来,他们早就向我下这样的毒手了。你们要是爱你们母亲的生命,快替我复仇吧,否则从此以后,你们再也不能算是我的孩子了。

狄米特律斯　这可以证明我是你的儿子。(刺巴西安纳斯。)

契伦　这一剑直中要害,可以证明我的本领。(刺巴西安纳斯,巴西安纳斯死。)

拉维妮娅　啊,来,妖妇!不,野蛮的塔摩拉,因为只有你自己的名字最能够表现你恶毒的天性。

塔摩拉　把你的短剑给我;你们将要知道,我的孩子们,你们的母亲将要亲手报复仇恨。

狄米特律斯　且慢,母亲,我们还不能就让她这样死了;先把谷粒打出,然后再把稻草烧去。这丫头自负贞洁,胆敢冲撞母后,难道我们就让她带着她的贞洁到她的坟墓里去吗?

契伦　要是让她这样清清白白地死去,我宁愿自己是一个太监。把她的丈夫拖到一个僻静的洞里,让他的尸体作为我们纵欲的枕垫吧。

塔摩拉　可是当你们采到了你们所需要的蜜汁以后,不要放这黄蜂活命;她的刺会伤害我们的。

契伦　您放心吧,母亲,我们决不留着她来危害我们。来,娘子,现在我们要用强力欣赏欣赏您那用心保存着的贞洁了。

拉维妮娅　啊,塔摩拉!你生着一张女人的面孔——

塔摩拉　我不要听她说话;把她带下去!

拉维妮娅　两位好王子,求求她听我说一句话。

狄米特律斯　听着,美人儿。母亲,她的流泪便是您的光荣;但愿她的泪点滴在您的心上,就像雨点打在无情的顽石上一样。

拉维妮娅　乳虎也会教训起它的母亲来了吗?啊!不要学她的残暴;是她把你教成这个样子;你从她胸前吮吸的乳汁都变成

了石块；当你哺乳的时候，你的凶恶的天性已经锻成了。可是每一个母亲不一定生同样的儿子；（向契伦）你求求她显出一点女人的慈悲来吧！

契伦　什么！你要我证明我自己是一个异种吗？

拉维妮娅　不错！乌鸦是孵不出云雀来的。可是我听见人家说，狮子受到慈悲心的感动，会容忍它的尊严的脚爪被人剪去；唉！要是果然有这样的事，那就好了。有人说，乌鸦常常抚育被遗弃的孤雏，却让自己的小鸟在巢中挨饿；啊！虽然你的冷酷的心不许你对我这样仁慈，可是请你稍微发一点怜悯吧！

塔摩拉　我不知道怜悯是什么意思；把她带下去！

拉维妮娅　啊，让我劝导你！看在我父亲的面上，他曾经在可以把你杀死的时候宽宥了你的生命，不要固执，张开你的聋了的耳朵吧！

塔摩拉　即使你自己从不曾得罪过我，为了他的缘故，我也不能对你容情。记着，孩子们，我徒然抛掷了滔滔的热泪，想要把你们的哥哥从罗马人的血祭中间拯救出来，却不能使凶恶的安德洛尼克斯改变他的初衷。所以，把她带下去，尽你们的意思蹂躏她；你们越是把她作践得痛快，我越是喜爱你们。

拉维妮娅　塔摩拉啊！愿你被称为一位仁慈的皇后，用你自己的手就在这地方杀了我吧！因为我向你苦苦哀求的并不是生命，当巴西安纳斯死了以后，可怜的我活着也就和死去一般了。

塔摩拉　那么你求些什么呢？傻女人，放了我。

拉维妮娅　我要求立刻就死；我还要求一件女人的羞耻使我不能出口的事。啊！不要让我在他们手里遭受比死还难堪的玷辱；请把我丢在一个污秽的地窟里，永不要让人们的眼睛看见我的身体；做一个慈悲的杀人犯，答应我这一个要求吧！

塔摩拉　那么我就要剥夺我的好儿子们的权利了。不，让他们在你的身上满足他们的欲望吧。

狄米特律斯　快走！你已经使我们在这儿等得太久了。

拉维妮娅　没有慈悲！没有妇道！啊，禽兽不如的东西，全体女性的污点和仇敌！愿地狱——

契伦　哼，那么我可要塞住你的嘴了。哥哥，你把她丈夫的尸体搬过来；这就是艾伦叫我们把他掩埋的地窟。（狄米特律斯将巴西安纳斯尸体掷入穴内；狄米特律斯、契伦二人拖拉维妮娅同下。）

塔摩拉　再会，我的孩子们；留心不要放她逃走。让我的心头永远不知道有愉快存在，除非安德洛尼克斯全家死得不留一人。现在我要去找我的可爱的摩尔人，让我的暴怒的儿子们去攀折这一枝败柳残花。（下。）

　　　　艾伦率昆塔斯及马歇斯同上。

艾伦　来，两位公子，看谁走得快，我立刻就可以带领你们到我看见有一头豹子在那儿熟睡的洞口。

昆塔斯　我的眼光十分模糊，不知道是什么预兆。

马歇斯　我也这样。说来惭愧，我真想停止打猎，找个地方睡一会儿。（失足跌入穴内。）

昆塔斯　什么！你跌下去了吗？这是一个什么幽深莫测的地穴，洞口遮满了蔓生的荆棘，那叶子上还染着一滴滴的鲜血，像花瓣上的朝露一样新鲜？看上去这似乎是一处很危险的所在。说呀，兄弟，你跌伤了没有？

马歇斯　啊，哥哥！我碰在一件东西上碰伤了，这东西瞧上去真叫人触目惊心。

艾伦　（旁白）现在我要去把那皇帝带来，让他看见他们在这里，他一定会猜想是他们两人杀死了他的兄弟。（下。）

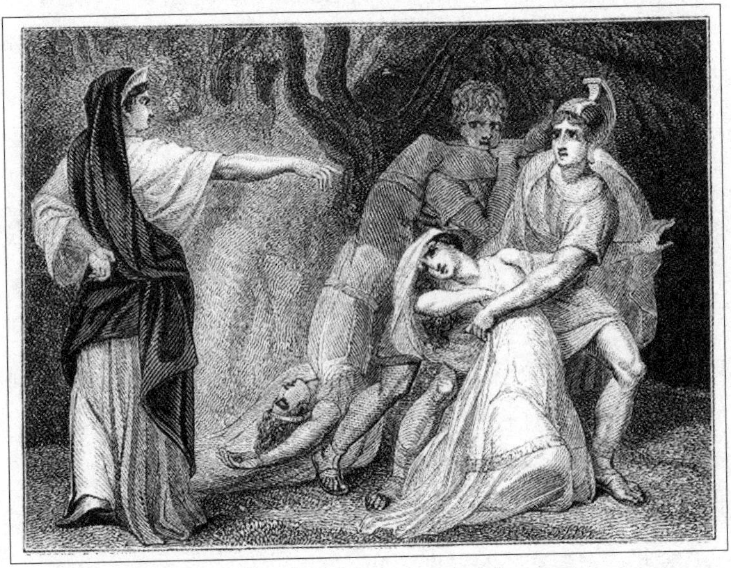

马歇斯　你为什么不搭救搭救我，帮助我从这邪恶的血污的地穴里出来？

昆塔斯　一阵无端的恐惧侵袭着我，冷汗湿透了我的战栗的全身；我的眼前虽然一无所见，我的心里却充满了惊疑。

马歇斯　为了证明你有一颗善于预测的心，请你和艾伦两人向这地穴里望一望，就可以看见一幅血与死的可怖的景象。

昆塔斯　艾伦已经走了；我的恻隐之心使我不忍观望那在推测之中已经使我战栗的情状。啊！告诉我是怎么一回事；我从来不曾像现在一样孩子气，害怕着我所不知道的事情。

马歇斯　巴西安纳斯殿下僵卧在这可憎的黑暗的饮血的地穴里，知觉全无，像一头被宰的羔羊。

昆塔斯　地穴既然是黑暗的，你怎么知道是他？

马歇斯　在他的流血的手指上戴着一枚宝石的指环，它的光彩照亮了地窟的全部；正像一支墓穴里的蜡烛一般，它照出了已死者的泥土色的脸，也照见了地窟里凌乱的一切；当皮拉摩斯躺在处女的血泊中的晚上，那月亮的颜色也是这么惨淡的。啊，哥哥！恐惧已经使我失去力气，要是你也是这样，赶快用你无力的手把我拉出这个吃人的洞府，它像一张喷着妖雾的魔口一样可怕。

昆塔斯　把你的手伸上来给我抓住了，好让我拉你出来，否则因为我自己也提不起劲儿，怕会翻下了这个幽深的黑洞，可怜的巴西安纳斯的坟墓里去。我没有力气把你拉上洞口。

马歇斯　没有你的帮助，我也没有力气爬上来。

昆塔斯　再把你的手给我；这回我倘不把你拉出洞外，拼着自己也跌下去，再不松手了。（跌入穴内。）

　　　　艾伦率萨特尼纳斯重上。

萨特尼纳斯　跟我来；我要看看这儿是个什么洞，跳下去的是个什么人。喂，你是什么人，跳到这个地窟里去？

马歇斯　我是老安德洛尼克斯的倒霉的儿子，在一个不幸的时辰被人带到这里来时，发现你的兄弟巴西安纳斯已经死了。

萨特尼纳斯　我的兄弟死了！我知道你在开玩笑。他跟他的夫人都在这猎场北首的茅屋里，我在那里离开他们还不到一小时呢。

马歇斯　我们不知道您在什么地方看见他们好好地活着；可是唉！我们却在这里看见他死了。

　　　　　塔摩拉率侍从及泰特斯·安德洛尼克斯、路歇斯同上。

塔摩拉　我的皇上在什么地方？

萨特尼纳斯　这儿，塔摩拉；重大的悲哀使我痛不欲生。

塔摩拉　你的兄弟巴西安纳斯呢？

萨特尼纳斯　你触到了我的心底的创痛；可怜的巴西安纳斯躺在这儿被人谋杀了。

塔摩拉　那么我把这一封致命的书信送来得太迟了，（以一信交萨特尼纳斯）这里面藏着造成这一幕出人意料的悲剧的阴谋；真奇怪，一个人可以用满脸的微笑，遮掩着这种杀人的恶意。

萨特尼纳斯　"万一事情决裂，好猎人，请你替他掘下坟墓；我们说的是巴西安纳斯，你懂得我们的意思。在那覆罩着巴西安纳斯葬身的地穴的一株大树底下，你只要拨开那些荨麻，便可以找到你的酬劳。照我们的话办了，你就是我们永久的朋友。"啊，塔摩拉！你听见过这样的话吗？这就是那个地穴，这就是那株大树。来，你们大家快去给我搜寻那杀死巴西安纳斯的猎人。

艾伦　启禀陛下，这儿有一袋金子。

萨特尼纳斯　（向泰特斯）都是你生下这一对狼心狗肺的孽畜，把我的兄弟害了。来，把他们从这地穴里拖出来，关在监牢里，等我们想出一些闻所未闻的酷刑来处置他们。

塔摩拉　什么！他们就在这地穴里吗？啊，怪事！杀了人这么容易就被发觉了！

泰特斯　陛下，让我这软弱的双膝向您下跪，用我不轻易抛掷的眼泪请求这一个恩典：要是我这两个罪该万死的逆子果然犯下了这样重大的罪过，要是有确实的证据证明他们的罪状——

萨特尼纳斯　要是有确实的证据！事实还不够明白吗？这封信是谁找到的？塔摩拉，是你吗？

塔摩拉　安德洛尼克斯自己从地上拾起来的。

泰特斯　是我拾起来的，陛下。可是让我做他们的保人吧；凭着我的祖先的坟墓起誓，他们一定随时听候着陛下的传唤，准备用他们的生命洗刷他们的嫌疑。

萨特尼纳斯　你不能保释他们。跟我来；把被害者的尸体抬走，那两个凶手也带了去。不要让他们说一句话；他们的罪状已经很明显了。凭着我的灵魂起誓，要是人间有比死更痛苦的结局，我一定要叫他们尝尝那样的滋味。

塔摩拉　安德洛尼克斯，我会向皇上说情的；不要为你的儿子们担忧，他们一定可以平安无事。

泰特斯　来，路歇斯，来；快走，别跟他们说话了。（各下。）

第四场　森林的另一部分

狄米特律斯、契伦及拉维妮娅上；拉维妮娅已遭奸污，两手及舌均被割去。

狄米特律斯　现在你的舌头要是还会讲话，你去告诉人家谁奸污你的身体，割去你的舌头吧。

契伦　要是你的断臂还会握笔,把你心里的话写了出来吧。

狄米特律斯　瞧,她还会做手势呢。

契伦　回家去,叫他们替你拿些香水洗手。

狄米特律斯　她没有舌头可以叫,也没有手可以洗,所以我们还是让她静悄悄地走她的路吧。

契伦　要是我处于她的地位,我一定去上吊了。

狄米特律斯　那还要看你有没有手可以帮助你在绳上打结。(狄米特律斯、契伦同下。)

　　　玛克斯上。

玛克斯　这是谁,跑得这么快?是我的侄女吗?侄女,跟你说一句话;你的丈夫呢?要是我在做梦,但愿我所有的财富能够把我惊醒!要是我现在醒着,但愿一颗行星毁灭我,让我从此长眠不醒!说,温柔的侄女,哪一只凶狠无情的毒手砍去了你身体上的那双秀枝,那一对可爱的装饰品,它们的柔荫的环抱,是君王们所追求的温柔仙境?为什么不对我说话?哎哟!一道殷红的血流,像被风激起泡沫的泉水一样,在你的两片蔷薇色的嘴唇之间浮沉起伏,随着你的甘美的呼吸而涨落。一定是哪一个忒柔斯蹂躏了你,因为怕你宣布他的罪恶,才把你的舌头割下。啊!现在你因为羞愧而把你的脸转过去了;虽然你的血从三处同时奔涌,你的面庞仍然像迎着浮云的太阳的酡颜一样绯红。要不要我替你说话?要不要我说,事情果然是这样的?唉!但愿我知道你的心思;但愿我知道那害你的禽兽,那么我也好痛骂他一顿,出出我心头的气愤。郁结不发的悲哀正像闷塞了的火炉一样,会把一颗心烧成灰烬。美丽的菲罗墨拉不过失去了她的舌头,她却会不怕厌烦,一针一线地织出她的悲惨的遭遇;可是,可爱的侄女,你已经拈不起针线来了,你所遇见的是一个更奸恶的忒柔斯,他已经把你那比菲罗墨拉更善于针织的娇美的手指截去了。啊！要是那恶魔曾经看见这双百合花一样的纤手像战栗的白杨叶般弹弄着琵琶，使那一根根丝弦乐于和它们亲吻，他一定不忍伤害它们；要是他曾经听见从那美妙的舌端吐露出来的天乐，他一定会丢下他的刀子，昏昏沉沉地睡去。来，让我们去，使你的父亲成为盲目吧，因为这样的惨状是会使一个父亲的眼睛昏眩的；一小时的暴风雨就会淹没了芬芳的牧场，你父亲的眼睛怎么经得起经年累月的泪涛泛滥呢？不要退后，因为我们将要陪着你悲伤；唉！要是我们的悲伤能够减轻你的痛苦就好了！（同下。）

第三幕

第一场　罗马。街道

元老、护民官及法警等押马歇斯及昆塔斯绑缚上,向刑场前进;泰特斯前行哀求。

泰特斯　听我说,尊严的父老们!尊贵的护民官们,等一等!可怜我这一把年纪吧!当你们高枕安卧的时候,我曾经在危险的沙场上抛掷我的青春;为了我在罗马伟大的战役中所流的血,为了我枕戈待旦的一切霜露的深宵,为了现在你们所看见的、这些填满在我脸上衰老的皱纹里的苦泪,求求你们向我这两个定了罪的儿子大发慈悲吧,他们的灵魂并不像你们所想象的那样堕落。我已经失去了二十二个儿子,我不曾为他们流一点泪,因为他们是死在光荣的、高贵的眠床上。为了这两个、这两个,各位护民官,(投身地上)我在泥土上写下我的深心的苦痛和我的灵魂的悲哀之泪。让我的眼泪浇息了大地的干渴,我的孩子们的亲爱的血液将会使它羞愧而脸红。(元老、护民官等及二囚犯同下)大地啊!从我这两口古罂之中,我要倾泻出比四月的春天更多的雨水灌溉你;在苦旱的夏天,我要继续向你淋洒；在冬天我要用热泪融化冰雪，让永久的春光留驻在你的脸上，只要你拒绝喝下我的亲爱的孩子们的血液。

>路歇斯拔剑上。

泰特斯　可尊敬的护民官啊！善良的父老们啊！松了我的孩子们的绑缚，撤销死罪的判决吧！让我这从未流泪的人说，我的眼泪现在变成打动人心的辩士了。

路歇斯　父亲啊，您这样哀哭是无济于事的；护民官们听不见您的话，一个人也不在近旁；您在向一块石头诉述您的悲哀。

泰特斯　啊！路歇斯，让我为你的兄弟们哀求。尊严的护民官们，我再向你们作一次求告——

路歇斯　父亲，没有一个护民官在听您说话哩。

泰特斯　嗨，那又有什么关系呢？即使他们听见，他们也不会注意我的话；即使他们注意我的话，他们也不会怜悯我；可是我必须向他们哀求，虽然我的哀求是毫无结果的。所以我向石块们诉述我的悲哀，它们不能解除我的痛苦，可是比起那些护民官来还是略胜一筹，因为它们不会打断我的话头；当我哭泣的时候，它们谦卑地在我的脚边承受我的眼泪，仿佛在陪着我哭泣一般；要是它们也披上了庄严的法服，罗马没有一个护民官可以比得上它们：石块是像蜡一样柔软的，护民官的心肠却比石块更坚硬；石块是沉默而不会侵害他人的，护民官却会掉弄他们的舌头，把无辜的人们宣判死刑。（起立）可是你为什么把你的剑拔出来拿在手里？

路歇斯　我想去把我的两个兄弟劫救出来；那些法官因为我有这样的企图，已经宣布把我永远放逐了。

泰特斯　幸运的人啊！他们在照顾你哩。嘿，愚笨的路歇斯，你没看见罗马只是一大片猛虎出没的荒野吗？猛虎是一定要饱腹的；罗马除了我和我们一家的人以外，再没有别的猎物可以充塞它们的馋吻了。你现在被放逐他乡,远离这些吃人的野兽,该是多大的幸运啊!可是谁跟着我的兄弟玛克斯来啦?

  玛克斯及拉维妮娅上。

玛克斯 泰特斯,让你的老眼准备流泪,要不然的话,让你高贵的心准备碎裂吧;我带了毁灭你的暮年的悲哀来了。

泰特斯 它会毁灭我吗?那么让我看看。

玛克斯 这是你的过去的女儿。

泰特斯 哎哟,玛克斯,她现在还是我的女儿呀。

路歇斯 好惨!我可受不了啦。

泰特斯 没有勇气的孩子,起来,瞧着她。说,拉维妮娅,哪一只可咒诅的毒手使你在你父亲的眼前变成一个没有手的人?哪一个傻子挑了水倒在海里,或是向火光烛天的特洛伊城中丢进一束柴去?在你没有来以前,我的悲哀已经达到了顶点,现在它像尼罗河一般,泛滥出一切的界限了。给我一柄剑,我要把我的手也砍下来;因为它们曾经为罗马出过死力,结果却是一无所得;在无益的祈求中,我曾经把它们高高举起,可是它们对我一点没有用处;现在我所要叫它们做的唯一的事,是让这一只手把那一只手砍了。拉维妮娅,你没有手也好,因为曾经为国家出力的手,在罗马是不被重视的。

路歇斯 说,温柔的妹妹,谁害得你这个样子?

玛克斯 啊!那善于用巧妙敏捷的辩才宣达她的思想的可爱的器官,那曾经用柔曼的歌声迷醉世人耳朵的娇鸣的小鸟,已经从那美好的笼子里被抓去了。

路歇斯 啊!你替她说,谁干了这样的事?

玛克斯 啊!我看见她在林子里仓皇奔走,正像现在这样子,想要把自己躲藏起来,就像一头鹿受到了不治的重伤一样。

泰特斯 那是我的爱宠;谁伤害了她,所给我的痛苦甚于杀死我自己。现在我像一个站在一块岩石上的人一样，周围是一片汪洋大海，那海潮越涨越高，每一秒钟都会有一阵无情的浪涛把他卷下白茫茫的波心。我的不幸的儿子们已经从这一条路上向死亡走去了；这儿站着我的另一个儿子，一个被放逐的流亡者；这儿站着我的兄弟，为了我的厄运而悲泣；可是那使我的心灵受到最大的打击的，却是亲爱的拉维妮娅，比我的灵魂更亲爱的。我要是看见人家在图画里把你画成这个样子，也会气得发疯；现在我看见你这一副活生生的惨状，我应该怎样才好呢？你没有手可以揩去你的眼泪，也没有舌头可以告诉我谁害了你。你的丈夫，他已经死了，为了他的死，你的兄弟们也被判死罪，这时候也早已没有命了。瞧！玛克斯；啊！路歇斯我儿，瞧着她：当我提起她的兄弟们的时候，新的眼泪又滚下她的脸颊，正像甘露滴在一朵被人攀折的憔悴的百合花上一样。

玛克斯　也许她流泪是因为他们杀死了她的丈夫；也许因为她知道他们是无罪的。

泰特斯　要是他们果然杀死了你的丈夫，那么高兴起来吧，因为法律已经给他们惩罚了。不，不，他们不会干这样卑劣的事；瞧他们的姊妹在流露着多大的伤心。温柔的拉维妮娅，让我吻你的嘴唇，或者指示我怎样可以给你一些安慰。要不要让你的好叔父、你的哥哥路歇斯，还有你、我，大家在一个水池旁边团团坐下，瞧瞧我们映在水中的脸，瞧它们怎样为泪痕所污，正像洪水新退以后，牧场上还残留着许多潮湿的黏土一样？我们要不要向着池水伤心落泪，让那澄澈的流泉失去它的清冽的味道，变成一泓咸水？或者我们要不要也像你一样砍下我们的手？或是咬下我们的舌头，在无言的沉默中消度我们可憎的残生？我们应该怎样做？让我们这些有舌的人商议出一些更多的苦难来加在我们自己身上，留供后世人们嗟叹吧。

路歇斯　好爸爸，别哭了吧；瞧我那可怜的妹妹又被您惹得呜咽痛哭起来了。

玛克斯　宽心点儿，亲爱的侄女。好泰特斯，揩干你的眼睛。

泰特斯　啊！玛克斯，玛克斯，弟弟；我知道你的手帕再也收不进我的一滴眼泪，因为你，可怜的人，已经用你自己的眼泪把它浸透了。

路歇斯　啊！我的拉维妮娅，让我揩干你的脸吧。

泰特斯　瞧，玛克斯，瞧！我懂得她的意思。要是她会讲话，她现在要对她的哥哥这样说：他的手帕已经满揾着他的伤心的眼泪，拭不干她颊上的悲哀了。唉！纵然我们彼此相怜，谁都爱莫能助，正像地狱边缘的幽魂盼不到天堂的幸福一样。

　　　　艾伦上。

艾伦　泰特斯·安德洛尼克斯，我奉皇上之命，向你传达他的旨意：要是你爱你那两个儿子，只要让玛克斯、路歇斯，或是你自己，年老的泰特斯，你们任何一人砍下一只手来，送到皇上面前，他就可以赦免你的儿子们的死罪，把他们送还给你。

泰特斯　啊，仁慈的皇帝！啊，善良的艾伦！乌鸦也会唱出云雀的歌声，报知日出的喜讯吗？很好，我愿意把我的手献给皇上。好艾伦，你肯帮助我把它砍下来吗？

路歇斯　且慢，父亲！您那高贵的手曾经推倒无数的敌人，不能把它砍下，还是让我的手代替了吧。我比您年轻力壮，流一些血还不大要紧，所以应该让我的手去救赎我的兄弟们的生命。

玛克斯　你们两人的手谁不曾保卫罗马，高挥着流血的战斧，在敌人的堡垒上写下了毁灭的命运？啊！你们两人的手都曾建立赫赫的功业，我的手却无所事事，让它去赎免我的侄儿们的死罪吧；那么我总算也叫它干了一件有意义的事了。

艾伦　来，来，快些决定把哪一个人的手送去，否则也许赦令未下，他们早已死了。

玛克斯　把我的手送去。

路歇斯　凭着上天起誓,这不能。

泰特斯　你们别闹啦;像这样的枯枝败梗,才是适宜于樵夫的刀斧的,还是把我的手送去吧。

路歇斯　好爸爸,要是您承认我是您的儿子,让我把我的兄弟们从死亡之中救赎出来吧。

玛克斯　为了我们去世的父母的缘故,让我现在向你表示一个兄弟的友爱。

泰特斯　那么由你们两人去决定吧!我就保留下我的手。

路歇斯　那么我去找一柄斧头来。

玛克斯　可是那斧头是要让我用的。(路歇斯、玛克斯下。)

泰特斯　过来,艾伦;我要把他们两人都骗了过去。帮我一下,我就把我的手给你。

艾伦　(旁白)要是那也算是欺骗的话,我宁愿一生一世做个老实人,再也不这样欺骗人家;可是我要用另一种手段欺骗你,不上半小时就可以让你见个分晓。(砍下泰特斯手。)

　　　路歇斯及玛克斯重上。

泰特斯　现在你们也不用争执了,应该做的事情已经做好。好艾伦,把我的手献给皇上陛下,对他说那是一只曾经替他抵御过一千种危险的手,叫他把它埋了;它应该享受更大的荣宠,这样的要求是不该被拒绝的。至于我的儿子们,你说我认为他们是用低微的代价买来的珍宝,可是因为我用自己的血肉换到他们的生命,所以他们的价值仍然是贵重的。

艾伦　我去了,安德洛尼克斯;你牺牲了一只手,等着它换来你的两个儿子吧。(旁白)我的意思是说他们的头。啊!我一想到这一场恶计,就觉得浑身通泰。让傻瓜们去行善,让美男子们去向神明献媚吧,艾伦宁愿让他的灵魂黑得像他的脸一样。(下。)

泰特斯　啊!我向天举起这一只手,把这衰老的残躯向大地俯伏:要是哪一尊神明怜悯我这不幸的人所挥的眼泪,我要向他祈求!(向拉维妮娅)什么!你也要陪着我下跪吗?很好,亲爱的,因为上天将要垂听我们的祷告,否则我们要用叹息嘘成浓雾,把天空遮得一片昏沉,使太阳失去它的光辉,正像有时浮云把它拥抱起来一样。

玛克斯　唉!哥哥,不要疯疯癫癫地讲这些无关实际的话了;真叫人摸不着底。

泰特斯　我的悲痛还有什么底可言哪?倒不如让我哀痛到底吧。

玛克斯　也该让理智控制你的悲痛才是。

泰特斯　要是理智可以向我解释这一切灾祸,我就可以约束我的悲痛。当上天哭泣的时候,地上不是要泛滥着大水吗?当狂风怒号的时候,大海不是要发起疯来,鼓起了它的面颊向天空恫吓吗?你要知道我这样叫闹的理由吗?我就是海;听她的叹息在刮着多大的风;她是哭泣的天空,我就是大地;我这海水不能不被她的叹息所激动,我这大地不能不因为她的不断流泪而泛滥沉没,因为我的肠胃容纳不下她的辛酸,我必须像一个醉汉似的把它们呕吐出来。所以由着我吧,因为失败的人必须得到许可,让他们用愤怒的言辞发泄他们的怨气。

　　　　一使者持二头一手上。

使者　尊贵的安德洛尼克斯,你把一只好端端的手砍下来献给皇上,白白作了一次无益的牺牲。这儿是你那两个好儿子的头颅,这儿是你自己的手,为了讥笑你的缘故,他们叫我把它们送还给你。你的悲哀是他们的玩笑,你的决心被他们所揶揄;我一想到你的种种不幸就觉得伤心,简直比回忆我的父亲的死还要难过。（下。）

玛克斯　现在让埃特那火山在西西里冷却，让我的心变成一座永远焚烧的地狱吧！这些灾祸不是人力所能忍受的。陪着哭泣的人流泪，多少会使他感到几分安慰，可是满心的怨苦被人嘲笑，却是双重的死刑。

路歇斯　唉！这样的惨状能够使人心魂摧裂，可憎恶的生命却还是守住这皮囊不肯脱离；生活已经失去了意义，却还要在这世上吞吐着这一口气，做一个活受罪的死鬼。（拉维妮娅吻泰特斯。）

玛克斯　唉，可怜的人儿！这一个吻正像把一块冰送进饿蛇的嘴里，一点不能安慰他。

泰特斯　这可怕的噩梦几时才可以做完呢？

玛克斯　现在再用不着自己欺骗自己了。死吧，安德洛尼克斯；你不是在做梦。瞧，你的两个儿子的头，你的握惯刀剑的手，这儿还有你的被人残害了的女儿；你那一个被放逐的儿子，看着这种残酷的情景，已经面无人色了；你的兄弟，我，也像一座石像一般无言而僵冷。啊！现在我再不劝你抑制你的悲哀了。撕下你的银色的头发，用你的牙齿咬着你那残余的一只手吧；让这凄凉的景象闭住我们生不逢辰的眼睛！现在是掀起风暴来的时候，你为什么一声不响呢？

泰特斯　哈哈哈！

玛克斯　你为什么笑？这在现在是不相宜的。

泰特斯　嘿，我的泪已经流完了；而且这悲哀是一个敌人，它会窃据我的潮润的眼睛，用滔滔的泪雨蒙蔽我的视觉，使我找不到复仇的路径。因为这两颗头颅似乎在向我说话，恐吓我要是我不让那些害苦我们的人亲身遍历我们现在所受的一切惨痛，我将要永远享不到天堂的幸福。来，让我想一想我应该怎样进行我的工作。你们这些忧郁的人，都来聚集在我的周围，我要对着你们每一个人用我的灵魂宣誓，我将要为你们复仇。我的誓已经发下了。来，兄弟，你拿着一颗头；我用这一只手托住那一颗头。拉维妮娅，你也要帮我们做些事情，把我的手衔在你的嘴里，好孩子。至于你，孩子，赶快离开我的眼前吧；你是一个被放逐的人，你不能停留在这里。到哥特人那里去，调集起一支军队来。要是你爱我，让我们一吻而别，因为我们还有许多事情要做哩。（泰特斯、玛克斯、拉维妮娅同下。）

路歇斯　别了，安德洛尼克斯，我的高贵的父亲，罗马最不幸的人！别了，骄傲的罗马！路歇斯舍弃了他的比生命更宝贵的亲人，有一天他将要重新回来。别了，拉维妮娅，我的贤淑的妹妹；啊！但愿你仍旧像从前一样！可是现在路歇斯和拉维妮娅都必须被世人所遗忘，在痛苦的忧愁里度日了。要是路歇斯不死，他一定会为你复仇，叫那骄傲的萨特尼纳斯和他的皇后在罗马城前匍匐乞怜。现在我要到哥特人那里去调集军队，向罗马和萨特尼纳斯报复这天大的冤仇。（下。）

第二场　同前。泰特斯家中一室，桌上餐肴罗列

　　泰特斯、玛克斯、拉维妮娅及小路歇斯上。

泰特斯　好，好，现在坐下来；你们不要吃得太多，只要能够维持我们充分的精力，报复我们的大仇深恨就得啦。玛克斯，放开你那被悲哀纠结着的双手；你的侄女跟我两个人，可怜的东西，都是缺手的人，不能用交叉的手臂表示我们十重的悲伤。我只剩下这一只可怜的右手，在我的胸前逗弄它的威风；

当我的心因为载不起如许的苦痛而在我的肉体的囚室里疯狂跳跃的时候，我这手就会把它使劲捶打下去。（向拉维妮娅）你这苦恼的化身，你在用表情向我们说话吗？你的意思是说，当你那可怜的心发狂般跳跃的时候，你不能捶打它叫它静止下来。用叹息刺伤它，孩子，用呻吟杀死它吧；或者你可以用你的牙齿咬起一柄小刀来，对准你的心口划一个洞，让你那可怜的眼睛里流下来的眼泪一起从这洞里滚进去，让这痛哭的愚人在苦涩的泪海里淹死。

玛克斯　哎，哥哥，哎！不要教她下这样无情的毒手，摧残她娇嫩的生命。

泰特斯　怎么！悲哀已经使你变得糊涂起来了吗？嗨，玛克斯，除了我一个人之外，别人是谁也不应该发疯的。她能够下什么毒手去摧残她自己的生命？啊！为什么你一定要提起这个"手"字？你要叫埃涅阿斯把特洛伊焚烧的故事从头讲起吗？啊！不要谈到这个题目，不要讲什么手呀手的，使我们永远记得我们是没有手的人。呸！呸！我在说些什么疯话，好像要是玛克斯不提起"手"字，我们就会忘记我们没有手似的。来，大家吃吧；好女儿，吃了这个。这儿酒也没有。听，玛克斯，她在说些什么话；我能够解释她这残废的身体上所作出的种种表示：她说她的唯一的饮料只是那和着悲哀酿就、淋漓在她颊上的眼泪。无言的诉苦者，我要熟习你的思想，像乞食的隐士娴于祷告一般充分了解你的沉默的动作；无论你吐一声叹息，或是把你的断臂向天高举，或是霎一霎眼，点一点头，屈膝下跪，或者做出任何的符号，我都要竭力探究出它的意义，用耐心的学习寻求一个确当的解释。

小路歇斯　好爷爷，不要老是伤心痛哭了；讲一个有趣的故事让我的姑姑快乐快乐吧。

玛克斯　唉！这小小的孩子也受到感动，瞧着他爷爷那种伤心的样子而掉下泪来了。

泰特斯　不要响，小东西；你是用眼泪塑成的，眼泪会把你的生命很快地融化了。（玛克斯以刀击餐盆）玛克斯，你在用刀子砍什么？

玛克斯　一只苍蝇，哥哥；我已经把它打死了。

泰特斯　该死的凶手！你刺中我的心了。我的眼睛已经看饱了凶恶的暴行；杀戮无辜的人是不配做泰特斯的兄弟的。出去，我不要跟你在一起。

玛克斯　唉！哥哥，我不过打死了一只苍蝇。

泰特斯　可是假如那苍蝇也有父亲母亲呢？可怜的善良的苍蝇！它飞到这儿来，用它可爱的嗡嗡的吟诵娱乐我们，你却把它打死了！

玛克斯　恕我，哥哥；那是一只黑色的、丑恶的苍蝇，有点像那皇后身边的摩尔人，所以我才打死它。

泰特斯　哦，哦，哦！那么请你原谅我，我错怪你了，因为你做的是一件好事。把你的刀给我，我要侮辱侮辱它；用虚伪的想象欺骗我自己，就像它是那摩尔人，存心要来毒死我一样。这一刀是给你自己的，这一刀是给塔摩拉的，啊，好小子！可是难道我们已经变得这样卑怯，用两个人的力量去杀死一只苍蝇，只是因为它的形状像一个黑炭似的摩尔人吗？

玛克斯　唉，可怜的人！悲哀已经把他折磨成这个样子，使他把幻影认为真实了。

泰特斯　来，把这些东西撤下去。拉维妮娅，跟我到你的闺房里去；我要陪着你读一些古代悲哀的故事。来，孩子，跟我去；你的眼睛是明亮的，当我的目光昏花的时候，你就接着我读下去。

（同下。）

第四幕

第一场　罗马。泰特斯家花园

泰特斯及玛克斯上。小路歇斯后上，拉维妮娅奔随其后。

小路歇斯　救命，爷爷，救命！我的姑姑拉维妮娅到处追着我，不知道为了什么缘故。好玛克斯爷爷，瞧她跑得多么快。唉！好姑姑，我不知道您是什么意思哩。

玛克斯　站在我的身边，路歇斯；不要怕你的姑姑。

泰特斯　她是非常爱你的，孩子，决不会伤害你。

小路歇斯　嗯，当我的爸爸在罗马的时候，她是很爱我的。

玛克斯　我的侄女拉维妮娅这样做，是什么意思呢？

泰特斯　不要怕她，路歇斯。她总有一番意思。瞧，路歇斯，瞧她多么疼你；她是要你跟她到什么地方去哩。唉！孩子，她曾经比一个母亲教导她的儿子还要用心地读给你听那些美妙的诗歌和名人的演说哩。

玛克斯　你猜不出她为什么这样追着你吗？

小路歇斯　爷爷，我不知道，我也猜不出，除非她发疯了；因为我常常听见爷爷说，过分的悲哀会叫人发疯；我也曾在书上读到，特洛伊的赫卡柏王后因为伤心而变得疯狂；所以我有点害怕，虽然我知道我的好姑姑是像我自己的妈妈一般爱我的，倘不是发了疯，决不会把我吓得丢下了书本逃走。可是好姑姑，您不要见怪；要是玛克斯爷爷肯陪着我，我是愿意跟您去的。

玛克斯　路歇斯，我陪着你就是了。（拉维妮娅以足踢路歇斯落下之书。）

泰特斯　怎么，拉维妮娅！玛克斯，这是什么意思？她要看这儿的一本什么书。女儿，你要看哪一本？孩子，你替她翻开来吧。可是这些是小孩子念的书，你是要读高深一点儿的书的；来，到我的书斋里去拣选吧。读书可以帮助你忘记你的悲哀，耐心地等候着上天把恶人的阴谋暴露出来的一日。为什么她接连几次举起她的手臂来？

玛克斯　我想她的意思是说参与这件暴行的不止一个人；嗯，一定不止一人；否则她就是求告上天为她复仇。

泰特斯　路歇斯，她在不断踢动着的是本什么书？

小路歇斯　爷爷，那是奥维德的《变形记》，是我的妈妈给我的。

玛克斯　也许她眷念去世者，特意选择了它。

泰特斯　且慢！瞧她在多么忙碌地翻动着书页！（助拉维妮娅翻书）她要找些什么？拉维妮娅，要不要我读这一段？这是菲罗墨拉的悲惨的故事，讲到忒柔斯怎样用奸计把她奸污；我怕你的遭遇也和她一样呢。

玛克斯　瞧，哥哥，瞧！她在指点着书上的文句。

泰特斯　拉维妮娅，好孩子，你也像菲罗墨拉一样，在冷酷、广大而幽暗的树林里，遭到了强徒的暴力，被他污毁了你的身体吗？瞧，瞧！嗯，在我们打猎的地方，正有这样一个所在——啊！要是我们从来不曾在那地方打猎多好！——就像诗人所描写的一样，这儿天生就是一个让恶徒们杀人行凶的所在。

玛克斯　唉！大自然为什么要设下这样一个罪恶的陷阱？难道天神们也是喜欢悲剧的吗？

泰特斯　好孩子，这儿都是自己人，你用符号告诉我们是哪一个罗马贵人敢做下这样的事；是不是萨特尼纳斯效法往昔的塔昆，偷偷地跑出了自己的营帐，在鲁克丽丝的床上干那罪恶的行为？

玛克斯　坐下来，好侄女；哥哥，你也坐下。阿波罗、帕拉斯、乔武、麦鸠利，求你们启发我的心，让我探出这奸谋的究竟！哥哥，瞧这儿；瞧这儿，拉维妮娅：这是一块平坦的沙地，看我怎样在它上面写字。（以口衔杖，以足拨动，使于沙上写字）我已经不用手的帮助，把我的名字写下来了。该死的恶人，使我们不得不用这种方法传达我们的心思！好侄女，你也照着我的样子把那害你的家伙的名字写出来，我们一定替你复仇。愿上天指导着你的笔，让它表白你的冤情，使我们知道谁是真正的凶徒！（拉维妮娅衔杖口中，以断臂拨杖成字。）

泰特斯　啊！兄弟，你看见她写些什么吗？"契伦，狄米特律斯"。

玛克斯　什么，什么！塔摩拉的荒淫的儿子们是干下这件惨无人道的行为的罪人吗？

泰特斯　统治万民的伟大的天神，你听见这样的惨事，看见这样的暴行吗？

玛克斯　啊！安静一些，哥哥；虽然我知道写在这地上的这几个字，可以在最驯良的心中激起一场叛乱，使柔弱的婴孩发出不平的呼声。哥哥，让我们一同跪下；拉维妮娅，你也跪下来；好孩子，罗马未来的勇士，你也跪下来；大家跟着我向天发誓，我们要像当初勃鲁托斯为了鲁克丽丝的受害而立誓报复一样，一定要运用我们的智谋心力，向这些奸恶的哥特人报复我们切身的仇恨，否则到死也不瞑目。

泰特斯　要是你知道用什么方法可以达到我们的目的，那当然没有问题；可是当你追捕这两头小熊的时候，留心吧，那母熊要是她嗅到了你的气息，是会醒来的。她现在正和狮子勾结得非常亲密，向他施展出种种迷人的手段，当他睡熟以后，她就可以为所欲为了。你是一个经验不足的猎人，玛克斯，还是少管闲事吧。来，我要去拿一片铜箔，用钢铁的尖镞把这两个名字刻在上面藏起来；一阵怒号的北风吹起，这些沙土就要漫天飞扬，那时候你到哪儿去找寻它们呢？孩子，你怎样说？

小路歇斯　我说，爷爷，倘然我年纪不是这样小，这些恶奴即使躲在他们母亲的房间里，我也决不放过他们。

玛克斯　嗯，那才是我的好孩子！你的父亲也是常常为了他的忘恩的祖国而出生入死、不顾一切危险的。

小路歇斯　爷爷，要是我长大了，我也一定这样做。

泰特斯　来，跟我到我的武库里去；路歇斯，我要替你拣一副兵器，而且我还要叫我的孩子替我送一些礼物去给那皇后的两个儿子哩。来，来，你愿意替我干这一件差使吗？

小路歇斯　嗯，爷爷，我愿意把我的刀子插进他们的心口里去。

泰特斯　不，孩子，不是这样说；我要教你另外一种办法。拉维妮娅，来。玛克斯，你在我家里看守着；路歇斯跟我要到宫廷里去拼他一拼。嗯，是的，我们要去拼他一拼。（泰特斯、拉维妮娅及小路歇斯下。）

玛克斯　天哪！你能够听见一个好人的呻吟，却对他一点不动怜悯之心吗？悲哀在他心上刻下的创痕，比战士盾牌上的剑痕更多；看他疯疯癫癫的，不知要干出些什么事来，玛克斯，你得留心看着他才是。天哪，为年老的安德洛尼克斯复仇吧！（下。）

第二场　同前。宫中一室

艾伦、狄米特律斯及契伦自一方上；小路歇斯及一侍从持武器一捆及诗笺一卷自另一方上。

契伦　狄米特律斯，这是路歇斯的儿子，他要来送一个信给我们。

艾伦　嗯，一定是他的疯爷爷叫他送什么疯信来了。

小路歇斯　两位王子，安德洛尼克斯叫我来向你们致敬。（旁白）愿罗马的神明毁掉你们！

狄米特律斯　谢谢你，可爱的路歇斯；你给我们带些什么消息来了？

小路歇斯　（旁白）你们两个人已经确定是两个强奸命妇的凶徒，这就是消息。（高声）家祖父叫我多多拜上两位王子，他说你们都是英俊的青年，罗马的干城，叫我把他武库里几件最好的武器送给你们，以备不时之需，请两位千万收下了。现在我就向你们告别；（旁白）你们这一对该死的恶棍！（小路歇斯及侍从下。）

狄米特律斯　这是什么？一个纸卷，上面还写着诗句？让我们看看——（读）

　　　　弓伸天讨剑诛贼，

　　　　抉尽神奸巨憝心。

契伦　哦！这是两句贺拉斯的诗，我早就在文法书上念过了。

艾伦　嗯，不错，是两句贺拉斯的诗；你说得对。（旁白）嘿，一个人做了蠢驴又有什么办法！这可不是开玩笑的事！那老头儿已经发现了他们的罪恶，把这些兵器送给他们，还题上这样的句子，明明是揭破他们的秘密，他们却还一点没有知觉。

要是我们聪明的皇后也在这儿的话,她一定会佩服安德洛尼克斯的才情;可是现在她正不大好过,还是不要惊动她吧。(向狄米特律斯、契伦)两位小王子,那引导我们到罗马来的,不是一颗幸运的星吗?我们本来只是些异邦的俘虏,现在却享受着这样的尊荣,就是我也敢在宫门之前把那护民官辱骂,不怕被他的哥哥听见,好不痛快。

狄米特律斯 可是尤其使我高兴的是这样一位了不得的大人物现在也会卑躬屈节,向我们送礼献媚了。

艾伦 难道他没有理由吗,狄米特律斯王子?你们不是很看得起他的女儿吗?

狄米特律斯 我希望有一千个罗马女人给我们照样玩弄,轮流做我们泄欲的工具。

契伦 好一个普度众生的多情宏愿!

艾伦 可惜你们的母亲不在跟前,少了一个说"阿门"的人。

契伦 她当然会说的,再有两万个女人她也不会反对。

狄米特律斯 来,让我们去为我们正在生产的苦痛中的亲爱的母亲向诸神祈祷吧。

艾伦 (旁白)还是去向魔鬼祈祷的好;天神们早已舍弃我们了。

(喇叭声。)

狄米特律斯 为什么皇帝的喇叭吹得这样响?

契伦 恐怕是庆祝皇帝新添了一位太子。

狄米特律斯 且慢!谁来了?

乳媪抱黑婴上。

乳媪 早安,各位大爷。啊!告诉我,你们看见那摩尔人艾伦吗?

艾伦 呃,远在天边,近在眼前,艾伦就是我。你找艾伦有什么事?

乳媪 啊,好艾伦!咱们全完了!快想个办法,否则你的性命也要保不住啦!

艾伦　哎哟，你在吵些什么！你抱在手里的是个什么东西？

乳媪　啊！我但愿把它藏在不见天日的地方，这是我们皇后的羞愧，庄严的罗马的耻辱！她生了，各位爷们，她生了。

艾伦　她生了谁的气吗？

乳媪　我是说她生产了。

艾伦　好，上帝给她安息！她生下个什么来啦？

乳媪　一个魔鬼。

艾伦　啊，那么她是魔鬼的老娘了；恭喜恭喜！

乳媪　一个叫人看见了就丧气的、又黑又丑的孩子。你瞧吧，把他放在我们国家里那些白白胖胖的孩子的中间，他简直像一只蛤蟆。娘娘叫我把他送给你，因为他身上盖着你的戳印；她吩咐你用你的刀尖替他施洗。

艾伦　胡说，你这娼妇！难道长得黑一点儿就这样要不得吗？好宝贝，你是一朵美丽的鲜花哩。

狄米特律斯　混蛋，你干了什么事啦？

艾伦　事情已经干了，又有什么办法？

狄米特律斯　该死的恶狗！你把我们的母亲毁了。也是她有眼无珠，偏会看中你这个丑货，生下了这可咒诅的妖种！

契伦　这孽种不能让他留在世上。

艾伦　他不能死。

乳媪　艾伦，他必须死；这是他母亲的意思。

艾伦　什么！他必须死吗，奶妈？那么除了我自己以外，谁也不能动手杀害我的亲生骨肉。

狄米特律斯　我要把这小蝌蚪穿在我的剑头上。奶妈，把他给我；我的剑一下子就可以结果了他。

艾伦　你要是敢碰他一碰，这一柄剑就要把你的肚肠一起挑出来。（自乳媪怀中夺儿，拔剑）住手，杀人的凶手们！你们要杀

055

死你们的兄弟吗？你们的母亲在光天化日之下受孕怀胎，生下了这个孩子，现在我就凭着照耀天空的火轮起誓，谁敢碰我这初生的儿子，我一定要叫他死在我的剑锋之下。我告诉你们，哥儿们，无论哪一个三头六臂的天神天将，都不能把我这孩子从他父亲的手里夺下。嘿，嘿，你们这些粉面红唇的不懂事的孩子！你们这些涂着白垩的泥墙！你们这些酒店里的白漆招牌！黑炭才是最好的颜色，它是不屑于用其他的色彩涂染的；大洋里所有的水不能使天鹅的黑腿变成白色，虽然它每时每刻都在波涛里冲洗。你去替我回复皇后，说我不是一个小孩子了，我自己的儿女应该由我自己抚养，请她随便想个什么方法把这回事情掩饰过去吧。

狄米特律斯　你想这样出卖你的主妇吗？

艾伦　我的主妇只是我的主妇，这孩子可就是我自己，他是我青春的活力和影子，我重视他甚于整个世界；我要不顾一切险阻保护他的安全，否则你们中间免不了有人要在罗马流血。

狄米特律斯　那么我们的母亲要从此丢脸了。

契伦　罗马将要为了她这种丑行而蔑视她。

乳媪　皇上一发怒，说不定就会把她判处死刑。

契伦　我一想到这种丑事就要脸红。

艾伦　嘿，这就是你们的美貌的好处。哼，不可信任的颜色！它会泄露你们心底的秘密。这儿是一个跟你们不同颜色的孩子；瞧这小黑奴向他的父亲笑得多么迷人；他好像在说，"老家伙，我是你的亲儿子呀。"他是你们的兄弟；你们母亲的血肉养育了你们，也养育了他，大家都是从一个娘胎里出来的；虽然他的脸上盖着我的戳印，他总是你们的兄弟呀。

乳媪　艾伦，我应该怎样回复娘娘呢？

狄米特律斯　艾伦，你想一个万全的方法，我们愿意接受你的意见；

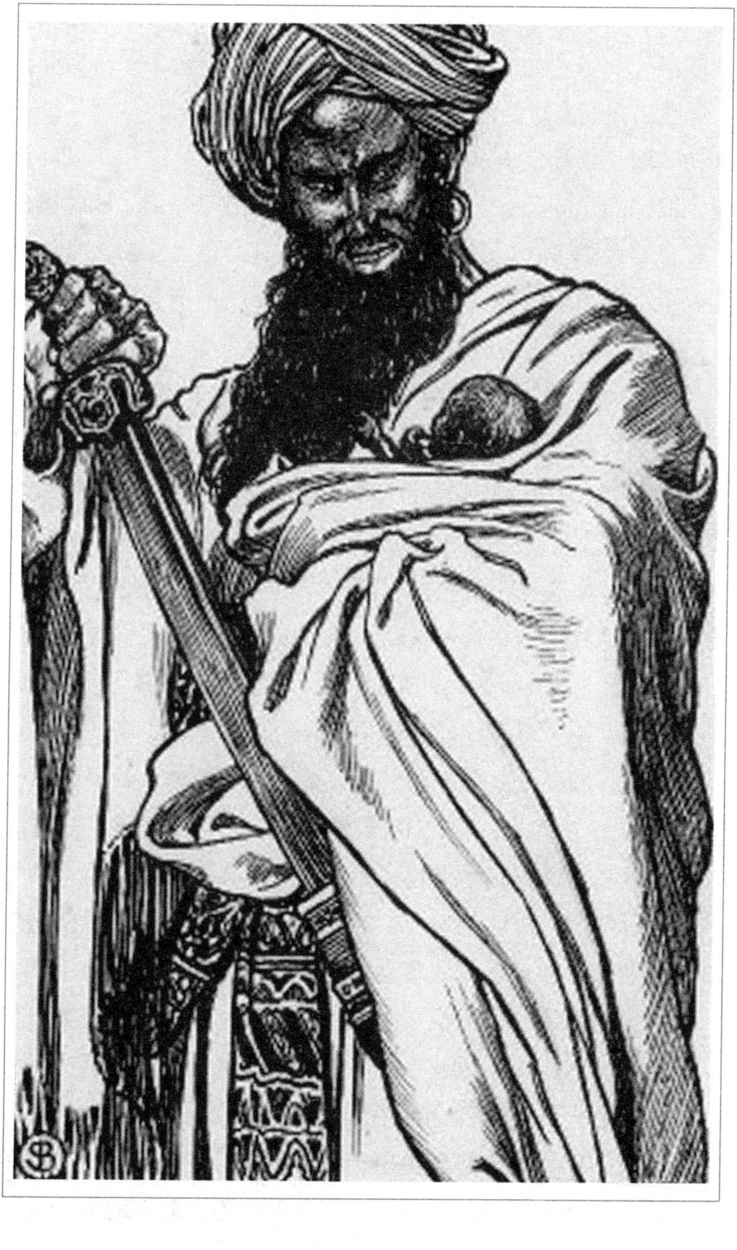

只要大家无事，你尽管保全你的孩子好了。
艾伦　那么我们坐下来商议商议；我的儿子跟我两人坐在这儿，你们的一举一动都逃不了我们的眼睛；你们坐在那儿别动；现在由你们去讨论你们的万全之计吧。（众就座。）
狄米特律斯　哪几个女人看见过他这个孩子？
艾伦　很好，两位勇敢的王子！当我们大家站在一条线上的时候，我是一头羔羊；可是你们倘要撩惹我这摩尔人，那么发怒的野猪、深山的母狮或是汹涌的海洋，都比不上艾伦凶暴。可是说吧，多少人曾经看见了这孩子？
乳媪　除了娘娘自己以外，只有稳婆科尼利娅跟我两个人看见。
艾伦　皇后、稳婆和你三个人；两个人是可以保守秘密的，只要把第三个人除去。你去告诉皇后，说我这样说：（挺剑刺乳媪）"喊克喊克！"一头刺上炙叉的母猪是这样叫的。
狄米特律斯　你这是什么意思，艾伦？为什么要杀死她？
艾伦　哎哟，我的爷，这是策略上的必要呀；难道我们应该让她留在世上，掉弄她搬弄是非的长舌，泄露我们的罪恶吗？不，王子们，不。现在我把我的主意完全告诉你们吧。在不远的地方住着一个名叫牟利的人，他也是个摩尔人；他的妻子昨天晚上生产，生下个白皮肤的孩子，白得就跟你们一样。我们现在可以去跟他调换一下，给那妇人一些钱，把一切情形告诉他们，对他们说他们的孩子一进宫去，大家只知道他是皇上的小太子，保证享受荣华，后福无穷。这样人不知、鬼不觉地把我的孩子换了出来，让那皇帝抱着一个野种当作自己的骨肉，一场风波不就可以毫无痕迹地消弭了吗？听我说，两位王子；你们瞧我已经给她服下了安眠灵药，（指乳媪）现在就烦你们替她料理葬事；附近有的是空地，你们又是两位胆大气壮的好汉。这事情办好以后，不要耽搁时间，立刻就去叫那稳婆来见我。我们把那稳婆和奶妈收拾出去，随那些娘儿们谈长论短去吧。

契伦　艾伦，我看你要是有了秘密，真是不会让一丝风把它走漏出去的。

狄米特律斯　塔摩拉一定非常感激你的爱护。（狄米特律斯、契伦抬乳媪尸下。）

艾伦　现在我要像燕子一般飞到哥特人的地方去，替我这怀抱里的宝贝找一个安身之处；我还要秘密会晤皇后的朋友们。来，你这厚嘴唇的奴才，我要抱着你离开这里，都是你害得我变成了一个亡命之徒。我要给你吃野果和菜根，喝些乳脂乳浆，让山羊供给你乳汁，和你栖息在山洞里，把你抚养长大，做一个指挥大军的战士。（抱婴孩下。）

第三场　同前。广场

泰特斯持箭数支，箭端各系书札，率玛克斯、小路歇斯、坡勃律斯、辛普洛涅斯、卡厄斯及其他军官等各持弓上。

泰特斯　来，玛克斯；来，各位贤侄，到这儿来。哥儿，现在让我瞧瞧你的箭法如何；小心瞄准了，一直向那儿射去。记着，玛克斯，公道女神已经离开了人间，她已经逃走了。来，大家拿起弓来。你们各位替我到海洋里捞捞，把网儿撒下去，也许你们可以在海底找到她，可是海里和陆地上一样，一点公道都没有的。不，坡勃律斯和辛普洛涅斯，我必须麻烦你们一下；你们必须用锄头铁锹一直掘下地心，当你们掘到普路同①境内的时候，请把这封请愿书送给他，要求他主持公道，

---

① 普路同（Pluto），希腊神话中的冥神。

援助无辜，对他说，这是在忘恩的罗马含冤负屈的年老的安德洛尼克斯写给他的。啊，罗马！都是我害你受苦，我不该怂恿民众拥戴一个暴君，让他把我这样凌辱。去，你们去吧，大家小心一点，每一艘战舰都要仔细搜过，也许这恶皇帝把她运送出去了；那时候，各位贤侄，我们再到什么地方去呼冤呢？

玛克斯　啊，坡勃律斯！你看你的伯父疯得这个样子，好不凄惨！

坡勃律斯　所以，父亲，我们不能不早晚留心，一刻也不离开他的身边，什么事情都顺他的意思，等时间慢慢医治他的伤痕。

玛克斯　各位贤侄，他的伤心是无法医治的了。我们还是联合哥特人，用武力征伐忘恩的罗马，向萨特尼纳斯这奸贼复仇吧。

泰特斯　坡勃律斯，怎么！怎么，诸位朋友！你们碰见她了吗？

坡勃律斯　不，我的好伯父；可是普路同有信给您，他说您要是需要差遣复仇女神的话，他可以叫她暂离地狱，听候您的使唤；可是公道女神事情很忙，也许她在天上跟乔武有些公事要接洽，也许她在别的什么地方，您要是一定要借重她的话，只好等些时候再说了。

泰特斯　他不该老是这样拖延时日，耽误了我的事情。我要跳到地狱深处的火湖里去，抓住她的脚把她拉出来。玛克斯，我们不过是些小小的灌木，并不是参天的松柏；我们不是庞大的巨人，玛克斯，可是我们有的是铜筋铁骨，然而我们肩上所负的冤屈，却已经把我们压得快要支持不住了。既然人世和地狱都没有公道存在，我们只好祈求天上的神明，快快把公道降下人间，为我们申冤雪恨。来，大家拿起弓来。你是一个射箭的好手，玛克斯。（以箭分授众人）你把这一支箭射到乔武那儿去；这一支是给阿波罗的；我自己把这一支射给马斯；这是给帕拉斯的，孩子；这是给麦鸠利的；这是给萨登的，卡厄斯，不要弄错了射到萨特尼纳斯的地方去，那就变成了向风射箭，一点用处都没有了。动手吧，孩子！玛克斯，我吩咐你的时候，你就把箭射出去。这回我写得一点不含糊，每一个天神我都向他请求到了。

玛克斯　各位贤侄，把你们的箭一齐射到皇宫里去，激发激发那皇帝的天良。

泰特斯　现在大家拉弓吧。（众射）啊！很好，路歇斯！好孩子，这一箭要射进帕拉斯女神的怀里。

玛克斯　哥哥，我的箭已经越过月亮一英里之遥；这时候乔武一定可以收到你的信了。

泰特斯　哈！坡勃律斯，坡勃律斯，你干了什么事啦？瞧，瞧！金牛星的一个角儿也给你射掉啦。

玛克斯　怪有趣的，哥哥，当坡勃律斯射箭的时候，那金牛星发起脾气来，向白羊星使劲一撞，把两只羊角都撞下来了，刚巧落在皇宫里，给那皇后所宠爱的摩尔人拾到了；她笑着对他说，他应该把这两只角儿送给皇上做一件礼物。

泰特斯　看，长在他头上了；老天爷给了皇上好大的福气！

　　　　一乡人携篮上，篮中有二鸽。

泰特斯　啊！从天上来的消息！玛克斯，天上的报信人来了。喂，你带了什么消息来？有什么信没有？他们答应替我主持公道吗？乔武怎么说？

乡人　啊！您说的是那个装绞架的家伙吗？他说他已经把绞架拆下来了，因为那个人要在下星期才处决哩。

泰特斯　可是我问你，乔武怎么说？

乡人　唉！老爷，我不认识什么乔武；我从来不曾跟他在一起喝过酒。

泰特斯　嗨，糊涂虫，那么你不是送信的吗？

乡人　哎,老爷,我是送鸽子的,不送什么信。

泰特斯　你不是从天上来的吗?

乡人　从天上来的!唉,老爷,我从来不曾到天上去过。上帝保佑我,我现在年纪轻轻的,还不想上天堂哩。我现在带了鸽子,要到平民法庭去;我的舅舅跟一个皇帝手下的卫士吵了架,我要帮他打官司去。

玛克斯　哥哥,你的呈文叫他送去,倒是再适当没有了;这两只鸽子就算是你的贡物,让他拿去献给那皇帝吧。

泰特斯　告诉我,你能不能好好地求神似的向皇帝递一个呈文哪?

乡人　不会,老爷,我一生连顿顿饭前也没有好好地向神谢恩过。

泰特斯　喂,过来。你也不用多麻烦,到什么法庭去了;这两只鸽子你就拿去送给皇帝,凭着我的面子,他一定会帮助你打赢这场官司的。等一等,等一等,我还要赏你几个钱哩。把笔墨给我拿来。喂,你会不会按着礼节送一封呈文?

乡人　是,老爷。

泰特斯　那么这儿有一封呈文,你给我送一送吧。你走到他面前的时候,就向他跪下,跟着就吻他的脚,跟着就把你的鸽子送上去,然后你就可以等他给你赏钱。我要在不远的地方看着你,你可要好好地做。

乡人　您放心吧,老爷;瞧着我就是了。

泰特斯　喂,你有没有一把刀子?来,让我看看。玛克斯,你把它夹在呈文里面。这封呈文送给皇帝以后,你就来敲我的门,告诉我他说什么话。

乡人　上帝和您同在,老爷;我就给您送去。

泰特斯　来,玛克斯,我们去吧。坡勃律斯,跟我来。(同下。)

第四场　同前。皇宫前

萨特尼纳斯、塔摩拉、狄米特律斯、契伦、群臣及余人等上；萨特尼纳斯手握泰特斯所射之箭。

萨特尼纳斯　嘿，诸位，你们瞧，全是些诉冤叫屈的话儿！哪一个罗马皇帝曾经凭空遭到这样的烦扰和侮蔑？诸位想都明白，虽然这些破坏我们安宁的家伙到处向人民散播谣言，我们对于老安德洛尼克斯那两个顽劣的儿子所下的判决，完全是一秉至公，以法律为根据的。即使他的悲伤把他的头脑搅糊涂了，难道我必须受他疯狂的侮辱和咒骂吗？现在他写信到天上呼冤去了：瞧，这是给乔武的，这是给麦鸠利的，这是给阿波罗的，这是给战神马斯的；让这些纸片在罗马满街飞扬，那才够人瞧的！这不是对元老院的公然诽谤，向全国宣传我们的不公道吗？这不是大开玩笑吗？诸位，让人家说，在罗马是没有公道的？可是我还没有死，我决不容忍他这样装疯装癫地掩饰他的狂妄的行为；我要叫他和他一伙人知道，萨特尼纳斯一天活在世上，公道一天不会死亡，他的正义的怒火一旦燃烧起来，最骄傲的阴谋者也逃不了他的斧钺的严威。

塔摩拉　我的仁慈的皇上，我的亲爱的萨特尼纳斯，我的生命的主人，我的思想的指挥者，不要生气；泰特斯年纪老了，有什么不对的地方，你担待担待他吧；这都是因为他死了两个好儿子，伤透了心，所以才气成这个样子；你应该安慰安慰他的不幸的处境，这种目无君上的行为，也就不必计较了。（旁白）面面讨好是塔摩拉的聪明的计策；可是，泰特斯，我已经刺中你的要害,你的生命的血液已经流尽了。但愿艾伦不要一时懵懂,坏了我的事,那才要谢天谢地呢。

  乡人上。

塔摩拉 啊,好朋友,你要见我们说话吗?

乡人 正是,请问您这位先生是不是皇帝?

塔摩拉 我是皇后,那里坐着的才是皇帝。

乡人 正是他。上帝和圣斯蒂芬祝福您!我给您送来了一封信和一对鸽子。(萨特尼纳斯读信。)

萨特尼纳斯 来,把他抓下去,立刻吊死他。

乡人 我可以得到几个赏钱?

塔摩拉 来,小子,我们要吊死你哩。

乡人 吊死我!哎哟,想不到我长了一个脖子,却要得到这样的下场!(卫士押乡人下。)

萨特尼纳斯 可恶的不能容忍的侮辱!我应该宽纵这样重大的奸谋吗?我知道这是谁玩的花样;这也是可以忍受的吗?他那两个奸恶的儿子暗杀了我的兄弟,明明按照法律应该抵命,照他的口气,却好像是我冤杀了他们似的!去,把那老贼揪住了头发抓了来;他的年龄和地位都不能让他沾到一些便宜。为了这样无礼的讥嘲,我要做你的刽子手,狡猾的疯老头儿;你是因为想把我和罗马一手挟制,才把我捧上皇位的。

  伊米力斯上。

萨特尼纳斯 你有些什么消息,伊米力斯?

伊米力斯 武装起来,武装起来,陛下!罗马已经到了最紧急的关头,哥特人已经集合大队人马,一个个抱着坚强的决心,来向我们进攻了;领队的就是路歇斯,老安德洛尼克斯的儿子,他气势汹汹地立誓复仇,要像科利奥兰纳斯一般把罗马踏成平地。

萨特尼纳斯　好战的路歇斯做了哥特人的统帅了吗？这些消息把我吓冷了大半截，使我像一朵霜打的残花、一茎风吹的小草一般垂头丧气。嗯，现在不幸已经向我们开始袭来了。他是平民所喜爱的人；我自己微服私行的时候，常常听见他们说，路歇斯的放逐是不公的，他们希望路歇斯做他们的皇帝。

塔摩拉　为什么你要害怕呢？罗马城不是守卫得很巩固吗？

萨特尼纳斯　嗯，可是民心都向着路歇斯，人们一定会叛变我，帮助他把我推翻。

塔摩拉　你是个皇帝，愿你的思想也像你的名号一样高贵。太阳会因为蚊蚋的飞翔而黯淡了它的光辉吗？鹰隼放任小鸟的歌吟，不去理会它们唱些什么，它知道它的巨翼的黑影，可以随时遏止它们的乐曲；那些反复无常的罗马人，你也可以这样对付他们。所以鼓起你的精神来吧，你这皇帝；你知道我要用一些花言巧语去迷惑那老安德洛尼克斯，那些言语是比引诱鱼儿上钩的香饵或是毒害羊群的肥美的苜蓿更甜蜜更危险的。

萨特尼纳斯　但是他决不会为我们向他的儿子求情。

塔摩拉　要是塔摩拉请求他，他一定不会拒绝；因为我可以用慷慨的许诺灌进他的老迈的耳中；即使他的心坚不可摧，他的耳朵完全聋了，我也会使他的耳朵和他的心受我的舌头的指挥。（向伊米力斯）你先去传达我们的旨意，就说皇上要向勇敢的路歇斯提出和议，请他就在他父亲老安德洛尼克斯家里跟我们相会。

萨特尼纳斯　伊米力斯，希望你此去不辱使命；要是他坚持为了他个人安全起见，我们必须给他一些什么保证，你就对他说无论他提出什么条件，我们都可以照办。

伊米力斯　我一定尽力执行陛下的命令。（下。）

塔摩拉　现在我要去见老安德洛尼克斯，用我的全副手段劝诱他叫那骄傲的路歇斯脱离哥特人的队伍。亲爱的皇帝，快活起来，把你的一切忧虑埋葬在我的妙计之中吧。

萨特尼纳斯　那么你就去求求他看。（同下。）

第五幕

第一场　罗马附近平原

　　　　喇叭奏花腔。旗鼓前导,路歇斯及一队哥特战士上。

路歇斯　各位忠勇的战友,我已经从伟大的罗马得到信息,告诉我罗马人民是怎样痛恨他们的皇帝,怎样热切希望我们去拯救他们。所以,诸位将军,愿你们一鼓作气,振起你们复仇的决心;凡是罗马所曾给予你们的伤痕,你们都要从它身上获得三倍的报偿。

哥特人甲　伟大的安德洛尼克斯的勇敢的后人,你的父亲的名字曾经使我们胆裂,现在却成为我们的安慰了,他的丰功伟绩,却被忘恩的罗马用卑劣的轻蔑作为报答;愿你信任我们,我们愿意服从你的领导,像一群盛夏的有刺的蜜蜂跟随它们的君后飞往百花怒放的原野一般,向可咒诅的塔摩拉声讨她的罪恶。

众哥特人　他所说的话,也就是我们大家所要说的。

路歇斯　我深深感激你们各位的好意。可是那里有一个哥特壮士领了个什么人来了。

——哥特人率艾伦抱婴孩上。

哥特人乙　威名远播的路歇斯，我刚才因为看见路旁有一座毁废了的寺院，一时看得出了神，不知不觉地离开了队伍；当我正在凭吊那颓垣碎瓦的时候，忽然听见在一堵墙下有一个小孩的哭声；我向那哭声走去，就听见有人在对那啼哭的婴儿说话，他说："别哭，小黑奴，一半是我，一半是你的娘！倘不是你的皮肤的颜色泄露了你的出身的秘密，要是造化让你生得和你母亲一个模样，小东西，谁说你不会有一天做了皇帝？可是公牛母牛倘然都是白的，决不会生下一头黑炭似的小牛来。别哭！小东西，别哭！"——他这样叱骂着那孩子——"我必须把你交到一个靠得住的哥特人手里；他要是知道了你是皇后的孩子，看在你妈的面上，一定会好好照顾你。"我听他这样说，就把剑拔在手里，出其不意地把他抓住，带到这儿来请你发落。

路歇斯　啊，勇敢的哥特人，这就是那个恶魔的化身，是他害安德洛尼克斯失去了他的手；他是你们女王眼中的明珠，这小孩便是他淫欲的恶果。说，你这眼睛骨碌碌的奴才，你要把你自己这一副鬼脸的模型带到哪里去？你为什么不说话？什么，聋了吗？不说一句话？兵士们，拿一根绳子来！把他吊死在这株树上，把他那私生的贱种也吊在他的旁边。

艾伦　不要碰这孩子；他是有王族的血液的。

路歇斯　这孩子太像他的父亲了，长大了也不是个好东西。先把孩子吊起来，让他看看他挣扎的情形，叫他心里难受难受。拿一张梯子来。（兵士等携梯至，驱艾伦登梯。）

艾伦　路歇斯，保全这孩子的生命；替我把他带去送给皇后。你要是答应做到这一件事，我可以告诉你许多惊人的事情，你听了一定可以得益不少。要是你不答应我，那么我就听天由命，什么话都没有，但愿你们全都不得好死！

路歇斯　说吧，要是你讲的话使我听了满意，我就让你的孩子活命，并且一定把他抚养长大。

艾伦　使你听了满意！哼，老实告诉你吧，路歇斯，我所要说的话是会使你听了痛苦万分的；因为我必须讲到暗杀、强奸、流血、黑夜的秘密、卑污的行动、奸逆的阴谋和种种骇人听闻的恶事；这一切都要因为我的一死而湮灭，除非你向我发誓保全我的孩子的生命。

路歇斯　把你心里的话说出来；我答应让你的孩子活命。

艾伦　你必须向我发过了誓，我才开始我的叙述。

路歇斯　我应该凭着什么发誓呢？你是不信神明的，那么你怎么会相信别人的誓呢？

艾伦　我固然是不信神明的，可是那有什么关系呢？我知道你是个敬天畏神的人，你的胸膛里有一件叫作良心的东西，还有一二十种可笑的教规和仪式，我看你是把它们十分看重的，所以我才一定要你发誓；因为我知道一个痴人是会把一件玩意儿当作神明的，他会终生遵守凭着那神明所发的誓，所以你必须凭着你所敬信的无论什么神明发誓保全我的孩子的生命，并且把他抚养长大，否则我就什么也不告诉你。

路歇斯　我就凭着我的神明向你起誓，我一定保全他的生命，并且把他抚养长大。

艾伦　第一我要告诉你，他是我跟皇后所生的。

路歇斯　啊，好一个荒淫放荡的妇人！

艾伦　嘿！路歇斯，这比起我将要告诉你的那些事情来，还算是一件好事哩。暗杀巴西安纳斯的就是她的两个儿子；也是他们割去你妹妹的舌头、奸污了她的身体，还把她的两手砍下，把她修剪成像你所看见的那样子。

路歇斯　啊，可恨的恶汉！你还说什么修剪哪？

艾伦　是呀，洗了，砍了，修剪了！干这事的人大大修整了一番，好不畅心。

路歇斯　啊，野蛮的禽兽一般的恶人，正像你这家伙一样！

艾伦　不错，我正是教导他们的师傅哩。他们那一副好色的天性是他们的母亲传给他们的，那杀人作恶的心肠，却是从我这儿学去的；他们是风月场中猎艳的能手，也是两条不怕血腥气味的猎犬。好，让我的行为证明我的本领吧。我把你那两个兄弟诱到了躺着巴西安纳斯尸首的洞里；我写下那封被你父亲拾到的信，把那信上提到的金子埋在树下，皇后和她的两个儿子都是我的同谋；凡是你所引为痛心的事情，哪一件没有我在里边捣鬼？我设计诳骗你的父亲，叫他砍去了自己的手，当他的手拿来给我的时候，我躲在一旁，几乎把肚子都笑破了。当他牺牲了一只手，换到了他两个儿子的头颅的时候，我从墙缝里偷看他哭得好不伤心，把我笑个不住，我的眼睛里也像他一样充满眼泪了。后来我把这笑话告诉皇后，她听见这样有趣的故事，简直乐得晕过去了，为了我这好消息，她还赏给我二十个吻哩。

哥特人甲　什么！你好意思讲这些话，一点不觉得羞愧吗？

艾伦　嗯，就像人家说的，黑狗不会脸红。

路歇斯　你干了这些十恶不赦的事情，不知道后悔吗？

艾伦　嗯，我只悔恨自己不再多犯下一千件的罪恶，现在我还在咒诅着命运不给我更多的机会哩。可是我想在受到我的咒诅的那些人中间，没有几个能够逃得过我的恶作剧的拨弄：譬如杀死一个人，或是设计谋害他的生命；强奸一个处女，或是阴谋破坏她的贞操；诬陷清白的好人，毁弃亲口发下的誓言；在两个朋友之间挑拨离间，使他们变成势不两立的仇敌；

穷人的家畜我会叫它们无端折断了颈项；谷仓和草堆我会叫它们夜间失火，还去吩咐它们的主人用眼泪浇熄它们；我常常从坟墓中间掘起死人的骸骨来，把它们直挺挺地竖立在它们亲友的门前，当他们的哀伤早已冷淡下去的时候；在尸皮上我用刀子刻下一行字句，就像那是一片树皮一样，"虽然我死了，愿你们的悲哀永不消灭"。嘿！我曾经干下一千种可怕的事情，就像一个人打死一只苍蝇一般不当作一回事儿，最使我恼恨的，就是我不能再做一万件这样的恶事了。

路歇斯　把这恶魔带下来；把他干干脆脆地吊死，未免太便宜他了。

艾伦　假如世上果然有恶魔，我就愿意做一个恶魔，在永生的烈火中受着不死的煎灼；只要地狱里有你陪着我，我要用我的毒舌折磨你的灵魂！

路歇斯　弟兄们，塞住他的嘴，不要让他说下去。

　　　　一哥特人上。

哥特人　将军，罗马差了一个人来，要求见你一面。

路歇斯　叫他过来。

　　　　伊米力斯上。

路歇斯　欢迎，伊米力斯！罗马有什么消息？

伊米力斯　路歇斯将军，和各位哥特王子们，罗马皇帝叫我来问候你们；他因为闻知你们兴师远来，要求在令尊家里跟你谈判和平；要是你需要保证的话，我们可以立刻提交你们。

哥特人甲　我们的主帅怎样说？

路歇斯　伊米力斯，你去回复你家皇帝，叫他把保证交给我的父亲和我的叔父玛克斯，我们就可以和他会面。整队前进！

　　　　（众下。）

第二场　罗马。泰特斯家门前

　　塔摩拉、狄米特律斯及契伦各化装上。

塔摩拉　我穿着这一身奇异而惨淡的服装，去和安德洛尼克斯相见，对他说我是复仇女神，奉着冥王的差遣来到世上，帮助他申雪奇冤。听说他一天到晚在他的书斋之内，思索着种种骇人的复仇妙计；现在你们就去敲他的门，告诉他，复仇女神来帮助他铲除他的敌人了。（敲门。）

　　泰特斯自上方上。

泰特斯　谁在那儿扰乱我的沉思？你们想骗我开了门，让我的郑重的计划书一起飞掉，害我白费一场心思吗？你们打算错了；你们瞧，我已经把我所预备做的事情血淋淋地写了下来；凡是在这儿写下的，我都要把它们全部实行。

塔摩拉　泰特斯，我要来跟你谈谈。

泰特斯　不，一句话也不用谈；我是个缺手的人，怎么能够用手势帮助我谈话的语气呢？我说不过你，所以不用谈了吧。

塔摩拉　要是你知道我是谁，你一定愿意跟我谈话。

泰特斯　我没有发疯；我知道你是谁。这凄惨的断臂，这一道道殷红的血痕，这些被忧虑刻下的凹纹，疲倦的白昼和烦恼的黑夜，一切的悲哀怨恨，都可以为我做证，我认识你是我们骄傲的皇后，不可一世的塔摩拉。你不是来讨我那另一只手的吗？

塔摩拉　告诉你吧，你这不幸的人，我不是塔摩拉；她是你的仇敌，我是你的朋友。我是复仇女神，从下界的冥国中奉派前来，帮助你歼灭仇人，解除那咬啮着你的心的痛苦。下来，欢迎我来到这人世之上；跟我商议商议杀人的方法吧。无论哪一处空洞的岩穴、隐身的幽窟、广大的僻野或是烟雾弥漫的山谷，凡是杀人的凶手和强奸的恶徒因恐惧而躲藏的所在，我都可以把他们找寻出来，在他们的耳边告诉他们我的名字就是可怕的复仇，使那些作恶的罪人心惊胆裂。

泰特斯　你果然是复仇女神吗？你是奉命来帮助我惩罚我的仇敌的吗？

塔摩拉　我正是；所以出来欢迎我吧。

泰特斯　那么在我没有出来以前，先请你替我做一件事。瞧，在你的身旁一边站着强奸，一边站着暗杀；现在你必须向我证明你确是复仇女神，把他们刺杀了吧，或是把他们缚在你的车轮上碾死他们，那么我就下来做你的车夫，跟着你在大地的周围环绕巡行：我会替你备下两匹漆黑的壮健的小马，拖着你的愤怒的云车快步飞奔，在罪恶的巢穴中找出杀人犯的踪迹；当你的车上载满他们的头颅以后，我愿意下车步行，像一个忠顺的脚夫，从太阳升上东方的时候起，一直走到它没下海中；每天每天我愿意做这样劳苦的工作，只要你现在把强奸和暗杀这两个恶魔杀死。

塔摩拉　这两个是我的助手，跟着我一起来的。

泰特斯　他们是你的助手吗？叫什么名字？

塔摩拉　一个就叫强奸，一个就叫暗杀；因为他们的职务就是惩罚这两种恶人。

泰特斯　上帝啊，他们多么像那皇后的两个儿子，你多么像那皇后！可是我们这些凡俗之人，虽然生了一双眼睛，往往会混淆黑白，颠倒是非。亲爱的复仇女神啊！现在我出来迎接你了；要是你不嫌我只有一只手臂，我要用这一只手臂拥抱你。（自上方下。)

塔摩拉　这一套鬼话刚巧打进他的疯狂的心坎。现在他已经深信我是复仇女神了，你们在言语之间，留心不要露出破绽；我要利用他这种疯狂的轻信，叫他召唤他的儿子路歇斯来，在宴会席上把他稳住了，我就临时使出一些巧妙的手段，遣散那些心性轻浮的哥特人，或者至少使他们变成他的仇敌。瞧，他来了，我必须继续对他装神扮鬼。

　　　泰特斯上。

泰特斯　这许多时候我是一个孤立无援的人，渴望着你的到来；欢迎，可怕的复仇女神，欢迎你光临我这凄凉的屋宇！强奸和暗杀，你们两位也是欢迎的！你们多么像那皇后和她的两个儿子！要是再加上一个摩尔人，那就一无欠缺了；难道整个地狱里找不到这样一个魔鬼吗？因为我知道那皇后无论到什么地方，总有一个摩尔人跟随在她的左右；你们要是想装扮我们的皇后，这样一个魔鬼是少不了的。可是你们来了，总是欢迎的。我们应该怎么办呢？

塔摩拉　你要我们干些什么事，安德洛尼克斯？

狄米特律斯　指点一个杀人的凶手给我看，让我处置他。

契伦　指点一个强奸的暴徒给我看，我会惩罚他。

塔摩拉　指点一千个曾经害你受苦的人给我看，我会替你向他们复仇。

泰特斯　你到罗马的罪恶的街道上去访寻，要是找到一个和你一般模样的人，好暗杀啊，你把他刺杀了吧，他是一个杀人的凶手。你也跟着他去，要是你也找得到另一个和你一般模样的人，好强奸啊，你把他刺杀了吧，他是一个强奸妇女的暴徒。你也跟着他们去；在皇帝的宫里，有一个随身带着一个摩尔黑奴的皇后，她是很容易认识的，因为从头到脚，她都活像你自己；请你用残酷的手段处死他们，因为他们曾经用残酷的手段对待我和我的儿女们。

塔摩拉　领教领教，我们一定替你办到就是了。可是，好安德洛尼克斯，听说你那位勇武非常的儿子路歇斯已经带了一大队善战的哥特人打到罗马来了，可不可以请你叫他到你家里来，为他设席洗尘；当他到来的时候，就在隆重的宴会之中，我去把那皇后和她的两个儿子，还有那皇帝自己以及你所有的仇人一起带来，让他们在你的脚下长跪乞怜，你可以向他们痛痛快快地发泄你的愤恨。不知道安德洛尼克斯对于这一个计策有什么意见？

泰特斯　玛克斯，我的兄弟！悲哀的泰特斯在呼喊你。

　　　　　玛克斯上。

泰特斯　好玛克斯，到你侄儿路歇斯的地方去；你可以在那些哥特人的中间探听他的所在。你对他说我要见见他，叫他把军队就地驻扎，带几位最高贵的哥特王子到我家里来参加宴会；告诉他皇帝和皇后也要出席。请你看在我们兄弟的情分上，替我走这一遭；要是他关心他的老父的生命，让他赶快来吧。

玛克斯　我就去见他，一会儿就回来的。（下。）

塔摩拉　现在我要带着我的两个助手，替你干事情去了。

泰特斯　不，不，叫强奸和暗杀留在这儿陪伴我；否则我要叫我的兄弟回来，一心一意让路歇斯替我复仇，不敢再有劳你了。

塔摩拉　（向二子旁白）你们怎么说，孩子们？你们愿意暂时留在这儿，让我一个人去告诉皇上，我们怎样开这场玩笑吗？敷衍敷衍他，一切奉承他的意思，用好话把他哄住了，等我回来再说。

泰特斯　（旁白）我全都认识他们，虽然他们以为我疯了；他们想用诡计愚弄我，我就将计就计，把他们摆布一下，这一对该死的恶狗和他们的老母狗!

狄米特律斯　（向塔摩拉旁白）母亲,你去吧;让我们留在这儿。

塔摩拉　再会,安德洛尼克斯;复仇女神现在去安排妙计,把你的仇敌诱下罗网。(下。)

泰特斯　我知道你会替我出力的;亲爱的复仇女神,再会吧!

契伦　告诉我们,老人家,你要我们干些什么事?

泰特斯　嘿!我要叫你们做的事多着呢。坡勃律斯,出来!卡厄斯!凡伦丁!

　　　　坡勃律斯及余人等上。

坡勃律斯　您有什么吩咐?

泰特斯　你们认识这两个人吗?

坡勃律斯　我认识这两个就是皇后的儿子,契伦和狄米特律斯。

泰特斯　不,坡勃律斯,不!你完全弄错了。这一个是暗杀,那一个名叫强奸;所以把他们绑起来吧,好坡勃律斯;卡厄斯和凡伦丁,抓住他们。你们常常听见我说,希望有这一天,现在这一天居然来到了。把他们缚得牢牢的,要是他们嚷叫起来,把他们的嘴也给塞住。(泰特斯下;坡勃律斯等捉契伦、狄米特律斯二人。)

契伦　混蛋,住手!我们是皇后的儿子。

坡勃律斯　所以我们奉命把你们绑缚起来。塞住他们的嘴,别让他们说一句话。把他绑好了吗?千万把他绑紧了。

　　　　泰特斯率拉维妮娅重上;拉维妮娅捧盆,泰特斯持刀。

泰特斯　来,来,拉维妮娅;瞧你的仇人已经绑住了。侄儿们,塞住他们的嘴,别让他们对我说话,我要叫他们听听我有些什么惊心动魄的话要对他们说。契伦、狄米特律斯,你们这两个恶人啊!这儿站着被你们用污泥搅浑了的清泉;她本来是一个美好的夏天，却被你们用严冬的霜雪摧残了她的生机。你们杀死了她的丈夫，为了这一个重大的罪恶，她的两个兄弟含冤负屈地被处了死刑，还要害我砍掉了手，给你们取笑。她的娇好的两手、她的舌头，还有比两手和舌头更宝贵的，她的无瑕的贞操，没有人心的奸贼们，都在你们暴力的侵凌之下失去了。假如我让你们说话，你们还有什么话好说？恶贼！你们还好意思哀求饶命吗？听着，狗东西！听我说我要怎样处死你们，我这一只剩下的手还可以割断你们的咽喉，拉维妮娅用她的断臂捧着的那个盆子，就是预备盛放你们罪恶的血液的。你们知道你们的母亲准备到我家里来赴宴，她自称为复仇女神，她以为我是疯了。听着，恶贼们！我要把你们的骨头磨成灰粉，用你们的血把它调成面糊，再把你们这两颗无耻的头颅捣成了肉泥，裹在拌着骨灰的面皮里面做饼馅；叫那淫妇，你们的猪狗般下贱的母亲，吃下她亲生的骨肉。这就是我请她来享用的美宴，这就是她将要饱餐的盛馔；因为你们对待我的女儿太残酷了，所以我要用残酷的手段向你们报复。现在伸出你们的头颈来吧。拉维妮娅，来。（割二人咽喉）让他们的血淋在这盆子里；等他们死了以后，我就去把他们的骨头磨成灰粉，用这可憎的血水把它调和了，再把他们这两颗奸恶的头颅放在那面饼里烘焙。来，来，大家助我一臂之力，安排这一场不平常的盛宴。现在把他们抬了进去，我要亲自下厨，料理好这一道点心，等他们的母亲到来。（众抬二尸下。）

第三场 同前。泰特斯家大厅，桌上罗列酒肴

路歇斯、玛克斯及哥特人等上；艾伦镣铐随上。

路歇斯　玛克斯叔父，既然是我父亲的意思，要我到罗马来，我只好遵从他的命令。

哥特人甲　我们也决心追随你，一切听任命运的安排。

路歇斯　好叔父，请您把这野蛮的摩尔人，这狠恶的饿虎，这可恨的魔鬼，带了进去；不要给他吃什么东西，用镣铐锁住了，等那皇后到来，就提他当面对质，叫他证明她的种种奸恶的图谋。再请您看看我们埋伏的人手够不够，我怕那皇帝对我们不怀好意。

艾伦　有一个魔鬼在我的耳边低声咒诅，教唆我的舌头向你们倾吐出我的愤怒的心中的怨毒！

路歇斯　滚开，没有人心的狗！污秽的奴才！朋友们，帮我的叔父把他拖进去。（众哥特人推艾伦下；喇叭声）喇叭的声音报知皇帝就要来了。

萨特尼纳斯及塔摩拉率伊米力斯、元老、护民官及余人等上。

萨特尼纳斯　什么！天上可以有两个太阳吗？

路歇斯　你自称为太阳，有什么用处？

玛克斯　罗马的皇帝，侄儿，请你们暂停辩论；我们必须平心静气，解决彼此间的争端。殷勤的泰特斯已经安排好一席盛宴，希望在杯酒之间，两方面重敦盟好，恢复和平，使罗马永享安宁的幸福。所以请你们大家过来，各人就座吧。

萨特尼纳斯　玛克斯，那么我就坐下了。（高音笛吹响。）

泰特斯作厨夫装束，拉维妮娅戴面幕，小路歇斯及余人等上。

泰特斯捧面饼一盘置桌上。

泰特斯　欢迎，仁慈的皇上；欢迎，尊严的皇后；欢迎，各位英勇的哥特人；欢迎，路歇斯；欢迎，在座的全体嘉宾。虽然我们的酒食非常粗劣，也可以使你们饱醉而归；请随便吃吧，不要客气。

萨特尼纳斯　你为什么打扮成这个样子，安德洛尼克斯？

泰特斯　因为我怕厨夫粗心，烹煮得不合陛下和娘娘的口味，所以才亲自下厨调度一切。

塔摩拉　那真是多谢你了，好安德洛尼克斯。

泰特斯　但愿娘娘知道我这一片赤心。皇上陛下，我要请您替我解决一个问题：那粗鲁的维琪涅斯因为他的女儿被人强行奸污，把她亲手杀死[1]，这一件事做得对不对？

萨特尼纳斯　对的，安德洛尼克斯。

泰特斯　请问陛下的理由？

萨特尼纳斯　因为那女儿不该忍辱偷生，使她的父亲在每一回看见她的时候勾起他的怨恨。

泰特斯　一个正当、充分而有力的理由；对于我这最不幸的人，它是一个可以仿效的成例，一个活生生的榜样。死吧，死吧，拉维妮娅，让你的耻辱和你同时死去；让你父亲的怨恨也和你的耻辱同归于尽吧！（杀拉维妮娅。）

萨特尼纳斯　你干了什么事啦，你这不慈不爱的父亲？

泰特斯　我把她杀了。为了她，我已经把我的眼睛都哭瞎了；我是像维琪涅斯一样伤心的，我有比他多过一千倍的理由，使

---

[1] 维琪涅斯（Virginius），公元前五世纪时的罗马平民，其女被权贵克劳狄尼斯计陷奸污；维琪涅斯不忍视女儿忍辱偷生之痛苦，亲手将她杀死。

我下这样的毒手；现在这事情已经干了。

萨特尼纳斯　什么！她也被人奸污了吗？告诉我谁干的事。

泰特斯　请陛下和娘娘吃了这一道粗点。

塔摩拉　为什么你用这样的手段杀死你独生的女儿？

泰特斯　杀死她的不是我，是契伦和狄米特律斯；他们奸污了她，割去了她的舌头；是他们，是他们害她落得这样一个结果。

萨特尼纳斯　快去把他们立刻抓来见我。

泰特斯　嘿，他们就在这盘子里头，那烘烤在这面饼里的就是他们的骨肉；他们的母亲刚才吃得津津有味的，也就是她自己亲生的儿子。这是真的，这是真的；我的锋利的刀尖可以为我作见证。（杀塔摩拉。）

萨特尼纳斯　疯子，你这样的行为死有余辜！（杀泰特斯。）

路歇斯　做儿子的忍心看着他的父亲流血吗？冤冤相报，有命抵命！（杀萨特尼纳斯；大骚乱，众慌乱走散；玛克斯、路歇斯及其党羽登上露台。）

玛克斯　你们这些满面愁容的人，罗马的人民和子孙，巨大的变乱使你们分裂离散，像一群惊惶的禽鸟，在暴风中四散飞逃；啊！让我教你们怎样把这一束散乱的禾秆重新集合起来，把这些零落的肢体团结为完整的全身；否则罗马将要自招灭亡的灾祸，那曾经为强大的列国所敬礼的名城，将要像一个日暮途穷的破落汉一样，卑怯地结束她自己的生命了。可是我的僵硬的手势和衰老的口才，这些饱经沧桑的真实的见证，倘不能引诱你们倾听我的言语，（向路歇斯）那么说吧，罗马的亲爱的友人，正像当年我们的先祖[①]用他那严肃的口气，向害着相思的狄多叙述那些狡猾的希腊人偷进特洛伊城那一

[①]　"我们的先祖"即埃涅阿斯。

个悲惨的大火之夜的故事一样；告诉我们是什么奸人迷惑了我们的耳朵，是谁把那致命的祸根引入罗马，使我们的国本受到这样的伤害。我的心不是铁石打成的。我也不能向你们尽情吐露我们全部悲哀的历史，也许就在我最需要你们同情地倾听的时候，滔滔的热泪将会打断我的叙述。这儿是一位大将，让他告诉你们吧；你们听他说了以后，你们的心将要怔忡跳动，你们的眼眶里将要泪如雨下。

路歇斯　那么，高贵的听众，让我告诉你们知道，那万恶的契伦和狄米特律斯便是杀害我们这位皇帝的兄弟的凶手，也就是奸污我的妹妹的暴徒。为了他们重大的罪恶，我的两个兄弟冤遭不白，身首异处；他们不但把我父亲的涕泣陈请置之不顾，而且还用卑鄙的手段，骗诱他砍掉了他那曾经为罗马奋勇作战、把她的敌人送下坟墓去的忠诚的手。最后，我自己也遭到他们无情的放逐，他们把我摈出国门，让我含着满眶的眼泪，向罗马的敌人呼吁求援；我的敌人们被我的真诚的哀泣所感动，捐弃了旧日的嫌恨，伸开他们的两臂拥抱我，把我认作他们的友人。你们要知道，我这为祖国所不容的人，却曾用热血保卫了她的安全，拼着自己不顾一切的身体，挡开了那对准她的胸前的敌人的兵刃。唉！你们知道我不是一个喜欢自夸的人；我的疤痕虽然不会说话，它们却可以为我证明我的话是真实不虚的。可是且慢！我想我这样称扬自己的不足道的功绩，未免离题太远了；啊！请你们恕我；当没有朋友在他们身旁的时候，人们只好为自己宣传。

玛克斯　现在应该轮到我说话了。瞧这孩子吧，这是塔摩拉跟一个不信宗教的摩尔人私通所生的，那摩尔人也就是策动这些惨剧的罪魁祸首。这恶贼虽然罪该万死，为了留着他作一个见证起见，还留在泰特斯的屋子里，没有把他杀掉。现在请你们评判评判，泰特斯遭到这样无可言喻、超过一切忍耐的限度、任何人所受不了的创巨痛深的损害，是不是应该有今天的报复？你们现在已经听到全部事实的真相了，诸位罗马人，你们怎么说？要是我们有什么事情做错了，请你们指出我们的错误，我们这两个安德洛尼克斯家仅存的硕果，愿意从你们现在看见我们所站的地方，手搀着手纵身跳下，在粗硬的顽石上把我们脑浆砸碎，终结我们这一家的命运。说吧，罗马人，说吧！要是你们说我们必须如此，瞧哪！路歇斯跟我就可以当着你们的面前倒下。

伊米力斯　下来，下来，可尊敬的罗马人，轻轻地搀着我们的皇上下来；路歇斯是我们的皇帝，因为我知道这是罗马人民一致的呼声。

众罗马人　路歇斯万岁！罗马的尊严的皇帝！

玛克斯　（向从者）到老泰特斯的悲惨的屋子里去，把那不信神明的摩尔人抓来，让我们判决他一个最可怕的死刑，惩罚他那作恶多端的一生。（侍从等下。）

　　　　路歇斯、玛克斯及余人等自露台走下。

众罗马人　路歇斯万岁！罗马的仁慈的统治者！

路歇斯　谢谢你们，善良的罗马人；但愿我即位以后，能够治愈罗马的创伤，拭去她的悲痛的回忆！可是，善良的人民，请你们容我片刻的时间，因为天性之情驱使我履行一件悲哀的任务。大家站远些；可是叔父，您过来吧，让我们向这尸体挥洒我们诀别的眼泪。啊！让这热烈的一吻留在你这惨白冰冷的唇上，（吻泰特斯）让这些悲哀的泪点留在你这血污的脸上吧，这是你的儿子对你的最后敬礼了！

玛克斯　含着满眶的热泪，你的兄弟玛克斯也来吻一吻你的嘴唇；啊！要是我必须给你流不完的泪、无穷尽的吻，我也决不吝惜。

路歇斯　过来，孩子；来，来，学学我们的样子，在泪雨之中融化了吧。你的爷爷是十分爱你的：好多次他抱着你在他的膝上跳跃，唱歌催你入睡，他的慈爱的胸脯做你的枕头；他曾经给你讲许多小孩子所应该知道的事情；所以你要像一个孝顺的孩子似的，从你幼稚的灵泉里洒下几滴小小的泪珠来，因为这是天性的至情所必需的；心心相系的人，在悲哀之中必然会发出同情的共鸣。向他告别，送他下了坟墓；尽了这一次最后的情谊，从此你就和他人天永别了。

小路歇斯　啊，爷爷，爷爷！要是您能够死而复活，我真愿意让自己死去。主啊！我哭得不能向他说话；一张开嘴，我的眼泪就会把我噎住。

　　　　　侍从等押艾伦重上。

罗马人甲　安德洛尼克斯家不幸的后人，停止了你们的悲哀吧；这可恶的奸贼一手造成了这些惨事，快把他宣判定罪。

路歇斯　把他齐胸埋在泥土里，让他活活饿死；尽他站在那儿叫骂哭喊，不准给他一点食物；谁要是怜悯他救济他，也要受死刑的处分。这是我们的判决，剩几个人在这儿替他掘下泥坑，放他进去。

艾伦　啊！为什么把怒气藏在胸头，隐忍不发呢？我不是小孩子，你们以为我会用卑怯的祷告，忏悔我所做的恶事吗？要是我能够随心所欲，我要做一万件比我曾经做过的更恶的恶事；要是在我一生之中，我曾经做过一件善事，我要从心底里深深懊悔。

路歇斯　这位已故的皇帝，请几位他生前的好友把他抬出去，替他埋葬在他父皇的坟墓里。我的父亲和拉维妮娅将要在我们的家墓之中立刻下葬。至于那头狠毒的雌虎塔摩拉，任何葬礼都不准举行，谁也不准为她服丧志哀，也不准为她鸣响丧钟；

把她的尸体丢在旷野里,听凭野兽猛禽的咬啄。她的一生像野兽一样不知怜悯,所以她也不应该得到我们的怜悯。那万恶的摩尔人艾伦,必须受到他应得的惩罚,因为他是造成我们这一切惨事的祸根。

从今起惩前毖后,把政事重新整顿,
　　不要让女色谗言,动摇了邦基国本。(同下。)

罗密欧与朱丽叶

剧中人物

爱斯卡勒斯　维洛那亲王
帕里斯　少年贵族，亲王的亲戚

蒙太古
凯普莱特 ｝互相敌视的两家家长

罗密欧　蒙太古之子

茂丘西奥　亲王的亲戚
班伏里奥　蒙太古之侄 ｝罗密欧的朋友

提伯尔特　凯普莱特夫人之内侄
劳伦斯神父　法兰西斯派教士
约翰神父　与劳伦斯同门的教士
鲍尔萨泽　罗密欧的仆人

山普孙
葛莱古里 ｝凯普莱特的仆人

彼得　朱丽叶乳媪的从仆
亚伯拉罕　蒙太古的仆人
卖药人
乐工三人
茂丘西奥的侍童
帕里斯的侍童

蒙太古夫人

凯普莱特夫人

朱丽叶　凯普莱特之女

朱丽叶的乳媪

维洛那市民；两家男女亲属；跳舞者、卫士、巡丁及侍从等致辞者

地　点

维洛那；第五幕第一场在曼多亚

开场诗

致辞者上。
故事发生在维洛那名城,
　有两家门第相当的巨族,
累世的宿怨激起了新争,
　鲜血把市民的白手污渎。
是命运注定这两家仇敌,
　生下了一双不幸的恋人,
他们的悲惨凄凉的陨灭,
　和解了他们交恶的尊亲。
这一段生生死死的恋爱,
　还有那两家父母的嫌隙,
把一对多情的儿女杀害,
　演成了今天这一本戏剧。
交代过这几句挈领提纲,
请诸位耐着心细听端详。(下。)

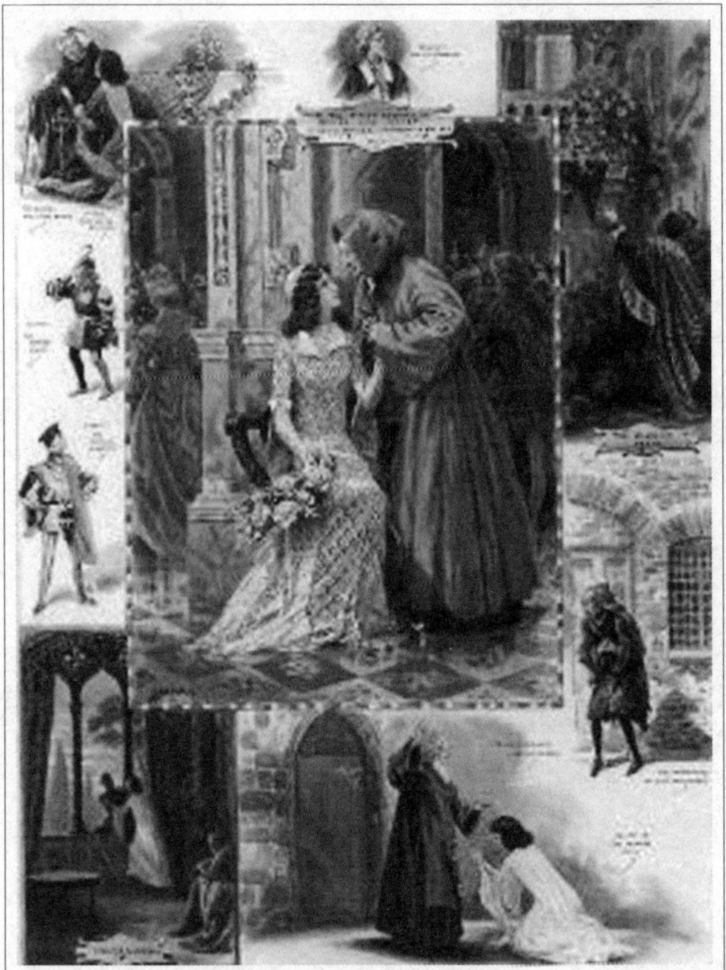

第一幕

第一场　维洛那。广场

　　　　山普孙及葛莱古里各持盾剑上。

山普孙　葛莱古里，咱们可真的不能让人家当做苦力一样欺侮。

葛莱古里　对了，咱们不是可以随便给人欺侮的。

山普孙　我说，咱们要是发起脾气来，就会拔剑动武。

葛莱古里　对了，你可不要把脖子缩到领口里去。

山普孙　我一动性子，我的剑是不认人的。

葛莱古里　可是你不大容易动性子。

山普孙　我见了蒙太古家的狗子就生气。

葛莱古里　有胆量的，生了气就应当站住不动；逃跑的不是好汉。

山普孙　我见了他们家里的狗子，就会站住不动；蒙太古家里任何男女碰到了我，就像是碰到墙壁一样。

葛莱古里　这正说明你是个软弱无能的奴才；只有最没出息的家伙，才去墙底下躲难。

山普孙　的确不错；所以生来软弱的女人，就老是被人逼得不能动：我见了蒙太古家里人来，是男人我就把他们从墙边推出去，是女人我就把她们望着墙壁摔过去。

葛莱古里　吵架是咱们两家主仆男人们的事，与她们女人有什么相干？

山普孙　那我不管，我要做一个杀人不眨眼的魔王；一面跟男人们打架，一面对娘儿们也不留情面，我要她们的命。

葛莱古里　要娘儿们的性命吗？

山普孙　对了，娘儿们的性命，或是她们视同性命的童贞，你爱怎么说就怎么说。

葛莱古里　那就要看对方怎样感觉了。

山普孙　只要我下手，她们就会尝到我的辣手：我是有名的一身横肉呢。

葛莱古里　幸而你还不是一身鱼肉；否则你便是一条可怜虫了。拔出你的家伙来；有两个蒙太古家的人来啦。

　　　　　亚伯拉罕及鲍尔萨泽上。

山普孙　我的剑已经出鞘；你去跟他们吵起来，我就在你背后帮你的忙。

葛莱古里　怎么？你想转过背逃走吗？

山普孙　你放心吧，我不是那样的人。

葛莱古里　哼，我倒有点不放心！

山普孙　还是让他们先动手，打起官司来也是咱们的理直。

葛莱古里　我走过去向他们横个白眼，瞧他们怎么样。

山普孙　好，瞧他们有没有胆量。我要向他们咬我的大拇指，瞧他们能不能忍受这样的侮辱。

亚伯拉罕　你向我们咬你的大拇指吗？

山普孙　我是咬我的大拇指。

亚伯拉罕　你是向我们咬你的大拇指吗？

山普孙　（向葛莱古里旁白）要是我说是，那么打起官司来是谁的理直？

葛莱古里　（向山普孙旁白）是他们的理直。

山普孙　不，我不是向你们咬我的大拇指；可是我是咬我的大拇指。

葛莱古里　你是要向我们挑衅吗？

亚伯拉罕　挑衅！不，哪儿的话。

山普孙　你要是想跟我们吵架，那么我可以奉陪；你也是你家主子的奴才，我也是我家主子的奴才，难道我家的主子就比不上你家的主子？

亚伯拉罕　比不上。

山普孙　好。

葛莱古里　（向山普孙旁白）说"比得上"；我家老爷的一位亲戚来了。

山普孙　比得上。

亚伯拉罕　你胡说。

山普孙　是汉子就拔出剑来。葛莱古里，别忘了你的杀手锏。（双方互斗。）

　　　班伏里奥上。

班伏里奥　分开，蠢材！收起你们的剑；你们不知道你们在干些什么事。（击下众仆的剑。）

　　　提伯尔特上。

提伯尔特　怎么！你跟这些不中用的奴才吵架吗？过来，班伏里奥，让我结果你的性命。

班伏里奥　我不过维持和平；收起你的剑，或者帮我分开这些人。

提伯尔特　什么！你拔出了剑，还说什么和平？我痛恨这两个字，就跟我痛恨地狱、痛恨所有蒙太古家的人和你一样。照剑，懦夫！（二人相斗。）

　　　　　两家各有若干人上,加入争斗;一群市民持枪棍继上。

众市民　打!打!打!把他们打下来!打倒凯普莱特!打倒蒙太古!

　　　　　凯普莱特穿长袍及凯普莱特夫人同上。

凯普莱特　什么事吵得这个样子?喂!把我的长剑拿来。

凯普莱特夫人　拐杖呢?拐杖呢?你要剑干什么?

凯普莱特　快拿剑来!蒙太古那老东西来啦;他还晃着他的剑,明明在跟我寻事。

　　　　　蒙太古及蒙太古夫人上。

蒙太古　凯普莱特,你这奸贼!——别拉住我;让我走。

蒙太古夫人　你要去跟人家吵架,我连一步也不让你走。

　　　　　亲王率侍从上。

亲王　目无法纪的臣民,扰乱治安的罪人,你们的刀剑都被你们邻人的血玷污了;——他们不听我的话吗?喂,听着!你们这些人,你们这些畜生,你们为了扑灭你们怨毒的怒焰,不惜让殷红的流泉从你们的血管里喷涌出来;你们要是畏惧刑法,赶快从你们血腥的手里丢下你们的凶器,静听你们震怒的君王的判决。凯普莱特,蒙太古,你们已经三次为了一句口头上的空言,引起了市民的械斗,扰乱了我们街道上的安宁,害得维洛那的年老公民,也不能不脱下他们尊严的装束,在他们习于安乐的苍老衰弱的手里夺过古旧的长枪,分解你们溃烂的纷争。要是你们以后再在市街上闹事,就要把你们的生命作为扰乱治安的代价。现在别人都给我退下去;凯普莱特,你跟我来;蒙太古,你今天下午到自由村的审判厅里来,听候我对于今天这一案的宣判。大家散开去,倘有逗留不去的,格杀勿论!(除蒙太古夫妇及班伏里奥外皆下。)

蒙太古　这一场宿怨是谁又重新煽风点火?侄儿,对我说,他们动手的时候,你也在场吗?

班伏里奥　我还没有到这儿来,您的仇家的仆人跟你们家里的仆人已经打成一团了。我拔出剑来分开他们;就在这时候,那个性如烈火的提伯尔特提着剑来了,他对我出言不逊,把剑在他自己头上舞得嗖嗖直响,就像风在那儿讥笑他的装腔作势一样。当我们正在剑来剑去的时候,人越来越多,有的帮这一面,有的帮那一面,乱哄哄地互相争斗,直等亲王来了,方才把两边的人喝开。

蒙太古夫人　啊,罗密欧呢?你今天见过他吗?我很高兴他没有参加这场争斗。

班伏里奥　伯母,在尊严的太阳开始从东方的黄金窗里探出头来的一小时以前,我因为心中烦闷,到郊外去散步,在城西一丛枫树的下面,我看见罗密欧兄弟一早在那儿走来走去。我正要向他走过去,他已经看见了我,就躲到树林深处去了。我因为自己也是心灰意懒,觉得连自己这一身也是多余的,只想找一处没有人迹的地方,所以凭着自己的心境推测别人的心境,也就不去找他多事,彼此互相避开了。

蒙太古　好多天的早上曾经有人在那边看见过他,用眼泪洒为清晨的露水,用长叹嘘成天空的云雾;可是一等到鼓舞众生的太阳在东方的天边开始揭起黎明女神床上灰黑色的帐幕的时候,我那怀着一颗沉重的心的儿子,就逃避了光明,溜回到家里;一个人关起了门躲在房间里,闭紧了窗子,把大好的阳光锁在外面,为他自己造成了一个人工的黑夜。他这一种怪脾气恐怕不是好兆,除非良言劝告可以替他解除心头的烦恼。

班伏里奥　伯父,您知道他的烦恼的根源吗?

蒙太古　我不知道,也没有法子从他自己嘴里探听出来。

班伏里奥　您有没有设法探问过他?

蒙太古　我自己以及许多其他的朋友都曾经探问过他，可是他把心事一股脑儿闷在自己肚里，总是守口如瓶，不让人家试探出来，正像一朵初生的蓓蕾，还没有迎风舒展它的嫩瓣，向太阳献吐它的娇艳，就给妒忌的蛀虫咬啮了一样。只要能够知道他的悲哀究竟是从什么地方来的，我们一定会尽心竭力替他找寻治疗的方案。

班伏里奥　瞧，他来了；请您站在一旁，等我去问问他究竟有些什么心事，看他理不理我。

蒙太古　但愿你留在这儿，能够听到他的真情的吐露。来，夫人，我们去吧。（蒙太古夫妇同下。）

　　　　罗密欧上。

班伏里奥　早安，兄弟。

罗密欧　天还是这样早吗？

班伏里奥　刚敲过九点钟。

罗密欧　唉！在悲哀里度过的时间似乎是格外长的。急忙忙地走过去的那个人，不就是我的父亲吗？

班伏里奥　正是。什么悲哀使罗密欧的时间过得这样长？

罗密欧　因为我缺少了可以使时间变为短促的东西。

班伏里奥　你跌进恋爱的网里了吗？

罗密欧　我还在门外徘徊——

班伏里奥　在恋爱的门外？

罗密欧　我不能得到我的意中人的欢心。

班伏里奥　唉！想不到爱神的外表这样温柔，实际上却是如此残暴！

罗密欧　唉！想不到爱神蒙着眼睛，却会一直闯进人们的心灵！我们在什么地方吃饭？哎哟！又是谁在这儿打过架了？可是不必告诉我，我早就知道了。这些都是怨恨造成的后果，可是爱情的力量比它要大过许多。啊，吵吵闹闹的相爱，亲亲热热的怨恨！啊，无中生有的一切！啊，沉重的轻浮，严肃的狂妄，整齐的混乱，铅铸的羽毛，光明的烟雾，寒冷的火焰，憔悴的健康，永远觉醒的睡眠，否定的存在！我感觉到的爱情正是这么一种东西，可是我并不喜爱这一种爱情。你不会笑我吗？

班伏里奥　不，兄弟，我倒是有点儿想哭。

罗密欧　好人，为什么呢？

班伏里奥　因为瞧着你善良的心受到这样的痛苦。

罗密欧　唉！这就是爱情的错误，我自己已经有太多的忧愁重压在我的心头，你对我表示的同情，徒然使我在太多的忧愁之上再加上一重忧愁。爱情是叹息吹起的一阵烟；恋人的眼中有它净化了的火星；恋人的眼泪是它激起的波涛。它又是最智慧的疯狂，哽喉的苦味，吃不到嘴的蜜糖。再见，兄弟。（欲去。）

班伏里奥　且慢，让我跟你一块儿去；要是你就这样丢下了我，未免太不给我面子啦。

罗密欧　嘿！我已经遗失了我自己；我不在这儿；这不是罗密欧，他是在别的地方。

班伏里奥　老实告诉我，你所爱的是谁？

罗密欧　什么！你要我在痛苦呻吟中说出她的名字来吗？

班伏里奥　痛苦呻吟！不，你只要告诉我她是谁就得了。

罗密欧　叫一个病人郑重其事地立起遗嘱来！啊，对于一个病重的人，还有什么比这更刺痛他的心？老实对你说，兄弟，我是爱上了一个女人。

班伏里奥　我说你一定在恋爱，果然猜得不错。

罗密欧　好一个每发必中的射手！我所爱的是一位美貌的姑娘。

班伏里奥　好兄弟，目标越好，射得越准。

罗密欧　你这一箭就射岔了。丘匹德的金箭不能射中她的心；她有狄安娜女神的圣洁，不让爱情软弱的弓矢损害她的坚不可破的贞操。她不愿听任深怜密爱的词句把她包围，也不愿让灼灼逼人的眼光向她进攻，更不愿接受可以使圣人动心的黄金的诱惑；啊！美貌便是她巨大的财富，只可惜她一死以后，她的美貌也要化为黄土！

班伏里奥　那么她已经立誓终身守贞不嫁了吗？

罗密欧　她已经立下了这样的誓言，为了珍惜她自己，造成了莫大的浪费；因为她让美貌在无情的岁月中日渐枯萎，不知道替后世传留下她的绝世容华。她是个太美丽、太聪明的人儿，不应该剥夺她自身的幸福，使我抱恨终天。她已经立誓割舍爱情，我现在活着也就等于死去一般。

班伏里奥　听我的劝告，别再想起她了。

罗密欧　啊！那么你教我怎样忘记吧。

班伏里奥　你可以放纵你的眼睛，让它们多看几个世间的美人。

罗密欧　那不过格外使我觉得她的美艳无双罢了。那些吻着美人娇额的幸运的面罩，因为它们是黑色的缘故，常常使我们想起被它们遮掩的面庞不知多么娇丽。突然盲目的人，永远不会忘记存留在他消失了的视觉中的宝贵的影像。给我看一个姿容绝代的美人，她的美貌除了使我记起世上有一个人比她更美以外，还有什么别的用处？再见，你不能教我怎样忘记。

班伏里奥　我一定要证明我的意见不错，否则死不瞑目。（同下。）

第二场　同前。街道

　　　　　凯普莱特、帕里斯及仆人上。

凯普莱特　可是蒙太古也负着跟我同样的责任；我想像我们这样有了年纪的人，维持和平还不是难事。
帕里斯　你们两家都是很有名望的大族，结下了这样不解的冤仇，真是一件不幸的事。可是，老伯，您对于我的求婚有什么见教？
凯普莱特　我的意思早就对您表示过了。我的女儿今年还没有满十四岁，完全是一个不懂事的孩子；再过两个夏天，才可以谈到亲事。
帕里斯　比她年纪更小的人，都已经做了幸福的母亲了。
凯普莱特　早结果的树木一定早凋。我在这世上已经什么希望都没有了，只有她是我的唯一的安慰。可是向她求爱吧，善良的帕里斯，得到她的欢心；只要她愿意，我的同意是没有问题的。今天晚上，我要按照旧例，举行一次宴会，邀请许多亲友参加；您也是我所要邀请的一个，请您接受我的最诚意的欢迎。在我的寒舍里，今晚您可以见到灿烂的群星翩然下降，照亮黑暗的天空；在蓓蕾一样娇艳的女郎丛里，您可以充分享受青春的愉快，正像盛装的四月追随着残冬的足迹降临人世，在年轻人的心里充满着活跃的欢欣一样。您可以听一个够，看一个饱，从许多美貌的女郎中间，连我的女儿也在内，拣一个最好的做您的意中人。来，跟我去。（以一纸交仆）你到维洛那全城去走一转，挨着这单子上一个一个的名字去找人，请他们到我的家里来。（凯普莱特、帕里斯同下。）

仆人　挨着这单子上的名字去找人！人家说，鞋匠的针线，裁缝的钉锤，渔夫的笔，画师的网，各人有各人的职司；可是我们的老爷却叫我挨着这单子上的名字去找人，我怎么知道写字的人在这上面写着些什么？我一定要找个识字的人。来得正好。

　　　　班伏里奥及罗密欧上。

班伏里奥　不，兄弟，新的火焰可以把旧的火焰扑灭，大的苦痛可以使小的苦痛减轻；头晕目眩的时候，只要转身向后；一桩绝望的忧伤，也可以用另一桩烦恼把它驱除。给你的眼睛找一个新的迷惑，你的原来的痼疾就可以霍然脱体。

罗密欧　你的药草只好医治——

班伏里奥　医治什么？

罗密欧　医治你的跌伤的胫骨。

班伏里奥　怎么，罗密欧，你疯了吗？

罗密欧　我没有疯，可是比疯人更不自由；关在牢狱里，不进饮食，挨受着鞭挞和酷刑——晚安，好朋友！

仆人　晚安！请问先生，您念过书吗？

罗密欧　是的，这是我的不幸中的资产。

仆人　也许您只会背诵；可是请问您会不会看着字一个一个地念？

罗密欧　我认得的字，我就会念。

仆人　您说得很老实；愿您一生快乐！（欲去。）

罗密欧　等一等，朋友；我会念。"玛丁诺先生暨夫人及诸位令爱；安赛尔美伯爵及诸位令妹；寡居之维特鲁维奥夫人；帕拉森西奥先生及诸位令侄女；茂丘西奥及其令弟凡伦丁；凯普莱特叔父暨婶母及诸位贤妹；罗瑟琳贤侄女；里维娅；伐伦西奥先生及其令表弟提伯尔特；路西奥及活泼之海丽娜。"好一群名士贤媛！请他们到什么地方去？

仆人　到——

罗密欧　哪里？

仆人　到我们家里吃饭去。

罗密欧　谁的家里？

仆人　我的主人的家里。

罗密欧　对了，我该先问你的主人是谁才是。

仆人　您也不用问了，我就告诉您吧。我的主人就是那个有财有势的凯普莱特；要是您不是蒙太古家里的人，请您也来跟我们喝一杯酒，愿您一生快乐！（下。）

班伏里奥　在这一个凯普莱特家里按照旧例举行的宴会中间，你所热恋的美人罗瑟琳也要跟着维洛那城里所有的绝色名媛一同去赴宴。你也到那儿去吧，用着不带成见的眼光，把她的容貌跟别人比较比较，你就可以知道你的天鹅不过是一只乌鸦罢了。

罗密欧　要是我的虔敬的眼睛会相信这种谬误的幻象，那么让眼泪变成火焰，把这一双罪状昭著的异教邪徒烧成灰烬吧！比我的爱人还美！烛照万物的太阳，自有天地以来也不曾看见过一个可以和她媲美的人。

班伏里奥　嘿！你看见她的时候，因为没有别人在旁边，你的两只眼睛里只有她一个人，所以你以为她是美丽的；可是在你那水晶的天秤里，要是把你的恋人跟另外一个我可以在这宴会里指点给你看的美貌的姑娘同时较量起来，那么她现在虽然仪态万方，那时候就要自惭形秽了。

罗密欧　我倒要去这一次；不是去看你所说的美人，只要看看我自己的爱人怎样大放光彩，我就心满意足了。（同下。）

第三场　同前。凯普莱特家中一室

　　凯普莱特夫人及乳媪上。

凯普莱特夫人　奶妈，我的女儿呢？叫她出来见我。

乳媪　凭着我十二岁时候的童贞发誓，我早就叫过她了。喂，小绵羊！喂，小鸟儿！上帝保佑！这孩子到什么地方去啦？喂，朱丽叶！

　　朱丽叶上。

朱丽叶　什么事？谁叫我？

乳媪　你的母亲。

朱丽叶　母亲，我来了。您有什么吩咐？

凯普莱特夫人　是这么一件事。奶妈，你出去一会儿。我们要谈些秘密的话。——奶妈，你回来吧；我想起来了，你也应当听听我们的谈话。你知道我的女儿年纪也不算怎么小啦。

乳媪　对啊，我把她的生辰记得清清楚楚的。

凯普莱特夫人　她现在还不满十四岁。

乳媪　我可以用我的十四颗牙齿打赌——唉，说来伤心，我的牙齿掉得只剩四颗啦！——她还没有满十四岁呢。现在离开收获节还有多久？

凯普莱特夫人　两个星期多一点。

乳媪　不多不少，不先不后，到收获节的晚上她才满十四岁。苏珊跟她同年——上帝安息一切基督徒的灵魂！唉！苏珊是跟上帝在一起啦，我命里不该有这样一个孩子。可是我说过的，到收获节的晚上，她就要满十四岁啦；正是，一点不错，我记得清清楚楚的。自从地震那一年到现在,已经十一年啦;那时候她已经断了奶,我永远不会忘记,不先不后,刚巧在那一天;因为我在那时候用艾叶涂在奶头上,坐在鸽棚下面晒着太阳;老爷跟您那时候都在曼多亚。瞧,我的记性可不算坏。可是我说的,她一尝到我奶头上的艾叶的味道,觉得变苦啦,哎哟,这可爱的小傻瓜!她就发起脾气来,把奶头摔开啦。那时候地震,鸽棚都在摇动呢:这个说来话长,算来也有十一年啦;后来她就慢慢地会一个人站得直挺挺的,还会摇呀摆得到处乱跑,就是在她跌破额角的那一天,我那去世的丈夫——上帝安息他的灵魂!他是个喜欢说说笑笑的人,把这孩子抱了起来,"啊!"他说,"你往前扑了吗?等你年纪一大,你就要往后仰了;是不是呀,朱丽?"谁知道这个可爱的坏东西忽然停住了哭声,说"嗯"。哎哟,真把人都笑死了!要是我活到一千岁,我也再不会忘记这句话。"是不是呀,朱丽?"他说;这可爱的小傻瓜就停住了哭声,说"嗯"。

凯普莱特夫人 得了得了,请你别说下去了吧。

乳媪 是,太太。可是我一想到她会停住了哭说"嗯",就禁不住笑起来。不说假话,她额角上肿起了像小雄鸡的睾丸那么大的一个包哩;她痛得放声大哭;"啊!"我的丈夫说,"你往前扑了吗?等你年纪一大,你就要往后仰了;是不是呀,朱丽?"她就停住了哭声,说"嗯"。

朱丽叶 我说,奶妈,你也可以停住嘴了。

乳媪 好,我不说啦,我不说啦。上帝保佑你!你是在我手里抚养长大的一个最可爱的小宝贝;要是我能够活到有一天瞧着你嫁了出去,也算了结我的一桩心愿啦。

凯普莱特夫人 是呀,我现在就是要谈起她的亲事。朱丽叶,我的孩子，告诉我，要是现在把你嫁了出去，你觉得怎么样？

朱丽叶　这是我做梦也没有想到过的一件荣誉。

乳媪　一件荣誉！倘不是你只有我这一个奶妈，我一定要说你的聪明是从奶头上得来的。

凯普莱特夫人　好，现在你把婚姻问题考虑考虑吧。在这儿维洛那城里，比你再年轻点儿的千金小姐们，都已经做了母亲啦。就拿我来说吧，我在你现在这样的年纪，也已经生下了你。废话用不着多说，少年英俊的帕里斯已经来向你求婚啦。

乳媪　真是一位好官人，小姐！像这样的一个男人，小姐，真是天下少有。哎哟！他真是一位十全十美的好郎君。

凯普莱特夫人　维洛那的夏天找不到这样一朵好花。

乳媪　是啊，他是一朵花，真是一朵好花。

凯普莱特夫人　你怎么说？你能不能喜欢这个绅士？今晚上在我们家里的宴会中间，你就可以看见他。从年轻的帕里斯的脸上，你可以读到用秀美的笔写成的迷人诗句；一根根齐整的线条，交织成整个一幅谐和的图画；要是你想探索这一卷美好的书中的奥秘，在他的眼角上可以找到微妙的诠释。这本珍贵的恋爱的经典，只缺少一帧可以使它相得益彰的封面；正像游鱼需要活水，美妙的内容也少不了美妙的外表陪衬。记载着金科玉律的宝籍，锁合在漆金的封面里，它的辉煌富丽为众目所共见；要是你做了他的封面，那么他所有的一切都属于你所有了。

乳媪　何止如此！我们女人有了男人就富足了。

凯普莱特夫人　简简单单地回答我，你能够接受帕里斯的爱吗？

朱丽叶　要是我看见了他以后，能够发生好感，那么我是准备喜欢他的。可是我的眼光的飞箭，倘然没有得到您的允许，是不敢大胆发射出去的呢。

一仆人上。

仆人　太太，客人都来了，餐席已经摆好了，请您跟小姐快些出去。大家在厨房里埋怨着奶妈，什么都乱成一团。我要侍候客人去；请您马上就来。

凯普莱特夫人　我们就来了。朱丽叶，那伯爵在等着呢。

乳媪　去，孩子，快去找天天欢乐，夜夜良宵。（同下。）

第四场　同前。街道

罗密欧、茂丘西奥、班伏里奥及五六人或戴假面或持火炬上。

罗密欧　怎么！我们就用这一番话作为我们的进身之阶呢，还是就这么昂然直入，不说一句道歉的话？

班伏里奥　这种虚文俗套，现在早就不流行了。我们用不着蒙着眼睛的丘匹德，背着一张花漆的木弓，像个稻草人似的去吓那些娘儿们；也用不着跟着提示的人一句一句念那从书上默诵出来的登场白；随他们把我们认做什么人，我们只要跳完一回舞，走了就完啦。

罗密欧　给我一个火炬，我不高兴跳舞。我的阴沉的心需要光明。

茂丘西奥　不，好罗密欧，我们一定要你陪着我们跳舞。

罗密欧　我实在不能跳。你们都有轻快的舞鞋；我只有一个铅一样重的灵魂，把我的身体紧紧地钉在地上，使我的脚步不能移动。

茂丘西奥　你是一个恋人，你就借着丘匹德的翅膀，高高地飞起来吧。

罗密欧　他的羽镞已经穿透我的胸膛，我不能借着他的羽翼高翔；他束缚住了我整个的灵魂，爱的重担压得我向下坠沉，跳不出烦恼去。

茂丘西奥　爱是一件温柔的东西，要是你拖着它一起沉下去，那未免太难为它了。

罗密欧　爱是温柔的吗？它是太粗暴、太专横、太野蛮了；它像荆棘一样刺人。

茂丘西奥　要是爱情虐待了你，你也可以虐待爱情；它刺痛了你，你也可以刺痛它；这样你就可以战胜了爱情。给我一个面具，让我把我的尊容藏起来；（戴假面）哎哟，好难看的鬼脸！再给我拿一个面具来把它罩住吧。也罢，就让人家笑我丑，也有这一张鬼脸替我遮羞。

班伏里奥　来，敲门进去；大家一进门，就跳起舞来。

罗密欧　拿一个火炬给我。让那些无忧无虑的公子哥儿去卖弄他们的舞步吧；莫怪我说句老气横秋的话，我对于这种玩意儿实在敬谢不敏，还是作个壁上旁观的人吧。

茂丘西奥　胡说！要是你已经没头没脑深陷在恋爱的泥沼里——恕我说这样的话——那么我们一定要拉你出来。来来来，我们别白昼点灯浪费光阴啦！

罗密欧　我们并没有白昼点灯。

茂丘西奥　我的意思是说，我们耽误时光，好比白昼点灯一样。我们没有恶意，我们还有五个官能，可以有五倍的观察能力呢。

罗密欧　我们去参加他们的舞会也无恶意，只怕不是一件聪明的事。

茂丘西奥　为什么？请问。

罗密欧　昨天晚上我做了一个梦。

茂丘西奥　我也做了一个梦。

罗密欧　好，你做了什么梦？

茂丘西奥　我梦见做梦的人老是说谎。

罗密欧　一个人在睡梦里往往可以见到真实的事情。

茂丘西奥　啊！那么一定春梦婆来望过你了。

班伏里奥　春梦婆！她是谁？

茂丘西奥　她是精灵们的稳婆；她的身体只有郡吏手指上一颗玛瑙那么大；几匹蚂蚁大小的细马替她拖着车子，越过酣睡的人们的鼻梁，她的车辐是用蜘蛛的长脚做成的；车篷是蚱蜢的翅膀；挽索是小蜘蛛丝，颈带如水的月光；马鞭是蟋蟀的骨头；缰绳是天际的游丝。替她驾车的是一只小小的灰色的蚊虫，它的大小还不及从一个贪懒丫头的指头上挑出来的懒虫的一半。她的车子是野蚕用一个榛子的空壳替她造成，它们从古以来，就是精灵们的车匠。她每夜驱着这样的车子，穿过情人们的脑中，他们就会在梦里谈情说爱；经过官员们的膝上，他们就会在梦里打躬作揖；经过律师们的手指，他们就会在梦里伸手讨讼费；经过娘儿们的嘴唇，她们就会在梦里跟人家接吻，可是因为春梦婆讨厌她们嘴里吐出来的糖果的气息，往往罚她们满嘴长着水泡。有时奔驰过廷臣的鼻子，他就会在梦里寻找好差事；有时她从捐献给教会的猪身上拔下它的尾巴来，撩拨着一个牧师的鼻孔，他就会梦见自己又领到一份俸禄；有时她绕过一个兵士的颈项，他就会梦见杀敌人的头，进攻、埋伏、锐利的剑锋、淋漓的痛饮——忽然被耳边的鼓声惊醒，咒骂了几句，又翻了个身睡去了。就是这一个春梦婆在夜里把马鬣打成了辫子，把懒女人的腌臜的乱发烘成一处处胶黏的硬块，倘然把它们梳通了，就要遭逢祸事；就是这个婆子在人家女孩子们仰面睡觉的时候，压在她们的身上，教会她们怎样养儿子；就是她——

罗密欧　得啦，得啦，茂丘西奥，别说啦！你全然在那儿痴人说梦。

茂丘西奥　对了，梦本来是痴人脑中的胡思乱想；它的本质像空

107

气一样稀薄；它的变化莫测，就像一阵风，刚才还在向着冰雪的北方求爱，忽然发起恼来，一转身又到雨露的南方来了。

班伏里奥　你讲起的这一阵风，不知把我们自己吹到哪儿去了。人家晚饭都用过了，我们进去怕要太晚啦。

罗密欧　我怕也许是太早了；我仿佛觉得有一种不可知的命运，将要从我们今天晚上的狂欢开始它的恐怖的统治，我这可憎恨的生命，将要遭遇残酷的夭折而告一结束。可是让支配我的前途的上帝指导我的行动吧！前进，快活的朋友们！

班伏里奥　来，把鼓擂起来。（同下。）

第五场　同前。凯普莱特家中厅堂

　　　　乐工各持乐器等候；众仆上。

仆甲　卜得潘呢？他怎么不来帮忙把这些盘子拿下去？他不愿意搬碟子！他不愿意揩砧板！

仆乙　一切事情都交给一两个人管，叫他们连洗手的工夫都没有，这真糟糕！

仆甲　把折凳拿进去，把食器架搬开，留心打碎盘子。好兄弟，留一块杏仁酥给我；谢谢你去叫那管门的让苏珊跟耐儿进来。安东尼！卜得潘！

仆乙　哦，兄弟，我在这儿。

仆甲　里头在找着你，叫着你，问着你，到处寻着你。

仆丙　我们可不能一身分两处呀。

仆乙　来，孩子们，大家出力！（众仆退后。）

　　　　凯普莱特、朱丽叶及其家族等自一方上；众宾客及假面跳舞者等自另一方上，相遇。

凯普莱特　诸位朋友,欢迎欢迎!足趾上不生茧子的小姐太太们要跟你们跳一回舞呢。啊哈!我的小姐们,你们中间现在有什么人不愿意跳舞?　我可以发誓,谁要是推三阻四的,一定脚上长着老大的茧子;果然给我猜中了吗?诸位朋友,欢迎欢迎!我从前也曾经戴过假面,在一个标致姑娘的耳朵旁边讲些使得她心花怒放的话儿;这种时代现在是过去了,过去了,过去了。诸位朋友,欢迎欢迎!来,乐工们,奏起音乐来吧。站开些!站开些!让出地方来。姑娘们,跳起来吧。(奏乐;众开始跳舞)混蛋,把灯点亮一点,把桌子一起搬掉,把火炉熄了,这屋子里太热啦。啊,好小子!这才玩得有兴。啊!请坐,请坐,好兄弟,我们两人现在是跳不起来的了;您还记得我们最后一次戴着假面跳舞是在什么时候?

凯普莱特族人　这话说来也有三十年啦。

凯普莱特　什么,兄弟!没有这么久,没有这么久;那是在路森修结婚的那年,大概离现在有二十五年模样,我们曾经跳过一次。

凯普莱特族人　不止了,不止了;大哥,他的儿子也有三十岁啦。

凯普莱特　我难道不知道吗?他的儿子两年以前还没有成年哩。

罗密欧　搀着那位骑士的手的那位小姐是谁?

仆人　我不知道,先生。

罗密欧　啊!火炬远不及她的明亮;
　　　　她皎然悬在暮天的颊上,
　　　　像黑奴耳边璀璨的珠环;
　　　　她是天上明珠降落人间!
　　　　瞧她随着女伴进退周旋,
　　　　像鸦群中一头白鸽蹁跹。
　　　　我要等舞阑后追随左右,
　　　　握一握她那纤纤的素手。

>我从前的恋爱是假非真,
>
>今晚才遇见绝世的佳人!

提伯尔特　听这个人的声音,好像是一个蒙太古家里的人。孩子,拿我的剑来。哼!这不知死活的奴才,竟敢套着一个鬼脸,到这儿来嘲笑我们的盛会吗?为了保持凯普莱特家族的光荣,我把他杀死了也不算罪过。

凯普莱特　哎哟,怎么,侄儿!你怎么动起怒来啦?

提伯尔特　姑父,这是我们的仇家蒙太古家里的人;这贼子今天晚上到这儿来,一定不怀好意,存心来捣乱我们的盛会。

凯普莱特　他是罗密欧那小子吗?

提伯尔特　正是他,正是罗密欧这小杂种。

凯普莱特　别生气,好侄儿,让他去吧。瞧他的举动倒也规规矩矩;说句老实话,在维洛那城里,他也算得一个品行很好的青年。我无论如何不愿意在我自己的家里跟他闹事。你还是耐着性子,别理他吧。我的意思就是这样,你要是听我的话,赶快收下了怒容,和和气气的,不要打断大家的兴致。

提伯尔特　这样一个贼子也来做我们的宾客,我怎么不生气?我不能容他在这儿放肆。

凯普莱特　不容也得容;哼,目无尊长的孩子!我偏要容他。嘿!谁是这里的主人?是你还是我?嘿!你容不得他!什么话!你要当着这些客人的面前吵闹吗?你不服气!你要充好汉!

提伯尔特　姑父,咱们不能忍受这样的耻辱。

凯普莱特　得啦,得啦,你真是一点规矩都不懂。——是真的吗?您也许不喜欢这个调调儿。——我知道你一定要跟我闹别扭!——说得很好,我的好人儿!——你是个放肆的孩子;去,别闹!不然的话——把灯再点亮些!把灯再点亮些!——不害臊的!我要叫你闭嘴。——啊!痛痛快快地玩一下,我的好人儿们!

提伯尔特　我这满腔怒火偏给他浇下一盆冷水,好教我气得浑身哆嗦。我且退下去;可是今天由他闯进了咱们的屋子,看他不会有一天得意反成后悔。(下。)

罗密欧　(向朱丽叶)

要是我这俗手上的尘污

亵渎了你的神圣的庙宇,

这两片嘴唇,含羞的信徒,

愿意用一吻乞求你宥恕。

朱丽叶　信徒,莫把你的手儿侮辱,

这样才是最虔诚的礼敬;

神明的手本许信徒接触,

掌心的密合远胜如亲吻。

罗密欧　生下了嘴唇有什么用处?

朱丽叶　信徒的嘴唇要祷告神明。

罗密欧　那么我要祷求你的允许,

让手的工作交给了嘴唇。

朱丽叶　你的祷告已蒙神明允准。

罗密欧　神明,请容我把殊恩受领。(吻朱丽叶)

这一吻涤清了我的罪孽。

朱丽叶　你的罪却沾上我的唇间。

罗密欧　啊,我的唇间有罪?感谢你精心的指摘!让我收回吧。

朱丽叶　你可以亲一下《圣经》。

乳媪　小姐,你妈要跟你说话。

罗密欧　谁是她的母亲?

乳媪　小官人,她的母亲就是这儿府上的太太,她是个好太太,又聪明,又贤德;我替她抚养她的女儿,就是刚才跟您说话的那个；告诉您吧，谁要是娶了她去，才发财咧。

罗密欧　她是凯普莱特家里的人吗？哎哟！我的生死现在操在我的仇人的手里了！

班伏里奥　去吧，跳舞快要完啦。

罗密欧　是的，我只怕盛筵易散，良会难逢。

凯普莱特　不，列位，请慢点儿去；我们还要请你们稍微用一点茶点。真要走吗？那么谢谢你们；各位朋友，谢谢，谢谢，再会！再会！再拿几个火把来！来，我们去睡吧。啊，好小子！天真是不早了；我要去休息一会儿。（除朱丽叶及乳媪外俱下。）

朱丽叶　过来，奶妈。那边的那位绅士是谁？

乳媪　提伯里奥那老头儿的儿子。

朱丽叶　现在跑出去的那个人是谁？

乳媪　呃，我想他就是那个年轻的彼特鲁乔。

朱丽叶　那个跟在人家后面不跳舞的人是谁？

乳媪　我不认识。

朱丽叶　去问他叫什么名字。——要是他已经结过婚，那么坟墓便是我的婚床。

乳媪　他的名字叫罗密欧，是蒙太古家里的人，咱们仇家的独子。

朱丽叶　恨灰中燃起了爱火融融，
　　　　要是不该相识，何必相逢！
　　　　昨天的仇敌，今日的情人，
　　　　这场恋爱怕要种下祸根。

乳媪　你在说什么？你在说什么？

朱丽叶　那是刚才一个陪我跳舞的人教给我的几句诗。（内呼，"朱丽叶！"）

乳媪　就来，就来！来，咱们去吧；客人们都已经散了。（同下。）

开场诗

致辞者上。
旧日的温情已尽付东流,
　新生的爱恋正如日初上;
为了朱丽叶的绝世温柔,
　忘却了曾为谁魂思梦想。
罗密欧爱着她媚人容貌,
　把一片痴心呈献给仇雠;
朱丽叶恋着他风流才调,
　甘愿被香饵钓上了金钩。
只恨解不开的世仇宿怨,
　这段山海深情向谁申诉?
幽闺中锁住了桃花人面,
　要相见除非是梦魂来去。
可是热情总会战胜辛艰,
苦味中间才有无限甘甜。(下。)

第二幕

第一场　维洛那。凯普莱特花园墙外的小巷

　　　　罗密欧上。
罗密欧　我的心还逗留在这里,我能够就这样掉头前去吗?转回去,你这无精打采的身子,去找寻你的灵魂吧。(攀登墙上,跳入墙内。)
　　　　班伏里奥及茂丘西奥上。
班伏里奥　罗密欧!罗密欧兄弟!
茂丘西奥　他是个乖巧的家伙;我说他一定溜回家去睡了。
班伏里奥　他往这条路上跑,一定跳进这花园的墙里去了。好茂丘西奥,你叫叫他吧。
茂丘西奥　不,我还要念咒喊他出来呢。罗密欧!痴人!疯子!恋人!情郎!快快化作一声叹息出来吧!我不要你多说什么,只要你念一行诗,叹一口气,把咱们那位维纳斯奶奶恭维两句,替她的瞎眼儿子丘匹德少爷取个绰号,这位小爱神真是个神弓手,竟让国王爱上了叫花子的女儿!他没有听见,他没有作声,他没有动静;这猴崽子难道死了吗?待我咒他的鬼魂

出来。凭着罗瑟琳的光明的眼睛,凭着她的高额角,她的红嘴唇,她的玲珑的脚,挺直的小腿,弹性的大腿和大腿附近的那一部分,凭着这一切的名义,赶快给我现出真形来吧!

班伏里奥　他要是听见了,一定会生气的。

茂丘西奥　这不至于叫他生气;他要是生气,除非是气得他在他情人的圈儿里唤起一个异样的妖精,由它在那儿昂然直立,直等她降伏了它,并使它低下头来;那样做的话,才是怀着恶意呢;我的咒语却很正当,我无非凭着他情人的名字唤他出来罢了。

班伏里奥　来,他已经躲到树丛里,跟那多露水的黑夜做伴去了;爱情本来是盲目的,让他在黑暗里摸索去吧。

茂丘西奥　爱情如果是盲目的,就射不中靶。此刻他该坐在枇杷树下了,希望他的情人就是他口中的枇杷。——啊,罗密欧,但愿,但愿她真的成了你到口的枇杷!罗密欧,晚安!我要上床睡觉去;这儿草地上太冷啦,我可受不了。来,咱们走吧。

班伏里奥　好,走吧;他要避着我们,找他也是白费辛勤。(同下。)

第二场　同前。凯普莱特家的花园

　　　　罗密欧上。

罗密欧　没有受过伤的才会讥笑别人身上的创痕。(*朱丽叶自上方窗户中出现*)轻声!那边窗子里亮起来的是什么光?那就是东方,朱丽叶就是太阳!起来吧,美丽的太阳!赶走那妒忌的月亮,她因为她的女弟子比她美得多,已经气得面色惨白了。既然她这样妒忌着你,你不要忠于她吧;脱下她给你的这一身惨绿色的贞女的道服,它是只配给愚人穿的。那是我的意中人；啊！那是我的爱；唉，但愿她知道我在爱着她！她欲言又止，可是她的眼睛已经道出了她的心事。待我去回答她吧；不，我不要太鲁莽，她不是对我说话。天上两颗最灿烂的星，因为有事他去，请求她的眼睛替代它们在空中闪耀。要是她的眼睛变成了天上的星，天上的星变成了她的眼睛，那便怎样呢？她脸上的光辉会掩盖了星星的明亮，正像灯光在朝阳下黯然失色一样；在天上的她的眼睛，会在太空中大放光明，使鸟儿误认为黑夜已经过去而唱出它们的歌声。瞧！她用纤手托住了脸，那姿态是多么美妙！啊，但愿我是那一只手上的手套，好让我亲一亲她脸上的香泽！

朱丽叶　唉！

罗密欧　她说话了。啊！再说下去吧，光明的天使！因为我在这夜色之中仰视着你，就像一个尘世的凡人，张大了出神的眼睛，瞻望着一个生着翅膀的天使，驾着白云缓缓地驰过了天空一样。

朱丽叶　罗密欧啊，罗密欧！为什么你偏偏是罗密欧呢？否认你的父亲，抛弃你的姓名吧；也许你不愿意这样做，那么只要你宣誓做我的爱人，我也不愿再姓凯普莱特了。

罗密欧　（旁白）我还是继续听下去呢，还是现在就对她说话？

朱丽叶　只有你的名字才是我的仇敌；你即使不姓蒙太古，仍然是这样的一个你。姓不姓蒙太古又有什么关系呢？它又不是手，又不是脚，又不是手臂，又不是脸，又不是身体上任何其他的部分。啊！换一个姓名吧！姓名本来是没有意义的；我们叫作玫瑰的这一种花，要是换了个名字，它的香味还是同样的芬芳；罗密欧要是换了别的名字，他的可爱的完美也绝不会有丝毫改变。罗密欧，抛弃了你的名字吧；我愿意把我整个的心灵，赔偿你这一个身外的空名。

罗密欧　那么我就听你的话，你只要叫我做爱，我就重新受洗，重新命名；从今以后，永远不再叫罗密欧了。

朱丽叶　你是什么人，在黑夜里躲躲闪闪地偷听人家的话？

罗密欧　我没法告诉你我叫什么名字。敬爱的神明，我痛恨我自己的名字，因为它是你的仇敌；要是把它写在纸上，我一定把这几个字撕成粉碎。

朱丽叶　我的耳朵里还没有灌进从你嘴里吐出来的一百个字，可是我认识你的声音；你不是罗密欧，蒙太古家里的人吗？

罗密欧　不是，美人，要是你不喜欢这两个名字。

朱丽叶　告诉我，你怎么会到这儿来，为什么到这儿来？花园的墙这么高，是不容易爬上来的；要是我家里的人瞧见你在这儿，他们一定不让你活命。

罗密欧　我借着爱的轻翼飞过园墙，因为砖石的墙垣是不能把爱情阻隔的；爱情的力量所能够做到的事，它都会冒险尝试，所以我不怕你家里人的干涉。

朱丽叶　要是他们瞧见了你，一定会把你杀死的。

罗密欧　唉！你的眼睛比他们二十柄刀剑还厉害；只要你用温柔的眼光看着我，他们就不能伤害我的身体。

朱丽叶　我怎么也不愿让他们瞧见你在这儿。

罗密欧　朦胧的夜色可以替我遮过他们的眼睛。只要你爱我，就让他们瞧见我吧；与其因为得不到你的爱情而在这世上捱命，还不如在仇人的刀剑下丧生。

朱丽叶　谁叫你找到这儿来的？

罗密欧　爱情怂恿我探听出这一个地方；他替我出主意，我借给他眼睛。我不会操舟驾舵，可是倘使你在辽远辽远的海滨，我也会冒着风波寻访你这颗珍宝。

朱丽叶　幸亏黑夜替我罩上了一重面幕，否则为了我刚才被你听

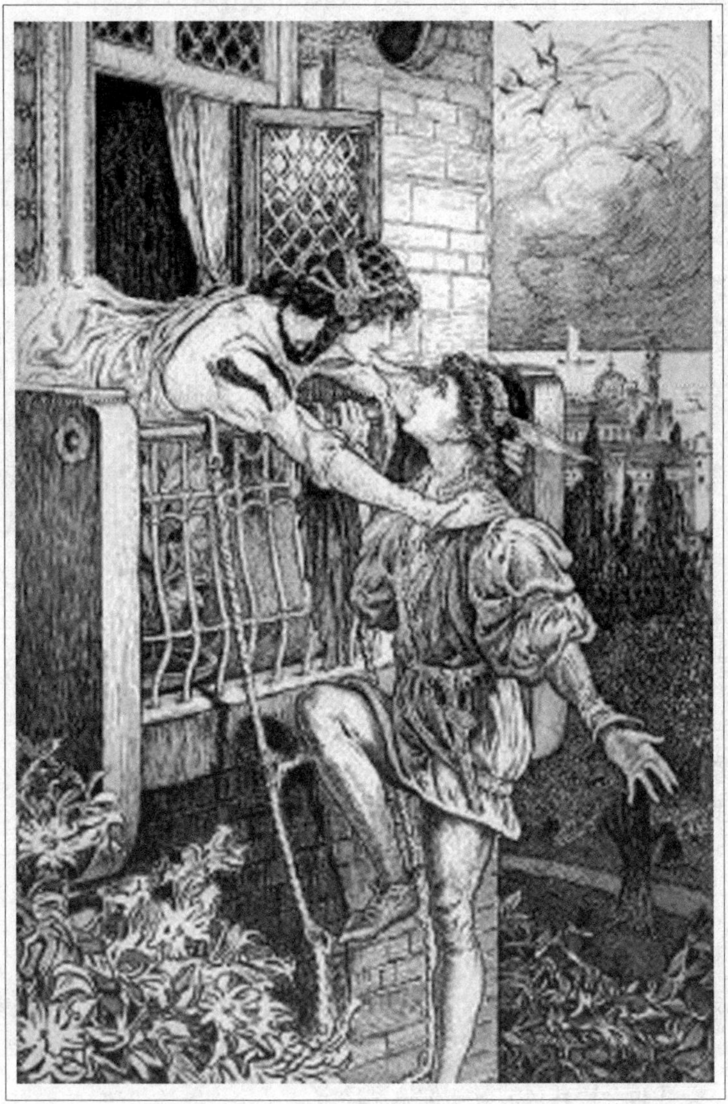

去的话，你一定可以看见我脸上羞愧的红晕。我真想遵守礼法，否认已经说过的言语，可是这些虚文俗礼，现在只好一切置之不顾了！你爱我吗？我知道你一定会说"是的"；我也一定会相信你的话；可是也许你起的誓只是一个谎，人家说，对于恋人们的寒盟背信，天神是一笑置之的。温柔的罗密欧啊！你要是真的爱我，就请你诚意告诉我；你要是嫌我太容易降心相从，我也会堆起怒容，装出倔强的神气，拒绝你的好意，好让你向我婉转求情，否则我是无论如何不会拒绝你的。俊秀的蒙太古啊，我真的太痴心了，所以也许你会觉得我的举动有点轻浮；可是相信我，朋友，总有一天你会知道我的忠心远胜过那些善于矜持作态的人。我必须承认，倘不是你乘我不备的时候偷听去了我的真情的表白，我一定会更加矜持一点的；所以原谅我吧，是黑夜泄露了我心底的秘密，不要把我的允诺看作无耻的轻狂。

罗密欧　姑娘，凭着这一轮皎洁的月亮，它的银光涂染着这些果树的梢端，我发誓——

朱丽叶　啊！不要指着月亮起誓，它是变化无常的，每个月都有盈亏圆缺；你要是指着它起誓，也许你的爱情也会像它一样无常。

罗密欧　那么我指着什么起誓呢？

朱丽叶　不用起誓吧；或者要是你愿意的话，就凭着你优美的自身起誓，那是我所崇拜的偶像，我一定会相信你的。

罗密欧　要是我的出自深心的爱情——

朱丽叶　好，别起誓啦。我虽然喜欢你，却不喜欢今天晚上的密约；它太仓促、太轻率、太出人意料了，正像一闪电光，等不及人家开一声口，已经消隐了下去。好人，再会吧！这一朵爱的蓓蕾，靠着夏天的暖风的吹拂，也许会在我们下次相见的时候，开出鲜艳的花来。晚安，晚安！但愿恬静的安息同样降临到你我两人的心头！

罗密欧　啊！你就这样离我而去，不给我一点满足吗？

朱丽叶　你今夜还要什么满足呢？

罗密欧　你还没有把你的爱情的忠实的盟誓跟我交换。

朱丽叶　在你没有要求以前，我已经把我的爱给了你了；可是我倒愿意重新给你。

罗密欧　你要把它收回去吗？为什么呢，爱人？

朱丽叶　为了表示我的慷慨，我要把它重新给你。可是我只愿意要我已有的东西：我的慷慨像海一样浩渺，我的爱情也像海一样深沉；我给你的越多，我自己也越是富有，因为这两者都是没有穷尽的。（乳媪在内呼唤）我听见里面有人在叫；亲爱的，再会吧！——就来了，好奶妈！——亲爱的蒙太古，愿你不要负心。再等一会儿，我就会来的。（自上方下。）

罗密欧　幸福的，幸福的夜啊！我怕我只是在晚上做了一个梦，这样美满的事不会是真实的。

　　　　朱丽叶自上方重上。

朱丽叶　亲爱的罗密欧，再说三句话，我们真的要再会了。要是你的爱情的确是光明正大，你的目的是在于婚姻，那么明天我会叫一个人到你的地方来，请你叫他带一个信给我，告诉我你愿意在什么地方、什么时候举行婚礼；我就会把我的整个命运交托给你，把你当作我的主人，跟随你到天涯海角。

乳媪　（在内）小姐！

朱丽叶　就来。——可是你要是没有诚意，那么我请求你——

乳媪　（在内）小姐！

朱丽叶　等一等，我来了。——停止你的求爱，让我一个人独自伤心吧。明天我就叫人来看你。

罗密欧　凭着我的灵魂——

朱丽叶　一千次的晚安！（自上方下。）

罗密欧　晚上没有你的光，我只有一千次的心伤！恋爱的人去赴他情人的约会，像一个放学归来的儿童；可是当他和情人分别的时候，却像上学去一般满脸懊丧。（退后。）

　　　　朱丽叶自上方重上。

朱丽叶　嘘！罗密欧！嘘！唉！我希望我会发出呼鹰的声音，招这只鹰儿回来。我不能高声说话，否则我要让我的喊声传进厄科①的洞穴，让她的无形的喉咙因为反复叫喊着我的罗密欧的名字而变成嘶哑。

罗密欧　那是我的灵魂在叫喊着我的名字。恋人的声音在晚间多么清婉，听上去就像最柔和的音乐！

朱丽叶　罗密欧！

罗密欧　我的爱！

朱丽叶　明天我应该在什么时候叫人来看你？

罗密欧　就在九点钟吧。

朱丽叶　我一定不失信；挨到那个时候，该有二十年那么长久！我记不起为什么要叫你回来了。

罗密欧　让我站在这儿，等你记起了告诉我。

朱丽叶　你这样站在我的面前，我一心想着多么爱跟你在一块儿，一定永远记不起来了。

罗密欧　那么我就永远等在这儿，让你永远记不起来，忘记除了这里以外还有什么家。

朱丽叶　天快要亮了；我希望你快去；可是我就好比一个淘气的

―――――――
　①厄科（Echo）是希腊神话中的仙女，因爱恋美少年那耳喀索斯不遂而形销体灭，化为山谷中的回声。

女孩子，像放松一个囚犯似的让她心爱的鸟儿暂时跳出她的掌心，又用一根丝线把它拉了回来，爱的私心使她不愿意给它自由。

罗密欧　我但愿我是你的鸟儿。

朱丽叶　好人，我也但愿这样；可是我怕你会死在我的过分的爱抚里。晚安！晚安！离别是这样甜蜜的凄清，我真要向你道晚安直到天明！（下。）

罗密欧　但愿睡眠合上你的眼睛！
　　　　但愿平静安息我的心灵！
　　　　我如今要去向神父求教，
　　　　把今宵的艳遇诉他知晓。（下。）

第三场　同前。劳伦斯神父的寺院

　　　　劳伦斯神父携篮上。

劳伦斯　黎明笑向着含愠的残宵，
　　　　金鳞浮上了东方的天梢；
　　　　看赤轮驱走了片片乌云，
　　　　像一群醉汉向四处狼奔。
　　　　趁太阳还没有睁开火眼，
　　　　晒干深夜里的涔涔露点，
　　　　我待要采摘下满篚盈筐，
　　　　毒草灵葩充实我的青囊。
　　　　大地是生化万类的慈母，
　　　　她又是掩藏群生的坟墓，
　　　　试看她无所不载的胸怀，

哺乳着多少的姹女婴孩！
天生下的万物没有弃掷，
什么都有它各自的特色，
石块的冥顽，草木的无知，
都含着玄妙的造化生机。
莫看那蠢蠢的恶木莠蔓，
对世间都有它特殊贡献；
即使最纯良的美谷嘉禾，
用得失当也会害性戕躯。
美德的误用会变成罪过，
罪恶有时反会造成善果。
这一朵有毒的弱蕊纤苞，
也会把淹煎的痼疾医疗；
它的香味可以祛除百病，
吃下腹中却会昏迷不醒。
草木和人心并没有不同，
各自有善意和恶念争雄；
恶的势力倘然占了上风，
死便会蛀蚀进它的心中。

罗密欧上。

罗密欧 早安，神父。

劳伦斯 上帝祝福你！是谁的温柔的声音这么早就在叫我？孩子，你一早起身，一定有什么心事。老年人因为多忧多虑，往往容易失眠，可是身心壮健的青年，一上了床就应该酣然入睡；所以你的早起，倘不是因为有什么烦恼，一定是昨夜没有睡过觉。

罗密欧 你的第二个猜测是对的；我昨夜享受到比睡眠更甜蜜的

安息。

劳伦斯　上帝饶恕我们的罪恶！你是跟罗瑟琳在一起吗？

罗密欧　跟罗瑟琳在一起，我的神父？不，我已经忘记了那一个名字，和那个名字所带来的烦恼。

劳伦斯　那才是我的好孩子；可是你究竟到什么地方去了？

罗密欧　我愿意在你没有问我第二遍以前告诉你。昨天晚上我跟我的仇敌在一起宴会，突然有一个人伤害了我，同时她也被我伤害了；只有你的帮助和你的圣药，才会医治我们两人的重伤。神父，我并不怨恨我的敌人，因为瞧，我来向你请求的事，不单为了我自己，也同样为了她。

劳伦斯　好孩子，说明白一点，把你的意思老老实实告诉我，别打着哑谜了。

罗密欧　那么老实告诉你吧，我心底的一往深情，已经完全倾注在凯普莱特的美丽的女儿身上了。她也同样爱着我；一切都完全定当了，只要你肯替我们主持神圣的婚礼。我们在什么时候遇见，在什么地方求爱，怎样彼此交换着盟誓，这一切我都可以慢慢告诉你；可是无论如何，请你一定答应就在今天替我们成婚。

劳伦斯　圣芳济啊！多么快的变化！难道你所深爱着的罗瑟琳，就这样一下子被你抛弃了吗？这样看来，年轻人的爱情，都是见异思迁，不是发于真心的。耶稣，马利亚！你为了罗瑟琳的缘故，曾经用多少的眼泪洗过你消瘦的面庞！为了替无味的爱情添加一点辛酸的味道，曾经浪费掉多少的咸水！太阳还没有扫清你吐向苍穹的怨气，我这龙钟的耳朵里还留着你往日的呻吟；瞧！就在你自己的颊上，还剩着一丝不曾揩去的旧时的泪痕。要是你不曾变了一个人，这些悲哀都是你真实的情感，那么你是罗瑟琳的，这些悲哀也是为罗瑟琳而发的；难道你现在已经变心了吗？男人既然这样没有恒心，那就莫怪女人家朝三暮四了。

罗密欧　你常常因为我爱罗瑟琳而责备我。

劳伦斯　我的学生，我不是说你不该恋爱，我只叫你不要因为恋爱而发痴。

罗密欧　你又叫我把爱情埋葬在坟墓里。

劳伦斯　我没有叫你把旧的爱情埋葬了，再去另找新欢。

罗密欧　请你不要责备我；我现在所爱的她，跟我心心相印，不像前回那个一样。

劳伦斯　啊，罗瑟琳知道你对她的爱情完全抄着人云亦云的老调，你还没有读过恋爱入门的一课哩。可是来吧，朝三暮四的青年，跟我来；为了一个理由，我愿意帮助你一臂之力：因为你们的结合也许会使你们两家释嫌修好，那就是天大的幸事了。

罗密欧　啊！我们就去吧，我巴不得越快越好。

劳伦斯　凡事三思而行；跑得太快是会滑倒的。（同下。）

第四场　同前。街道

班伏里奥及茂丘西奥上。

茂丘西奥　见鬼的，这罗密欧究竟到哪儿去了？他昨天晚上没有回家吗？

班伏里奥　没有，我问过他的仆人了。

茂丘西奥　哎哟！那个白面孔狠心肠的女人，那个罗瑟琳，一定把他虐待得要发疯了。

班伏里奥　提伯尔特，凯普莱特那老头子的亲戚，有一封信送到他父亲那里。

茂丘西奥　一定是一封挑战书。

班伏里奥　罗密欧一定会给他一个答复。

茂丘西奥　只要会写几个字，谁都会写一封复信。

班伏里奥　不，我说他一定会接受他的挑战。

茂丘西奥　唉！可怜的罗密欧！他已经死了，一个白女人的黑眼睛戳破了他的心；一支恋歌穿过了他的耳朵；瞎眼的丘匹德的箭已把他当胸射中；他现在还能够抵得住提伯尔特吗？

班伏里奥　提伯尔特是个什么人？

茂丘西奥　我可以告诉你，他不是个平常的阿猫阿狗。啊！他是个胆大心细、剑法高明的人。他跟人打起架来，就像照着乐谱唱歌一样，一板一眼都不放松，一秒钟的停顿，然后一、二、三，刺进人家的胸膛；他全然是个穿礼服的屠夫，一个决斗的专家；一个名门贵胄，一个击剑能手。啊！那了不得的侧击！那反击！那直中要害的一剑！

班伏里奥　那什么？

茂丘西奥　那些怪模怪样、扭扭捏捏的装腔作势，说起话来怪声怪气的荒唐鬼的对头。他们只会说，"耶稣哪，好一柄锋利的刀子！"——好一个高大的汉子，好一个风流的婊子！嘿，我的老爷子，咱们中间有这么一群不知从哪儿飞来的苍蝇，这一群满嘴法国话的时髦人，他们因为趋新好异，坐在一张旧凳子上也会不舒服，这不是一件可以痛哭流涕的事吗？

　　　　　罗密欧上。

班伏里奥　罗密欧来了，罗密欧来了。

茂丘西奥　瞧他孤零零的神气，倒像一条风干的咸鱼。啊，你这块肉呀，你是怎样变成了鱼的！现在他又要念起彼特拉克[①]的

[①] 彼特拉克（Petrarch，1304—1374），意大利诗人，他的作品有很多是歌颂他终身的爱人罗拉的。

诗句来了：罗拉比起他的情人来不过是个灶下的丫头，虽然她有一个会做诗的爱人；狄多是个蓬头垢面的村妇；克莉奥佩屈拉是个吉卜赛姑娘；海伦、希罗都是下流的娼妓；提斯柏也许有一双美丽的灰色眼睛，可是也不配相提并论。罗密欧先生，给你个法国式的敬礼！昨天晚上你给我们开了多大的一个玩笑哪。

罗密欧　两位大哥早安！昨晚我开了什么玩笑？

茂丘西奥　你昨天晚上逃走得好；装什么假？

罗密欧　对不起，茂丘西奥，我当时有一件很重要的事情，在那情况下我只好失礼了。

茂丘西奥　这就是说，在那情况下，你不得不屈一屈膝了。

罗密欧　你的意思是说，赔个礼。

茂丘西奥　你回答得正对。

罗密欧　正是十分有礼的说法。

茂丘西奥　何止如此，我是讲礼讲到头了。

罗密欧　像是花儿鞋子的尖头。

茂丘西奥　说得对。

罗密欧　那么我的鞋子已经全是花花的洞儿了。

茂丘西奥　讲得妙；跟着我把这个笑话追到底吧，直追得你的鞋子都破了，只剩下了鞋底，而那笑话也就变得又秃又呆了。

罗密欧　啊，好一个又呆又秃的笑话，真配傻子来说。

茂丘西奥　快来帮忙，好班伏里奥；我的脑袋不行了。

罗密欧　要来就快马加鞭；不然我就宣告胜利了。

茂丘西奥　不，如果比聪明像赛马，我承认我输了；我的马儿哪有你的野？说到野，我的五官加在一起也比不上你的任何一官。可是你野的时候，我几时跟你在一起过？

罗密欧　哪一次撒野没有你这呆头鹅？

茂丘西奥　你这话真有意思,我巴不得咬你一口才好。

罗密欧　啊,好鹅儿,莫咬我。

茂丘西奥　你的笑话又甜又辣;简直是辣酱油。

罗密欧　美鹅加辣酱,岂不绝妙?

茂丘西奥　啊,妙语横生,越拉越横!

罗密欧　横得好;你这呆头鹅变成一只横胖鹅了。

茂丘西奥　呀,我们这样打着趣岂不比呻吟求爱好得多吗?此刻你多么和气,此刻你才真是罗密欧了;不论是先天还是后天,此刻是你的真面目了;为了爱,急得涕零满脸,就像一个天生的傻子,奔上奔下,找洞儿藏他的棍儿。

班伏里奥　打住吧,打住吧。

茂丘西奥　你不让我的话讲完,留着尾巴好不顺眼。

班伏里奥　不打住你,你的尾巴还要长大呢。

茂丘西奥　啊,你错了;我的尾巴本来就要缩小了;我的话已经讲到了底,不想老占着位置啦。

罗密欧　看哪,好把戏来啦!

　　　　乳媪及彼得上。

茂丘西奥　一条帆船,一条帆船!

班伏里奥　两条,两条!一公一母。

乳媪　彼得!

彼得　有!

乳媪　彼得,我的扇子。

茂丘西奥　好彼得,替她把脸遮了;因为她的扇子比她的脸好看一点。

乳媪　早安,列位先生。

茂丘西奥　晚安,好太太。

乳媪　是道晚安时候了吗?

茂丘西奥　我告诉你，不会错；那日晷上的指针正顶着中午呢。

乳媪　你说什么！你是什么人！

罗密欧　好太太，上帝造了他，他可不知好歹。

乳媪　说得好：你说他不知好歹哪？列位先生，你们有谁能够告诉我年轻的罗密欧在什么地方？

罗密欧　我可以告诉你；可是等你找到他的时候，年轻的罗密欧已经比你寻访他的时候老了点儿。我因为取不到一个好一点的名字，所以就叫作罗密欧；在取这一个名字的人们中间，我是最年轻的一个。

乳媪　您说得真好。

茂丘西奥　呀，这样一个最坏的家伙你也说好？想得周到；有道理，有道理。

乳媪　先生，要是您就是他，我要跟您单独讲句话儿。

班伏里奥　她要拉他吃晚饭去。

茂丘西奥　一个老虔婆，一个老虔婆！有了！　有了！

罗密欧　有了什么？

茂丘西奥　不是什么野兔子；要说是兔子的话，也不过是斋节里做的兔肉饼，没有吃完就发了霉。（唱）

　　　　　老兔肉，发白霉，

　　　　　老兔肉，发白霉，

　　　　　原是斋节好点心：

　　　　　可是霉了的兔肉饼，

　　　　　二十个人也吃不尽，

　　　　　吃不完的霉肉饼。

　　罗密欧，你到不到你父亲那儿去？我们要在那边吃饭。

罗密欧　我就来。

茂丘西奥　再见，老太太；（唱）

再见，我的好姑娘！（茂丘西奥、班伏里奥下。）

乳媪　好，再见！先生，这个满嘴胡说八道的放肆家伙是谁？

罗密欧　奶妈，这位先生最喜欢听他自己讲话；他在一分钟里所说的话，比他在一个月里听人家讲的话还多。

乳媪　要是他对我说了一句不客气的话，尽管他力气再大一点，我也要给他一顿教训；这种家伙二十个我都对付得了，要是对付不了，我会叫那些对付得了他们的人来。混账东西！他把老娘看作什么人啦？我不是那些烂污婊子，由他随便取笑。（向彼得）你也是个好东西，看着人家把我欺侮，站在旁边一动也不动！

彼得　我没有看见什么人欺侮你；要是我看见了，一定会立刻拔出刀子来的。碰到吵架的事，只要理直气壮，打起官司来不怕人家，我是从来不肯落在人家后头的。

乳媪　哎哟！真把我气得浑身发抖。混账的东西！对不起，先生，让我跟您说句话儿。我刚才说过的，我家小姐叫我来找您；她叫我说些什么话我可不能告诉您；可是我要先明白对您说一句，要是正像人家说的，您想骗她做一场春梦，那可真是人家说的一件顶坏的行为；因为这位姑娘年纪还小，所以您要是欺骗了她，实在是一桩对无论哪一位好人家的姑娘都是对不起的事情，而且也是一桩顶不应该的举动。

罗密欧　奶妈，请你替我向你家小姐致意。我可以对你发誓——

乳媪　很好，我就这样告诉她。主啊！主啊！她听见了一定会非常喜欢的。

罗密欧　奶妈，你去告诉她什么话呢？你没有听我说呀。

乳媪　我就对她说您发过誓了，证明您是一位正人君子。

罗密欧　你请她今天下午想个法子出来到劳伦斯神父的寺院里忏

悔，就在那个地方举行婚礼。这几个钱是给你的酬劳。

乳媪　不，真的，先生，我一个钱也不要。

罗密欧　别客气了，你还是拿着吧。

乳媪　今天下午吗，先生？好，她一定会去的。

罗密欧　好奶妈，请你在这寺墙后面等一等，就在这一点钟之内，我要叫我的仆人去拿一捆扎得像船上的软梯一样的绳子来给你带去；在秘密的夜里，我要凭着它攀登我的幸福的尖端。再会！愿你对我们忠心，我一定不会有负你的辛劳。再会！替我向你的小姐致意。

乳媪　天上的上帝保佑您！先生，我对您说。

罗密欧　你有什么话说，我的好奶妈？

乳媪　您那仆人可靠得住吗？您没听见古话说，两个人知道是秘密，三个人知道就不是秘密吗？

罗密欧　你放心吧，我的仆人是最可靠不过的。

乳媪　好先生，我那小姐是个最可爱的姑娘——主啊！主啊！——那时候她还是个咿咿呀呀怪会说话的小东西——啊！本地有一位叫作帕里斯的贵人，他巴不得把我家小姐抢到手里；可是她，好人儿，瞧他比瞧一只蛤蟆还讨厌。我有时候对她说帕里斯人品不错，你才不知道哩，她一听见这样的话，就会气得面如土色。请问罗丝玛丽花①和罗密欧是不是同样一个字开头的呀？

罗密欧　是呀，奶妈；怎么样？都是罗字起头的哪。

乳媪　啊，你开玩笑哩！那是狗的名字；阿罗就是那个——不对；我知道一定是另一个字开头的——她还把你同罗丝玛丽花连在一起，我也不懂，反正你听了一定喜欢的。

---

① 婚礼常用的花迷迭香（Rosemary）。

131

罗密欧　替我向你小姐致意。

乳媪　一定一定。（罗密欧下）彼得！

彼得　有！

乳媪　给我带路，拿着我的扇子，快些走。（同下。）

第五场　同前。凯普莱特家的花园

朱丽叶上。

朱丽叶　我在九点钟差奶妈去；她答应在半小时以内回来。也许她碰不见他；那是不会的。啊！她的脚走起路来不大方便。恋爱的使者应当是思想，因为它比驱散山坡上的阴影的太阳光还要快十倍；所以维纳斯的云车是用白鸽驾驶的，所以凌风而飞的丘匹德生着翅膀。现在太阳已经升上中天，从九点钟到十二点钟是三个很长的钟点，可是她还没有回来。要是她是个有感情、有温暖的青春的血液的人，她的行动一定会像球儿一样敏捷，我用一句话就可以把她抛到我的心爱的情人那里，他也可以用一句话把她抛回到我这里；可是年纪老的人，大多像死人一般，手脚滞钝，呼唤不灵，慢腾腾地没有一点精神。

乳媪及彼得上。

朱丽叶　啊，上帝！她来了。啊，好心肝奶妈！什么消息？你碰到他了吗？叫那个人出去。

乳媪　彼得，到门口去等着。（彼得下。）

朱丽叶　亲爱的好奶妈——哎呀！你怎么满脸的懊恼？即使是坏消息，你也应该装着笑容说；如果是好消息，你就不该用这副难看的面孔奏出美妙的音乐来。

乳媪　我累死了,让我歇一会儿吧。哎呀,我的骨头好痛!我赶了多少的路!

朱丽叶　我但愿把我的骨头给你,你的消息给我。求求你,快说呀;好奶妈,说呀。

乳媪　耶稣哪!你忙什么?你不能等一下子吗?你没见我气都喘不过来吗?

朱丽叶　你既然气都喘不过来,那么你怎么会告诉我说你气都喘不过来?你费了这么久的时间推三阻四的,要是干脆告诉了我,还不是几句话就完了。我只要你回答我,你的消息是好的还是坏的?只要先回答我一个字,详细的话慢慢再说好了。快让我知道了吧,是好消息还是坏消息?

乳媪　好,你是个傻孩子,选中了这么一个人;你不知道怎样选一个男人。罗密欧!不,他不行,虽然他的脸长得比人家漂亮一点;可是他的腿才长得有样子;讲到他的手、他的脚、他的身体,虽然这种话不大好出口,可是的确谁也比不上他。他不顶懂得礼貌,可是温柔得就像一头羔羊。好,看你的运气吧,姑娘;好好敬奉上帝。怎么,你在家里吃过饭了吗?

朱丽叶　没有,没有。你这些话我都早就知道了。他对于结婚的事情怎么说?

乳媪　主啊!我的头痛死了!我害了多厉害的头痛!痛得好像要裂成二十块似的。还有我那一边的背痛;哎哟,我的背!我的背!你的心肠真好,叫我到外边东奔西走去寻死。

朱丽叶　害你这样不舒服,我真是说不出的抱歉。亲爱的,亲爱的,亲爱的奶妈,告诉我,我的爱人说些什么话?

乳媪　你的爱人说——他说得很像个老老实实的绅士,很有礼貌,很和气,很漂亮,而且也很规矩——你的妈呢?

朱丽叶　我的妈!她就在里面;她还会在什么地方?你回答得多

133

么古怪："你的爱人说，他说得很像个老老实实的绅士，你的妈呢？"

乳媪　哎哟，圣母娘娘！你这样性急吗？哼！反了反了，这就是你瞧着我筋骨酸痛而替我涂上的药膏吗？以后还是你自己去送信吧。

朱丽叶　别缠下去啦！快些，罗密欧怎么说？

乳媪　你已经得到准许今天去忏悔吗？

朱丽叶　我已经得到了。

乳媪　那么你快到劳伦斯神父的寺院里去，有一个丈夫在那边等着你去做他的妻子哩。现在你的脸红起来啦。你到教堂里去吧，我还要到别处去搬一张梯子来，等到天黑的时候，你的爱人就可以凭着它爬进鸟窠里。为了使你快乐我就吃苦奔跑；可是你到了晚上也要负起那个重担来啦。去吧，我还没有吃过饭呢。

朱丽叶　我要找寻我的幸运去！好奶妈，再会。（各下。）

第六场　同前。劳伦斯神父的寺院

　　劳伦斯神父及罗密欧上。

劳伦斯　愿上天祝福这神圣的结合，不要让日后的懊恨把我们谴责！

罗密欧　阿门，阿门！可是无论将来会发生什么悲哀的后果，都抵不过我在看见她这短短一分钟内的欢乐。不管侵蚀爱情的死亡怎样伸展它的魔手，只要你用神圣的言语，把我们的灵魂结为一体，让我能够称她一声我的人，我也就不再有什么遗恨了。

劳伦斯　这种狂暴的快乐将会产生狂暴的结局，正像火和火药的亲吻，就在最得意的一刹那烟消云散。最甜的蜜糖可以使味觉麻木；不太热烈的爱情才会维持久远；太快和太慢，结果都不会圆满。

　　　　朱丽叶上。

劳伦斯　这位小姐来了。啊！这样轻盈的脚步，是永远不会踩破神龛前的砖石的；一个恋爱中的人，可以踏在随风飘荡的蛛网上而不会跌下，幻妄的幸福使他灵魂飘然轻举。

朱丽叶　晚安，神父。

劳伦斯　孩子，罗密欧会替我们两人感谢你的。

朱丽叶　我也向他同样问了好，他何必再来多余的客套。

罗密欧　啊，朱丽叶！要是你感觉到像我一样多的快乐，要是你的灵唇慧舌，能够宣述你衷心的快乐，那么让空气中满布着从你嘴里吐出来的芳香，用无比的妙乐把这一次会晤中我们两人给予彼此的无限欢欣倾吐出来吧。

朱丽叶　充实的思想不在于言语的富丽；只有乞儿才能够计数他的家私。真诚的爱情充溢在我的心里，我无法估计自己享有的财富。

劳伦斯　来，跟我来，我们要把这件事情早点办好；因为在神圣的教会没有把你们两人结合以前，你们两人是不能在一起的。

　　　　（同下。）

第三幕

第一场　维洛那。广场

　　　　茂丘西奥、班伏里奥、侍童及若干仆人上。

班伏里奥　好茂丘西奥,咱们还是回去吧。天这么热,凯普莱特家里的人满街都是,要是碰到了他们,又免不了吵架;因为在这种热天气里,一个人的脾气最容易暴躁起来。

茂丘西奥　你就像这么一种家伙,跑进了酒店的门,把剑在桌子上一放,说,"上帝保佑我不要用到你!"等到两杯喝罢,却无缘无故拿起剑来跟酒保吵架。

班伏里奥　我难道是这样一种人吗?

茂丘西奥　得啦得啦,你的坏脾气比得上意大利无论哪一个人;动不动就要生气,一生气就要乱动。

班伏里奥　再以后怎样呢?

茂丘西奥　哼!要是有两个像你这样的人碰在一起,结果总会一个也没有,因为大家都要把对方杀死了方肯罢休。你!嘿,你会因为人家比你多一根或是少一根胡须,就跟人家吵架。瞧见人家剥栗子,你也会跟他闹翻,你的理由只是因为你有一双栗色的眼睛。除了生着这样一双眼睛的人以外，谁还会像这样吹毛求疵地去跟人家寻事？你的脑袋里装满了惹是生非的念头，正像鸡蛋里装满了蛋黄蛋白，虽然为了惹是生非的缘故，你的脑袋曾经给人打得像个坏蛋一样。你曾经为了有人在街上咳了一声嗽而跟他吵架，因为他咳醒了你那条在太阳底下睡觉的狗。不是有一次你因为看见一个裁缝在复活节以前穿起他的新背心来，所以跟他大闹吗？不是还有一次因为他用旧带子系他的新鞋子，所以又跟他大闹吗？现在你却要教我不要跟人家吵架！

班伏里奥　要是我像你一样爱吵架，不消一时半刻，我的性命早就卖给人家了。

茂丘西奥　性命卖给人家！哼，算了吧！

班伏里奥　哎哟！凯普莱特家里的人来了。

茂丘西奥　啊唷！我不在乎。

　　　　　提伯尔特及余人等上。

提伯尔特　你们跟着我不要走开，等我去向他们说话。两位晚安！我要跟你们中间无论哪一位说句话儿。

茂丘西奥　您只要跟我们两人中间的一个人讲一句话吗？再来点儿别的吧。要是您愿意在一句话以外，再跟我们较量一两手，那我们倒愿意奉陪。

提伯尔特　只要您给我一个理由，您就会知道我也不是个怕事的人。

茂丘西奥　您不会自己想出一个什么理由来吗？

提伯尔特　茂丘西奥，你陪着罗密欧到处乱闯——

茂丘西奥　到处拉唱！怎么！你把我们当作一群沿街卖唱的人吗？你要是把我们当作沿街卖唱的人，那么我们倒要请你听一点儿不大好听的声音；这就是我的提琴上的拉弓，拉一拉就要叫你跳起舞来。他妈的！到处拉唱！

班伏里奥　这儿来往的人太多，讲话不大方便，最好还是找个清静一点的地方去谈谈；要不然大家别闹意气，有什么过不去的事平心静气理论理论；否则各走各的路，也就完了，别让这么许多人的眼睛瞧着我们。

茂丘西奥　人们生着眼睛总要瞧，让他们瞧去好了；我可不能为着别人高兴离开这块地方。

　　　　罗密欧上。

提伯尔特　好，我的人来了；我不跟你吵。

茂丘西奥　他又不吃你的饭，不穿你的衣，怎么是你的人？可是他虽然不是你的跟班，要是你拔脚逃起来，他倒一定会紧紧跟住你的。

提伯尔特　罗密欧，我对你的仇恨使我只能用一个名字称呼你——你是一个恶贼！

罗密欧　提伯尔特，我跟你无冤无恨，你这样无端挑衅，我本来是不能容忍的，可是因为我有必须爱你的理由，所以也不愿跟你计较了。我不是恶贼；再见，我看你还不知道我是个什么人。

提伯尔特　小子，你冒犯了我，现在可不能用这种花言巧语掩饰过去；赶快回过身子，拔出剑来吧。

罗密欧　我可以郑重声明，我从来没有冒犯过你，而且你想不到我是怎样爱你，除非你知道了我所以爱你的理由。所以，好凯普莱特——我尊重这一个姓氏，就像尊重我自己的姓氏一样——咱们还是讲和了吧。

茂丘西奥　哼，好丢脸的屈服！只有武力才可以洗去这种耻辱。(拔剑)提伯尔特，你这捉耗子的猫儿，你愿意跟我决斗吗？

提伯尔特　你要我跟你干么？

茂丘西奥　好猫精，听说你有九条性命，我只要取你一条命，留下那另外八条，等以后再跟你算账。快快拔出你的剑来，否则莫怪无情，我的剑就要临到你的耳朵边了。

提伯尔特　（拔剑）好，我愿意奉陪。

罗密欧　好茂丘西奥，收起你的剑。

茂丘西奥　来，来，来，我倒要领教领教你的剑法。（二人互斗。）

罗密欧　班伏里奥，拔出剑来，把他们的武器打下来。两位老兄，这算什么？快别闹啦！提伯尔特，茂丘西奥，亲王已经明令禁止在维洛那的街道上斗殴。住手，提伯尔特！好茂丘西奥！

（提伯尔特及其党徒下。）

茂丘西奥　我受伤了。你们这两家倒霉的人家！我已经完啦。他不带一点伤就去了吗？

班伏里奥　啊！你受伤了吗？

茂丘西奥　嗯，嗯，擦破了一点儿；可是也够受的了。我的侍童呢？你这家伙，快去找个外科医生来。（侍童下。）

罗密欧　放心吧，老兄；这伤口不算十分厉害。

茂丘西奥　是的，它没有一口井那么深，也没有一扇门那么阔，可是这一点伤也就够要命了；要是你明天找我，就到坟墓里来看我吧。我这一生是完了。你们这两家倒霉的人家！他妈的！狗、耗子、猫儿，都会咬得死人！这个说大话的家伙，这个混账东西，打起架来也要按照着数学的公式！谁叫你把身子插了进来？都是你把我拉住了，我才受了伤。

罗密欧　我完全是出于好意。

茂丘西奥　班伏里奥，快把我扶进什么屋子里去，不然我就要晕过去了。你们这两家倒霉的人家！我已经死在你们手里了。——你们这两家人家！（茂丘西奥、班伏里奥同下。）

罗密欧　他是亲王的近亲，也是我的好友；如今他为了我的缘故受到了致命的重伤。提伯尔特杀死了我的朋友,又毁谤了我的名誉,虽然他在一小时以前还是我的亲人。亲爱的朱丽叶啊!你的美丽使我变成懦弱,磨钝了我的勇气的锋刃!

    班伏里奥重上。

班伏里奥 啊,罗密欧,罗密欧!勇敢的茂丘西奥死了;他已经撒手离开尘世,他的英魂已经升上天庭了!

罗密欧 今天这一场意外的变故,怕要引起日后的灾祸。

    提伯尔特重上。

班伏里奥 暴怒的提伯尔特又来了。

罗密欧 茂丘西奥死了,他却耀武扬威活在人世!现在我只好抛弃一切顾忌,不怕伤了亲戚的情分,让眼睛里喷出火焰的愤怒支配着我的行动了!提伯尔特,你刚才骂我恶贼,我要你把这两个字收回去;茂丘西奥的阴魂就在我们头上,他在等着你去跟他做伴;我们两个人中间必须有一个人去陪陪他,要不然就是两人一起死。

提伯尔特 你这该死的小子,你生前跟他做朋友,死后也去陪他吧!

罗密欧 这柄剑可以替我们决定谁死谁生。(二人互斗;提伯尔特倒下。)

班伏里奥 罗密欧,快走!市民们都已经被这场争吵惊动了,提伯尔特又死在这儿。别站着发怔;要是你给他们捉住了,亲王就要判你死刑。快去吧!快去吧!

罗密欧 唉!我是受命运玩弄的人。

班伏里奥 你为什么还不走?(罗密欧下。)

    市民等上。

市民甲 杀死茂丘西奥的那个人逃到哪儿去了?那凶手提伯尔特逃到什么地方去了?

班伏里奥 躺在那边的就是提伯尔特。

市民甲　先生，起来吧，请你跟我去。我用亲王的名义命令你服从。

　　　亲王率侍从；蒙太古夫妇、凯普莱特夫妇及余人等上。

亲王　这一场争吵的肇祸的罪魁在什么地方？

班伏里奥　啊，尊贵的亲王！我可以把这场流血的争吵的不幸的经过向您从头告禀。躺在那边的那个人，就是把您的亲戚，勇敢的茂丘西奥杀死的人，他现在已经被年轻的罗密欧杀死了。

凯普莱特夫人　提伯尔特，我的侄儿！啊，我的哥哥的孩子！亲王啊！侄儿啊！丈夫啊！哎哟！我的亲爱的侄儿给人杀死了！殿下，您是正直无私的，我们家里流的血，应当用蒙太古家里流的血来报偿。哎哟，侄儿啊！侄儿啊！

亲王　班伏里奥，是谁开始这场血斗的？

班伏里奥　死在这儿的提伯尔特，他是被罗密欧杀死的。罗密欧很诚恳地劝告他，叫他想一想这种争吵多么没意思，并且也提起您的森严的禁令。他用温和的语调、谦恭的态度，赔着笑脸向他反复劝解，可是提伯尔特充耳不闻，一味逞着他的骄横，拔出剑来就向勇敢的茂丘西奥胸前刺了过去；茂丘西奥也动了怒气，就和他两下交锋起来，自恃着本领高强，满不在乎地一手挡开了敌人致命的剑锋，一手向提伯尔特还刺过去，提伯尔特眼明手快，也把它挡开了。那个时候罗密欧就高声喊叫，"住手，朋友；两下分开！"说时迟，来时快，他的敏捷的腕臂已经打下了他们的利剑，他就插身在他们两人中间；谁料提伯尔特怀着毒心，冷不防打罗密欧的手臂下面刺了一剑过去，竟中了茂丘西奥的要害，于是他就逃走了。等了一会儿他又回来找罗密欧，罗密欧这时候正是满腔怒火，就像闪电似的跟他打起来，我还来不及拔剑阻止他们，勇猛的提伯尔特已经中剑而死，罗密欧见他倒在地上，也就转身逃走了。我所说的句句都是真话，倘有虚言，愿受死刑。

141

凯普莱特夫人　他是蒙太古家的亲戚，他说的话都是徇着私情，完全是假的。他们一共有二十来个人参加这场恶斗，二十个人合力谋害一个人的生命。殿下，我要请您主持公道，罗密欧杀死了提伯尔特，罗密欧必须抵命。

亲王　罗密欧杀了他，他杀了茂丘西奥；茂丘西奥的生命应当由谁抵偿？

蒙太古　殿下，罗密欧不应该偿他的命；他是茂丘西奥的朋友，他的过失不过是执行了提伯尔特依法应处的死刑。

亲王　为了这一个过失，我现在宣布把他立刻放逐出境。你们双方的憎恨已经牵涉到我的身上，在你们残暴的斗殴中，已经流下了我的亲人的血；可是我要给你们一个重重的惩罚，儆戒儆戒你们的将来。我不要听任何的请求辩护，哭泣和祈祷都不能使我枉法徇情，所以不用想什么挽回的办法，赶快把罗密欧遣送出境吧；不然的话，我们什么时候发现他，就在什么时候把他处死。把这尸体抬去，不许违抗我的命令；对杀人的凶手不能讲慈悲，否则就是鼓励杀人了。（同下。）

第二场　同前。凯普莱特家的花园

朱丽叶上。

朱丽叶　快快跑过去吧，踏着火云的骏马，把太阳拖回到它的安息的所在；但愿驾车的法厄同[①]鞭策你们飞驰到西方，让阴沉的暮夜赶快降临。展开你密密的帷幕吧，成全恋爱的黑夜！遮住夜行人的眼睛，让罗密欧悄悄地投入我的怀里，不被人

---

① 法厄同（Phaethon），日神的儿子，曾为其父驾驭日车，不能控制马而脱离常道。

家看见也不被人家谈论！恋人们可以在他们自身美貌的光辉里互相缱绻；即使恋爱是盲目的，那也正好和黑夜相称。来吧，温文的夜，你朴素的黑衣妇人，教会我怎样在一场全胜的赌博中失败，把各人纯洁的童贞互为赌注。用你黑色的罩巾遮住我脸上羞怯的红潮，等我深藏内心的爱情慢慢地胆大起来，不再因为在行动上流露真情而惭愧。来吧，黑夜！来吧，罗密欧！来吧，你黑夜中的白昼！因为你将要睡在黑夜的翼上，比乌鸦背上的新雪还要皎白。来吧，柔和的黑夜！来吧，可爱的黑颜的夜，把我的罗密欧给我！等他死了以后，你再把他带去，分散成无数的星星，把天空装饰得如此美丽，使全世界都恋爱着黑夜，不再崇拜炫目的太阳。啊！我已经买下了一所恋爱的华厦，可是它还不曾属我所有；虽然我已经把自己出卖，可是还没有被买主领去。这日子长得真叫人厌烦，正像一个做好了新衣服的小孩，在节日的前夜焦躁地等着天明一样。啊！我的奶妈来了。

　　乳媪携绳上。

朱丽叶　她带着消息来了。谁的舌头上只要说出了罗密欧的名字，他就在吐露着天上的仙音。奶妈，什么消息？你带着些什么来了？那就是罗密欧叫你去拿的绳子吗？

乳媪　是的，是的，这绳子。（将绳掷下。）

朱丽叶　哎哟！什么事？你为什么扭着你的手？

乳媪　唉！唉！唉！他死了，他死了，他死了！我们完了，小姐，我们完了！唉！他去了，他给人杀了，他死了！

朱丽叶　天道竟会这样狠毒吗？

乳媪　不是天道狠毒，罗密欧才下得了这样狠毒的手。啊！罗密欧，罗密欧！谁想得到会有这样的事情？罗密欧！

朱丽叶　你是个什么鬼，这样煎熬着我？这简直就是地狱里的酷

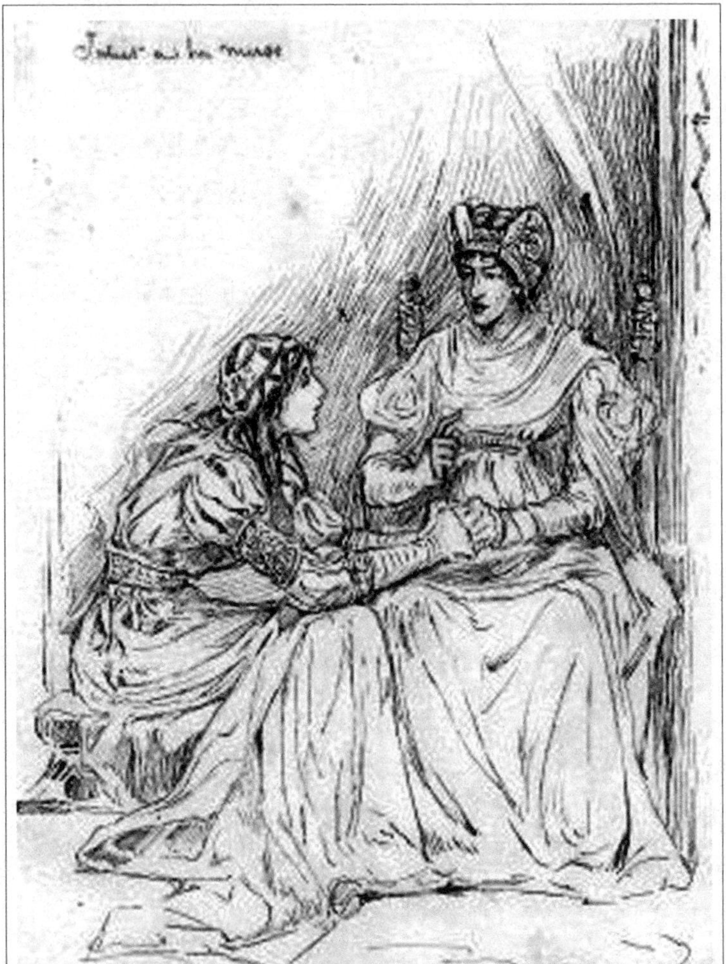

刑。罗密欧把他自己杀死了吗？你只要回答我一个"是"字，这一个"是"字就比毒龙眼里射放的死光更会致人死命。如果真有这样的事，我就不会再在人世，或者说，那叫你说声"是"的人，从此就要把眼睛紧闭。要是他死了，你就说"是"；要是他没有死，你就说"不"；这两个简单的字就可以决定我的终身祸福。

  乳媪 我看见他的伤口，我亲眼看见他的伤口，慈悲的上帝！就在他的宽阔的胸上。一个可怜的尸体，一个可怜的流血的尸体，像灰一样苍白，满身都是血，满身都是一块块的血；我一瞧见就晕过去了。

朱丽叶 啊，我的心要碎了！——可怜的破产者，你已经丧失了一切，还是赶快碎裂了吧！失去了光明的眼睛，你从此不能再见天日了！你这俗恶的泥土之躯，赶快停止呼吸，复归于泥土，去和罗密欧同眠在一个圹穴里吧！

乳媪 啊！提伯尔特，提伯尔特！我的顶好的朋友！啊，温文的提伯尔特，正直的绅士！想不到我活到今天，却会看见你死去！

朱丽叶 这是一阵什么风暴，一会儿又倒转方向！罗密欧给人杀了，提伯尔特又死了吗？一个是我的最亲爱的表哥，一个是我的更亲爱的夫君？那么，可怕的号角，宣布世界末日的来临吧！要是这样两个人都可以死去，谁还应该活在这世上？

乳媪 提伯尔特死了，罗密欧放逐了；罗密欧杀了提伯尔特，他现在被放逐了。

朱丽叶 上帝啊！提伯尔特是死在罗密欧手里的吗？

乳媪 是的，是的；唉！是的。

朱丽叶 啊，花一样的面庞里藏着蛇一样的心！那一条恶龙曾经栖息在这样清雅的洞府里？美丽的暴君！天使般的魔鬼！披着白鸽羽毛的乌鸦！豺狼一样残忍的羔羊！圣洁的外表包覆着丑恶的实质！你的内心刚巧和你的形状相反，一个万恶的圣人，一个庄严的奸徒！造物主啊！你为什么要从地狱里提出这一个恶魔的灵魂，把它安放在这样可爱的一座肉体的天堂里？哪一本邪恶的书籍曾经装订得这样美观？啊！谁想得到这样一座富丽的宫殿里，会容纳着欺人的虚伪？

乳媪　男人都靠不住，没有良心，没有真心的；谁都是三心二意，反复无常，奸恶多端，尽是些骗子。啊！我的人呢？快给我倒点儿酒来；这些悲伤烦恼，已经使我老起来了。愿耻辱降临到罗密欧的头上！

朱丽叶　你说出这样的愿望，你的舌头上就应该长起水疱来！耻辱从来不曾和他在一起，它不敢侵上他的眉宇，因为那是君临天下的荣誉的宝座。啊！我刚才把他这样辱骂，我真是个畜生！

乳媪　杀死了你的族兄的人，你还说他好话吗？

朱丽叶　他是我的丈夫，我应当说他坏话吗？啊！我的可怜的丈夫！你的三小时的妻子都这样凌辱你的名字，谁还会对它说一句温情的慰藉呢？可是你这恶人，你为什么杀我的哥哥？他要是不杀死我的哥哥，我的凶恶的哥哥就会杀死我的丈夫。回去吧，愚蠢的眼泪，流回到你的源头；你那滴滴的细流，本来是悲哀的倾注，可是你却错把它呈献给喜悦。我的丈夫活着，他没有被提伯尔特杀死；提伯尔特死了，他想要杀死我的丈夫！　这明明是喜讯，我为什么要哭泣呢？还有两个字比提伯尔特的死更使我痛心，像一柄利刃刺进了我的胸中；我但愿忘了它们，可是唉！它们紧紧地牢附在我的记忆里，就像萦回在罪人脑中的不可宥恕的罪恶。"提伯尔特死了，罗密欧放逐了！"放逐了！这"放逐"两个字，就等于杀死了一万个提伯尔特。单单提伯尔特的死，已经可以令人伤心了;即使祸不单行,必须在"提伯尔特死了"这一句话以后,再接上一句不幸的消息,为什么不说你的父亲,或是你的母亲,或是父母两人都死了,那也可以引起一点人情之常的哀悼?可是在提伯尔特的噩耗以后,再接连一记更大的打击,"罗密欧放逐了!"这句话简直等于说,父亲、母亲、提伯尔特、罗密欧、朱丽叶,一起被杀,一起死了。"罗密欧放逐了!"这一句话里面包含着无穷无际、无极无限的死亡,没有字句能够形容出这里面蕴蓄着的悲伤。——奶妈,我的父亲、我的母亲呢?

乳媪　他们正在抚着提伯尔特的尸体痛哭。你要去看他们吗?让我带着你去。

朱丽叶　让他们用眼泪洗涤他的伤口,我的眼泪是要留着为罗密欧的放逐而哀哭的。拾起那些绳子来。可怜的绳子,你是失望了,我们俩都失望了,因为罗密欧已经被放逐;他要借着你做接引相思的桥梁,可是我却要做一个独守空闺的怨女而死去。来,绳儿;来,奶妈。我要去睡上我的新床,把我的童贞奉献给死亡!

乳媪　那么你快到房里去吧;我去找罗密欧来安慰你,我知道他在什么地方。听着,你的罗密欧今天晚上一定会来看你;他现在躲在劳伦斯神父的寺院里,我就去找他。

朱丽叶　啊!你快去找他;把这指环拿去给我的忠心的骑士,叫他来做一次最后的诀别。(各下。)

第三场　同前。劳伦斯神父的寺院

劳伦斯神父上。

劳伦斯　罗密欧，跑出来；出来吧，你受惊的人，你已经和坎坷的命运结下了不解之缘。

罗密欧上。

罗密欧　神父，什么消息？亲王的判决怎样？还有什么我所不知道的不幸的事情将要来找我？

劳伦斯　我的好孩子，你已经遭逢到太多的不幸了。我来报告你亲王的判决。

罗密欧　除了死罪以外，还会有什么判决？

劳伦斯　他的判决是很温和的：他并不判你死罪，只宣布把你放逐。

罗密欧　嘿！放逐！慈悲一点，还是说"死"吧！不要说"放逐"，因为放逐比死还要可怕。

劳伦斯　你必须立刻离开维洛那境内。不要懊恼，这是一个广大的世界。

罗密欧　在维洛那城以外没有别的世界，只有地狱的苦难；所以从维洛那放逐，就是从这世界上放逐，也就是死。明明是死，你却说是放逐，这就等于用一柄利斧砍下我的头，反因为自己犯了杀人罪而扬扬得意。

劳伦斯　哎哟，罪过罪过！你怎么可以这样不知恩德！你所犯的过失，按照法律本来应该处死，幸亏亲王仁慈，特别对你开恩，才把可怕的死罪改成了放逐；这明明是莫大的恩典，你却不知道。

罗密欧　这是酷刑,不是恩典。朱丽叶所在的地方就是天堂;这儿的每一只猫、每一只狗、每一只小小的老鼠,都生活在天堂里,都可以瞻仰她的容颜,可是罗密欧却看不见她。污秽的苍蝇都可以接触亲爱的朱丽叶的皎洁的玉手,从她的嘴唇上偷取天堂中的幸福,那两片嘴唇是这样的纯洁贞淑,永远含着娇羞,好像觉得它们自身的相吻也是一种罪恶;苍蝇可以这样做,我却必须远走高飞,它们是自由人,我却是一个放逐的流徒。你还说放逐不是死吗?难道你没有配好的毒药、锋锐的刀子或者无论什么致命的利器,而必须用"放逐"两个字把我杀害吗?放逐!啊,神父!只有沉沦在地狱里的鬼魂才会用到这两个字,伴着凄厉的呼号;你是一个教士,一个替人忏罪的神父,又是我的朋友,怎么忍心用"放逐"这两个字来寸磔我呢?

劳伦斯　你这痴心的疯子,听我说一句话。

罗密欧　啊!你又要对我说起放逐了。

劳伦斯　我要教给你怎样抵御这两个字的方法,用哲学的甘乳安慰你的逆运,让你忘却被放逐的痛苦。

罗密欧　又是"放逐"!我不要听什么哲学!除非哲学能够制造一个朱丽叶,迁徙一个城市,撤销一个亲王的判决,否则它就没有什么用处。别再多说了吧。

劳伦斯　啊!那么我看疯人是不生耳朵的。

罗密欧　聪明人不生眼睛,疯人何必生耳朵呢?

劳伦斯　让我跟你讨论讨论你现在的处境吧。

罗密欧　你不能谈论你所没有感觉到的事情;要是你也像我一样年轻,朱丽叶是你的爱人,才结婚一小时,就把提伯尔特杀了;要是你也像我一样热恋,像我一样被放逐,那时你才可以讲话,那时你才会像我现在一样扯着你的头发,倒在地上,替自己量一个葬身的墓穴。（内叩门声。）

劳伦斯　快起来，有人在敲门；好罗密欧，躲起来吧。

罗密欧　我不要躲，除非我心底里发出来的痛苦呻吟的气息，会像一重云雾一样把我掩过了追寻者的眼睛。（叩门声。）

劳伦斯　听！门打得多么响！——是谁在外面？——罗密欧，快起来，你要给他们捉住了。——等一等！——站起来；（叩门声）跑到我的书斋里去。——就来了！——上帝啊！瞧你多么不听话！——来了，来了！（叩门声）谁把门敲得这么响？你是什么地方来的？你有什么事？

乳媪　（在内）让我进来，你就可以知道我的来意；我是从朱丽叶小姐那里来的。

劳伦斯　那好极了，欢迎欢迎！

　　　　乳媪上。

乳媪　啊，神父！啊，告诉我，神父，我的小姐的姑爷呢？罗密欧呢？

劳伦斯　在那边地上哭得死去活来的就是他。

乳媪　啊！他正像我的小姐一样，正像她一样！

劳伦斯　唉！真是同病相怜，一般的伤心！她也是这样躺在地上，一边唠叨一边哭，一边哭一边唠叨。起来，起来；是个男子汉就该起来；为了朱丽叶的缘故，为了她的缘故，站起来吧。为什么您要伤心到这个样子呢？

罗密欧　奶妈！

乳媪　唉，姑爷！唉，姑爷！一个人到头来总是要死的。

罗密欧　你刚才不是说起朱丽叶吗？她现在怎么样？我现在已经用她近亲的血玷污了我们的新欢，她不会把我当作一个杀人的凶犯吗？她在什么地方？她怎么样？我这位秘密的新妇对于我们这一段中断的情缘说些什么话？

乳媪　啊，她没有说什么话，姑爷，只是哭呀哭的哭个不停；一会儿倒在床上，一会儿又跳了起来；一会儿叫一声提伯尔特，一会儿哭一声罗密欧；然后又倒了下去。

罗密欧　好像我那一个名字是从枪口里瞄准了射出来似的，一弹出去就把她杀死，正像我这一双该死的手杀死了她的亲人一样。啊！告诉我，神父，告诉我，我的名字是在我身上哪一处万恶的地方？告诉我，好让我捣毁这可恨的巢穴。（拔剑。）

劳伦斯　放下你的鲁莽的手！你是一个男子吗？你的形状是一个男子，你却流着妇人的眼泪；你的狂暴的举动，简直是一头野兽的无可理喻的咆哮。你这须眉的贱妇，你这人头的畜类！我真想不到你的性情竟会这样毫无涵养。你已经杀死了提伯尔特，你还要杀死你自己吗？你没想到你对自己采取了这种万劫不赦的暴行就是杀死与你相依为命的你的妻子吗？为什么你要怨恨天地，怨恨你自己的生不逢辰？天地好容易生下你这一个人来，你却要亲手把你自己摧毁！呸！呸！你有的是一副堂堂的七尺之躯，有的是热情和智慧，你却不知道把它们好好利用，这岂不是辜负了你的七尺之躯，辜负了你的热情和智慧？你的堂堂的仪表不过是一尊蜡像，没有一点男子汉的血气；你的山盟海誓都是些空虚的谎语，杀害你所发誓珍爱的情人；你的智慧不知道指示你的行动，驾驭你的感情，它已经变成了愚妄的谬见，正像装在一个笨拙的兵士的枪膛里的火药，本来是自卫的武器，因为不懂得点燃的方法，反而毁损了自己的肢体。怎么！起来吧，孩子！你刚才几乎要为了你的朱丽叶而自杀，可是她现在好好活着，这是你的第一件幸事。提伯尔特要把你杀死，可是你却杀死了提伯尔特，这是你的第二件幸事。法律上本来规定杀人抵命，可是它对你特别留情，减成了放逐的处分，这是你的第三件幸事。

这许多幸事照顾着你，幸福穿着盛装向你献媚，你却像一个倔强乖僻的女孩，向你的命运和爱情噘起了嘴唇。留心，留心，像这样不知足的人是不得好死的。去，快去会见你的情人，按照预订的计划，到她的寝室里去，安慰安慰她；可是在逻骑没有出发以前，你必须及早离开，否则你就到不了曼多亚。你可以暂时在曼多亚住下，等我们觑着机会，把你们的婚姻宣布出来，和解了你们两家的亲族，向亲王请求特赦，那时我们就可以用超过你现在离别的悲痛二百万倍的欢乐招呼你回来。奶妈，你先去，替我向你家小姐致意；叫她设法催促她家里的人早早安睡，他们在遭到这样重大的悲伤以后，这是很容易办到的。你对她说，罗密欧就要来了。

乳媪 主啊！像这样好的教训，我就是在这儿听上一整夜都愿意；啊！真是有学问人说的话！姑爷，我就去对小姐说您就要来了。

罗密欧 很好，请你再叫我的爱人预备好一顿责骂。

乳媪 姑爷，这一个戒指小姐叫我拿来送给您，请您赶快就去，天色已经很晚了。（下。）

罗密欧 现在我又重新得到了多大的安慰！

劳伦斯 去吧，晚安！你的运命在此一举：你必须在巡逻者没有开始查缉以前脱身，否则就得在黎明时候化装逃走。你就在曼多亚安下身来；我可以找到你的仆人，倘使这儿有什么关于你的好消息，我会叫他随时通知你。把你的手给我。时候不早了，再会吧。

罗密欧 倘不是一个超乎一切喜悦的喜悦在招呼着我，像这样匆匆的离别，一定会使我黯然神伤。再会！（各下。）

第四场　同前。凯普莱特家中一室

凯普莱特、凯普莱特夫人及帕里斯上。

凯普莱特　伯爵，舍间因为遭逢变故，我们还没有时间去开导小女；您知道她跟她那个表兄提伯尔特是友爱很笃的，我也非常喜欢他；唉！人生不免一死，也不必再去说他了。现在时间已经很晚，她今夜不会再下来了；不瞒您说，倘不是您大驾光临，我也早在一小时以前上了床啦。

帕里斯　我在你们正在伤心的时候来此求婚，实在是太冒昧了。晚安，伯母；请您替我向令爱致意。

凯普莱特夫人　好，我明天一早就去探听她的意思；今夜她已经怀着满腔的悲哀关上门睡了。

凯普莱特　帕里斯伯爵，我可以大胆替我的孩子做主，我想她一定会绝对服从我的意志；是的，我对于这一点可以断定。夫人，你在临睡以前先去看看她，把这位帕里斯伯爵向她求爱的意思告诉她知道；你再对她说，听好我的话，叫她在星期三——且慢！今天星期几？

帕里斯　星期一，老伯。

凯普莱特　星期一！哈哈！好，星期三是太快了点儿，那么就是星期四吧。对她说，在这个星期四，她就要嫁给这位尊贵的伯爵。您来得及准备吗？您不嫌太匆促吗？咱们也不必十分铺张，略为请几位亲友就够了；因为提伯尔特才死不久，他是我们自己家里的人，要是我们大开欢宴，人家也许会说我们对去世的人太没有情分。所以我们只要请五六个亲友，把仪式举行一下就算了。您说星期四怎样?

帕里斯　老伯,我但愿星期四便是明天。

凯普莱特　好,你去吧;那么就是星期四。夫人,你在临睡前先去看看朱丽叶,叫她预备预备,好作起新娘来啊。再见,伯爵。喂!掌灯!时候已经很晚了,等一会儿我们就要说时间很早了。晚安!(各下。)

第五场　同前。朱丽叶的卧室

罗密欧及朱丽叶上。

朱丽叶　你现在就要走了吗?天亮还有一会儿呢。那刺进你惊恐的耳膜中的,不是云雀,是夜莺的声音;它每天晚上在那边石榴树上歌唱。相信我,爱人,那是夜莺的歌声。

罗密欧　那是报晓的云雀,不是夜莺。瞧,爱人,不作美的晨曦已经在东天的云朵上镶起了金线,夜晚的星光已经烧尽,愉快的白昼蹑足踏上了迷雾的山巅。我必须到别处去找寻生路,或者留在这儿束手等死。

朱丽叶　那光明不是晨曦,我知道;那是从太阳中吐射出来的流星,要在今夜替你拿着火炬,照亮你到曼多亚去。所以你不必急着要去,再耽搁一会儿吧。

罗密欧　让我被他们捉住,让我被他们处死;只要是你的意思,我就毫无怨恨。我愿意说那边灰白色的云彩不是黎明睁开它的睡眼,那不过是从月亮的眉宇间反映出来的微光;那响彻云霄的歌声,也不是出于云雀的喉中。我巴不得留在这里,永远不要离开。来吧,死,我欢迎你!因为这是朱丽叶的意思。怎么,我的灵魂?让我们谈谈;天还没有亮哩。

朱丽叶　天已经亮了，天已经亮了；快走吧，快走吧！那唱得这样刺耳、嘶着粗涩的噪声和讨厌的锐音的，正是天际的云雀。有人说云雀会发出千变万化的甜蜜的歌声，这句话一点不对，因为它只使我们彼此分离；有人说云雀曾经和丑恶的蟾蜍交换眼睛，啊！我但愿它们也交换了声音，因为那声音使你离开了我的怀抱，用催醒的晨歌催促你登程。啊！现在你快走吧；天越来越亮了。

罗密欧　天越来越亮，我们悲哀的心却越来越黑暗。

　　　　乳媪上。

乳媪　小姐！

朱丽叶　奶妈？

乳媪　你的母亲就要到你房里来了。天已经亮啦，小心点儿。（下。）

朱丽叶　那么窗啊，让白昼进来，让生命出去。

罗密欧　再会，再会！给我一个吻，我就下去。（由窗口下降。）

朱丽叶　你就这样走了吗？我的夫君，我的爱人，我的朋友！我必须在每一小时内的每一天听到你的消息，因为一分钟就等于许多天。啊！照这样计算起来，等我再看见我的罗密欧的时候，我不知道已经老到怎样了。

罗密欧　再会！我决不放弃任何的机会，爱人，向你传达我的衷忱。

朱丽叶　啊！你想我们会不会再有见面的日子？

罗密欧　一定会有的；我们现在这一切悲哀痛苦，到将来便是握手谈心的资料。

朱丽叶　上帝啊！我有一颗预感不祥的灵魂；你现在站在下面，我仿佛望见你像一具坟墓底下的尸骸。也许是我的眼光昏花，否则就是你的面容太惨白了。

罗密欧　相信我，爱人，在我的眼中你也是这样；忧伤吸干了我们的血液。再会！再会！（下。）

朱丽叶　命运啊命运！谁都说你反复无常；要是你真的反复无常，那么你怎样对待一个忠贞不贰的人呢？愿你不要改变你的轻浮的天性，因为这样也许你会早早打发他回来。

凯普莱特夫人　（在内）喂，女儿！你起来了吗？

朱丽叶　谁在叫我？是我的母亲吗？——难道她这么晚还没有睡觉，还是这么早就起来了？什么特殊的原因使她到这儿来？

　　　　凯普莱特夫人上。

凯普莱特夫人　啊，怎么，朱丽叶！

朱丽叶　母亲，我不大舒服。

凯普莱特夫人　老是为了你表兄的死而掉泪吗？什么！你想用眼泪把他从坟墓里冲出来吗？就是冲得出来，你也没法子叫他复活；所以还是算了吧。适当的悲哀可以表示感情的深切，过度的伤心却可以证明智慧的欠缺。

朱丽叶　可是让我为了这样一个痛心的损失而流泪吧。

凯普莱特夫人　损失固然痛心，可是一个失去的亲人，不是眼泪哭得回来的。

朱丽叶　因为这损失实在太痛心了，我不能不为了失去的亲人而痛哭。

　　　　凯普莱特夫人　好，孩子，人已经死了，你也不用多哭他了；顶可恨的是那杀死他的恶人仍旧活在世上。

朱丽叶　什么恶人，母亲？

凯普莱特夫人　就是罗密欧那个恶人。

朱丽叶　（旁白）恶人跟他相去真有十万八千里呢。——上帝饶恕他！我愿意全心饶恕他；可是没有一个人像他那样使我心里充满了悲伤。

　　　　凯普莱特夫人　那是因为这个万恶的凶手还活在世上。

朱丽叶　是的，母亲，我恨不得把他抓住在我的手里。但愿我能够独自报复这一段杀兄之仇！

凯普莱特夫人　我们一定要报仇的，你放心吧；别再哭了。这个亡命的流徒现在到曼多亚去了，我要差一个人到那边去，用一种稀有的毒药把他毒死，让他早点儿跟提伯尔特见面；那时候我想你一定可以满足了。

朱丽叶　真的，我心里永远不会感到满足，除非我看见罗密欧在我的面前——死去；我这颗可怜的心是这样为了一个亲人而痛楚！母亲，要是您能够找到一个愿意带毒药去的人，让我亲手把它调好，好叫那罗密欧服下以后，就会安然睡去。唉！我心里多么难过，只听到他的名字，却不能赶到他的面前，为了我对哥哥的感情，我巴不得能在那杀死他的人的身上报这个仇！

凯普莱特夫人　你去想办法，我一定可以找到这样一个人。可是，孩子，现在我要告诉你好消息。

朱丽叶　在这样不愉快的时候，好消息来得真是再适当没有了。请问母亲，是什么好消息呢？

凯普莱特夫人　哈哈，孩子，你有一个体贴你的好爸爸哩；他为了替你排解愁闷已经为你选定了一个大喜的日子，不但你想不到，就是我也没有想到。

朱丽叶　母亲，快告诉我，是什么日子？

凯普莱特夫人　哈哈，我的孩子，星期四的早晨，那位风流年少的贵人，帕里斯伯爵，就要在圣彼得教堂里娶你做他的幸福的新娘了。

朱丽叶　凭着圣彼得教堂和圣彼得的名字起誓，我决不让他娶我做他的幸福的新娘。世间哪有这样匆促的事情，人家还没有来向我求过婚，我倒先做了他的妻子了！母亲，请您对我的父亲说，我现在还不愿意出嫁；就是要出嫁，我可以发誓，我也宁愿嫁给我所痛恨的罗密欧，不愿嫁给帕里斯。真是些好消息！

凯普莱特夫人　你爸爸来啦；你自己对他说去，看他会不会听你的话。

　　　　凯普莱特及乳媪上。

凯普莱特　太阳西下的时候，天空中落下了蒙蒙的细露；可是我的侄儿死了，却有倾盆的大雨送着他下葬。怎么！装起喷水管来了吗，孩子？咦！还在哭吗？雨到现在还没有停吗？你这小小的身体里面，也有船，也有海，也有风；因为你的眼睛就是海，永远有泪潮在那儿涨退；你的身体是一艘船，在这泪海上面航行；你的叹息是海上的狂风；你的身体经不起风浪的吹打，会在这汹涌的怒海中覆没的。怎么，妻子！你没有把我们的主意告诉她吗？

凯普莱特夫人　我告诉她了；可是她说谢谢你，她不要嫁人。我希望这傻丫头还是死了干净！

凯普莱特　且慢！讲明白点儿，讲明白点儿，妻子。怎么！她不要嫁人吗？她不谢谢我们吗？她不称心吗？像她这样一个贱丫头，我们替她找到了这么一位高贵的绅士做她的新郎，她还不想想这是多大的福气吗？

朱丽叶　我没有喜欢，只有感激；你们不能勉强我喜欢一个我对他没有好感的人，可是我感激你们爱我的一片好心。

凯普莱特　怎么！怎么！胡说八道！这是什么话？什么"喜欢""不喜欢"，"感激""不感激"！好丫头，我也不要你感谢，我也不要你喜欢，只要你预备好星期四到圣彼得教堂里去跟帕里斯结婚；你要是不愿意，我就把你装在木笼里拖了去。不要脸的死丫头，贱东西！

凯普莱特夫人　哎哟！哎哟！你疯了吗？

朱丽叶　好爸爸，我跪下来求求您，请您耐心听我说一句话。

凯普莱特　该死的小贱妇！不孝的畜生！我告诉你，星期四给我到教堂里去，不然以后再也不要见我的面。不许说话，不要回答我；我的手指痒着呢。——夫人，我们常常怨叹自己福薄，只生下这一个孩子；可是现在我才知道就是这一个已经太多了，总是家门不幸，出了这一个冤孽！不要脸的贱货！

乳媪　上帝祝福她！老爷，您不该这样骂她。

凯普莱特　为什么不该！我的聪明的老太太？谁要你多嘴，我的好大娘？你去跟你那些婆婆妈妈谈天去吧，去！

乳媪　我又没有说过一句冒犯您的话。

凯普莱特　啊，去你的吧。

乳媪　人家就不能开口吗？

凯普莱特　闭嘴，你这叽里咕噜的蠢婆娘！我们不要听你的教训。

凯普莱特夫人　你的脾气太躁了。

凯普莱特　哼！我气都气疯啦。每天每夜，时时刻刻，不论忙着空着，独自一个人或是跟别人在一起，我心里总是在盘算着怎样把她许配给一份好好的人家；现在好容易找到一位出身高贵的绅士，又有家私，又年轻，又受过高尚的教养，正是人家说的十二分的人才，好到没得说的了；偏偏这个不懂事的傻丫头，放着送上门来的好福气不要，说什么"我不要结婚""我不懂恋爱""我年纪太小""请你原谅我"；好，你要是不愿意嫁人，我可以放你自由，尽你的意思到什么地方去，我这屋子里可容不得你了。你给我想想明白，我是一向说到哪里做到哪里的。星期四就在眼前；自己仔细考虑考虑。你倘然是我的女儿，就得听我的话嫁给我的朋友；你倘然不是我的女儿，那么你去上吊也好，做叫花子也好，挨饿也好，死在街道上也好，我都不管，因为凭着我的灵魂起誓，我是再也不会认你这个女儿的，你也别想我会分一点什么给你。我不会骗你，你想一想吧；我已经发过誓了，我一定要把它做到。（下。）

朱丽叶　天知道我心里是多么难过，难道它竟会不给我一点慈悲吗？啊，我的亲爱的母亲！不要丢弃我！把这门亲事延期一个月或是一个星期也好；或者要是您不答应我，那么请您把我的新床安放在提伯尔特长眠的幽暗的坟茔里吧！

凯普莱特夫人　不要对我讲话，我没有什么话好说的。随你的便吧，我是不管你啦。（下。）

朱丽叶　上帝啊！啊，奶妈！这件事情怎么避过去呢？我的丈夫还在世间，我的誓言已经上达天听；倘使我的誓言可以收回，那么除非我的丈夫已经脱离人世，从天上把它送还给我。安慰安慰我，替我想想办法吧。唉！唉！想不到天也会作弄像我这样一个柔弱的人！你怎么说？难道你没有一句可以使我快乐的话吗？奶妈，给我一点安慰吧！

乳媪　好，那么你听我说。罗密欧是已经放逐了；我可以拿随便什么东西跟你打赌，他再也不敢回来责问你，除非他偷偷地溜了回来。事情既然这样，那么我想你最好还是跟那伯爵结婚吧。啊！他真是个可爱的绅士！罗密欧比起他来只好算是一块抹布；小姐，一只鹰也没有像帕里斯那样一双又是碧绿好看、又是锐利的眼睛。说句该死的话，我想你这第二个丈夫，比第一个丈夫好得多啦；纵然不是好得多，可是你的第一个丈夫虽然还在世上，对你已经没有什么用处，也就跟死了差不多啦。

朱丽叶　你这些话是从心里说出来的吗？

乳媪　那不但是我心里的话，也是我灵魂里的话；倘有虚假，让我的灵魂下地狱。

朱丽叶　阿门！

乳媪　什么！

朱丽叶　好，你已经给了我很大的安慰。你进去吧；告诉我的母亲说我出去了，因为得罪了我的父亲，要到劳伦斯的寺院里去忏悔我的罪过。

乳媪　很好，我就这样告诉她；这才是聪明的办法哩。（下。）

朱丽叶　老而不死的魔鬼！顶丑恶的妖精！她希望我背弃我的盟誓；她几千次向我夸奖我的丈夫，说他比谁都好，现在却又用同一条舌头说他的坏话！去，我的顾问；从此以后，我再也不把你当作心腹看待了。我要到神父那儿去向他求救；要是一切办法都已用尽，我还有死这条路。（下。）

第四幕

第一场　维洛那。劳伦斯神父的寺院

　　劳伦斯神父及帕里斯上。

劳伦斯　在星期四吗,伯爵?时间未免太局促了。

帕里斯　这是我的岳父凯普莱特的意思;他既然这样性急,我也不愿把时间延迟下去。

劳伦斯　您说您还没有知道那小姐的心思;我不赞成这种片面决定的事情。

帕里斯　提伯尔特死后她伤心过度,所以我没有跟她多谈恋爱,因为在一间哭哭啼啼的屋子里,维纳斯是露不出笑容来的。神父,她的父亲因为瞧她这样一味忧伤,恐怕会发生什么意外,所以才决定提早替我们完婚,免得她一天到晚哭得像个泪人儿一般;一个人在房间里最容易触景伤情,要是有了伴侣,也许可以替她排除悲哀。现在您可以知道我这次匆促结婚的理由了。

劳伦斯　(旁白)我希望我不知道它为什么必须延迟的理由。——瞧,伯爵,这位小姐到我寺里来了。

朱丽叶上。

帕里斯　您来得正好，我的爱妻。

朱丽叶　伯爵，等我做了妻子以后，也许您可以这样叫我。

帕里斯　爱人，也许到星期四这就要成为事实了。

朱丽叶　事实是无可避免的。

劳伦斯　那是当然的道理。

帕里斯　您是来向这位神父忏悔的吗？

朱丽叶　回答您这一个问题，我必须向您忏悔了。

帕里斯　不要在他的面前否认您爱我。

朱丽叶　我愿意在您的面前承认我爱他。

帕里斯　我相信您也一定愿意在我的面前承认您爱我。

朱丽叶　要是我必须承认，那么在您的背后承认，比在您的面前承认好得多啦。

帕里斯　可怜的人儿！眼泪已经毁损了你的美貌。

朱丽叶　眼泪并没有得到多大的胜利；因为我这副容貌在没有被眼泪毁损以前，已经够丑了。

帕里斯　你不该说这样的话诽谤你的美貌。

朱丽叶　这不是诽谤，伯爵，这是实在的话，我当着我自己的脸说的。

帕里斯　你的脸是我的，你不该侮辱它。

朱丽叶　也许是的，因为它不是我自己的。神父，您现在有空吗？还是让我在晚祷的时候再来？

劳伦斯　我还是现在有空，多愁的女儿。伯爵，我们现在必须请您离开我们。

帕里斯　我不敢打扰你们的祈祷。朱丽叶，星期四一早我就来叫醒你；现在我们再会吧，请你保留下这一个神圣的吻。（下。）

朱丽叶　啊！把门关了！关了门，再来陪着我哭吧。没有希望、没有补救、没有挽回了!

劳伦斯　啊,朱丽叶!我早已知道你的悲哀,实在想不出一个万全的计策。我听说你在星期四必须跟这伯爵结婚,而且毫无拖延的可能了。

朱丽叶　神父,不要对我说你已经听见这件事情,除非你能够告诉我怎样避免它;要是你的智慧不能帮助我,那么只要你赞同我的决心,我就可以立刻用这把刀解决一切。上帝把我的心和罗密欧的心结合在一起,我们两人的手是你替我们结合的;要是我这一只已经由你证明和罗密欧缔盟的手,再去和别人缔结新盟,或是我的忠贞的心起了叛变,投进别人的怀里,那么这把刀可以割下这背盟的手,诛戮这叛变的心。所以,神父,凭着你的丰富的见识阅历,请你赶快给我一些指教;否则瞧吧,这把血腥气的刀,就可以在我跟我的困难之间做一个公证人,替我解决你的经验和才能所不能替我觅得一个光荣解决的难题。不要老是不说话;要是你不能指教我一个补救的办法,那么我除了一死以外,没有别的希冀。

劳伦斯　住手,女儿;我已经望见了一线希望,可是那必须用一种非常的手段,方才能够抵御这一种非常的变故。要是你因为不愿跟帕里斯伯爵结婚,能够毅然立下视死如归的决心,那么你也一定愿意采取一种和死差不多的办法,来避免这种耻辱;倘然你敢冒险一试,我就可以把办法告诉你。

朱丽叶　啊!只要不嫁给帕里斯,你可以叫我从那边塔顶的雉堞上跳下来;你可以叫我在盗贼出没、毒蛇潜迹的路上匍匐行走;把我和咆哮的怒熊锁禁在一起;或者在夜间把我关在堆积尸骨的地窖里,用许多陈死的白骨、霉臭的腿胴和失去下颚的焦黄的骷髅掩盖着我的身体;或者叫我跑进一座新坟里去,把我隐匿在死人的殓衾里;无论什么使我听了战栗的事,只要可以让我活着对我的爱人做一个纯洁无瑕的妻子,我都愿意毫不恐惧、毫不迟疑地做去。

劳伦斯　好,那么放下你的刀;快快乐乐地回家去,答应嫁给帕里斯。明天就是星期三了;明天晚上你必须一人独睡,别让你的奶妈睡在你的房间里;这一个药瓶你拿去,等你上床以后,就把这里面炼就的液汁一口喝下,那时就会有一阵昏昏沉沉的寒气通过你全身的血管,接着脉搏就会停止跳动;没有一丝热气和呼吸可以证明你还活着;你的嘴唇和颊上的红色都会变成灰白;你的眼睑闭下,就像死神的手关闭了生命的白昼;你身上的每一部分失去了灵活的控制,都像死一样僵硬寒冷;

　　在这种与死无异的状态中,你必须经过四十二小时,然后你就仿佛从一场酣睡中醒了过来。当那新郎在早晨来催你起身的时候,他们会发现你已经死了;然后,照着我们国里的规矩,他们就要替你穿起盛装,用柩车载着你到凯普莱特族中祖先的坟茔里。同时因为要预备你醒来,我可以写信给罗密欧,告诉他我们的计划,叫他立刻到这儿来;我跟他两个人就守在你的身边,等你一醒过来,当夜就叫罗密欧带着你到曼多亚去。只要你不临时变卦,不中途气馁,这一个办法一定可以使你避免这一场眼前的耻辱。

朱丽叶　给我!给我!啊,不要对我说起害怕两个字!

劳伦斯　拿着;你去吧,愿你立志坚强,前途顺利!我就叫一个弟兄飞快到曼多亚,带我的信去送给你的丈夫。

朱丽叶　爱情啊,给我力量吧!只有力量可以搭救我。再会,亲爱的神父!(各下。)

第二场　同前。凯普莱特家中厅堂

　　　　凯普莱特、凯普莱特夫人、乳媪及众仆上。

凯普莱特　这单子上有名字的，都是要去邀请的客人。（仆甲下）来人，给我去雇二十个有本领的厨子来。

仆乙　老爷，您请放心，我一定要挑选能舔手指头的厨子来做菜。

凯普莱特　你怎么知道他们能做菜呢？

仆乙　呀，老爷，不能舔手指头的就不能做菜；这样的厨子我就不要。

凯普莱特　好，去吧。咱们这一次实在有点儿措手不及。什么！我的女儿到劳伦斯神父那里去了吗？

乳媪　正是。

凯普莱特　好，也许他可以劝告劝告她；真是个乖僻不听话的浪蹄子！

乳媪　瞧她已经忏悔完毕，高高兴兴地回来啦。

　　　　朱丽叶上。

凯普莱特　啊，我的倔强的丫头！你荡到什么地方去啦？

朱丽叶　我因为自知忤逆不孝，违抗了您的命令，所以特地前去忏悔我的罪过。现在我听从劳伦斯神父的指教，跪在这儿请您宽恕。爸爸，请您宽恕我吧！从此以后，我永远听您的话了。

凯普莱特　去请伯爵来，对他说：我要把婚礼改在明天早上举行。

朱丽叶　我在劳伦斯寺里遇见这位少年伯爵；我已经在不超过礼法的范围以内，向他表示过我的爱情了。

凯普莱特　啊，那很好，我很高兴。站起来吧；这样才对。让我见见这伯爵;喂,快去请他过来。多谢上帝,把这位可尊敬的神父赐给我们!我们全城的人都感戴他的好处。

朱丽叶　奶妈,请你陪我到我的房间里去,帮我检点检点衣饰,看有哪几件可以在明天穿戴。

凯普莱特夫人　不,还是到星期四再说吧,急什么呢?

凯普莱特　去,奶妈,陪她去。我们一定明天上教堂。(朱丽叶及乳媪下。)

凯普莱特夫人　我们现在预备起来怕来不及;天已经快黑了。

凯普莱特　胡说!我现在就动手起来,你瞧着吧,太太,到明天一定什么都安排得好好的。你快去帮朱丽叶打扮打扮;我今天晚上不睡了,让我一个人在这儿做一次管家妇。喂!喂!这些人一个都不在。好,让我自己跑到帕里斯那里去,叫他准备明天做新郎。这个倔强的孩子现在回心转意,真叫我高兴得了不得。(各下。)

第三场　同前。朱丽叶的卧室

朱丽叶及乳媪上。

朱丽叶　嗯,那些衣服都很好。可是,好奶妈,今天晚上请你不用陪我,因为我还要念许多祷告,求上天宥恕我过去的罪恶,默佑我将来的幸福。

凯普莱特夫人上。

凯普莱特夫人　啊!你正在忙着吗?要不要我帮你?

朱丽叶　不,母亲;我们已经选择好了明天需用的一切,所以现在请您让我一个人在这儿吧;让奶妈今天晚上陪着您不睡,因为我相信这次事情办得太匆促了,您一定忙得不可开交。

凯普莱特夫人　晚安！早点睡觉，你应该好好休息休息。（凯普莱特夫人及乳媪下。）

朱丽叶　再会！上帝知道我们将在什么时候相见。我觉得仿佛有一阵寒战刺激着我的血液，简直要把生命的热流冻结起来似的；待我叫她们回来安慰安慰我。奶妈！——要她到这儿来干吗？这凄惨的场面必须让我一个人扮演。来，药瓶。要是这药水不发生效力呢？那么我明天早上就必须结婚吗？不，不，这把刀会阻止我；你躺在那儿吧。（将匕首置枕边）也许这瓶里是毒药，那神父因为已经替我和罗密欧证婚，现在我再跟别人结婚，恐怕损害他的名誉，所以有意骗我服下去毒死我；我怕也许会有这样的事；可是他一向是众所公认的道高德重的人，我想大概不至于；我不能抱着这样卑劣的思想。要是我在坟墓里醒了过来，罗密欧还没有到来把我救出去呢？这倒是很可怕的一点！那时我不是要在终年透不进一丝新鲜空气的地窖里活活闷死，等不到我的罗密欧到来吗？即使不闷死，那死亡和长夜的恐怖，那古墓中阴森的气象，几百年来，我祖先的尸骨都堆积在那里，入土未久的提伯尔特蒙着他的殓衾，正在那里腐烂；人家说，一到晚上，鬼魂便会归返他们的墓穴；唉！唉！要是我太早醒来，这些恶臭的气味，这些使人听了会发疯的凄厉的叫声；啊！要是我醒来，周围都是这种吓人的东西，我不会心神迷乱，疯狂地抚弄着我的祖宗的骨骼，把肢体溃烂的提伯尔特拖出了他的殓衾吗？在这样疯狂的状态中，我不会拾起一根老祖宗的骨头来，当作一根棍子，打破我的发昏的头颅吗？啊，瞧！那不是提伯尔特的鬼魂，正在那里追赶罗密欧，报复他的一剑之仇吗？等一等，提伯尔特，等一等！罗密欧，我来了！我为你干了这一杯！（倒在幕内的床上。）

第四场　同前。凯普莱特家中厅堂

　　　　凯普莱特夫人及乳媪上。

凯普莱特夫人　奶妈,把这串钥匙拿去,再拿一点香料来。
乳媪　点心房里在喊着要枣子和榅桲呢。

　　　　凯普莱特上。

凯普莱特　来,赶紧点儿,赶紧点儿!鸡已经叫了第二次,晚钟已经打过,到三点钟了。好安吉丽加①,当心看看肉饼有没有烤焦。多花几个钱没有关系。
乳媪　走开,走开,女人家的事用不着您多管;快去睡吧,今天忙了一个晚上,明天又要害病了。
凯普莱特　不,哪儿的话!嘿,我为了没要紧的事,也曾经整夜不睡,几曾害过病来?
凯普莱特夫人　对啦,你从前也是惯偷女人的夜猫儿,可是现在我却不放你出去胡闹啦。(凯普莱特夫人及乳媪下。)
凯普莱特　真是个醋娘子!真是个醋娘子!

　　　　三四仆人持炙叉、木柴及篮上。

凯普莱特　喂,这是什么东西?
仆甲　老爷,都是拿去给厨子的,我也不知道是什么东西。
凯普莱特　赶紧点儿,赶紧点儿。(仆甲下)喂,木头要拣干燥点儿的,你去问彼得,他可以告诉你什么地方有。
仆乙　老爷,我自己也长着眼睛会拣木头,用不着麻烦彼得。(下。)

---

① 安吉丽加是凯普莱特夫人的名字。

凯普莱特　嘿，倒说得有理，这个淘气的小杂种！哎哟！天已经亮了；伯爵就要带着乐工来了，他说过的。（内乐声）我听见他已经走近了。奶妈！妻子！喂，喂！喂，奶妈呢？

　　　　乳媪重上。

凯普莱特　快去叫朱丽叶起来，把她打扮打扮；我要去跟帕里斯谈天去了。快去，快去，赶紧点儿；新郎已经来了；赶紧点儿！（各下。）

第五场　同前。朱丽叶的卧室

　　　　乳媪上。

乳媪　小姐！喂，小姐！朱丽叶！她准是睡熟了。喂，小羊！喂，小姐！哼，你这懒丫头！喂，亲亲！小姐！心肝！喂，新娘！怎么！一声也不响？现在尽你睡去，尽你睡一个星期；到今天晚上，帕里斯伯爵可不让你安安静静休息一会儿了。上帝饶恕我，阿门，她睡得多熟！我必须叫她醒来。小姐！小姐！小姐！好，让那伯爵自己到你床上来吧，那时你可要吓得跳起来了，是不是？怎么！衣服都穿好了，又重新睡下去吗？我必须把你叫醒。小姐！小姐！小姐！哎哟！哎哟！救命！救命！我的小姐死了！哎哟！我还活着做什么！喂，拿一点酒来！老爷！太太！

　　　　凯普莱特夫人上。

凯普莱特夫人　吵什么？

乳媪　哎哟，好伤心啊！

凯普莱特夫人　什么事？

乳媪　瞧，瞧！哎哟，好伤心啊！

凯普莱特夫人　哎哟，哎哟！我的孩子，我的唯一的生命！醒来！睁开你的眼睛来！你死了，叫我怎么活得下去？救命！救命！大家来啊！

　　　　凯普莱特上。

凯普莱特　还不送朱丽叶出来，她的新郎已经来啦。

乳媪　她死了，死了，她死了！哎哟，伤心啊！

凯普莱特夫人　唉！她死了，她死了，她死了！

凯普莱特　嘿！让我瞧瞧。哎哟！她身上冰冷的；她的血液已经停止不流，她的手脚都硬了；她的嘴唇里已经没有了生命的气息；死像一阵未秋先降的寒霜，摧残了这一朵最鲜嫩的娇花。

乳媪　哎哟，好伤心啊！

凯普莱特夫人　哎哟，好苦啊！

凯普莱特　死神夺去了我的孩子，他使我悲伤得说不出话来。

　　　　劳伦斯神父、帕里斯及乐工等上。

劳伦斯　来，新娘有没有预备好上教堂去？

凯普莱特　她已经预备动身，可是这一去再不回来了。啊贤婿！死神已经在你新婚的前夜降临到你妻子的身上。她躺在那里，像一朵被他摧残了的鲜花。死神是我的新婿，是我的后嗣，他已经娶走了我的女儿。我也快要死了，把我的一切都传给他；我的生命财产，一切都是死神的！

帕里斯　难道我眼巴巴望到天明，却让我看见这一个凄惨的情景吗？

凯普莱特夫人　倒霉的、不幸的、可恨的日子，永无休止的时间的运行中的一个顶悲惨的时辰！我就生了这一个孩子，这一个可怜的疼爱的孩子，她是我唯一的宝贝和安慰，现在却被残酷的死神从我眼前夺了去啦！

乳媪　好苦啊！好苦的、好苦的、好苦的日子啊！我这一生一世里顶伤心的日子！顶凄凉的日子！哎哟，这个日子！这个可恨的日子！从来不曾见过这样倒霉的日子！好苦的、好苦的日子啊！

帕里斯　最可恨的死，你欺骗了我，杀害了她，拆散了我们的良缘，一切都被残酷的、残酷的你破坏了！啊！爱人！啊，我的生命！没有生命，只有被死亡吞噬了的爱情！

凯普莱特　悲痛的命运，为什么你要来打破、打破我们的盛礼？儿啊！儿啊！我的灵魂，你死了！你已经不是我的孩子了！死了！唉！我的孩子死了，我的快乐也随着我的孩子埋葬了！

劳伦斯　静下来！不害羞吗？你们这样乱哭乱叫是无济于事的。上天和你们共有着这一个好女儿；现在她已经完全属于上天所有，这是她的幸福，因为你们不能使她的肉体避免死亡，上天却能使她的灵魂得到永生。你们竭力替她找寻一个美满的前途，因为你们的幸福是寄托在她的身上；现在她高高地升上云中去了，你们却为她哭泣吗？啊！你们瞧着她享受最大的幸福，却这样发疯一样号啕叫喊，这可以算是真爱你们的女儿吗？活着，嫁了人，一直到老，这样的婚姻有什么乐趣呢？在年轻时候结了婚而死去，才是最幸福不过的。揩干你们的眼泪，把你们的香花散布在这美丽的尸体上，按照着习惯，把她穿着盛装抬到教堂里去。愚痴的天性虽然使我们伤心痛哭，可是在理智眼中，这些天性的眼泪却是可笑的。

凯普莱特　我们本来为了喜庆预备好的一切，现在都要变成悲哀的殡礼；我们的乐器要变成忧郁的丧钟，我们的婚筵要变成凄凉的丧席，我们的赞美诗要变成沉痛的挽歌，新娘手里的鲜花要放在坟墓中殉葬，一切都要相反而行。

劳伦斯　凯普莱特先生，您进去吧；夫人，您陪他进去；帕里斯伯爵，您也去吧；大家准备送这具美丽的尸体下葬。上天的愤怒已经降临在你们身上,不要再违拂他的意旨,招致更大的灾祸。

（凯普莱特夫妇、帕里斯、劳伦斯同下。）

乐工甲　真的,咱们也可以收起笛子走啦。

乳媪　啊！好兄弟们,收起来吧,收起来吧；这真是一场伤心的横祸！（下。）

乐工甲　唉,我巴不得这事有什么办法补救才好。

　　　　彼得上。

彼得　乐工！啊！乐工,《心里的安乐》,《心里的安乐》！啊！替我奏一曲《心里的安乐》,否则我要活不下去了。

乐工甲　为什么要奏《心里的安乐》呢？

彼得　啊！乐工,因为我的心在那里唱着《我心里充满了忧伤》。啊！替我奏一支快活的歌儿,安慰安慰我吧。

乐工甲　不奏不奏,现在不是奏乐的时候。

彼得　那么你们不奏吗？

乐工甲　不奏。

彼得　那么我就给你们——

乐工甲　你给我们什么？

彼得　我可不给你们钱,哼！我要给你们一顿骂；我骂你们是一群卖唱的叫花子。

乐工甲　那么我就骂你是个下贱的奴才。

彼得　那么我就把奴才的刀搁在你们的头颅上。我决不含糊：不是高音,就是低调,你们听见吗？

乐工甲　什么高音低调,你倒还得懂这一套。

乐工乙　且慢,君子动口,小人动手。

彼得　好,那么让我用舌剑唇枪杀得你们抱头鼠窜。有本领的,回答我这一个问题：

173

　　　　悲哀伤痛着心灵,

　　　　忧郁萦绕在胸怀,

　　　　唯有音乐的银声——

为什么说"银声"？为什么说"音乐的银声"？西门·凯特林,你怎么说？

乐工甲　因为银子的声音很好听。

彼得　说得好！休·利培克,你怎么说？

乐工乙　因为乐工奏乐的目的,是想人家赏他一些银子。

彼得　说得好！詹姆士·桑德普斯特,你怎么说？

乐工丙　不瞒你说,我可不知道应当怎么说。

彼得　啊！对不起,你是只会唱唱歌的;我替你说了吧:因为乐工尽管奏乐奏到老死,也换不到一些金子。

　　　　唯有音乐的银声,

　　　　可以把烦闷推开。(下。)

乐工甲　真是个讨厌的家伙！

乐工乙　该死的奴才！来,咱们且慢回去,等吊客来的时候吹奏两声,吃他们一顿饭再走。(同下。)

174

第五幕

第一场　曼多亚。街道

罗密欧上。

罗密欧　要是梦寐中的幻景果然可以代表真实，那么我的梦预兆着将有好消息到来；我觉得心君宁恬，整日里有一种向所没有的精神，用快乐的思想把我从地面上飘扬起来。我梦见我的爱人来看见我死了——奇怪的梦，一个死人也会思想！——她吻着我，把生命吐进了我的嘴唇里，于是我复活了，并且成为一个君王。唉！仅仅是爱的影子，已经给人这样丰富的欢乐，要是能占有爱的本身，那该有多么甜蜜！

鲍尔萨泽上。

罗密欧　从维洛那来的消息！啊，鲍尔萨泽！不是神父叫你带信来给我吗？我的爱人怎样？我父亲好吗？我再问你一遍，我的朱丽叶安好吗？因为只要她安好，一定什么都是好好的。

鲍尔萨泽　那么她是安好的，什么都是好好的；她的身体长眠在凯普莱特家的坟茔里，她的不死的灵魂和天使们在一起。我看见她下葬在她亲族的墓穴里，所以立刻飞马前来告诉您。啊，少爷！恕我带了这恶消息来，因为这是您吩咐我做的事。

罗密欧　有这样的事！命运，我咒诅你！——你知道我的住处；给我买些纸笔，雇下两匹快马，我今天晚上就要动身。

鲍尔萨泽　少爷，请您宽心一下；您的脸色惨白而仓皇，恐怕是不吉之兆。

罗密欧　胡说，你看错了。快去，把我叫你做的事赶快办好。神父没有叫你带信给我吗？

鲍尔萨泽　没有，我的好少爷。

罗密欧　算了，你去吧，把马匹雇好了；我就来找你。（鲍尔萨泽下）好，朱丽叶，今晚我要睡在你的身旁。让我想个办法。啊，罪恶的念头！你会多么快钻进一个绝望者的心里！我想起了一个卖药的人，他的铺子就开设在附近，我曾经看见他穿着一身破烂的衣服，皱着眉头在那儿拣药草；他的形状十分消瘦，贫苦把他熬煎得只剩一把骨头；他的寒碜的铺子里挂着一只乌龟，一头剥制的鳄鱼，还有几张形状丑陋的鱼皮；他的架子上稀疏地散放着几只空匣子、绿色的瓦罐、一些胞囊和发霉的种子、几段包扎的麻绳，还有几块陈年的干玫瑰花，作为聊胜于无的点缀。看到这一种寒酸的样子，我就对自己说，在曼多亚城里，谁出卖了毒药是会立刻处死的，可是倘有谁现在需要毒药，这儿有一个可怜的奴才会卖给他。啊！不料我这一个思想，竟会预兆着我自己的需要，这个穷汉的毒药却要卖给我。我记得这里就是他的铺子；今天是假日，所以这叫花子没有开门。喂！卖药的！

　　卖药人上。

卖药人　谁在高声叫喊？

罗密欧　过来，朋友。我瞧你很穷，这儿是四十块钱，请你给我一点能够迅速致命的毒药，厌倦于生命的人一服下去便会散

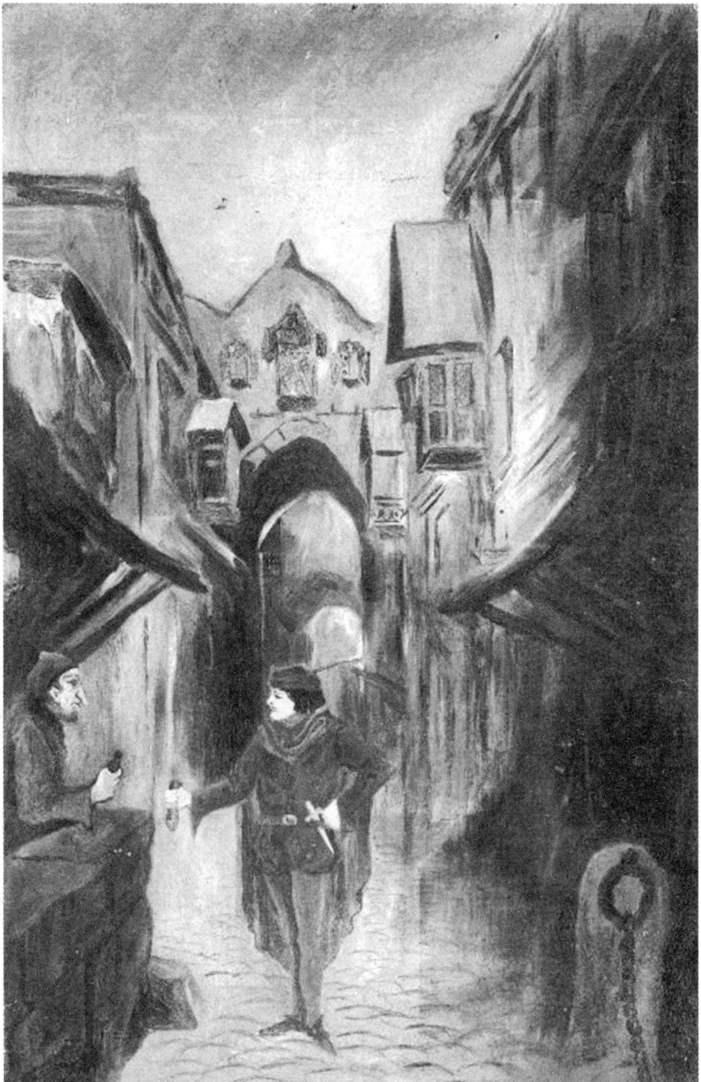

入全身的血管，立刻停止呼吸而死去，就像火药从炮膛里放射出去一样快。

卖药人　这种致命的毒药我是有的；可是曼多亚的法律严禁发卖，出卖的人是要处死刑的。

罗密欧　难道你这样穷苦，还怕死吗？饥寒的痕迹刻在你的面颊上，贫乏和迫害在你的眼睛里射出了饿火，轻蔑和卑贱重压在你的背上；这世间不是你的朋友，这世间的法律也保护不到你，没有人为你定下一条法律使你富有；那么你何必苦耐着贫穷呢？违犯了法律，把这些钱收下吧。

卖药人　我的贫穷答应了你，可是那是违反我的良心的。

罗密欧　我的钱是给你的贫穷，不是给你的良心的。

卖药人　把这一服药放在无论什么饮料里喝下去，即使你有二十个人的气力，也会立刻送命。

罗密欧　这儿是你的钱，那才是害人灵魂的更坏的毒药，在这万恶的世界上，它比你那些不准贩卖的微贱的药品更会杀人；你没有把毒药卖给我，是我把毒药卖给你。再见；买些吃的东西，把你自己喂得胖一点。——来，你不是毒药，你是替我解除痛苦的仙丹，我要带着你到朱丽叶的坟上去，少不得要借重你一下哩。（各下。）

第二场　维洛那。劳伦斯神父的寺院

约翰神父上。

约　翰　喂！师兄在哪里？

劳伦斯神父上。

劳伦斯　这是约翰师弟的声音。欢迎你从曼多亚回来！罗密欧怎么说？要是他的意思在信里写明，那么把他的信给我吧。

约　翰　我临走的时候，因为要找一个同门的师弟作我的同伴，他正在这城里访问病人，不料给本地巡逻的人看见了，疑心我们走进了一家染着瘟疫的人家，把门封锁住了，不让我们出来，所以耽误了我的曼多亚之行。

劳伦斯　那么谁把我的信送去给罗密欧了？

约　翰　我没有法子把它送出去，现在我又把它带回来了；因为他们害怕瘟疫传染，也没有人愿意把它送还给你。

劳伦斯　糟了！这封信不是等闲，性质十分重要，把它耽误下来，也许会引起极大的灾祸。约翰师弟，你快去给我找一柄铁锄，立刻带到这儿来。

约　翰　好师兄，我去给你拿来。（下。）

劳伦斯　现在我必须独自到墓地里去；在这三小时之内，朱丽叶就会醒来，她因为罗密欧不曾知道这些事情，一定会责怪我。我现在要再写一封信到曼多亚去，让她留在我的寺院里，直等罗密欧到来。可怜的没有死的尸体，幽闭在一座死人的坟墓里！（下。）

第三场　同前。凯普莱特家坟茔所在的墓地

帕里斯及侍童携鲜花火炬上。

帕里斯　孩子，把你的火把给我；走开，站在远远的地方；还是灭了吧，我不愿给人看见。你到那边的紫杉树底下直躺下来，把你的耳朵贴着中空的地面，地下挖了许多墓穴，土是松的，要是有踉跄的脚步走到坟地上来，你准听得见；要是听见有什么声息，便吹一个呼哨通知我。把那些花给我。照我的话

做去,走吧。

侍童　（旁白）我简直不敢独自一个人站在这墓地上,可是我要硬着头皮试一下。（退后。）

帕里斯　这些鲜花替你铺盖新床;
　　　　惨啊,一朵娇红永委沙尘!
　　　　我要用沉痛的热泪淋浪,
　　　　和着香水浇溉你的芳坟;
　　　　夜夜到你墓前散花哀泣,
　　　　这一段相思啊永无消歇!（侍童吹口哨）
　　　　这孩子在警告我有人来了。哪一个该死的家伙在这晚上到这儿来打扰我在爱人墓前的凭吊?什么!还拿着火把来吗?——让我躲在一旁看看他的动静。（退后。）

　　　　罗密欧及鲍尔萨泽持火炬锹锄等上。

罗密欧　把那锄头跟铁钳给我。且慢,拿着这封信;等天一亮,你就把它送给我的父亲。把火把给我。听好我的吩咐,无论你听见什么瞧见什么,都只好远远地站着不许动,免得妨碍我的事情;要是动一动,我就要你的命。我所以要跑下这个坟墓里去,一部分的原因是要探望探望我的爱人,可是主要的理由却是要从她的手指上取下一个宝贵的指环,因为我有一个很重要的用途。所以你赶快给我走开吧;要是你不相信我的话,胆敢回来窥伺我的行动,那么,你可以对天发誓,我要把你的骨骼一节一节扯下来,让这饥饿的墓地上散满了你的肢体。我现在的心境非常狂野,比饿虎或是咆哮的怒海都要凶猛无情,你可不要惹我性起。

鲍尔萨泽　少爷,我走就是了,决不来打扰您。

罗密欧　这才像个朋友。这些钱你拿去,愿你一生幸福。再会,好朋友。

鲍尔萨泽　（旁白）虽然这么说，我还是要躲在附近的地方看着他；他的脸色使我害怕，我不知道他究竟打算做出什么事来。（退后。）

罗密欧　你无情的泥土，吞噬了世上最可爱的人儿，我要擘开你的馋吻，（将墓门撬开）索性让你再吃一个饱！

帕里斯　这就是那个已经放逐出去的骄横的蒙太古，他杀死了我爱人的表兄，据说她就是因为伤心他的惨死而夭亡的。现在这家伙又要来盗尸发墓了，待我去抓住他。（上前）万恶的蒙太古！停止你的罪恶的工作，难道你杀了他们还不够，还要在死人身上发泄你的仇恨吗？该死的凶徒，赶快束手就捕，跟我见官去！

罗密欧　我果然该死，所以才到这儿来。年轻人，不要激怒一个不顾死活的人，快快离开我走吧；想想这些死了的人，你也该胆寒了。年轻人，请你不要激动我的怒气，使我再犯一次罪；啊，走吧！我可以对天发誓，我爱你远过于爱我自己，因为我来此的目的，就是要跟自己作对。别留在这儿，走吧；好好留着你的活命，以后也可以对人家说，是一个疯子发了慈悲，叫你逃走的。

帕里斯　我不听你这种鬼话；你是一个罪犯，我要逮捕你。

罗密欧　你一定要激怒我吗？那么好，来，朋友！（二人格斗。）

侍童　哎哟，主啊！他们打起来了，我去叫巡逻的人来！（下。）

帕里斯　（倒下）啊，我死了！——你倘有几分仁慈，打开墓门来，把我放在朱丽叶的身旁吧！（死。）

罗密欧　好，我愿意成全你的志愿。让我瞧瞧他的脸；啊，茂丘西奥的亲戚，尊贵的帕里斯伯爵！当我们一路上骑马而来的时候，我的仆人曾经对我说过几句话，那时我因为心绪烦乱，没有听得进去；他说些什么？好像他告诉我说帕里斯本来预备娶朱丽叶为妻；他不是这样说吗？还是我做过这样的梦？或者还是我神经错乱，听见他说起朱丽叶的名字，所以发生了这一种幻想？啊！把你的手给我，你我都是登录在厄运的黑册上的人，我要把你葬在一个胜利的坟墓里；一个坟墓吗？啊，不！被杀害的少年，这是一个灯塔，因为朱丽叶睡在这里，她的美貌使这一个墓窟变成一座充满着光明的欢宴的华堂。死了的人，躺在那儿吧，一个死了的人把你安葬了。（将帕里斯放下墓中）人们临死的时候，往往反会觉得心中愉快，旁观的人便说这是死前的一阵回光返照；啊！这也就是我的回光返照吗？啊，我的爱人！我的妻子！死虽然已经吸去了你呼吸中的芳蜜，却还没有力量摧残你的美貌；你还没有被他征服，你的嘴唇上、面庞上，依然显着红润的美艳，不曾让灰白的死亡进占。提伯尔特，你也裹着你的血淋淋的殓衾躺在那儿吗？啊！你的青春葬送在你仇人的手里，现在我来替你报仇来了，我要亲手杀死那杀害你的人。原谅我吧，兄弟！啊！亲爱的朱丽叶，你为什么仍然这样美丽？难道那虚无的死亡，那枯瘦可憎的妖魔，也是个多情种子，所以把你藏匿在这幽暗的洞府里做他的情妇吗？为了防止这样的事情，我要永远陪伴着你，再不离开这漫漫长夜的幽宫；我要留在这儿，跟你的侍婢，那些蛆虫在一起；啊！我要在这儿永久安息下来，从我这厌倦人世的凡躯上挣脱厄运的束缚。眼睛，瞧你的最后一眼吧！手臂，作你最后一次的拥抱吧！嘴唇，啊！你呼吸的门户，用一个合法的吻，跟网罗一切的死亡订立一个永久的契约吧！来，苦味的向导，绝望的领港人，现在赶快把你的厌倦于风涛的船舶向那巉岩上冲撞过去吧！为了我的爱人，我干了这一杯！（饮药）啊！卖药的人果然没有骗我，药性很快地发作了。我就这样在这一吻中死去。（死。）

劳伦斯神父持灯笼、锄、锹自墓地另一端上。

劳伦斯　圣芳济保佑我！我这双老脚今天晚上怎么老是在坟堆里绊来跌去的！那边是谁？

鲍尔萨泽　是一个朋友，也是一个跟您熟识的人。

劳伦斯　祝福你！告诉我，我的好朋友，那边是什么火把，向蛆虫和没有眼睛的骷髅浪费着它的光明？照我辨认起来，那火把亮着的地方，似乎是凯普莱特家里的坟茔。

鲍尔萨泽　正是，神父；我的主人，您的好朋友，就在那儿。

劳伦斯　他是谁？

鲍尔萨泽　罗密欧。

劳伦斯　他来多久了？

鲍尔萨泽　足足半点钟。

劳伦斯　陪我到墓穴里去。

鲍尔萨泽　我不敢，神父。我的主人不知道我还没有走；他曾经对我严词恐吓，说要是我留在这儿窥伺他的动静，就要把我杀死。

劳伦斯　那么你留在这儿，让我一个人去吧。恐惧临到我的身上；啊！我怕会有什么不幸的祸事发生。

鲍尔萨泽　当我在这株紫杉树底下睡了过去的时候，我梦见我的主人跟另外一个人打架，那个人被我的主人杀了。

劳伦斯　（趋前）罗密欧！哎哟！哎哟！这坟墓的石门上染着些什么血迹？　在这安静的地方，怎么横放着这两柄无主的血污的刀剑？（进墓）罗密欧！啊，他的脸色这么惨白！还有谁？什么！帕里斯也躺在这儿，浑身浸在血泊里？啊！多么残酷的时辰，造成了这场凄惨的意外！那小姐醒了。（朱丽叶醒。）

朱丽叶　啊，善心的神父！我的夫君呢？我记得很清楚我应当在什么地方，现在我正在这地方。我的罗密欧呢？（内喧声。）

劳伦斯　我听见有什么声音。小姐,赶快离开这个密布着毒氛腐臭的死亡的巢穴吧;一种我们所不能反抗的力量已经阻挠了我们的计划。来,出去吧。你的丈夫已经在你的怀中死去;帕里斯也死了。来,我可以替你找一处地方出家做尼姑。不要耽误时间盘问我,巡夜的人就要来了。来,好朱丽叶,去吧。(内喧声又起)我不敢再等下去了。

朱丽叶　去,你去吧!我不愿意走。(劳伦斯下)这是什么?一只杯子,紧紧地握住在我的忠心的爱人的手里?我知道了,一定是毒药结果了他的生命。唉,冤家!你一起喝干了,不留下一滴给我吗?我要吻着你的嘴唇,也许这上面还留着一些毒液,可以让我当作兴奋剂服下而死去。(吻罗密欧)你的嘴唇还是温暖的!

巡丁甲　(在内)孩子,带路;在哪一个方向?

朱丽叶　啊,人声吗?那么我必须快一点了结。啊,好刀子!(攫住罗密欧的匕首)这就是你的鞘子;(以匕首自刺)你插了进去,让我死了吧。(扑在罗密欧身上死去。)

　　　　巡丁及帕里斯侍童上。

侍童　就是这儿,那火把亮着的地方。

巡丁甲　地上都是血;你们几个人去把墓地四周搜查一下,看见什么人就抓起来。(若干巡丁下)好惨!伯爵被人杀了躺在这儿,朱丽叶胸口流着血,身上还是热热的好像死得不久,虽然她已经葬在这里两天了。去,报告亲王,通知凯普莱特家里,再去把蒙太古家里的人也叫醒了,剩下的人到各处搜搜。(若干巡丁续下)我们看见这些惨事发生在这个地方,可是在没有得到人证以前,却无法明了这些惨事的真相。

　　　　若干巡丁率鲍尔萨泽上。

巡丁乙　这是罗密欧的仆人;我们看见他躲在墓地里。

巡丁甲　把他好生看押起来,等亲王来审问。

    若干巡丁率劳伦斯神父上。

巡丁丙　我们看见这个教士从墓地旁边跑出来,神色慌张,一边叹气一边流泪,他手里还拿着锄头铁锹,都给我们拿下来了。

巡丁甲　他有很重大的嫌疑;把这教士也看押起来。

    亲王及侍从上。

亲王　什么祸事在这样早的时候发生,打断了我的清晨的安睡?

    凯普莱特、凯普莱特夫人及余人等上。

凯普莱特　外边这样乱叫乱喊,是怎么一回事?

凯普莱特夫人　街上的人们有的喊着罗密欧,有的喊着朱丽叶,有的喊着帕里斯;大家沸沸扬扬地向我们家里的坟上奔去。

亲王　这么许多人为什么发出这样惊人的叫喊?

巡丁甲　王爷,帕里斯伯爵被人杀死了躺在这儿;罗密欧也死了;已经死了两天的朱丽叶,身上还热着,又被人重新杀死了。

亲王　用心搜寻,把这场万恶的杀人命案的真相调查出来。

巡丁甲　这儿有一个教士,还有一个被杀的罗密欧的仆人,他们都拿着掘墓的器具。

凯普莱特　天哪!——啊,妻子!瞧我们的女儿流着这么多的血!这把刀弄错了地位了!瞧,它的空鞘子还在蒙太古家小子的背上,它却插进了我的女儿的胸前!

凯普莱特夫人　哎哟!这些死的惨象就像惊心动魄的钟声,警告我这风烛残年,快要不久于人世了。

    蒙太古及余人等上。

亲王　来,蒙太古,你起来虽然很早,可是你的儿子倒下得更早。

蒙太古　唉!殿下,我的妻子因为悲伤小儿的远逐,已经在昨天晚上去世了;还有什么祸事要来跟我这老头子作对呢?

185

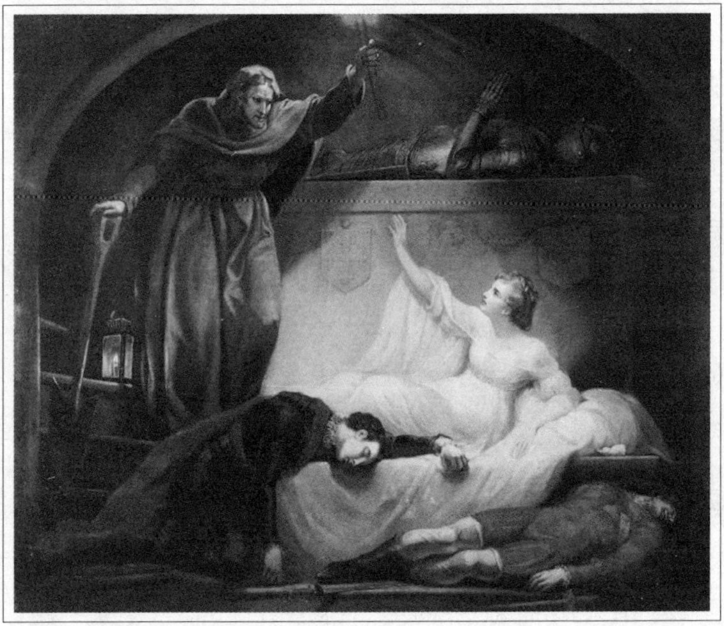

亲王　瞧吧，你就可以看见。

蒙太古　啊，你这不孝的东西！你怎么可以抢在你父亲的前面，自己先钻到坟墓里去呢？

亲王　暂时停止你们的悲恸，让我把这些可疑的事实审问明白，知道了详细的原委以后，再来领导你们放声一哭吧；也许我的悲哀还要远远胜过你们呢！——把嫌疑犯带上来。

劳伦斯　时间和地点都可以作不利于我的证人；在这场悲惨的血案中，我虽然是一个能力最薄弱的人，但却是嫌疑最重的人。我现在站在殿下的面前，一方面要供认我自己的罪过，一方面也要为我自己辩解。

亲王　那么快把你所知道的一切说出来。

劳伦斯　我要把经过的情形尽量简单地叙述出来，因为我的短促的残生还不及一段冗繁的故事那么长。死了的罗密欧是死了的朱丽叶的丈夫，她是罗密欧的忠心的妻子，他们的婚礼是由我主持的。就在他们秘密结婚的那天，提伯尔特死于非命，这位才做新郎的人也从这城里被放逐出去；朱丽叶是为了他，不是为了提伯尔特，才那样伤心憔悴。你们因为要替她解除烦恼，把她许婚给帕里斯伯爵，还要强迫她嫁给他，她就跑来见我，神色慌张地要我替她想个办法避免这第二次的结婚，否则她要在我的寺院里自杀。所以我就根据我的医药方面的学识，给她一服安眠的药水；它果然发生了我所预期的效力，她一服下去就像死了一样昏沉过去。同时我写信给罗密欧，叫他就在这一个悲惨的晚上到这儿来，帮助把她搬出她寄寓的坟墓，因为药性一到时候便会过去。可是替我带信的约翰神父却因遭到意外，不能脱身，昨天晚上才把我的信依然带了回来。那时我只好按照着预先算定她醒来的时间，一个人前去把她从她家族的墓茔里带出来，预备把她藏匿在我的寺院里，等有方便再去叫罗密欧来；不料我在她醒来以前几分钟到这儿来的时候，尊贵的帕里斯和忠诚的罗密欧已经双双惨死了。她一醒过来，我就请她出去，劝她安心忍受这一种出自天意的变故；可是那时我听见了纷纷的人声，吓得逃出了墓穴，她在万分绝望之中不肯跟我去，看样子她是自杀了。这是我所知道的一切，至于他们两人的结婚，那么她的乳母也是与闻的。要是这一场不幸的惨祸，是由我的疏忽所造成，那么我这条老命愿受最严厉的法律的制裁，请您让它提早几点钟牺牲了吧。

亲王　我一向知道你是一个道行高尚的人。罗密欧的仆人呢？他有什么话说？

鲍尔萨泽　我把朱丽叶的死讯通知了我的主人，因此他从曼多亚急急地赶到这里，到了这座坟堂的前面。这封信他叫我一早送去给我家老爷；当他走进墓穴里的时候，他还恐吓我，说要是我不离开他赶快走开，他就要杀死我。

亲王　把那封信给我，我要看看。叫巡丁来的那个伯爵的侍童呢？喂，你的主人到这地方来做什么？

侍童　他带了花来散在他夫人的坟上，他叫我站得远远的，我就听他的话；不一会儿工夫，来了一个拿着火把的人把坟墓打开了。后来我的主人就拔剑跟他打了起来，我就奔去叫巡丁。

亲王　这封信证实了这个神父的话，讲起他们恋爱的经过和她的去世的消息；他还说他从一个穷苦的卖药人手里买到一种毒药，要把它带到墓穴里来准备和朱丽叶长眠在一起。这两家仇人在哪里？——凯普莱特！蒙太古！瞧你们的仇恨已经受到了多大的惩罚，上天借手于爱情，夺去了你们心爱的人；我为了忽视你们的争执，也已经丧失了一双亲戚，大家都受到惩罚了。

凯普莱特　啊，蒙太古大哥！把你的手给我；这就是你给我女儿的一份聘礼，我不能再作更大的要求了。

蒙太古　但是我可以给你更多的；我要用纯金替她铸一座像，只要维洛那一天不改变它的名称，任何塑像都不会比忠贞的朱丽叶那一座更为卓越。

凯普莱特　罗密欧也要有一座同样富丽的金像卧在他情人的身旁，这两个在我们的仇恨下惨遭牺牲的可怜的人儿！

亲王　清晨带来了凄凉的和解，
　　　太阳也惨得在云中躲闪。
　　　大家先回去发几声感慨，
　　　该恕的、该罚的再听宣判。
　　　古往今来多少离合悲欢，
　　　谁曾见这样的哀怨辛酸！（同下。）

裘力斯·凯撒

剧中人物

裘力斯·凯撒

奥克泰维斯·凯撒 ⎫
玛克·安东尼　　 ⎬ 凯撒死后的三人执政
伊米力斯·莱必多斯 ⎭

西塞罗
坡勃律斯　　　元老
波匹律斯·里那

玛克斯·勃鲁托斯 ⎫
凯歇斯　　　　　｜
凯斯卡　　　　　｜
特莱包涅斯　　　｜
里加律斯　　　　⎬ 反对凯撒的叛党
狄歇斯·勃鲁托斯 ｜
麦泰勒斯·辛伯　｜
西那　　　　　　⎭

弗莱维斯 ⎫
　　　　 ⎬ 护民官
马鲁勒斯 ⎭

阿特米多勒斯　克尼陀斯的诡辩学者
预言者
西那　诗人

另一诗人

路西律斯
泰提涅斯
梅萨拉 } 勃鲁托斯及凯歇斯的友人
小凯图
伏伦涅斯

凡罗
克列特斯
克劳狄斯
斯特莱托 } 勃鲁托斯的仆人
路歇斯
达台涅斯

品达勒斯　凯歇斯的仆人
凯尔弗妮娅　凯撒之妻
鲍西娅　勃鲁托斯之妻

元老、市民、卫队、侍从等

地　点

大部分在罗马；后半一部分在萨狄斯，一部分在腓利比附近

第一幕

第一场　罗马。街道

弗莱维斯、马鲁勒斯及若干市民上。

弗莱维斯　去！回家去，你们这些懒得做事的东西，回家去。今天是放假的日子吗？嘿！你们难道不知道，你们做手艺的人，在工作的日子走到街上来，一定要把你们职业的符号带在身上吗？说，你是干哪种行业的？

市民甲　呃，先生，我是一个木匠。

马鲁勒斯　你的革裙、你的尺呢？你穿起新衣服来干什么？你，你是干哪种行业的？

市民乙　说老实话，先生，我说不上有高等手艺，我无非是你们所谓的粗工匠罢了。

马鲁勒斯　可是你究竟是什么行业的人，简单地回答我。

市民乙　先生，我希望我干的行业可以对得起自己的良心；我不过是个替人家补缺补漏的。

马鲁勒斯　混账东西，说明白一些你是干什么的？

市民乙　哎，先生，请您不要对我生气；要是您有什么漏洞，先生，我也可以替您补一补。

马鲁勒斯　你这话是什么意思？替我补一补，你这坏蛋？

市民乙　对不起，先生，替你补破鞋洞。

弗莱维斯　你是一个补鞋匠吗？

市民乙　不瞒您说，先生，我的吃饭家伙就只有一把锥子；我也不会动斧头锯子，我也不会做针线女工，我就只有一把锥子。实实在在，先生，我是专治破旧靴鞋的外科医生；它们倘然害着危险的重病，我都可以把它们救活过来。那些脚踏牛皮的体面绅士，都曾请教过我哩。

弗莱维斯　可是你今天为什么不在你的铺子里做工？为什么你要领着这些人在街上走来走去？

市民乙　不瞒您说，先生，我要叫他们多走破几双鞋子，让我好多做几注生意。可是实实在在，先生，我们今天因为要迎接凯撒，庆祝他的凯旋，所以才放了一天假。

马鲁勒斯　为什么要庆祝呢？他带了些什么胜利回来？他的战车后面缚着几个纳士称臣的俘囚君长？你们这些木头石块，冥顽不灵的东西！冷酷无情的罗马人啊，你们忘记了庞贝吗？好多次你们爬到城墙上、雉堞上，有的登在塔顶，有的倚着楼窗，还有人高踞烟囱的顶上，手里抱着婴孩，整天坐着耐心等候，为了要看一看伟大的庞贝经过罗马的街道；当你们看见他的战车出现的时候，你们不是齐声欢呼，使台伯河里的流水因为听见你们的声音在凹陷的河岸上发出反响而战栗吗？现在你们却穿起了新衣服，放假庆祝，把鲜花散布在踏着庞贝的血迹凯旋回来的那人的路上吗？快去！奔回你们的屋子里，跪在地上，祈祷神明饶恕你们的忘恩负义吧，否则上天的灾祸一定要降在你们头上了。

弗莱维斯　去，去，各位同胞，为了你们这一个错误，赶快把你们所有的伙伴们集合在一起，带他们到台伯河岸上，把你们的眼泪洒入河中，让那最低的水流也会漫过那最高的堤岸。（众市民下）瞧这些下流的材料也会天良发现；他们因为自知有罪，一个个哑口无言地去了。您打那一条路向圣殿走去；我打这一条路走。要是您看见他们在偶像上披着锦衣彩饰，就把它撕下来。

马鲁勒斯　我们可以这样做吗？您知道今天是卢柏克节①。

弗莱维斯　别管它；不要让偶像身上悬挂着凯撒的胜利品。我要去驱散街上的愚民；您要是看见什么地方有许多人聚集在一起，也要把他们赶散。我们应当趁早剪拔凯撒的羽毛，让他无力高飞；要是他羽毛既长，一飞冲天，我们大家都要在他的足下俯伏听命了。（各下。）

第二场　同前。广场

凯撒率众列队奏乐上；安东尼作竞走装束，凯尔弗妮娅、鲍西娅、狄歇斯、西塞罗、勃鲁托斯、凯歇斯、凯斯卡同上；大群民众随后，其中有一预言者。

凯撒　凯尔弗妮娅！

凯斯卡　肃静！凯撒有话。（乐止。）

凯撒　凯尔弗妮娅！

凯尔弗妮娅　有，我的主。

凯撒　你等安东尼快要跑到终点的时候，就到跑道中间站在和他当面的地方。安东尼！

---

① 卢柏克节（Lupercal），二月十五日，罗马祭奠畜牧神卢柏克葛斯的节日。

安东尼　有，凯撒，我的主。

凯撒　安东尼，你在奔走的时候，不要忘记用手碰一碰凯尔弗妮娅的身体；因为有年纪的人都说，不孕的妇人要是被这神圣的竞走中的勇士碰了，就可以解除乏嗣的咒诅。

安东尼　我一定记得。凯撒吩咐做什么事，就得立刻照办。

凯撒　现在开始吧；不要遗漏了任何仪式。（音乐。）

预言者　凯撒！

凯撒　嘿！谁在叫我？

凯斯卡　所有的声音都静下来；肃静！（乐止。）

凯撒　谁在人丛中叫我？我听见一个比一切乐声更尖锐的声音喊着"凯撒"的名字。说吧；凯撒在听着。

预言者　留心三月十五日。

凯撒　那是什么人？

勃鲁托斯　一个预言者请您留心三月十五日。

凯撒　把他带到我的面前；让我瞧瞧他的脸。

凯斯卡　家伙，跑出来见凯撒。

凯撒　你刚才对我说什么？再说一遍。

预言者　留心三月十五日。

凯撒　他是个做梦的人；不要理他。过去。（吹号；除勃鲁托斯、凯歇斯外均下。）

凯歇斯　您也去看他们赛跑吗？

勃鲁托斯　我不去。

凯歇斯　去看看也好。

勃鲁托斯　我不喜欢干这种陶情作乐的事；我没有安东尼那样活泼的精神。不要让我打断您的兴致，凯歇斯；我先去了。

凯歇斯　勃鲁托斯，我近来留心观察您的态度，从您的眼光之中，我觉得您对于我已经没有从前那样的温情和友爱；您对于爱

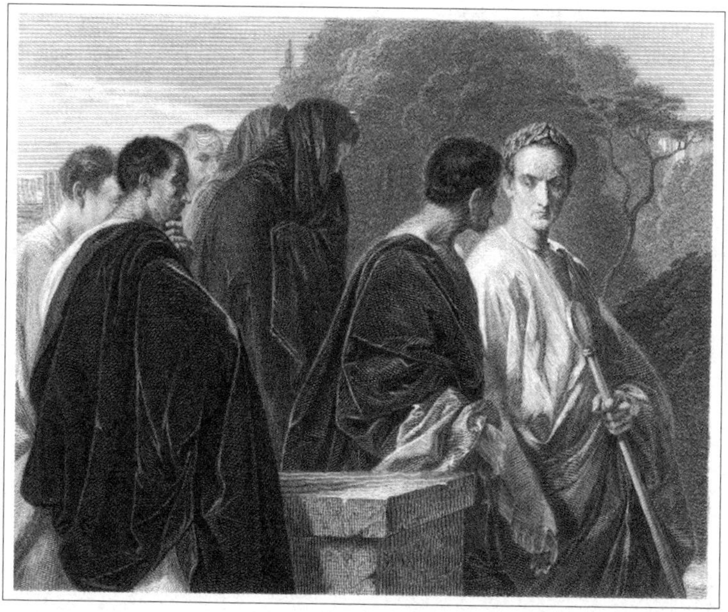

您的朋友，太冷淡而疏远了。

勃鲁托斯　凯歇斯，不要误会。要是我在自己的脸上罩着一层阴云，那只是因为我自己心里有些烦恼。我近来为某种情绪所困苦，某种不可告人的隐忧，使我在行为上也许有些反常的地方；可是，凯歇斯，您是我的好朋友，请您不要因此而不快，也不要因为可怜的勃鲁托斯和他自己交战，忘记了对别人的礼貌，而责怪我的怠慢。

凯歇斯　那么，勃鲁托斯，我大大地误会了您的心绪了；我因为疑心您对我有什么不满，所以有许多重要的值得考虑的意见我都藏在自己的心头，没有对您提起。告诉我，好勃鲁托斯，您能够瞧见您自己的脸吗？

勃鲁托斯　不，凯歇斯；因为眼睛不能瞧见它自己，必须借着反射，借着外物的力量。

凯歇斯　不错，勃鲁托斯，可惜您却没有这样的镜子，可以把您隐藏着的贤德照到您的眼里，让您看见您自己的影子。我曾经听见那些在罗马最有名望的人——除了不朽的凯撒以外——说起勃鲁托斯，他们呻吟于当前的桎梏之下，都希望高贵的勃鲁托斯睁开他的眼睛。

勃鲁托斯　凯歇斯，您要我在我自己身上寻找我所没有的东西，到底是要引导我去干什么危险的事呢？

凯歇斯　所以，好勃鲁托斯，留心听着吧；您既然知道您不能瞧见您自己，像在镜子里照得那样清楚，我就可以做您的镜子，并不夸大地把您自己所不知道的自己揭露给您看。不要疑心我，善良的勃鲁托斯；倘然我是一个胁肩谄笑之徒，惯用千篇一律的盟誓向每一个人矢陈我的忠诚；倘然您知道我会当着人家的面向他们献媚，把他们搂抱，背了他们就用诽语毁谤他们；倘然您知道我是一个常常跟下贱的平民酒食征逐的人,那么您就认为我是一个危险分子吧。(喇叭奏花腔。众欢呼声。)

勃鲁托斯　这一阵欢呼是什么意思?我怕人民会选举凯撒做他们的王。

凯歇斯　嗯,您怕吗?那么看来您是不赞成这回事了。

勃鲁托斯　我不赞成,凯歇斯;虽然我很敬爱他。可是您为什么拉住我在这儿?您有什么话要对我说?倘然那是对大众有利的事,那么让我的一只眼睛看见光荣,另一只眼睛看见死亡,我也会同样无动于衷地正视着它们;因为我喜爱光荣的名字,甚于恐惧死亡,这自有神明做证。

凯歇斯　我知道您有那样内心的美德,勃鲁托斯,正像我知道您的外貌一样。好,光荣正是我的谈话的题目。我不知道您和其他的人对于这一个人生抱着怎样的观念;可是拿我个人而论,假如要我为了自己而担惊受怕,那么我还是不要活着的好。我生下来就跟凯撒同样的自由;您也是一样。我们都跟他同样地享受过,同样地能够忍耐冬天的寒冷。记得有一次,在一个狂风暴雨的白昼,台伯河里的怒浪正冲击着它的堤岸,凯撒对我说,"凯歇斯,你现在敢不敢跟我跳下这汹涌的波涛里,泅到对面去?"我一听见他的话,就穿着随身的衣服跳了下去,叫他跟着我;他也跳了下去。那时候滚滚的急流迎面而来,我们用壮健的膂力拼命抵抗,用顽强的心破浪前进;可是我们还没有达到预定的目标,凯撒就叫起来说,"救救我,凯歇斯,我要沉下去了!"正像我们伟大的祖先埃涅阿斯从特洛伊的烈焰之中把年老的安喀西斯肩负而出一样,我把力竭的凯撒负出了台伯河的怒浪。这个人现在变成了一尊天神,凯歇斯却是一个倒霉的家伙,要是凯撒偶然向他点一点头,也必须俯下他的身子。他在西班牙的时候,曾经害过一次热病,我看见那热病在他身上发作，他的浑身都颤抖起来；是的，这位天神也会颤抖；他的懦怯的嘴唇失去了血色，那使全世界惊悚的眼睛也没有了光彩；我听见他的呻吟；是的，他那使罗马人耸耳而听、使他们把他的话记载在书册上的舌头，唉！却吐出了这样的呼声，"给我一些水喝，泰提涅斯"，就像一个害病的女儿一样。神啊，像这样一个心神软弱的人，却会征服这个伟大的世界，独占着胜利的光荣，真是我再也想不到的事。（喇叭奏花腔。欢呼声。）

勃鲁托斯　又是一阵大众的欢呼！我相信他们一定又把新的荣誉加在凯撒的身上，所以才有这些喝彩的声音。

凯歇斯　嘿，老兄，他像一个巨人似的跨越这狭隘的世界；我们这些渺小的凡人一个个在他粗大的两腿下行走，四处张望着，替自己寻找不光荣的坟墓。人们有时可以支配他们自己的命运；要是我们受制于人，亲爱的勃鲁托斯，那错处并不在我们的命运，而在我们自己。勃鲁托斯和凯撒；"凯撒"那个名字又有什么了不得？为什么人们只是提起它而不提起勃鲁托斯？把那两个名字写在一起，您的名字并不比他的难看；放在嘴上念起来，它也一样顺口；称起重量来，它们是一样的重；要是用它们呼神召鬼，"勃鲁托斯"也可以同样感动幽灵，正像"凯撒"一样。凭着一切天神的名字，我们这位凯撒究竟吃些什么美食，才会长得这样伟大？可耻的时代！罗马啊，你的高贵的血统已经中断了！自从洪水以后，什么时代你不曾产生比一个更多的著名人物？直到现在为止，什么时候人们谈起罗马，能够说，她的广大的城墙之内，只是一个人的世界？要是罗马给一个人独占了去，那么它真的变成无人之境了。啊！你我都曾听见我们的父老说过，从前罗马有一个勃鲁托斯，不愿让他的国家被一个君主所统治，正像他不愿让它被永劫的恶魔统治一样。

勃鲁托斯　我一点儿不怀疑您对我的诚意；我也有点儿明白您打算鼓动我去干什么事；我对于这件事的意见，以及对于目前这一种局面所取的态度，以后可以告诉您知道，可是现在却不愿做进一步的表示或行动，请您也不必向我多说。您已经说过的话，我愿意仔细考虑；您还有些什么话要对我说的，我也愿意耐心静听，等有了适当的机会，我一定洗耳以待，畅聆您的高论，并且还要把我的意思向您提出。在那个时候没有到来以前，我的好友，请您记住这一句话：勃鲁托斯宁愿做一个乡野的贱民，不愿在这种将要加到我们身上来的难堪的重压之下自命为罗马的儿子。

凯歇斯　我很高兴我的微弱的言辞已经在勃鲁托斯的心中激起了这一点点火花。

勃鲁托斯　竞赛已经完毕，凯撒就要回来了。

凯歇斯　当他们经过的时候，您去拉一拉凯斯卡的衣袖，他就会用他那种尖酸刻薄的口气，把今天值得注意的事情告诉您。

　　　　凯撒及随从诸人重上。

勃鲁托斯　很好。可是瞧，凯歇斯，凯撒的额角上闪动着怒火，跟在他后面的那些人一个个垂头丧气，好像挨了一顿骂似的；凯尔弗妮娅面颊惨白；西塞罗的眼睛里充满着懊丧愤恨的神色，就像我们看见他在议会里遭到什么元老的驳斥的时候一样。

凯歇斯　凯斯卡会告诉我们为了什么事。

凯撒　安东尼！

安东尼　凯撒。

凯撒　我要那些身体长得胖胖的、头发梳得光光的、夜里睡得好好的人在我的左右。那个凯歇斯有一张消瘦憔悴的脸；他用心思太多；这种人是危险的。

安东尼　别怕他，凯撒，他没有什么危险；他是一个高贵的罗马人，有很好的天赋。

凯撒　我希望他再胖一点！可是我不怕他；不过要是我的名字可以和恐惧连在一起的话，那么我不知道还有谁比那个瘦瘦的凯歇斯更应该避得远远的了。他读过许多书；他的眼光很厉害，能够窥测他人的行动；他不像你，安东尼，那样喜欢游戏；他从来不听音乐；他不大露笑容，笑起来的时候，那神气之间，好像在讥笑他自己竟会被一些琐屑的事情所引笑。像他这种人，要是看见有人高过他们，心里就会觉得不舒服，所以他们是很危险的。我现在不过告诉你哪一种人是可怕的，并不是说我惧怕他们，因为我永远是凯撒。跑到我的右边来，因为这一只耳朵是聋的；实实在在告诉我你觉得他这个人怎么样。（吹号；凯撒及随从诸人下，凯斯卡留后。）

凯斯卡　您拉我的外套；要跟我说话吗？

勃鲁托斯　是的，凯斯卡；告诉我们为什么今天凯撒的脸上显出心事重重的样子。

凯斯卡　怎么，您不是也跟他在一起吗？

勃鲁托斯　要是我跟他在一起，那么我也用不着问凯斯卡了。

凯斯卡　嘿，有人把一顶王冠献给他；他用他的手背这么一摆拒绝了；于是民众欢呼起来。

勃鲁托斯　第二次的喧哗又为着什么？

凯斯卡　嘿，也是为了那件事。

凯歇斯　他们一共欢呼了三次；最后一次的呼声是为着什么？

凯斯卡　嘿，也是为了那件事。

勃鲁托斯　他们把王冠献给他三次吗？

凯斯卡　嗯，是的，他三次拒绝了，每一次都比前一次更客气；

他拒绝了一次，我身旁那些好心肠的人便欢呼起来。

凯歇斯　谁把王冠献给他的？

凯斯卡　嘿，安东尼。

勃鲁托斯　把他献冠的情形告诉我们，好凯斯卡。

凯斯卡　要我把那情形讲出来，还不如把我吊死了吧。那全然是一幕滑稽丑剧；我瞧也不去瞧它。我看见玛克·安东尼献给他一顶王冠；其实那也不是什么王冠，不过是一顶普通的冠；我已经对您说过，他第一次把它拒绝了；可是虽然拒绝，我觉得他心里却巴不得把它拿了过来。于是他再把它献给他；他又把它拒绝了；可是我觉得他的手指头却恋恋不舍地不愿意离开它。于是他又第三次把它献上去；他第三次把它拒绝了；当他拒绝的时候，那些乌合之众便高声欢呼，拍着他们粗糙的手掌，抛掷他们汗臭的睡帽，把他们令人作呕的气息散满在空气之中，因为凯撒拒绝了王冠，结果几乎把凯撒都熏死了；他一闻到这气息，便晕了过去倒在地上。我那时候瞧着这光景，虽然觉得好笑，可是竭力抿住我的嘴唇，不让它笑出来，生怕把这种恶浊的空气吸进去。

凯歇斯　可是且慢；您说凯撒晕了过去吗？

凯斯卡　他在市场上倒了下来，嘴边冒着白沫，话都说不出来。

勃鲁托斯　这是很可能的；他素来就有这种倒下去的毛病。

凯歇斯　不，凯撒没有这种病；您、我，还有正直的凯斯卡，我们才害着这种倒下去的病。

凯斯卡　我不知道您这句话是什么意思；可是我可以确定凯撒是倒了下去。那些下流的群众有的拍手，有的发出嘘嘘的声音，就像在戏院里一样；要是我编造了一句谣言，我就是个骗人的混蛋。

勃鲁托斯　他清醒过来以后说些什么？

凯斯卡　嘿，他在没有倒下以前，看见群众因为他拒绝了王冠而欢欣，就要我解开他的衬衣，露出他的咽喉来请他们宰割。倘然我是一个干活儿做买卖的人，我一定会听从他的话，否则让我跟那些恶人一起下地狱去，于是他就倒下去了。等到他一醒过来，他就说，要是他做错了什么事，说错了什么话，他要请他们各位原谅他是一个有病的人。在我站立的地方，有三四个姑娘喊着说，"唉，好人儿！"从心底里原谅了他；可是不必注意她们，要是凯撒刺死了她们的母亲，她们也会同样原谅他的。

勃鲁托斯　后来他就这样满怀着心事走了吗？

凯斯卡　嗯。

凯歇斯　西塞罗说了些什么？

凯斯卡　嗯，他说的是希腊话。

凯歇斯　怎么说的？

凯斯卡　哎哟，要是我把那些话告诉了您，那我以后再也不好意思看见您啦；可是那些听得懂他话的人都互相瞧着笑笑，摇摇他们的头；至于讲到我自己，那我可一点儿都不懂。我还可以告诉你们其他的新闻；马鲁勒斯和弗莱维斯因为扯去了凯撒像上的彩带，已经被剥夺了发言的权利。再会。滑稽丑剧还多着呢，可惜我记不起来啦。

凯歇斯　凯斯卡，您今天晚上愿意陪我吃晚饭吗？

凯斯卡　不，我已经跟人家有了约会了。

凯歇斯　明天陪我吃午饭好不好？

凯斯卡　嗯，要是我明天还活着，要是您的心思没有改变，要是您的午饭值得一吃，那么我是会来的。

凯歇斯　好；我等着您。

凯斯卡　好。再见，两位。（下。）

勃鲁托斯　这家伙越来越乖僻了！他在求学的时候，却是很伶俐的。

凯歇斯　他现在虽然装出这一副迟钝的形状，可是干起勇敢壮烈的事业来，却不会落人之后。他的乖僻对于他的智慧是一种调味品，使人们在咀嚼他的言语的时候，可以感到一种深长的滋味。

勃鲁托斯　正是。现在我要暂时失陪了。明天您要是愿意跟我谈谈的话，我可以到您府上来看您；或者要是您愿意，就请您到我家里来也好，我一定等着您。

凯歇斯　好，我明天一定来拜访。再会；同时，不要忘了周围的世界。（勃鲁托斯下）好，勃鲁托斯，你是个仁人义士；可是我知道你的高贵的天性却可以被人诱入歧途；所以正直的人必须和正直的人为伍，因为谁是那样刚强，能够不受诱惑呢？凯撒对我很不好；可是他很喜欢勃鲁托斯；倘然现在我是勃鲁托斯，他是凯歇斯，他就打不动我的心。今天晚上我要模仿几个人的不同的笔迹，写几封匿名信丢进他的窗里，假装那是好几个市民写给他的，里面所说的话，都是指出罗马人对于他抱着多大的信仰，同时隐隐约约地暗示着凯撒的野心。我这样布置好了以后，让凯撒坐得安稳一些吧，因为我们倘不能把他摇落下来，就要忍受更黑暗的命运了。（下。）

第三场　同前。街道

（雷电交作；凯斯卡拔剑上，西塞罗自相对方向上。）

西塞罗　晚安，凯斯卡；您送凯撒回去了吗？您为什么气都喘不过来？为什么把眼睛睁得这样大？

凯斯卡　您看见一切地上的权力战栗得像一件摇摇欲坠的东西，不觉得有动于心吗？啊，西塞罗！我曾经看见过咆哮的狂风劈碎多节的橡树；我曾经看见过野心的海洋奔腾澎湃，把浪沫喷涌到阴郁的黑云之上；可是我从来没有经历过像今晚这样一场从天上掉下火块来的狂风暴雨。倘不是天上起了纷争，一定因为世人的侮慢激怒了神明，使他们决心把这世界毁灭。

西塞罗　啊，您还看见什么奇怪的事情吗？

凯斯卡　一个卑贱的奴隶举起他的左手，那手上燃烧着二十个火炬合起来似的烈焰，可是他一点儿不觉得灼痛，他的手上没有一点儿火烙过的痕迹。在圣殿之前，我又遇见一头狮子，它睨视着我，生气似的走了过去，却没有跟我为难；到现在我都没有收起我的剑。一百个面无人色的女人吓得缩成一团，她们发誓说她们看见浑身发着火焰的男子在街道上来来去去。昨天正午的时候，夜枭栖在市场上，发出凄厉的鸣声。这种种怪兆同时出现，谁都不能说，"这些都是不足为奇的自然的现象"；我相信它们都是上天的示意，预兆着将有什么重大的变故到来。

西塞罗　是的，这是一个变异的时世；可是人们可以照着自己的意思解释一切事物的原因，实际却和这些事物本身的目的完全相反。凯撒明天到圣殿去吗？

凯斯卡　去的；他曾经叫安东尼传信告诉您他明天要到那边去。

西塞罗　那么晚安，凯斯卡；这样坏的天气，还是待在家里好。

凯斯卡　再会，西塞罗。（西塞罗下。）

　　　　凯歇斯上。

凯歇斯　那边是谁？

凯斯卡　一个罗马人。

凯歇斯　听您的声音像是凯斯卡。

凯斯卡　您的耳朵很好。凯歇斯，这是一个多么可怕的晚上！

凯歇斯　对于居心正直的人，这是一个很可爱的晚上。

凯斯卡　谁见过这样吓人的天气？

凯歇斯　地上有这么多的罪恶，天上自然有这么多的灾异。讲到我自己，那么我刚才就在这样危险的夜里在街上跑来跑去，像这样松开了纽扣，袒露着我的胸膛去迎接雷霆的怒击；当那青色的交叉的电光似乎把天空当胸劈裂的时候，我就挺着我自己的身体去领受神火的威力。

凯斯卡　可是您为什么要这样冒渎天威呢？当威灵显赫的天神们用这种可怕的天象惊骇我们的时候，人们是应该战栗畏惧的。

凯歇斯　凯斯卡，您太冥顽了，您缺少一个罗马人所应该有的生命的热力，否则您就是把它藏起来不用。您看见上天发怒，就吓得面无人色，呆若木鸡；可是您要是想到究竟为什么天上会掉下火来，为什么有这些鬼魂来来去去，为什么鸟兽都改变了常性，为什么老翁、愚人和婴孩都会变得工于心计起来，为什么一切都脱离了常道，发生那样妖妄怪异的现象，啊，您要是思索到这一切的真正的原因，您就会明白这是上天假手于它们，警告人们预防着将要到来的一种非常的巨变。凯斯卡，我现在可以向您提起一个人的名字，他就像这个可怕的夜一样，能够叱咤雷电，震裂坟墓，像圣殿前的狮子一样怒吼，他在个人的行动上并不比你我更强，可是他的势力已经扶摇直上，变得像这些异兆一样可怕了。

凯斯卡　您说的是凯撒，是不是，凯歇斯？

凯歇斯　不管他是谁。罗马人现在有的是跟他们的祖先同样的筋骨手脚；可是唉！我们祖先的精神却已经死去，我们是被我们母亲的灵魂所统治着，我们的束缚和痛苦显出我们缺少男子的气概。

凯斯卡　不错,他们说元老们明天预备立凯撒为王;他可以君临海上和陆上的每一处地方,可是我们不能让他在这儿意大利称王。

凯歇斯　那么我知道我的刀子应当用在什么地方了;凯歇斯将要从奴隶的羁缚之下把凯歇斯解放出来。就在这种地方,神啊,你们使弱者变成最强壮的;就在这种地方,神啊,你们把暴君击败。无论铜墙石塔、密不透风的牢狱或是坚不可摧的锁链,都不能拘囚坚强的心灵;生命在厌倦于这些尘世的束缚以后,决不会缺少解脱它自身的力量。要是我知道我也肩负着一部分暴力的压迫,我就可以立刻挣脱这一种压力。(雷声继续。)

凯斯卡　我也能够;每一个被束缚的奴隶都可以凭着他自己的手挣脱他的锁链。

凯歇斯　那么为什么要让凯撒做一个暴君呢?可怜的人!我知道他只是因为看见罗马人都是绵羊,所以才做一头狼;罗马人倘不是一群鹿,他就不会成为一头狮子。谁要是急于生起一场旺火来,必须先用柔弱的草秆点燃;罗马是一些什么不中用的糠屑草料,要去点亮像凯撒这样一个卑劣庸碌的人物!可是唉,糟了!你引得我说出些什么话来啦?也许我是在一个甘心做奴隶的人的面前讲这种话,那么我知道我必须因此而受祸;可是我已经准备好了,一切危险我都不以为意。

凯斯卡　您在对凯斯卡讲话,他并不是一个摇唇弄舌、泄露秘密的人。握着我的手;只要允许我跟您合作推翻暴力的压制,我愿意赴汤蹈火,踊跃前驱。

凯歇斯　那么很好,我们一言为定。现在我要告诉你,凯斯卡,我已经联络了几个勇敢的罗马义士,叫他们跟我去干一件轰轰烈烈的冒险事业,我知道他们现在一定在庞贝走廊下等我;因为在这样可怕的夜里,街上是不能行走的;天色是那么充满了杀机和愤怒,正像我们所要干的事情一样。

凯斯卡　暂避一避,什么人急忙忙地来了。

凯歇斯　那是西那;我从他走路的姿势上认得出来。他也是我们的同志。

　　　　西那上。

凯歇斯　西那,您这样忙到哪儿去?

西那　特为找您来的。那位是谁?麦泰勒斯·辛伯吗?

凯歇斯　不,这是凯斯卡;他也是参与我们的计划的。他们在等着我吗,西那?

西那　那很好。真是一个可怕的晚上!我们中间有两三个人看见过怪事哩。

凯歇斯　他们在等着我吗?回答我。

西那　是的,在等着您。啊,凯歇斯!只要您能够劝高贵的勃鲁托斯加入我们的一党——

凯歇斯　您放心吧。好西那,把这封信拿去放在市长的座椅上,也许它会被勃鲁托斯看见;这一封信拿去丢在他的窗户里;这一封信用蜡胶在老勃鲁托斯的铜像上;这些事情办好以后,就到庞贝走廊去,我们都在那儿。狄歇斯·勃鲁托斯和特莱包涅斯都到了没有?

西那　除了麦泰勒斯·辛伯以外,都到齐了;他是到您家里去找您的。好,我马上就去,照您的吩咐把这几封信放好。

凯歇斯　放好了以后,就到庞贝剧场来。(西那下)来,凯斯卡,我们两人在天明以前,还要到勃鲁托斯家里去看他一次。他已经有四分之三属于我们,只要再跟他谈谈,他就可以完全加入我们这一边了。

凯斯卡　啊!他是众望所归的人;在我们似乎是罪恶的事情,有了他便可以像幻术一样变成正大光明的义举。

凯歇斯　您对于他、他的才德和我们对他的极大的需要，都看得很明白。我们去吧，现在已经过了半夜了；天明以前，我们必须把他叫醒，探探他的决心究竟如何。（同下。）

第二幕

第一场 罗马。勃鲁托斯的花园

勃鲁托斯上。

勃鲁托斯　喂，路歇斯！喂！我不能凭着星辰的运行，猜测现在离天亮还有多少时间。路歇斯，喂！我希望我也睡得像他一样熟。喂，路歇斯，你什么时候才会醒来？醒醒吧！喂，路歇斯！

路歇斯上。

路歇斯　您叫我吗，主人？

勃鲁托斯　替我到书斋里拿一支蜡烛，路歇斯；把它点亮了到这儿来叫我。

路歇斯　是，主人。（下。）

勃鲁托斯　只有叫他死这一个办法；我自己对他并没有私怨，只是为了大众的利益。他将要戴上王冠；那会不会改变他的性格是一个问题；蝮蛇是在光天化日之下出现的，所以步行的人必须刻刻提防。让他戴上王冠？——不！那等于我们把一个毒刺给了他，使他可以随意加害于人。

把不忍之心和威权分开，那威权就会被人误用；讲到凯撒这个人，说一句公平话，我还不曾知道他什么时候曾经一味感情用事，不受理智的支配。可是微贱往往是初期野心的阶梯，凭借着它一步步爬上了高处；当他一旦登上了最高的一级之后，他便不再回顾那梯子，他的眼光仰望着云霄，瞧不起他从前所恃为凭借的低下的阶段。凯撒何尝不会这样？所以，为了怕他有这一天，必须早一点儿防备。既然我们反对他的理由，不是因为他现在有什么可以指责的地方，所以就得这样说：照他现在的地位要是再扩大些权力，一定会引起这样那样的后患；我们应当把他当作一颗蛇蛋，与其让他孵出以后害人，不如趁他还在壳里的时候就把他杀死。

　　路歇斯重上。

路歇斯　主人，蜡烛已经点在您的书斋里了。我在窗口找寻打火石的时候，发现了这封信；我明明记得我去睡觉的时候，并没有什么信放在那儿。

勃鲁托斯　你再去睡吧；天还没有亮哩。孩子，明天不是三月十五吗？

路歇斯　我不知道，主人。

勃鲁托斯　看看日历，回来告诉我。

路歇斯　是，主人。（下。）

勃鲁托斯　天上一闪一闪的电光，亮得可以使我读出信上的字来。

（拆信）"勃鲁托斯，你在睡觉；醒来瞧瞧你自己吧。难道罗马将要——说话呀，攻击呀，拯救呀！勃鲁托斯，你睡着了；醒来吧！"他们常常把这种煽动的信丢在我的屋子附近。"难道罗马将要——"我必须替它把意思补足：难道罗马将要处于独夫的严威之下？什么，罗马？当塔昆称王的时候，我们的祖先曾经把他从罗马的街道上赶走。"说话呀，攻击呀，拯救呀!"他们请求我仗义执言,挥戈除暴吗?罗马啊!我允许你,勃鲁托斯一定会全力把你拯救!

    路歇斯重上。

路歇斯 主人,三月已经有十四天过去了。(内叩门声。)

勃鲁托斯 很好。到门口瞧瞧去;有人打门。(路歇斯下)自从凯歇斯鼓动我反对凯撒那一天起,我一直没有睡过。在计划一件危险的行动和开始行动之间的一段时间里,一个人就好像置身于一场可怖的噩梦之中,遍历种种的幻象;他的精神和身体上的各部分正在彼此磋商;整个的身心像一个小小的国家,临到了叛变突发的前夕。

    路歇斯重上。

路歇斯 主人,您的兄弟凯歇斯在门口,他要求见您。

勃鲁托斯 他一个人来吗?

路歇斯 不,主人,还有些人跟他在一起。

勃鲁托斯 你认识他们吗?

路歇斯 不,主人;他们的帽子都拉到耳边,他们的脸一半裹在外套里面,我不能从他们的外貌上认出他们来。

勃鲁托斯 请他们进来。(路歇斯下)他们就是那一伙党徒。阴谋啊!你在百鬼横行的夜里,还觉得不好意思显露你的险恶的容貌吗?啊!那么你在白天什么地方可以找到一处幽暗的巢窟,遮掩你的奇丑的脸相呢?不要找寻吧,阴谋,还是把它隐藏在和颜悦色的后面;因为要是您用本来面目招摇过市,即使幽冥的地府也不能把你遮掩过人家的眼睛的。

    凯歇斯、凯斯卡、狄歇斯、西那、麦泰勒斯·辛伯及特莱包涅斯等诸党徒同上。

凯歇斯 我想我们未免太冒昧了,打搅了您的安息。早安,勃鲁托斯;我们惊吵您了吧?

勃鲁托斯　我整夜没有睡觉，早就起来了。跟您同来的这些人，我都认识吗？

凯歇斯　是的，每一个人您都认识；这儿没有一个人不敬重您；谁都希望您能够看重您自己就像每一个高贵的罗马人看重您一样。这是特莱包涅斯。

勃鲁托斯　欢迎他到这儿来。

凯歇斯　这是狄歇斯·勃鲁托斯。

勃鲁托斯　我也同样欢迎他。

凯歇斯　这是凯斯卡；这是西那；这是麦泰勒斯·辛伯。

勃鲁托斯　我都同样欢迎他们。可是各位为了什么烦心的事情，在这样的深夜不去睡觉？

凯歇斯　我可以跟您说句话吗？（勃鲁托斯、凯歇斯二人耳语。）

狄歇斯　这儿是东方；天不是从这儿亮起来的吗？

凯斯卡　不。

西那　啊！对不起，先生，它是从这儿亮起来的；那边镶嵌在云中的灰白色的条纹，便是预报天明的使者。

凯斯卡　你们将要承认你们两人都弄错了。这儿我用剑指着的所在，就是太阳升起的地方；在这样初春的季节，它正在南方逐渐增加它的热力；再过两个月，它就要更高地向北方升起，吐射它的烈焰。这儿才是正东，也就是圣殿所在的地方。

勃鲁托斯　再让我一个一个握你们的手。

凯歇斯　让我们宣誓表示我们的决心。

勃鲁托斯　不，不要发誓。要是人们的神色、我们心灵上的苦难和这时代的腐恶算不得有力的动机，那么还是早些散了伙，各人回去高枕而卧吧；让凌越一切的暴力肆意横行，每一个人等候着命运替他安排好的死期吧。可是我相信我们眼前这些人心里都有着可以使懦夫奋起的蓬勃的怒焰，都有着可以使柔弱的妇女变为钢铁的坚强的勇气,那么,各位同胞,我们只要凭着我们自己堂皇正大的理由,便可以激励我们改造这当前的局面,何必还要什么其他的鞭策呢?我们都是守口如瓶、言而有信的罗马人,何必还要什么其他的约束呢?我们彼此赤诚相示,倘然不能达到目的,宁愿以身为殉,何必还要什么其他的盟誓呢?祭司们、懦夫们、奸诈的小人、老朽的陈尸腐肉和这一类甘沉沦的不幸的人们才有发誓的需要;他们为了不正当的理由,恐怕不能见信于人,所以不得不用誓言来替他们圆谎;可是不要以为我们的宗旨或是我们的行动是需要盟誓的,因为那无异污蔑了我们堂堂正正的义举和我们不可压抑的精神;作为一个罗马人,要是对于他已经出口的诺言略微有一点儿违背之处,那么他身上光荣地载着的每一滴血,就都要蒙上数重的耻辱。

凯歇斯　可是西塞罗呢?我们要不要探探他的意向?我想他一定会跟我们全力合作的。

凯斯卡　让我们不要把他遗漏了。

西那　是的,我们不要把他遗漏了。

麦泰勒斯　啊!让我们招他参加我们的阵线;因为他的白发可以替我们赢得好感,使世人对我们的行动表示同情。人家一定会说他的见识支配着我们的胳臂;我们的少年孟浪可以不至于被世人所发现,因为一切都埋葬在他的老成练达的阅历之下了。

勃鲁托斯　啊!不要提起他;让我们不要对他说起,因为他是决不愿跟在后面去干别人所发起的事情的。

凯歇斯　那就不要叫他参加。

凯斯卡　他的确不大适宜。

狄歇斯　除了凯撒以外,别的人一个也不要碰吗?

凯歇斯　狄歇斯，你问得很好。我想玛克·安东尼这样被凯撒宠爱，我们不应该让他在凯撒死后继续留在世上。他是一个诡计多端的人；你们知道要是他利用他现在的力量，很可以给我们极大的阻梗；为了避免那样的可能起见，让安东尼跟凯撒一起丧命吧。

勃鲁托斯　卡厄斯·凯歇斯，我们割下了头，再去切断肢体，不但泄愤于生前，并且迁怒于死后，那瞧上去未免太残忍了；因为安东尼不过是凯撒的一只胳臂。让我们做献祭的人，不要做屠夫，卡厄斯。我们一致奋起反对凯撒的精神，我们的目的并不是要他流血；啊！要是我们能够直接战胜凯撒的精神，我们就可以不必戕害他的身体。可是唉！凯撒必须因此而流血。所以，善良的朋友们，让我们勇敢地，却不是残暴地，把他杀死；让我们把他当作一盘祭神的牺牲而宰割，不要把他当作一具饲犬的腐尸而剸切；让我们的心像聪明的主人一样，在鼓动他们的仆人去行暴以后，再在表面上装作责备他们的神气。这样可以昭示世人，使他们知道我们采取如此步骤，只是迫不得已，并不是出于私心的嫉恨；在世人的眼中，我们将被认为恶势力的清扫者，而不是杀人的凶手。至于玛克·安东尼，我们尽可不必把他放在心上，因为凯撒的头要是落了地，他这条凯撒的胳臂是无能为力的。

凯歇斯　可是我怕他，因为他对凯撒有很深切的感情——

勃鲁托斯　唉！好凯歇斯，不要想到他。要是他爱凯撒，他所能做的事情不过是忧思哀悼，用一死报答凯撒；可是那未必是他所做得到的，因为他是一个喜欢游乐、放荡、交际和饮宴的人。

特莱包涅斯　不用担心他这个人；让他保全了性命吧。等到事过境迁，他会把这种事情付之一笑的。（钟鸣。）

勃鲁托斯　静!听钟声敲几下。

凯歇斯　敲了三下。

特莱包涅斯　是应该分手的时候了。

凯歇斯　可是凯撒今天会不会出来,还是一个问题;因为他近来变得很迷信,完全改变了从前对怪异梦兆这一类事情的见解。这种明显的预兆、这晚上空前恐怖的天象以及他的卜者的劝告,也许会阻止他今天到圣殿里去。

狄歇斯　不用担心,要是他决定不出来,我可以叫他改变他的决心;因为他喜欢听人家说犀牛见欺于树木,熊见欺于镜子,象见欺于土穴,狮子见欺于罗网,人类见欺于谄媚;可是当我告诉他他憎恶谄媚之徒的时候,他就会欣然首肯,不知道他已经中了我深入痒处的谄媚了。让我试一试我的手段;我可以看准他的脾气下手,哄他到圣殿里去。

凯歇斯　我们大家都要到那边去迎接他。

勃鲁托斯　最迟要在八点钟到齐,是不是?

西那　最迟八点钟大家不可有误。

麦泰勒斯　卡厄斯·里加律斯对凯撒也很怀恨,因为他说了庞贝的好话,受到凯撒的斥责;你们怎么没有人想到他。

勃鲁托斯　啊,好麦泰勒斯,带他一起来吧;他对我感情很好,我也有恩于他;叫他到我这儿来,我可以劝他跟我们合作。

凯歇斯　天正在亮起来了;我们现在要离开您,勃鲁托斯。朋友们,各人散开;可是大家记住你们说过的话,显一显你们是真正的罗马人。

勃鲁托斯　各位好朋友,大家脸色放高兴一些;不要让我们的脸上堆起我们的心事;应当像罗马的伶人一样,用不倦的精神和坚定的仪表肩负我们的重任。祝你们各位早安。(除勃鲁托斯外均下)孩子!路歇斯!睡熟了吗?很好,享受你的甜

219

蜜而沉重的睡眠的甘露吧；你没有那些充满着烦忧的人们脑中的种种幻象，所以你会睡得这样安稳。

　　　　鲍西娅上。

鲍西娅　勃鲁托斯，我的主！

勃鲁托斯　鲍西娅，你来做什么？为什么你现在就起来？你这样娇弱的身体，是受不住清晨的寒风的。

鲍西娅　那对于您的身体也是同样不适宜的。您也太狠心了，勃鲁托斯，偷偷地从我的床上溜了出来。昨天晚上吃饭的时候，您也是突然立起身来，在屋子里跑来跑去，交叉着两臂，边想心事边叹气；当我问您为了什么事的时候，您用凶狠的眼光瞪着我；我再向您追问，您就搔您的头，非常暴躁地顿您的脚；可是我仍旧问下去，您还是不回答我，只是怒气冲冲地向我挥手，叫我走开。我因为您在盛怒之中，不愿格外触动您的烦恼，所以就遵从您的意思走开了，心里在希望这不过是您一时心境恶劣，人是谁都免不了有心里不痛快的时候的。它不让您吃饭、说话或是睡觉，要是它能够改变您的形体，就像它改变您的脾气一样，那么勃鲁托斯，我就要完全不认识您了。我的亲爱的主，让我知道您的忧虑的原因吧。

勃鲁托斯　我因为身体不舒服，所以有点儿烦躁。

鲍西娅　勃鲁托斯是个聪明人，要是他身体不舒服，他一定会知道怎样才可以得到健康。

勃鲁托斯　对了。好鲍西娅，去睡吧。

鲍西娅　勃鲁托斯要是有病，他应该松开了衣带，在多露的清晨步行，呼吸那种潮湿的空气吗？什么！勃鲁托斯害了病，他还要偷偷地从温暖的眠床上溜了出去，向那恶毒的夜气挑战，使他自己病上加病吗？不，我的勃鲁托斯，您害的是心里的病，凭着我的地位和权利，您应该让我知道。我现在向您跪下，

220

凭着我的曾经受人赞美的美貌,凭着您的一切爱情的誓言,以及那使我们两人结为一体的伟大的盟约,我请求您告诉我,您的自身,您的一半,为什么您这样郁郁不乐,今天晚上有什么人来看过您;因为我知道这儿曾经来过六七个人,他们在黑暗之中还是不敢露出他们的脸来。

勃鲁托斯　不要跪,温柔的鲍西娅。

鲍西娅　假如您是温柔的勃鲁托斯,我就用不着下跪。在我们夫妇的名分之内,告诉我,勃鲁托斯,难道我是不应该知道您的秘密的吗?我虽然是您自身的一部分,可是那只是有限制的一部分,除了陪着您吃饭,在枕席上安慰安慰您,有时候跟您谈谈话以外,没有别的任务了吗?难道您只要我跟着您的好恶打转吗?假如不过是这样,那么鲍西娅只是勃鲁托斯的娼妓,不是他的妻子了。

勃鲁托斯　你是我的忠贞的妻子,正像滋润我悲哀的心的鲜红血液一样宝贵。

鲍西娅　这句话倘然是真的,那么我就应该知道您的心事。我承认我只是一个女流之辈,可是我却是勃鲁托斯娶为妻子的一个女人;我承认我只是一个女流之辈,可是我却是凯图的女儿,不是一个碌碌无名的女人。您以为我有了这样的父亲和丈夫,还是跟一般女人同样不中用吗?把您的心事告诉我,我一定不向人泄漏。我为了保证对你的坚贞,曾经自愿把我的贞操献给了你;难道我能够忍耐那样的痛苦,却不能保守我丈夫的秘密吗?

勃鲁托斯　神啊!保佑我不要辜负了这样一位高贵的妻子。(内叩门声)听,听!有人在打门,鲍西娅,你先暂时进去;等会儿你就可以知道我的心底的秘密。我要向你解释我的全部的计划,以及藏在我的脑中的一切思想。赶快进去。(鲍西娅下）路歇斯，谁在打门？

　　　路歇斯率里加律斯重上。

路歇斯　这儿是一个病人，要跟您说话。

勃鲁托斯　卡厄斯·里加律斯，刚才麦泰勒斯向我提起过的。孩子，站在一旁。卡厄斯·里加律斯！怎么？

里加律斯　请您允许我这病弱的舌头向您吐出一声早安。

勃鲁托斯　啊！勇敢的卡厄斯，您怎么在这样早的时间扶病而起？要是您没有病那才好。

里加律斯　要是勃鲁托斯有什么无愧于荣誉的事情要吩咐我去做，那么我是没有病的。

勃鲁托斯　要是您有一双健康的耳朵可以听我诉说，里加律斯，那么我手头正有这样的一件事情。

里加律斯　凭着罗马人所崇拜的一切神明，我现在抛弃了我的疾病。罗马的灵魂！光荣的祖先所生的英勇的子孙！您像一个驱策鬼神的术士一样，已经把我奄奄一息的精神呼唤回来了。现在您只要叫我为您奔走，我就会冒着一切的危险迈进，克服一切前途的困难。您要我做什么事？

勃鲁托斯　我要叫您干一件可以使病人痊愈的事。

里加律斯　可是我们不是要叫有些不害病的人不舒服吗？

勃鲁托斯　是的，我们也要叫有些不害病的人不舒服。我的卡厄斯，我们现在就要到我们预备下手的地方去，一路上我可以告诉你那是件什么工作。

里加律斯　请您举步先行，我用一颗新燃的心跟随您，去干一件我还没有知道的事情；在勃鲁托斯的领导之下，一定不会有错。

勃鲁托斯　那么跟我来。（同下。）

第二场　同前。凯撒家中

　　　　雷电交作；凯撒披寝衣上。

凯撒　今晚天地都不得安宁。凯尔弗妮娅在睡梦之中三次高声叫喊，说"救命！他们杀了凯撒啦！"里面有人吗？

　　　　一仆人上。

仆人　主人有什么吩咐？

凯撒　你去叫那些祭司到神前献祭，问问他们我的吉凶休咎。

仆人　是，主人。（下。）

　　　　凯尔弗妮娅上。

凯尔弗妮娅　凯撒，您要做什么？您想出去吗？今天可不能让您走出这屋子。

凯撒　凯撒一定要出去。恐吓我的东西只敢在我背后装腔作势；它们一看见凯撒的脸，就会销声匿迹。

凯尔弗妮娅　凯撒，我从来不讲究什么禁忌，可是现在却有些惴惴不安。里边有一个人，他除了我们所听到看到的一切之外，还讲给我听巡夜的人所看见的许多可怕的异象。一头母狮在街道上生产；坟墓裂开了口，放鬼魂出来；凶猛的骑士在云端里列队交战，他们的血洒到了圣庙的屋上；战斗的声音在空中震响，人们听见马的嘶鸣、濒死者的呻吟，还有在街道上悲号的鬼魂。凯撒啊！这些事情都是从来不曾有过的，我害怕得很哩。

凯撒　天意注定的事，难道是人力所能逃避的吗？凯撒一定要出去；因为这些预兆不是给凯撒一个人看，而是给所有的世人看的。

凯尔弗妮娅　乞丐死了的时候，天上不会有彗星出现；君王们的凋殒才会上感天象。

凯撒　懦夫在未死以前，就已经死过好多次；勇士一生只死一次。在我所听到过的一切怪事之中，人们的贪生怕死是一件最奇怪的事情，因为死本来是一个人免不了的结局，它要来的时候谁也不能叫它不来。

　　　　仆人重上。

凯撒　卜者们怎么说？

仆人　他们叫您今天不要出外走动。他们剖开一头献祭的牲畜的肚子，预备掏出它的内脏来，不料找来找去找不到它的心。

凯撒　神明显示这样的奇迹，是要叫懦怯的人知道惭愧；凯撒要是今天为了恐惧而躲在家里，他就是一头没有心的牲畜。不，凯撒决不躲在家里。凯撒是比危险更危险的，我们是两头同日产生的雄狮，我却比它更大更凶。凯撒一定要出去。

凯尔弗妮娅　唉！我的主，您的智慧被自信汩没了。今天不要出去；就算是我的恐惧把您留在家里的吧，这不能说是您自己胆小。我们可以叫玛克·安东尼到元老院去，叫他对他们说您今天身体不大舒服。让我跪在地上，求求您答应了我吧。

凯撒　那么就叫玛克·安东尼去说我今天不大舒服；为了不忍拂你的意思，我就待在家里吧。

　　　　狄歇斯上。

凯撒　狄歇斯·勃鲁托斯来了，他可以去替我告诉他们。

狄歇斯　凯撒，万福！祝您早安，尊贵的凯撒；我来接您到元老院去。

凯撒　你来得正好，请你替我去向元老们致意，对他们说我今天不来了；不是不能来，更不是不敢来，我只是不高兴来；就对他们这么说吧,狄歇斯。

凯尔弗妮娅　你说他有病。

凯撒　凯撒是叫人去说谎的吗?难道我南征北战,攻下了这许多地方,却不敢对一班白须老头子们讲真话吗?狄歇斯,去告诉他们凯撒不高兴来。

狄歇斯　最伟大的凯撒,让我知道一些理由,否则我这样告诉了他们,会被他们嘲笑的。

凯撒　我不高兴去,这就是我的理由;你就这样去告诉元老们吧。可是为了我们私人间的感情,我愿意让你知道,我的妻子凯尔弗妮娅不放我出去。昨天晚上她梦见我的雕像仿佛一座有一百个喷水孔的水池,浑身流着鲜血;许多壮健的罗马人欢欢喜喜地都来把他们的手浸在血里。她以为这个梦是不祥之兆,所以跪着求我今天不要出去。

狄歇斯　这个梦完全解释错了;那明明是一个大吉大利之兆:您的雕像喷着鲜血,许多欢欢喜喜的罗马人把手浸在血里,这表示伟大的罗马将要从您的身上吸取复活的新血,许多有地位的人都要来向您要求分到一点儿余泽。这才是凯尔弗妮娅的梦的真正的意义。

凯撒　你这样解释得很好。

狄歇斯　我还有一些话要告诉您,您听了以后,就会知道我解释得一点儿不错。元老院已经决定要在今天替伟大的凯撒加冕;要是您叫人去对他们说您今天不去,他们也许会变了卦。而且这种事情给人家传扬出去,很容易变成笑柄,人家会这样说,"等凯撒的妻子做过了好梦以后,再让元老院开会吧。"要是凯撒躲在家里,他们不会窃窃私语,说"瞧!凯撒在害怕呢"吗?恕我,凯撒,因为我对您的深切的关心,使我向您说了这样的话。

凯撒　你的恐惧现在瞧上去是多么傻气，凯尔弗妮娅！我刚才听了你的话，现在倒有些惭愧起来了。把我的袍子给我，我要去。

　　　　坡勃律斯、勃鲁托斯、里加律斯、麦泰勒斯、凯斯卡、特莱包涅斯及西那同上。

凯撒　瞧，坡勃律斯来迎接我了。

坡勃律斯　早安，凯撒。

凯撒　欢迎，坡勃律斯。啊！勃鲁托斯，你也这样早就出来了吗？早安，凯斯卡。卡厄斯·里加律斯，你的贵恙害得你这样消瘦，凯撒可没有这样欺侮过你哩。现在几点钟啦？

勃鲁托斯　凯撒，已经敲过八点了。

凯撒　谢谢你们的跋涉和好意。

　　　　安东尼上。

凯撒　瞧！通宵狂欢的安东尼也已经起身了。早安，安东尼。

安东尼　早安，最尊贵的凯撒。

凯撒　叫他们里面预备起来；我不该让他们久等。你好，西那；你好，麦泰勒斯；啊，特莱包涅斯！我有可以足足讲一个钟点的话预备跟你谈哩；记住今天你还要来看我一次；站得离我近一些，免得我把你忘了。

特莱包涅斯　是，凯撒。（旁白）我要站得离开你这么近，让你的好朋友们将来怪我不站远一些呢。

凯撒　好朋友们，进去陪我喝口酒；喝过了酒，我们就像朋友一样，大家一块儿去。

勃鲁托斯　（旁白）唉，凯撒！人家的心可不跟您一样，我勃鲁托斯想到这一点不免有些惆怅。（同下。）

第三场　同前。圣殿附近的街道

　　阿特米多勒斯上,读信。

阿特米多勒斯　"凯撒,留心勃鲁托斯;注意凯歇斯;不要走近凯斯卡;看着西那;不要相信特莱包涅斯;仔细察看麦泰勒斯·辛伯;狄歇斯·勃鲁托斯不喜欢你;卡厄斯·里加律斯受过你的委屈。这些人只有一条心,那就是要推翻凯撒。要是你不是永生不死的,那么警戒你的四周吧;阴谋是会毁坏你的安全的。伟大的神明护佑你!爱你的人,阿特米多勒斯。"我要站在这儿,等候凯撒经过,像一个请愿的人似的,我要把这信交给他。我一想到德行逃不过争胜的利齿,就觉得万分伤心。要是你读了这封信,凯撒啊!也许你还可以活命;否则命运也变成叛徒的同谋者了。(下。)

第四场　同前。同一街道的另一部分,勃鲁托斯家门前

　　鲍西娅及路歇斯上。

鲍西娅　孩子,请你赶快跑到元老院去;不要停留在这儿回答我,快去,你为什么还不去?

路歇斯　我还不知道您要我去做什么事哩,太太。

鲍西娅　我要你到那边去,去了再回来,可是我说不出我要你去做什么事。啊,坚强的精神!不要离开我;替我在我的心和舌头之间堆起一座高山;我有一颗男子的心,却只有妇女的

能力。叫一个女人保守一桩秘密是一件多大的难事！你还在这儿吗？

路歇斯　太太，您要我去做什么呢？就是跑到圣殿里去，没有别的事了吗？去了再回来，就是这样吗？

鲍西娅　是的，孩子，你回来告诉我，主人的脸色怎样，因为他出去的时候，好像不大舒服；你还要留心看着凯撒的行动，向他请愿的有些什么人。听，孩子！那是什么声音？

路歇斯　我听不见，太太。

鲍西娅　仔细听着。我好像听见一阵骚乱的声音，仿佛在吵架似的；那声音从风里传了过来，好像就在圣殿那边。

路歇斯　真的，太太，我什么都听不见。

　　　　预言者上。

鲍西娅　过来，朋友；你从哪儿来？

预言者　从我自己的家里，好太太。

鲍西娅　现在几点钟啦？

预言者　大约九点钟了，太太。

鲍西娅　凯撒到圣殿里去了没有？

预言者　太太，还没有。我要去拣一处站立的地方，瞧他从街上经过到圣殿里去。

鲍西娅　你也要向凯撒提出什么请愿吗？

预言者　是的，太太。要是凯撒为了他自己的好处，愿意听我的话，我要请求他照顾照顾他自己。

鲍西娅　怎么，你知道有人要谋害他吗？

预言者　我不知道有什么人要谋害他，可是我怕有许多人要谋害他。再会。这儿街道很狭，那些跟在凯撒背后的元老、官吏，还有请愿的民众，一定拥挤得很；像我这样瘦弱的人，怕要给他们挤死。我要去找一处空旷一些的地方，等伟大的凯撒走过的时候，就可以向他说话。（下。）
鲍西娅　我必须进去。唉！女人的心是一件多么软弱的东西！勃鲁托斯啊！愿上天保佑你的事业成功。哎哟，叫这孩子听了去啦；勃鲁托斯要向凯撒请愿，可是凯撒不见得会答应他。啊！我的身子快要支持不住了。路歇斯，快去，替我致意我的主，说我现在很快乐。去了你再回来，告诉我他对你说些什么。（各下。）

第三幕

第一场　罗马。圣殿前。元老院在上层聚会

　　阿特米多勒斯及预言者杂在大群民众中上；喇叭奏花腔。凯撒、勃鲁托斯、凯歇斯、凯斯卡、狄歇斯、麦泰勒斯、特莱包涅斯、西那、安东尼、莱必多斯、波匹律斯、坡勃律斯及余人等上。

凯撒　（向预言者）三月十五已经来了。

预言者　是的，凯撒，可是它还没有去。

阿特米多勒斯　祝福，凯撒！请您把这张单子读一遍。

狄歇斯　这是特莱包涅斯的一个卑微的请愿，请您有空把它看一看。

阿特米多勒斯　啊，凯撒！先读我的；因为我的请愿是对凯撒很有关系的。读吧，伟大的凯撒。

凯撒　有关我自己的事情，应当放在末了办。

阿特米多勒斯　不要把它搁置，凯撒；立刻就读。

凯撒　什么！这家伙疯了吗？

坡勃律斯　喂，让开。

凯撒　什么！你们要在街上呈递你们的请愿吗？到圣殿里来吧。

凯撒走上元老院，余人后随；众元老起立。

波匹律斯　我希望你们今天大事成功。

凯歇斯　什么大事，波匹律斯？

波匹律斯　再见。（至凯撒前。）

勃鲁托斯　波匹律斯·里那怎么说？

凯歇斯　他希望我们今天大事成功。我怕我们的计划已经泄露了。

勃鲁托斯　瞧，他到凯撒面前去了；看着他。

凯歇斯　凯斯卡，事不宜迟，不要让他们有了防备。勃鲁托斯，怎么办？要是事情泄露，那么也许是凯歇斯，也许是凯撒，总有一个人今天不能回去，因为我们这次倘然失败，我一定自杀。

勃鲁托斯　凯歇斯，别慌；波匹律斯·里那并没有把我们的计划告诉他；瞧，他在笑，凯撒也没有变脸色。

凯歇斯　特莱包涅斯很机警，你瞧，勃鲁托斯，他把玛克·安东尼拉开去了。（安东尼、特莱包涅斯同下；凯撒及众元老就座。）

狄歇斯　麦泰勒斯·辛伯在哪儿？叫他立刻过来，向凯撒呈上他的请愿。

勃鲁托斯　在叫麦泰勒斯了；我们站近些帮他说话。

西那　凯斯卡，你第一个举起手来。

凯撒　我们都预备好了吗？现在还有什么不对的事情，凯撒和他的元老们必须纠正的？

麦泰勒斯　至高无上、威严无比的凯撒，麦泰勒斯·辛伯在您的座前掬献一颗卑微的心——（跪。）

凯撒　我必须阻止你，辛伯。这种打躬作揖的玩意儿，也许可以煽动平常人的心，使那已经决定了的命令宣判变成儿戏的法律。可是你不要痴心，以为凯撒也有那样卑劣的血液，会因为这种可以使傻瓜们感动的甘言美语、弯腰屈膝和无耻的摇

231

尾乞怜而融化了他的坚强的意志。按照判决，你的兄弟必须放逐出境；要是你奴颜婢膝地为他说情，我就要把你像狗一样踢开去。告诉你，凯撒是不会错误的，他所决定的事，一定有充分的理由。

麦泰勒斯　这儿难道没有一个比我自己更有价值的、在伟大的凯撒耳中更动听的声音，愿意为我放逐的兄弟恳求撤回成命吗？

勃鲁托斯　我吻你的手，可是这不是向你献媚，凯撒；请你立刻下令赦免坡勃律斯·辛伯。

凯撒　什么，勃鲁托斯！

凯歇斯　开恩吧，凯撒；凯撒，开恩吧。凯歇斯俯伏在您的足下，请您赦免坡勃律斯·辛伯。

凯撒　要是我也跟你们一样，我就会被你们所感动；要是我也能够用哀求打动别人的心，那么你们的哀求也会打动我的心；可是我是像北极星一样坚定，它的不可动摇的性质，在天宇中是无与伦比的。天上布满了无数的星辰，每一个星辰都是一个火球，都有它各自的光辉，可是在众星之中，只有一个星卓立不动。在人世间也是这样；无数的人生活在这世间，他们都是有血肉有知觉的，可是我知道只有一个人能够确保他的不可侵犯的地位，任何力量都不能使他动摇。我就是他；让我在这件小小的事上向你们证明，我既然已经决定把辛伯放逐，就要贯彻我的意旨，毫不含糊地执行这一个成命，而且永远不让他再回到罗马来。

西那　啊，凯撒——

凯撒　去！你想把俄林波斯山一手举起吗？

狄歇斯　伟大的凯撒——

凯撒　勃鲁托斯不是白白地下跪吗？

凯斯卡　好，那么让我的手代替我说话！（率众刺凯撒。）

凯撒　勃鲁托斯，你也在内吗？那么倒下吧，凯撒！（死。）

西那　自由！解放！暴君死了！去，到各处街道上宣布这样的消息。

凯歇斯　去几个人到公共讲坛上，高声呼喊，"自由，解放！"

勃鲁托斯　各位民众，各位元老，大家不要惊慌，不要跑走；站定；野心已经偿了它的债了。

凯斯卡　到讲坛上来，勃鲁托斯。

狄歇斯　凯歇斯也上去。

勃鲁托斯　坡勃律斯呢？

西那　在这儿，他给这场乱子吓呆了。

麦泰勒斯　大家站在一起不要跑开，也许凯撒的同党们——

勃鲁托斯　别讲这种话。坡勃律斯，放心吧；我们不会加害于你，也不会加害任何其他的罗马人；你这样告诉他们，坡勃律斯。

凯歇斯　离开我们，坡勃律斯；也许人民会向我们冲来，连累您老人家受了伤害。

勃鲁托斯　是的，你去吧；我们干了这种事，我们自己负责，不要连累别人。

　　　　　特莱包涅斯上。

凯歇斯　安东尼呢？

特莱包涅斯　吓得逃回家里去了。男人、女人、孩子，大家睁大了眼睛，乱嚷乱叫，到处奔跑，像是末日到来了一般。

勃鲁托斯　命运，我们等候着你的旨意。我们谁都免不了一死；与其在世上偷生苟活，拖延着日子，还不如轰轰烈烈地死去。

凯斯卡　嘿，切断了二十年的生命，等于切断了二十年在忧生畏死中过去的时间。

勃鲁托斯　照这样说来，死还是一件好事。所以我们都是凯撒的朋友，帮助他结束了这一段忧生畏死的生命。弯下身去，罗马人，弯下身去；让我们把手浸在凯撒的血里，一直到我们

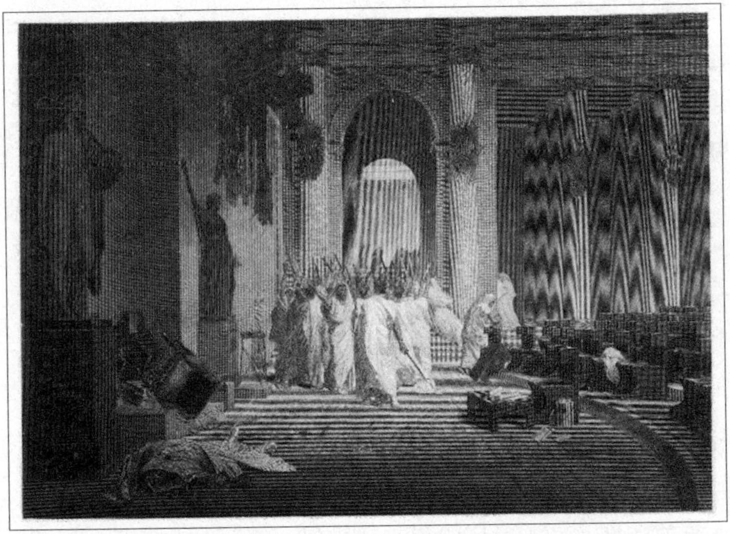

的肘上;让我们用他的血抹我们的剑。然后我们就迈步前进,到市场上去;把我们鲜红的武器在我们头顶挥舞,大家高呼着,"和平,自由,解放!"

凯歇斯　好,大家弯下身去,洗你们的手吧。多少年代以后,我们这一场壮烈的戏剧,将要在尚未产生的国家用我们所不知道的语言表演!

勃鲁托斯　凯撒将要在戏剧中流多少次的血,他现在却长眠在庞贝的像座之下,他的尊严化成了泥土!

凯歇斯　后世的人们搬演今天这一幕的时候,将要称我们这一群为祖国的解放者。

狄歇斯　怎么!我们要不要就去?

凯歇斯　好,大家去吧。让勃鲁托斯领导我们,让我们用罗马最勇敢纯洁的心跟随在他的后面。

　　　　一仆人上。

勃鲁托斯　且慢!谁来啦?一个安东尼手下的人。

仆人　勃鲁托斯,我的主人玛克·安东尼叫我跪在您的面前,他叫我对您说:勃鲁托斯是聪明正直、勇敢高尚的君子,凯撒是威严勇猛、慷慨仁慈的豪杰;我爱勃鲁托斯,我尊敬他;我畏惧凯撒,可是我也爱他尊敬他。要是勃鲁托斯愿意保证安东尼的安全,允许他来见一见勃鲁托斯的面,让他明白凯撒何以致死的原因,那么玛克·安东尼将要爱活着的勃鲁托斯甚于已死的凯撒;他将要竭尽他的忠诚,不辞一切的危险,追随着高贵的勃鲁托斯。这是我的主人安东尼所说的话。

勃鲁托斯　你的主人是一个聪明勇敢的罗马人,我一向佩服他。你去告诉他,请他到这儿来,我们可以给他满意的解释;我用我的荣誉向他保证,他决不会受到丝毫的伤害。

仆人　我立刻就去请他来。(下。)

勃鲁托斯　我知道我们可以跟他做朋友的。

凯歇斯　但愿如此；可是我对他总觉得很不放心。我所疑虑的事情，往往会成为事实。

安东尼重上。

勃鲁托斯　安东尼来了。欢迎，玛克·安东尼。

安东尼　啊，伟大的凯撒！你就这样倒下了吗？你的一切赫赫的勋业，你的一切光荣胜利，都化为乌有了吗？再会！各位壮士，我不知道你们的意思，还有些什么人在你们眼中看来是有毒的，应当替他放血。假如是我的话，那么我能够和凯撒死在同一个时辰，让你们手中那沾着全世界最高贵的血的刀剑结果我的生命，实在是再好没有的事。我请求你们，要是你们对我怀着敌视，趁着现在你们血染的手还在发出热气，赶快执行你们的意旨吧。即使我活到一千岁，也找不到像今天这样好的一个死的机会；让我躺在凯撒的旁边，还有比这更好的死处吗？让我死在你们这些当代英俊的手里，还有比这更好的死法吗？

勃鲁托斯　啊，安东尼！不要向我们请求一死。虽然你现在看我们好像是这样残酷残忍，可是你只看见我们血污的手和它们所干的这一场流血的惨剧，你却还没有看见我们的心，它们是慈悲而仁善的。我们因为不忍看见罗马的人民受到暴力的压迫，所以才不得已把凯撒杀死；正像一场大火把小火吞没一样，更大的怜悯使我们放弃了小小的不忍之心。对于你，玛克·安东尼，我们的剑锋是铅铸的；我们用一切的热情、善意和尊敬，张开我们友好的胳臂欢迎你。

凯歇斯　我们重新分配官职的时候，你的意见将要受到同样的尊重。

勃鲁托斯　现在请你暂时忍耐，等我们把惊慌失措的群众安抚好了以后，就可以告诉你为什么我们要采取这样的行动，虽然我在刺死凯撒的一刹那还是没有减却我对他的敬爱。

安东尼　我不怀疑你的智慧。让每一个人把他的血手给我：第一，玛克斯·勃鲁托斯，我要握您的手；其次，卡厄斯·凯歇斯，我要握您的手；狄歇斯·勃鲁托斯、麦泰勒斯、西那，还有我的勇敢的凯斯卡，让我一个一个跟你们握手；虽然是最后一个，可是让我用同样热烈的诚意和您握手，好特莱包涅斯。各位朋友——唉！我应当怎么说呢？我的信誉现在岌岌可危，你们不以为我是一个懦夫，就要以为我是一个阿谀之徒。啊，凯撒！我曾经爱过你，这是一件千真万确的事实；要是你的阴魂现在看着我们，你看见你的安东尼当着你的尸骸之前觍颜事仇，握着你的敌人的血手，那不是要使你觉得比死还难过吗？要是我有像你的伤口那么多的眼睛，我应当让它们流着滔滔的热泪，正像血从你的伤口涌出一样，可是我却忘恩负义，和你的敌人成为朋友了。恕我，裘力斯！你是一头勇敢的鹿，在这儿落到猎人的手里了；啊，世界！你是这头鹿栖息的森林，他是这一座森林中的骄子；你现在躺在这儿，多么像一头中箭的鹿，被许多王子贵人把你射死！

凯歇斯　玛克·安东尼——

安东尼　恕我，卡厄斯·凯歇斯。即使是凯撒的敌人，也会说这样的话；在一个他的朋友的嘴里，这不过是人情上应有的表示。

凯歇斯　我不怪你把凯撒这样赞美；可是你预备怎样跟我们合作？你愿意做我们的一个同志呢，还是各行其是？

安东尼　我因为愿意跟你们合作，所以才跟你们握手；可是因为瞧见了凯撒，所以又说到旁的话头上去了，你们都是我的朋友，我愿意和你们大家相亲相爱，可是我希望你们能够向我解释为什么凯撒是一个危险的人物。

237

勃鲁托斯　我们倘没有正当的理由，那么今天这一种举动完全是野蛮的暴行了。要是你知道了我们所以要这样干的原因，安东尼，即使你是凯撒的儿子，你也会心悦诚服。

安东尼　那是我所要知道的一切。我还要向你们请求一件事，请你们准许我把他的尸体带到市场上去，让我以一个朋友的地位，在讲坛上为他说几句追悼的话。

勃鲁托斯　我们准许你，玛克·安东尼。

凯歇斯　勃鲁托斯，跟你说句话。（向勃鲁托斯旁白）你太不加考虑了；不要让安东尼发表他的追悼演说。你不知道人民听了他的话，将要受到多大的感动吗？

勃鲁托斯　对不起，我自己先要登上讲坛，说明我们杀死凯撒的理由；我还要声明安东尼将要说的话，事先曾经得到我们的许可，我们并且同意凯撒可以得到一切合礼的身后哀荣。这样不但对我们没有妨害，而且更可以博得舆论对我们的同情。

凯歇斯　我不知道那会引起什么结果；我不赞成这样做。

勃鲁托斯　玛克·安东尼，来，你把凯撒的遗体搬去。在你的哀悼演说里，你不能归罪我们，不过你可以照你所能想到的尽量称道凯撒的好处，同时你必须声明你说这样的话，曾经得到我们的许可；要不然的话，我们就不让你参加他的葬礼。还有你必须跟我在同一讲坛上演说，等我演说完了以后你再上去。

安东尼　就这样吧；我没有其他的奢望了。

勃鲁托斯　那么准备把尸体抬起来，跟着我们来吧。（除安东尼外同下。）

安东尼　啊！你这一块流血的泥土，你这有史以来最高贵的英雄的遗体，恕我跟这些屠夫曲意周旋。愿灾祸降于溅泼这样宝贵的血的凶手！你的一处处伤口，好像许多无言的嘴，张开了它们殷红的嘴唇，要求我的舌头替它们向世人申诉；我现在就在这些伤口上预言：一个咒诅将要降临在人们的肢体上；残暴残酷的内乱将要使意大利到处陷于混乱；流血和破坏将要成为一时的风尚，恐怖的景象将要每天接触到人们的眼睛，以至于做母亲的人看见她们的婴孩被战争的魔手所肢解，也会毫不在乎地付之一笑；人们因为习惯于残杀，一切怜悯之心将要完全灭绝；凯撒的冤魂借着从地狱的烈火中出来的阿提①的协助，将要用一个君王的口气，向罗马的全境发出屠杀的号令，让战争的猛犬四出蹂躏，为了这一个万恶的罪行，大地上将要弥漫着呻吟求葬的臭皮囊。

　　一仆人上。

安东尼　你是侍候奥克泰维斯·凯撒的吗？

仆人　是的，玛克·安东尼。

安东尼　凯撒曾经写信叫他到罗马来。

仆人　他已经接到信，正在动身前来；他叫我口头对您说——（见尸体）啊，凯撒！——

安东尼　你的心肠很仁慈，你走开去哭吧。情感是容易感染的，看见你眼睛里悲哀的泪珠，我自己也忍不住流泪了。你的主人就来吗？

仆人　他今晚耽搁在离罗马二十多哩的地方。

安东尼　赶快回去，告诉他这儿发生的事。这是一个悲伤的罗马，一个危险的罗马，现在还不是可以让奥克泰维斯安全居住的地方；快去，照这样告诉他。可是且慢，你必须等我把这尸体搬到市场上去了以后再回去；我要在那边用演说试探人民对于这些暴徒所造成的惨剧有什么反应，你可以根据他们的

---

① 阿提（Ate），希腊罗马神话中的复仇女神。

表示，回去告诉年轻的奥克泰维斯关于这儿的一切情形。帮一帮我。（二人抬凯撒尸体同下。）

第二场　同前。大市场

勃鲁托斯、凯歇斯及一群市民上。

众市民　我们一定要得到满意的解释；让我们得到满意的解释。

勃鲁托斯　那么跟我来，朋友们，让我讲给你们听。凯歇斯，你到另外一条街上去，把听众分散分散。愿意听我的留在这儿；愿意听凯歇斯的跟他去。我们将要公开宣布凯撒致死的原因。

市民甲　我要听勃鲁托斯讲。

市民乙　我要听凯歇斯讲；我们各人听了以后，可以把他们两人的理由比较比较。（凯歇斯及一部分市民下；勃鲁托斯登讲坛。）

市民丙　尊贵的勃鲁托斯上去了；静！

勃鲁托斯　请耐心听我讲完。各位罗马人，各位亲爱的同胞！请你们静静地听我解释。为了我的名誉，请你们相信我；尊重我的名誉，这样你们就会相信我的话。用你们的智慧批评我；唤起你们的理智，给我一个公正的评断。要是在今天在场的群众中间，有什么人是凯撒的好朋友，我要对他说，勃鲁托斯也是和他同样地爱着凯撒。要是那位朋友问我为什么勃鲁托斯要起来反对凯撒，这就是我的回答：并不是我不爱凯撒，可是我更爱罗马。你们宁愿让凯撒活在世上，大家做奴隶而死呢，还是让凯撒死去，大家做自由人而生？因为凯撒爱我，所以我为他流泪；因为他是幸运的，所以我为他欣慰；因为他是勇敢的，所以我尊敬他；因为他有野心，所以我杀死他。我用眼泪报答他的友谊，用喜悦庆祝他的幸运，用尊敬崇扬他的勇敢，用死亡惩戒他的野心。这儿有谁愿意自甘卑贱，做一个奴隶？要是有这样的人，请说出来；因为我已经得罪他了。这儿有谁愿意自居化外，不愿做一个罗马人？要是有这样的人，请说出来；因为我已经得罪他了。这儿有谁愿意自处下流，不爱他的国家？要是有这样的人，请说出来；因为我已经得罪他了。我等待着答复。

众市民　没有，勃鲁托斯，没有。

勃鲁托斯　那么我没有得罪什么人。我怎样对待凯撒，你们也可以怎样对待我。他的遇害的经过已经记录在议会的案卷上，他的彪炳的功绩不曾被抹杀，他的错误虽使他伏法受诛，也不曾过分夸大。

　　　　　安东尼及余人等抬凯撒尸体上。

勃鲁托斯　玛克·安东尼护送着他的遗体来了。虽然安东尼并不预闻凯撒的死，可是他将要享受凯撒死后的利益，他可以在共和国中得到一个地位，正像你们每一个人都是共和国中的一分子一样。当我临去之前，我还要说一句话：为了罗马的好处，我杀死了我的最好的朋友，要是我的祖国需要我的死，那么无论什么时候，我都可以用那同一把刀子杀死我自己。

众市民　不要死，勃鲁托斯！不要死！不要死！

市民甲　用欢呼护送他回家。

市民乙　替他立一座雕像，和他的祖先们在一起。

市民丙　让他做凯撒。

市民丁　让凯撒的一切光荣都归于勃鲁托斯。

市民甲　我们要一路欢呼送他回去。

勃鲁托斯　同胞们——

市民乙　静！别闹！勃鲁托斯讲话了。

市民甲　静些！

勃鲁托斯　善良的同胞们，让我一个人回去，为了我的缘故，留在这儿听安东尼有些什么话说。你们应该尊敬凯撒的遗体，静听玛克·安东尼赞美他的功业的演说；这是我们已经允许他的。除了我一个人以外，请你们谁也不要走开，等安东尼讲完了他的话。（下。）

市民甲　大家别走！让我们听玛克·安东尼讲话。

市民丙　让他登上讲坛；我们要听他讲话。尊贵的安东尼，上去。

安东尼　为了勃鲁托斯的缘故，我感激你们的好意。（登坛。）

市民丁　他说勃鲁托斯什么话？

市民丙　他说，为了勃鲁托斯的缘故，他感激我们的好意。

市民丁　他最好不要在这儿说勃鲁托斯的坏话。

市民甲　这凯撒是个暴君。

市民丙　嗯，那是不用说的；幸亏罗马除掉了他。

市民乙　静！让我们听听安东尼有些什么话说。

安东尼　各位善良的罗马人——

众市民　静些！让我们听他说。

安东尼　各位朋友，各位罗马人，各位同胞，请你们听我说；我是来埋葬凯撒，不是来赞美他。人们做了恶事，死后免不了遭人唾骂，可是他们所做的善事，往往随着他们的尸骨一齐入土；让凯撒也这样吧。尊贵的勃鲁托斯已经对你们说过，凯撒是有野心的；要是真有这样的事，那诚然是一个重大的过失，凯撒也为了它付出残酷的代价了。现在我得到勃鲁托斯和他的同志们的允许——因为勃鲁托斯是一个正人君子，他们也都是正人君子——到这儿来在凯撒的丧礼中说几句话。他是我的朋友，他对我是那么忠诚公正；然而勃鲁托斯却说他是有野心的，而勃鲁托斯是一个正人君子。他曾经带许多俘虏回到罗马来，他们的赎金都充实了公家的财库；这可以说是野心者的行径吗？穷苦的人哀哭的时候，凯撒曾经为他们流泪；野心者是不应当这样仁慈的。然而勃鲁托斯却说他是有野心的，而勃鲁托斯是一个正人君子。你们大家看见在卢柏克节的那天，我三次献给他一顶王冠，他三次都拒绝了；这难道是野心吗？然而勃鲁托斯却说他是有野心的，而勃鲁托斯的的确确是一个正人君子。我不是要推翻勃鲁托斯所说的话，我所说的只是我自己所知道的事实。你们过去都曾爱过他，那并不是没有理由的；那么什么理由阻止你们现在哀悼他呢？唉，理性啊！你已经遁入了野兽的心中，人们已经失去辨别是非的能力了。原谅我；我的心现在是跟凯撒一起在他的棺木之内，我必须停顿片刻，等它回到我自己的胸腔里。

市民甲　我想他的话说得很有道理。

市民乙　仔细想起来，凯撒是有点儿死得冤枉。

市民丙　列位，他死得冤枉吗？我怕换了一个人来，比他还不如哩。

市民丁　你们听见他的话吗？他不愿接受王冠；所以他的确一点没有野心。

市民甲　要是果然如此，有几个人将要付重大的代价。

市民乙　可怜的人！他的眼睛哭得像火一般红。

市民丙　在罗马没有比安东尼更高贵的人了。

市民丁　现在听着；他又开始说话了。

安东尼　就在昨天，凯撒的一句话可以抵御整个的世界；现在他躺在那儿，没有一个卑贱的人向他致敬。啊，诸君！要是我有意想要激动你们的心灵，引起一场叛乱，那我就要对不起勃鲁托斯，对不起凯歇斯；你们大家知道，他们都是正人君子。我不愿干对不起他们的事；我宁愿对不起死人，对不起我自己，对不起你们，却不愿对不起这些正人君子。可是这儿有一张羊皮纸，上面盖着凯撒的印章；那是我在他的卧室里找到的一张遗嘱。只要让民众一听到这张遗嘱上的话——原谅我，我现在还不想把它宣读——他们就会去吻凯撒尸体上的伤口，用手巾去蘸他神圣的血，还要乞讨他的一根头发回去作纪念，当他们临死的时候，将要在他们的遗嘱上郑重提起，作为传给后嗣的一项贵重的遗产。

市民丁　我们要听那遗嘱；读出来，玛克·安东尼。

众市民　遗嘱，遗嘱！我们要听凯撒的遗嘱。

安东尼　耐心吧，善良的朋友们；我不能读给你们听。你们不应该知道凯撒多么爱你们。你们不是木头，你们不是石块，你们是人；既然是人，听见了凯撒的遗嘱，一定会激起你们心中的火焰，一定会使你们发疯。你们还是不要知道你们是他的后嗣；要是你们知道了，啊！那将会引起一场什么乱子来呢？

市民丁　读那遗嘱！我们要听，安东尼；你必须把那遗嘱读给我们听，那凯撒的遗嘱。

安东尼　你们不能忍耐一些吗？你们不能等一会儿吗？是我一时失口告诉了你们这件事。我怕我对不起那些用刀子杀死凯撒的正人君子；我怕我对不起他们。

市民丁　他们是叛徒；什么正人君子！

众市民　遗嘱！遗嘱！

市民乙　他们是恶人、凶手。遗嘱！读那遗嘱！

安东尼　那么你们一定要逼迫我读那遗嘱吗？好，那么你们大家环绕在凯撒尸体的周围，让我给你们看看那写下这遗嘱的人。我可以下来吗？你们允许我吗？

众市民　下来。

市民乙　下来。（安东尼下坛。）

市民丙　我们允许你。

市民丁　大家站成一个圆圈。

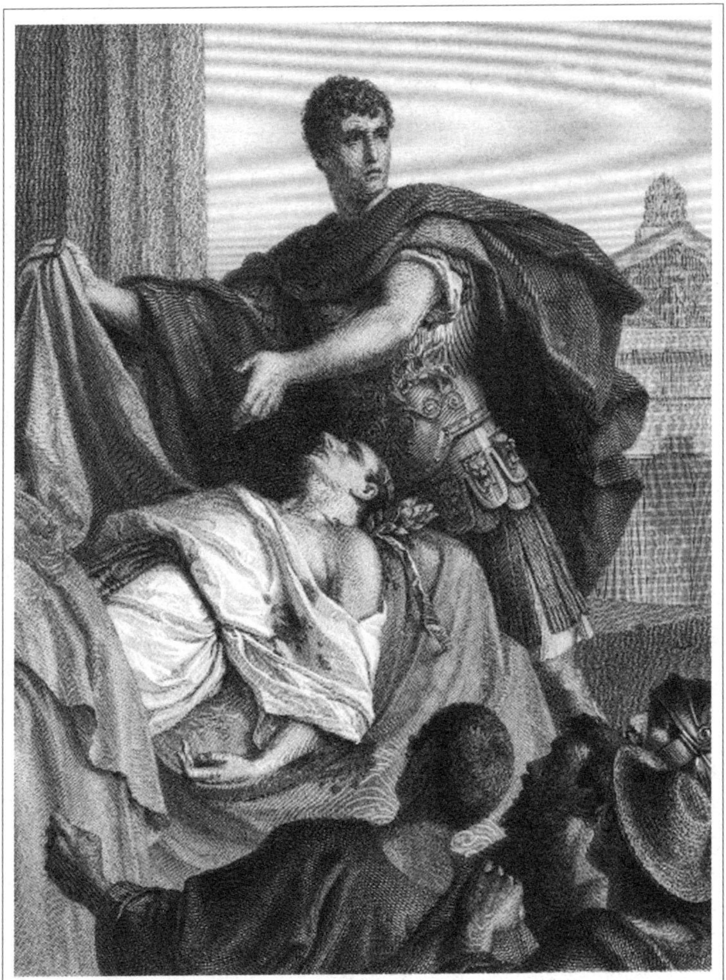

市民甲　不要挨着棺材站着；不要挨着尸体站着。
市民乙　留出一些地位给安东尼，最尊贵的安东尼。
安东尼　不，不要挨得我这样紧；站得远一些。
众市民　退后！让出地位来！退后去！
安东尼　要是你们有眼泪，现在准备流起来吧。你们都认识这件外套；我记得凯撒第一次穿上它，是在一个夏天的晚上，在他的营帐里，就在他征服纳维人的那一天。瞧！凯歇斯的刀子是从这地方穿过的；瞧那狠心的凯斯卡割开了一道多深的裂口；他所深爱的勃鲁托斯就从这儿刺了一刀进去，当他拔出他那万恶的武器的时候，瞧凯撒的血是怎样汩汩不断地跟着它出来，好像急于涌到外面来，想要知道究竟是不是勃鲁托斯下这样无情的毒手；因为你们知道，勃鲁托斯是凯撒心目中的天使。神啊，请你们判断判断凯撒是多么爱他！这是最无情的一击，因为当尊贵的凯撒看见他行刺的时候，负心，这一柄比叛徒的武器更锋锐的利剑，就一直刺进了他的心脏，那时候他的伟大的心就碎裂了；他的脸给他的外套蒙着，他的血不停地流着，就在庞贝像座之下，伟大的凯撒倒下了。啊！那是一个多么惊人的陨落，我的同胞们；我、你们、我们大家都随着他一起倒下，残酷的叛逆却在我们头上耀武扬威。啊！现在你们流起眼泪来了，我看见你们已经天良发现；这些是真诚的泪滴。善良的人们，怎么！你们只看见我们凯撒衣服上的伤痕，就哭起来了吗？瞧这儿，这才是他自己，你们看，给叛徒们伤害到这个样子。
市民甲　啊，伤心的景象！
市民乙　啊，尊贵的凯撒！
市民丙　啊，不幸的日子！
市民丁　啊，叛徒！恶贼！

市民甲　啊，最残忍的惨剧！

市民乙　我们一定要复仇。

众市民　复仇！——动手！——捉住他们！——烧！放火！——杀！——杀！不要让一个叛徒活命。

安东尼　且慢，同胞们！

市民甲　静下来！听尊贵的安东尼讲话。

市民乙　我们要听他，我们要跟随他，我们要和他死在一起。

安东尼　好朋友们，亲爱的朋友们，不要让我把你们煽起这样一场暴动的怒潮。干这件事的人都是正人君子；唉！我不知道他们有些什么私人的怨恨，使他们干出这种事来，可是他们都是聪明而正直的，一定有理由可以答复你们。朋友们，我不是来偷取你们的心；我不是一个像勃鲁托斯那样能言善辩的人；你们大家都知道我不过是一个老老实实、爱我的朋友的人；他们也知道这一点，所以才允许我为他公开说几句话。因为我既没有智慧，又没有口才，又没有本领，我也不会用行动或言语来激动人们的血性；我不过照我心里所想到的说出来；我只是把你们已经知道的事情向你们提醒，给你们看看亲爱的凯撒的伤口，可怜的、可怜的无言之口，让它们代替我说话。可是假如我是勃鲁托斯，而勃鲁托斯是安东尼，那么那个安东尼一定会激起你们的愤怒，让凯撒的每一处伤口里都长出一条舌头来，即使罗马的石块也将要大受感动，奋身而起，向叛徒们抗争了。

众市民　我们要暴动！

市民甲　我们要烧掉勃鲁托斯的房子！

市民丙　那么去！来，捉那些奸贼去！

安东尼　听我说，同胞们，听我说。

众市民　静些！——听安东尼说——最尊贵的安东尼。

安东尼　唉，朋友们，你们不知道你们将要去干些什么事。凯撒在什么地方值得你们这样爱他呢？唉！你们还没有知道，让我来告诉你们吧。你们已经忘记我对你们说起的那张遗嘱了。

众市民　不错。那遗嘱！让我们先听听那遗嘱。

安东尼　这就是凯撒盖过印的遗嘱。他给每一个罗马市民七十五个德拉克马①。

市民乙　最尊贵的凯撒！我们要为他的死复仇。

市民丙　啊，伟大的凯撒！

安东尼　耐心听我说。

众市民　静些！

安东尼　而且，他还把台伯河这一边的他的所有的步道、他的私人的园亭、他的新辟的花圃，全部赠给你们，永远成为你们世袭的产业，供你们自由散步游息之用。这样一个凯撒！几时才会有第二个同样的人？

市民甲　再也不会有了，再也不会有了！来，我们去，我们去！我们要在神圣的地方把他的尸体火化，就用那些火把去焚烧叛徒们的屋子。抬起这尸体来。

市民乙　去点起火来。

市民丙　把凳子拉下来烧。

市民丁　把椅子、窗门——什么东西一起拉下来烧。（众市民抬尸体下。）

安东尼　现在让它闹起来吧；一场乱事已经发生，随它怎样发展下去吧！

　　　　一仆人上。

安东尼　什么事？

---

① 德拉克马（Drachma），古希腊货币名。

248

仆人　大爷，奥克泰维斯已经到罗马了。

安东尼　他在什么地方？

仆人　他跟莱必多斯都在凯撒家里。

安东尼　我立刻就去看他。他来得正好。命运之神现在很高兴，她会满足我们一切的愿望。

仆人　我听他说勃鲁托斯和凯歇斯像疯子一样逃出了罗马的城门。

安东尼　大概他们已经注意到人民的态度，人民都被我煽动得十分激昂。领我到奥克泰维斯那儿去。（同下。）

第三场　同前。街道

　　　　诗人西那上。

诗人西那　昨天晚上我做了一个梦，梦里我跟凯撒在一起欢宴；许多不祥之兆萦回在我的脑际；我实在不想出来，可是不知不觉地又跑到门外来了。

　　　　众市民上。

市民甲　你叫什么名字？

市民乙　你到哪儿去？

市民丙　你住在哪儿？

市民丁　你是一个结过婚的人，还是一个单身汉子？

市民乙　回答每一个人的问话，要说得爽爽快快。

市民甲　是的，而且要说得简简单单。

市民丁　是的，而且要说得明明白白。

市民丙　是的，而且最好要说得确确实实。

诗人西那　我叫什么名字？我到哪儿去？我住在哪儿？我是一个结过婚的人，还是一个单身汉子？我必须回答每一个人的问话，要说得爽爽快快、简简单单、明明白白，而且确确实实。我就明明白白地回答你们，我是一个单身汉子。

市民乙　那简直就是说，那些结婚的人都是糊里糊涂的家伙；我怕你免不了要挨我一顿打。说下去；爽爽快快地说。

诗人西那　爽爽快快地说，我是去参加凯撒的葬礼的。

市民甲　你用朋友的名义去参加呢，还是用敌人的名义？

诗人西那　用朋友的名义。

市民乙　那个问题他已经爽爽快快地回答了。

市民丁　你的住所呢？简简单单地说。

诗人西那　简简单单地说，我住在圣殿附近。

市民丙　先生，你的名字呢？确确实实地说。

诗人西那　确确实实地说，我的名字是西那。

市民乙　撕碎他的身体；他是一个奸贼。

诗人西那　我是诗人西那，我是诗人西那。

市民丁　撕碎他，因为他做了坏诗；撕碎他，因为他做了坏诗。

诗人西那　我不是参加叛党的西那。

市民乙　不管它，他的名字叫西那；把他的名字从他的心里挖出来，再放他去吧。

市民丙　撕碎他，撕碎他！来，火把！喂！火把！到勃鲁托斯家里，到凯歇斯家里；烧毁他们的一切。去几个人到狄歇斯家里，几个人到凯斯卡家里，还有几个人到里加律斯家里。去！去！

（同下。）

第四幕

第一场　罗马。安东尼家中一室

　　安东尼、奥克泰维斯及莱必多斯围桌而坐。

安东尼　那么这些人都是应该死的；他们的名字上都做了记号了。

奥克泰维斯　你的兄弟也必须死；你答应吗，莱必多斯？

莱必多斯　我答应。

奥克泰维斯　替他作了记号，安东尼。

莱必多斯　可是有一个条件，坡勃律斯也不能让他活命，他是你的外甥，安东尼。

安东尼　那么就把他处死；瞧，我用一个黑点注定他的死罪了。可是莱必多斯，你到凯撒家里去一趟，把他的遗嘱拿来，让我们决定怎样按照他的意旨替他处分遗产。

莱必多斯　什么！还要我到这儿来找你们吗？

奥克泰维斯　我们要是不在这儿，你到圣殿来找我们好了。（莱必多斯下。）

安东尼　这是一个不足齿数的庸奴，只好替别人供奔走之劳；像他这样的人，也配跟我们鼎足三分，在这世界上称雄道霸吗？

奥克泰维斯　你既然这样瞧不起他,为什么在我们判决哪几个人应当处死的时候,却愿意听从他的意见?

安东尼　奥克泰维斯,我比你多了几年人生经验;虽然我们把这种荣誉加在这个人的身上,使他替我们分去一部分诽谤,可是他负担他的荣誉将会像驴子负担黄金一样,在重荷之下呻吟流汗,不是被人牵曳,就是受人驱策,走一步路都要听我们的指挥;等他替我们把宝物载运到我们预定的地点以后,我们就可以卸下他的负担,把他赶走,让他像一头闲散的驴子一样,耸耸他的耳朵,在旷地上啃嚼他的草料。

奥克泰维斯　你可以照你的意思做;可是他不失为一个经验丰富的勇敢军人。

安东尼　我的马儿也是这样,奥克泰维斯;因为它久历戎行,所以我才用粮草饲养它。我教我的马儿怎样冲锋作战,怎样转弯,怎样停步,怎样向前驰突,它的身体的动作都要受我的精神的节制。莱必多斯也有几分正是如此;他一定要有人教导训练,有人命令他前进;他是一个没有独立精神的家伙,靠着腐败的废物滋养他自己,只知道掇拾他人的牙慧,人家已经习久生厌的事情,在他却还是十分新奇;不要讲起他,除非把他当作一件工具看待。现在,奥克泰维斯,让我们讲些重大的事情吧。勃鲁托斯和凯歇斯正在那儿招募兵马,我们必须立刻准备抵御;让我们集合彼此的力量,拉拢我们最好的朋友,运用我们所有的资财;让我们立刻就去举行会议,商讨怎样揭发秘密的阴谋,抗拒公开的攻击的方法吧。

奥克泰维斯　好,我们就去;我们已经到了存亡的关头,许多敌人环伺在我们的四周;还有许多虽然脸上装着笑容,我怕他们的心头却藏着无数的奸谋。(同下。)

第二场　萨狄斯附近的营地。勃鲁托斯营帐之前

　　　　鼓声；勃鲁托斯、路西律斯、路歇斯及兵士等上；泰提涅斯及品达勒斯自相对方向上。

勃鲁托斯　喂，站住！
路西律斯　喂，站住！口令！
勃鲁托斯　啊，路西律斯！凯歇斯就要来了吗？
路西律斯　他快要到了；品达勒斯奉他主人之命，来向您致敬。(品达勒斯以信交勃鲁托斯。)
勃鲁托斯　他信上写得很是客气。品达勒斯，你的主人近来行动有些改变，也许是他用人失当，使我觉得有些事情办得很不满意；不过要是他就要来了，我想他一定会向我解释的。
品达勒斯　我相信我的尊贵的主人一定会向您证明他还是那样一个忠诚正直的人。
勃鲁托斯　我并不怀疑他。路西律斯，我问你一句话，他怎样接待你？
路西律斯　他对我很是客气；可是却不像从前那样亲热，言辞之间，也没有从前那样真诚坦白。
勃鲁托斯　你所讲的正是一个热烈的友谊冷淡下来的情形。路西律斯，你要是看见朋友之间用得着不自然的礼貌的时候，就可以知道他们的感情已经开始衰落了。坦白质朴的忠诚，是用不着浮文虚饰的；可是没有真情的人，就像一匹尚未试步的倔强的驽马，表现出一副奔腾千里的姿态，等到一受鞭策，就会颠踬泥涂，显出庸劣的本相。他的军队有没有开拔？

路西律斯　他们预备今晚驻扎在萨狄斯；大部分的人马是跟凯歇斯同来的。

勃鲁托斯　听！他到了。（内军队轻步行进）轻轻地上去迎接他。

　　　　凯歇斯及兵士等上。

凯歇斯　喂，站住！

勃鲁托斯　喂，站住！口令！

兵士甲　站住！

兵士乙　站住！

兵士丙　站住！

凯歇斯　最尊贵的兄弟，你欺人太甚啦。

勃鲁托斯　神啊，判断我。我欺侮过我的敌人吗？要是我没有欺侮过敌人，我怎么会欺侮一个兄弟呢？

凯歇斯　勃鲁托斯，你用这种庄严的神气掩饰你给我的侮辱——

勃鲁托斯　凯歇斯，别生气；你有什么不痛快的事情，请你轻轻地说吧。当着我们这些兵士的面前，让我们不要争吵，不要让他们看见我们两人不和。打发他们走开；然后，凯歇斯，你可以到我的帐里来诉说你的怨恨；我一定听你。

凯歇斯　品达勒斯，向我们的将领下令，叫他们各人把队伍安顿在离这儿略远一点儿的地方。

勃鲁托斯　路西律斯，你也去下这样的命令；在我们的会谈没有完毕以前，谁也不准进入我们的帐内。叫路歇斯和泰提涅斯替我们把守帐门。（同下。）

第三场　勃鲁托斯帐内

勃鲁托斯及凯歇斯上。

凯歇斯　你对我的侮辱，可以在这一件事情上看得出来：你把路歇斯·配拉定了罪，因为他在这儿受萨狄斯人的贿赂；可是我因为知道他的为人，写信来替他说情，你却置之不理。

勃鲁托斯　你在这种事情上本来就不该写信。

凯歇斯　在现在这种时候，不该为了一点儿小小的过失就把人谴责。

勃鲁托斯　让我告诉你，凯歇斯，许多人都说你自己的手心也很有点儿痒，常常为了贪图黄金的缘故，把官爵出卖给无功无能的人。

凯歇斯　我的手心痒！说这句话的人，倘不是勃鲁托斯，那么凭着神明起誓，这句话将要成为你的最后一句话。

勃鲁托斯　这种贪污的行为，因为有凯歇斯的名字作护符，所以惩罚还不曾显出它的威严来。

凯歇斯　惩罚！

勃鲁托斯　记得三月十五吗？伟大的凯撒不是为了正义的缘故而流血吗？倘不是为了正义，哪一个恶人可以加害他的身体？什么！我们曾经打倒全世界首屈一指的人物，因为他庇护盗贼；难道就在我们中间，竟有人甘心让卑污的贿赂玷污他的手指，为了盈握的废物，出卖我们伟大的荣誉吗？我宁愿做一头向月亮狂吠的狗，也不愿做这样一个罗马人。

凯歇斯　勃鲁托斯，不要向我吠叫；我受不了这样的侮辱。你这样逼迫我，全然忘记了你自己是什么人。我是一个军人，经验比你多，我知道怎样处置我自己的事情。

勃鲁托斯　哼，不见得吧，凯歇斯。

凯歇斯　我就是这样一个人。

勃鲁托斯　我说你不是。

凯歇斯　别再逼我吧，我快要忘记我自己了；留心你的安全，别再挑拨我了吧。

勃鲁托斯　去，卑鄙的小人！

凯歇斯　有这等事吗？

勃鲁托斯　听着，我要说我的话。难道我必须在你的暴怒之下退让吗？难道一个疯子的怒目就可以把我吓倒吗？

凯歇斯　神啊！神啊！我必须忍受这一切吗？

勃鲁托斯　这一切！嗯，还有哩。你去发怒到把你骄傲的心都气破了吧；给你的奴隶们看看你的脾气多大，让他们吓得乱抖吧。难道我必须让你吗？我必须侍候你的颜色吗？当你心里烦躁的时候，我必须诚惶诚恐地站在一旁，俯首听命吗？凭着神明起誓，即使你气破了肚子，也是你自己的事；因为从今天起，我要把你的发怒当作我的笑料呢。

凯歇斯　居然会有这样的一天吗？

勃鲁托斯　你说你是一个比我更好的军人；很好，你拿事实来证明你的夸口吧，那会使我十分高兴。拿我自己来说，我很愿意向高贵的人学习呢。

凯歇斯　你在各方面侮辱我；你侮辱我，勃鲁托斯。我说我是一个经验比你丰富的军人，并没有说我是一个比你更好的军人；难道我说过"更好"这两个字吗？

勃鲁托斯　我不管你有没有说过。

凯歇斯　凯撒活在世上的时候，他也不敢这样激怒我。

勃鲁托斯　闭嘴,闭嘴!你也不敢这样挑惹他。

凯歇斯　我不敢!

勃鲁托斯　你不敢。

凯歇斯　什么!不敢挑惹他!

勃鲁托斯　你不敢挑惹他!

凯歇斯　不要太自恃你我的交情;我也许会做出一些将会使我后悔的事情来的。

勃鲁托斯　你已经做了你应该后悔的事。凯歇斯,凭你怎样恐吓,我都不怕;因为正直的居心便是我的有力的护身符,你那些无聊的恐吓,就像一阵微风吹过,引不起我的注意。我曾经差人来向你告借几个钱,你没有答应我;因为我不能用卑鄙的手段搜括金钱;凭着上天发誓,我宁愿剖出我的心来,把我一滴滴的血熔成钱币,也不愿从农人粗硬的手里辗转榨取他们污臭的锱铢。为了分发军队的粮饷,我差人来向你借钱,你却拒绝了我;凯歇斯可以有这样的行为吗?我会不会给卡厄斯·凯歇斯这样的答复?玛克斯·勃鲁托斯要是也会变得这样吝啬,锁住他的鄙贱的银箱,不让他的朋友们染指,那么神啊,用你们的雷火把他殛得粉碎吧!

凯歇斯　我没有拒绝你。

勃鲁托斯　你拒绝我的。

凯歇斯　我没有,传回我的答复的那家伙是个傻瓜。勃鲁托斯把我的心都劈碎了。一个朋友应当原谅他朋友的过失,可是勃鲁托斯却把我的过失格外夸大。

勃鲁托斯　我没有,是你自己对不起我。

凯歇斯　你不喜欢我。

勃鲁托斯　我不喜欢你的错误。

凯歇斯　一个朋友的眼睛决不会注意到这种错误。

勃鲁托斯　在一个佞人的眼中，即使有像俄林波斯山峰一样高大的错误，也会视而不见。

凯歇斯　来，安东尼，来，年轻的奥克泰维斯，你们向凯歇斯一个人复仇吧，因为凯歇斯已经厌倦于人世了：被所爱的人憎恨，被他的兄弟攻击，像一个奴隶似的受人呵斥，他的一切过失都被人注视记录，背诵得烂熟，作为当面揭发的罪状。啊！我可以从我的眼睛里哭出我的灵魂来。这是我的刀子，这儿是我的袒裸的胸膛，这里面藏着一颗比财神普路托斯的宝矿更富有、比黄金更贵重的心；要是你是一个罗马人，请把它挖出来吧，我拒绝给你金钱，却愿意把我的心献给你。就像你向凯撒行刺一样把我刺死了吧，因为我知道，即使在你最恨他的时候，你也爱他远胜于爱凯歇斯。

勃鲁托斯　插好你的刀子。你高兴发怒就发怒吧，高兴怎么干就怎么干吧。啊，凯歇斯！你的伙伴是一头羔羊，愤怒在他的身上，就像燧石里的火星一样，受到重大的打击，也会发出闪烁的光芒，可是一转瞬间就已经冷下去了。

凯歇斯　难道凯歇斯的伤心烦恼，只给他的勃鲁托斯作为笑料吗？

勃鲁托斯　我说那句话的时候，我自己也是脾气太坏。

凯歇斯　你也这样承认吗？把你的手给我。

勃鲁托斯　我连我的心也一起给你。

凯歇斯　啊，勃鲁托斯！

勃鲁托斯　什么事？

凯歇斯　我的母亲给了我这副暴躁的脾气，使我常常忘记我自己，看在我们友谊的情分上，你能够原谅我吗？

勃鲁托斯　是的，我原谅你；从此以后，要是你有时候跟你的勃鲁托斯过分认真，他会当作是你母亲在那儿发脾气，一切都不介意。（内喧声。）

诗人　（在内）让我进去瞧瞧两位将军；他们彼此之间有些争执，不应该让他们两人在一起。

路西律斯　（在内）你不能进去。

诗人　（在内）除了死,什么都不能阻止我。

　　　　诗人上,路西律斯、泰提涅斯及路歇斯随后。

凯歇斯　怎么!什么事?

诗人　呸,你们这些将军!你们是什么意思?你们应该相亲相爱,做两个要好的朋友;我的话不会有错,我比你们谁都活得长久。

凯歇斯　哈哈!这个玩世的诗人吟的诗句多臭!

勃鲁托斯　滚出去,放肆的家伙,去!

凯歇斯　不要生他的气,勃鲁托斯;这是他的习惯。

勃鲁托斯　谁叫他胡说八道。在这样战争的年代,要这些胡诌几句歪诗的傻瓜做什么用?滚开,家伙!

凯歇斯　去,去!出去!（诗人下。）

勃鲁托斯　路西律斯,泰提涅斯,传令各将领,叫他们今晚准备把队伍安营。

凯歇斯　你们传过了令,就带梅萨拉一起回来。（路西律斯、泰提涅斯同下。）

勃鲁托斯　路歇斯,倒一杯酒来!（路歇斯下。）

凯歇斯　我没有想到你会这样动怒。

勃鲁托斯　啊,凯歇斯!我心里有许多烦恼。

凯歇斯　要是你让偶然的不幸把你困扰,那么你自己的哲学对你就毫无用处了。

勃鲁托斯　谁也不比我更能忍受悲哀;鲍西娅已经死了。

凯歇斯　什么!鲍西娅!

勃鲁托斯　她死了。

凯歇斯　我刚才跟你这样吵嘴,你居然没有把我杀死,真是侥幸!

唉，难堪的、痛心的损失！害什么病死的？

勃鲁托斯　她因为舍不得跟我远别，又听到了奥克泰维斯和玛克·安东尼的势力这样强大的消息，变得心神狂乱，乘着仆人不在的时候，把火吞了下去。

凯歇斯　就是这样死了吗？

勃鲁托斯　就是这样死了。

凯歇斯　永生的神啊！

　　　　　路歇斯持酒及烛重上。

勃鲁托斯　不要再说起她。给我一杯酒。凯歇斯，在这一杯酒里，我捐弃了一切猜嫌。（饮酒。）

凯歇斯　我的心企望着这样高贵的誓言，有如渴者的思饮。来，路歇斯，给我倒满这一杯，我喝着勃鲁托斯的友情，是永远不会餍足的。（饮酒。）

勃鲁托斯　进来，泰提涅斯。（路歇斯下。）

　　　　　泰提涅斯率梅萨拉重上。

勃鲁托斯　欢迎，好梅萨拉。让我们现在围烛而坐，讨论我们重要的事情。

凯歇斯　鲍西娅，你去了吗？

勃鲁托斯　请你不要说了。梅萨拉，我已经得到信息，说是奥克泰维斯那小子跟玛克·安东尼带了一支强大的军队，向腓利比进发，要来攻击我们了。

梅萨拉　我也得到同样的信息。

勃鲁托斯　你还知道什么其他的事情？

梅萨拉　听说奥克泰维斯、安东尼和莱必多斯三人用非法的手段，把一百个元老宣判了死刑。

勃鲁托斯　那么我们听到的略有不同；我得到的消息是七十个元老被他们判决处死，西塞罗也是其中的一个。

凯歇斯　西塞罗也是一个！

梅萨拉　西塞罗也被他们判决处死。您没有从您的夫人那儿得到信息吗？

勃鲁托斯　没有，梅萨拉。

梅萨拉　别人给您的信上也没有提起她吗？

勃鲁托斯　没有，梅萨拉。

梅萨拉　那可奇怪了。

勃鲁托斯　你为什么问起？你听见什么关于她的消息吗？

梅萨拉　没有，将军。

勃鲁托斯　你是一个罗马人，请你老实告诉我。

梅萨拉　那么请您用一个罗马人的精神，接受我告诉您的噩耗：尊夫人已经死了，而且死得很奇怪。

勃鲁托斯　那么再会了，鲍西娅！我们谁都不免一死，梅萨拉；想到她总有一天会死去，使我现在能够忍受这一个打击。

梅萨拉　这才是伟大的人物善处拂逆的精神。

凯歇斯　我可以在表面上装得跟你同样镇定，可是我的天性却受不了这样的打击。

勃鲁托斯　好，讲我们活人的事吧。你们以为我们应不应该立刻向腓利比进兵？

凯歇斯　我想这不是顶好的办法。

勃鲁托斯　你有什么理由？

凯歇斯　我的理由是这样的：我们最好让敌人来找寻我们，这样可以让他们靡费军需，疲劳兵卒，削弱他们自己的实力；我们却可以以逸待劳，蓄养我们的精锐。

勃鲁托斯　你的理由果然很对，可是我却有比你更好的理由。在腓利比到这儿之间一带地方的人民，都是因为被迫而归顺我们的，他们心里都怀着怨恨，对于我们的征敛早就感到不满。

敌人一路前来，这些人民一定会加入他们的队伍，增强他们的力量。要是我们到腓利比去向敌人迎击，把这些人民留在后方，就可以避免给敌人这一种利益。

凯歇斯　听我说，好兄弟。

勃鲁托斯　请你原谅。你还要注意，我们已经集合我们所有的友人，我们的军队已经达到最高的数量，我们行动的时机已经完全成熟；敌人的力量现在还在每天增加中，我们在全盛的顶点上，却有日趋衰落的危险。世事的起伏本来是波浪式的，人们要是能够趁着高潮一往直前，一定可以功成名就；要是不能把握时机，就要终身蹭蹬，一事无成。我们现在正在满潮的海上漂浮，倘不能顺水行舟，我们的事业就会一败涂地。

凯歇斯　那么就照你的意思办吧；我们要亲自前去，在腓利比和他们相会。

勃鲁托斯　我们贪着谈话，不知不觉夜已经深了。疲乏了的精神，必须休息片刻。没有别的话了吗？

凯歇斯　没有了。晚安；明天我们一早就起来，向前方出发。

勃鲁托斯　路歇斯！

　　　　路歇斯重上。

勃鲁托斯　拿我的睡衣来。（路歇斯下）再会，好梅萨拉；晚安，泰提涅斯。尊贵的、尊贵的凯歇斯，晚安，愿你好好安息。

凯歇斯　啊，我的亲爱的兄弟！今天晚上的事情真是不幸；但愿我们的灵魂之间再也没有这样的分歧！让我们以后再也不要这样，勃鲁托斯。

勃鲁托斯　什么事情都是好好的。

凯歇斯　晚安，将军。

勃鲁托斯　晚安，好兄弟。

泰提涅斯＆梅萨拉　晚安，勃鲁托斯将军。

勃鲁托斯　各位再会。（凯歇斯、泰提涅斯、梅萨拉同下。）

　　　　　路歇斯持睡衣重上。

勃鲁托斯　把睡衣给我。你的乐器呢？

路歇斯　就在这儿帐里。

勃鲁托斯　什么！你说话好像在瞌睡一般？可怜的东西，我不怪你；你睡得太少了。把克劳狄斯和什么其他的仆人叫来；我要叫他们搬两个垫子来睡在我的帐内。

路歇斯　凡罗！克劳狄斯！

　　　　　凡罗及克劳狄斯上。

凡罗　主人呼唤我们吗？

勃鲁托斯　请你们两个人就在我的帐内睡下；也许等会儿我有事情要叫你们起来到我的兄弟凯歇斯那边去。

凡罗　我们愿意站在这儿侍候您。

勃鲁托斯　我不要这样；睡下来吧，好朋友们；也许我没有什么事情。瞧，路歇斯，这就是我找来找去找不到的那本书；我把它放在我的睡衣口袋里了。（凡罗、克劳狄斯睡下。）

路歇斯　我原说您没有把它交给我。

勃鲁托斯　原谅我，好孩子，我的记性太坏了。你能不能够暂时睁开你的倦眼，替我弹一两支曲子？

路歇斯　好的，主人，要是您喜欢的话。

勃鲁托斯　我很喜欢，我的孩子。我太麻烦你了，可是你很愿意出力。

路歇斯　这是我的责任，主人。

勃鲁托斯　我不应该勉强你尽你能力以上的责任；我知道年轻人是需要休息的。

路歇斯　主人，我早已睡过了。

勃鲁托斯　很好，一会儿我就让你再去睡睡；我不愿耽搁你太久的时间。要是我还能够活下去，我一定不会亏待你。（**音乐，路歇斯唱歌**）这是一支催眠的乐曲；啊，杀人的睡眠！你把你的铅矛加在为你奏乐的我的孩子的身上了吗？好孩子，晚安；我不愿惊醒你的好梦。也许你在瞌睡之中，会打碎了你的乐器；让我替你拿去吧；好孩子，晚安。让我看，让我看，我上次没有读完的地方，不是把书页折下的吗？我想就是这儿。

　　　　凯撒幽灵上。

勃鲁托斯　这蜡烛的光怎么这样暗！嘿！谁来啦？我想我的眼睛有点儿昏花，所以会看见鬼怪。它走近我的身边来了。你是什么东西？你是神呢，天使呢，还是魔鬼，吓得我浑身冷汗，头发直竖？对我说你是什么。

幽灵　你的冤魂，勃鲁托斯。

勃鲁托斯　你来干什么？

幽灵　我来告诉你，你将在腓利比看见我。

勃鲁托斯　好，那么我将要再看见你吗？

幽灵　是的，在腓利比。

勃鲁托斯　好，那么我们在腓利比再见。（**幽灵隐去**）我刚鼓起一些勇气，你又不见了；冤魂，我还要跟你谈话。孩子，路歇斯！凡罗！克劳狄斯！喂，大家醒醒！克劳狄斯！

路歇斯　主人，弦子还没有调准呢。

勃鲁托斯　他以为他还在弹他的乐器呢。路歇斯，醒来！

路歇斯　主人！

勃鲁托斯　路歇斯，你做了什么梦，在梦中叫喊吗？

路歇斯　主人，我不知道我曾经叫喊过。

勃鲁托斯　你曾经叫喊过。你看见什么没有？

路歇斯　没有，主人。

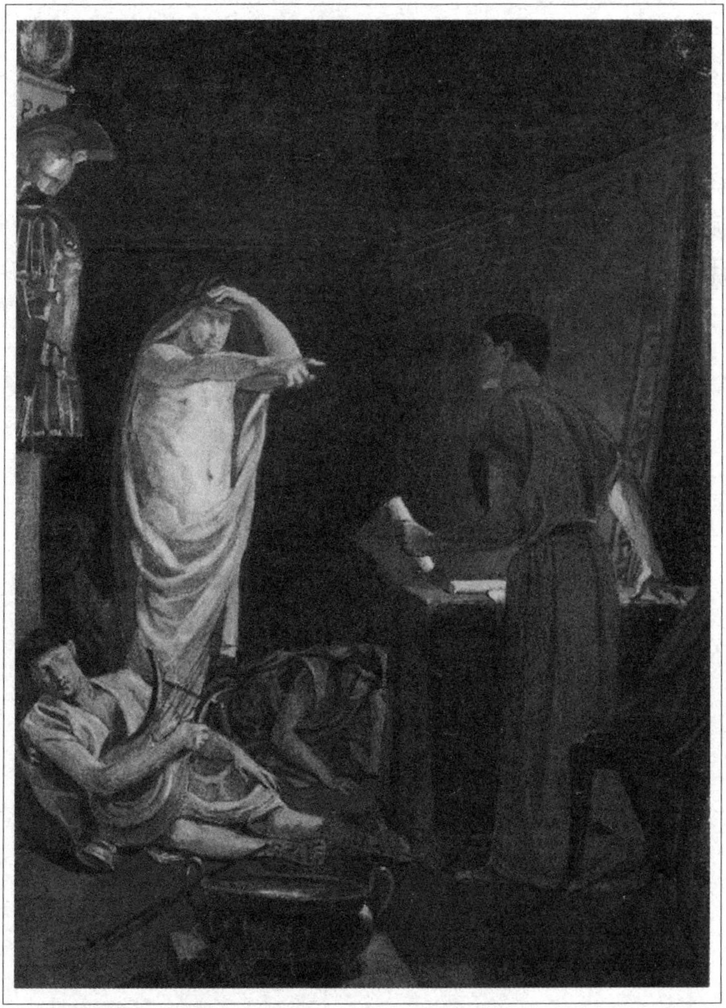

勃鲁托斯　再睡吧，路歇斯。喂，克劳狄斯！你这家伙！醒来！

凡罗　主人！

克劳狄斯　主人！

勃鲁托斯　你们为什么在睡梦里大呼小叫的？

凡罗＆克劳狄斯　我们在睡梦里叫喊吗，主人？

勃鲁托斯　嗯，你们瞧见什么没有？

凡罗　没有，主人，我没有瞧见什么。

克劳狄斯　我也没有瞧见什么，主人。

勃鲁托斯　去向我的兄弟凯歇斯致意，请他赶快先把他的军队开拔，我们随后就来。

凡罗＆克劳狄斯　是，主人。（各下。）

第五幕

第一场　腓利比平原

　　　　奥克泰维斯及安东尼率军队上。

奥克泰维斯　现在，安东尼，我们的希望已经得到事实的答复了。你说敌人一定坚守山岭高地，不会下来；事实却并不如此，他们的军队已经向我们逼近，似乎有意要在这儿腓利比用先发制人的手段，给我们一个警告。

安东尼　嘿！我熟悉他们的心理，知道他们为什么这样做。他们的目的无非是想先声夺人，让我们看见他们的汹汹之势，认为他们的士气非常旺盛；其实完全不是这样。

　　　　一使者上。

使者　两位将军，请你们快些准备起来，敌人正在那儿浩浩荡荡地开过来了；他们已经挂出挑战的旗号，我们必须立刻布置防御的策略。

安东尼　奥克泰维斯，你带领你的一支军队向战地的左翼缓缓前进。

奥克泰维斯　我要向右翼迎击；你去打左翼。

安东尼　为什么你要在这样紧急的时候跟我闹别扭？

奥克泰维斯　我不跟你闹别扭；可是我要这样。（军队行进。）

　　　　　鼓声；勃鲁托斯及凯歇斯率军队上；路西律斯、泰提涅斯、梅萨拉及余人等同上。

勃鲁托斯　他们站住了，要跟我们谈判。

凯歇斯　站定，泰提涅斯；我们必须出阵跟他们谈话。

奥克泰维斯　玛克·安东尼，我们要不要发出交战的号令？

安东尼　不，凯撒，等他们向我们进攻的时候，我们再去应战。上去；那几位将军们要谈几句话哩。

奥克泰维斯　不要动，等候号令。

勃鲁托斯　先礼后兵，是不是，各位同胞们？

奥克泰维斯　我们倒不像您那样喜欢空话。

勃鲁托斯　奥克泰维斯，良好的言语胜于拙劣的刺击。

安东尼　勃鲁托斯，您用拙劣的刺击来说您的良好的言语：瞧您刺在凯撒心上的创孔，它们在喊着，"凯撒万岁！"

凯歇斯　安东尼，我们还没有领教过您的剑法；可是我们知道您的舌头上涂满了蜜，蜂巢里的蜜都给你偷光了。

安东尼　我没有把蜜蜂的刺也一起偷走吧？

勃鲁托斯　啊，是的，您连它们的声音也一起偷走了；因为您已经学会了在刺人之前，先用嗡嗡的声音向人威吓。

安东尼　恶贼！你们在凯撒的旁边拔出你们万恶的刀子来的时候，是连半句声音也不透出来的；你们像猴子一样露出你们的牙齿，像狗子一样摇尾乞怜，像奴隶一样卑躬屈节，吻着凯撒的脚；该死的凯斯卡却像一条恶狗似的躲在背后，向凯撒的脖子上挥动他的凶器。啊，你们这些谄媚的家伙！

凯歇斯　谄媚的家伙！勃鲁托斯，谢谢你自己吧。早依了凯歇斯的话，今天决不让他把我们这样信口侮辱。

奥克泰维斯　不用多说；辩论不过使我们流汗，我们却要用流血来判断双方的曲直。瞧，我拔出这一柄剑来跟叛徒们决战；除非等到凯撒身上三十三处伤痕的仇恨完全报复或者另外一个凯撒也死在叛徒们的刀剑之下，这一柄剑是永远不收回去的。

勃鲁托斯　凯撒，你不会死在叛徒们的手里，除非那些叛徒就在你自己的左右。

奥克泰维斯　我也希望这样；天生下我来，不是要我死在勃鲁托斯的剑上的。

勃鲁托斯　啊！孩子，即使你是你的家门中最高贵的后裔，能够死在勃鲁托斯剑上，也要算是莫大的荣幸呢。

凯歇斯　像他这样一个顽劣的学童，跟一个跳舞喝酒的浪子在一起，才不值得污我们的刀剑。

安东尼　还是从前的凯歇斯！

奥克泰维斯　来，安东尼，我们去吧！叛徒们，我们现在当面向你们挑战；要是你们有胆量的话，今天就在战场上相见，否则等你们有了勇气再来。（奥克泰维斯、安东尼率军队下。）

凯歇斯　好，现在狂风已经吹起，波涛已经澎湃，船只要在风浪中颠簸了！一切都要信托给不可知的命运。

勃鲁托斯　喂！路西律斯！有话对你说。

路西律斯　什么事，主将？（勃鲁托斯、路西律斯在一旁谈话。）

凯歇斯　梅萨拉！

梅萨拉　主将有什么吩咐？

凯歇斯　梅萨拉，今天是我的生日；就在这一天，凯歇斯诞生到世上。把你的手给我，梅萨拉。请你做我的见证，正像从前庞贝一样，我是因为万不得已，才把我们全体的自由在这一次战役中作孤注一掷的。你知道我一向很信仰伊壁鸠鲁①的见解；现在我的思想却改变了，有些相信起预兆来了。我们从萨狄斯开拔前来的时候，有两头猛鹰从空中飞下，栖止在我们从前那个旗手的肩上；它们常常啄食我们兵士手里的食物，一路上跟我们做伴，一直到这儿腓利比。今天早晨它们却飞去不见了，代替着它们的，只有一群乌鸦鸱鸢，在我们的头顶盘旋，好像把我们当作垂毙的猎物一般；它们的黑影像是一顶不祥的华盖，掩覆着我们末日在迩的军队。

梅萨拉 不要相信这种事。

凯歇斯 我也不完全相信，因为我的精神很兴奋，我已经决心用坚定不移的意志，抵御一切的危难。

勃鲁托斯 就这样吧，路西律斯。

凯歇斯 最尊贵的勃鲁托斯，愿神明今天护佑我们，使我们能够在太平的时代做一对亲密的朋友，直到我们的暮年！可是既然人事是这样无常，让我们也考虑到万一的不幸。要是我们这次战败了，那么现在就是我们最后一次的聚首谈心；请问你在那样的情形之下，准备怎么办？

勃鲁托斯 凯图自杀的时候，我曾经对他这一种举动表示不满；我不知道为什么，可是总觉得为了惧怕可能发生的祸患而结束自己的生命，是一件懦弱卑劣的行动；我现在还是根据这一种观念，决心用坚韧的态度，等候主宰世人的造化所给予我的命运。

凯歇斯 那么，要是我们失败了，你愿意被凯旋的敌人拖来拖去，在罗马的街道上游行吗？

---

① 伊壁鸠鲁（Epicurus，公元前 341—公元前 270），希腊倡导无神论的享乐主义派哲学家。

勃鲁托斯　不，凯歇斯，不。尊贵的罗马人，你不要以为勃鲁托斯会有一天被人绑着回到罗马；他是有一颗太高傲的心的。可是今天这一天必须结束三月十五所开始的工作；我不知道我们能不能再有见面的机会，所以让我们从此永诀吧。永别了，永别了，凯歇斯！要是我们还能相见，那时候我们可以相视而笑；否则今天就是我们生离死别的日子。

凯歇斯　永别了，永别了，勃鲁托斯！要是我们还能相见，那时候我们一定相视而笑；否则今天真的是我们生离死别的日子了。

勃鲁托斯　好，那么前进吧。唉！要是一个人能够预先知道一天的工作的结果——可是一天的时间是很容易过去的，那结果也总会见到分晓。来啊！我们去吧！（同下。）

第二场　同前。战场

号角声；勃鲁托斯及梅萨拉上。

勃鲁托斯　梅萨拉，赶快骑马前去，传令那一方面的军队，（号角大鸣）叫他们立刻冲上去，因为我看见奥克泰维斯带领的那支军队打得很没有劲，迅速的进攻可以把他们一举击溃。赶快骑马前去，梅萨拉；叫他们全军向敌人进攻。（同下。）

第三场　战场的另一部分

号角声；凯歇斯及泰提涅斯上。

凯歇斯　啊！瞧，泰提涅斯，瞧，那些坏东西逃得多快。我自己也变成了我自己的仇敌；这是我的旗手，我看见他想要转身逃走，把这懦夫杀了，抢过了这军旗。

泰提涅斯 啊，凯歇斯！勃鲁托斯把号令发得太早了；他因为对奥克泰维斯略占优势，自以为胜利在握；他的军队忙着搜掠财物，我们却给安东尼全部包围起来。

　　　　品达勒斯上。

品达勒斯 再逃远一些，主人，再逃远一些；玛克·安东尼已经进占您的营帐了，主人。快逃，尊贵的凯歇斯，逃得远远的。

凯歇斯 这座山头已经够远了。瞧，瞧，泰提涅斯；那边有火的地方，不就是我的营帐吗？

泰提涅斯 是的，主将。

凯歇斯 泰提涅斯，要是你爱我，请你骑了我的马，着力加鞭，到那边有军队的所在探一探，再飞马回来向我报告，让我知道他们究竟是友军还是敌军。

泰提涅斯 是，我就去就来。（下。）

凯歇斯 品达勒斯，你给我登上那座山顶；我的眼睛看不大清楚；留意看着泰提涅斯，告诉我你所见到的战场上的情形。（品达勒斯登山）我今天第一次透过一口气来；时间在循环运转，我在什么地方开始，也要在什么地方终结；我的生命已经走完了它的途程。喂，看见什么没有？

品达勒斯 （在上）啊，主人！

凯歇斯 什么消息？

品达勒斯 泰提涅斯给许多骑马的人包围在中心，他们都向他策马而前；可是他仍旧向前飞奔，现在他们快要追上他了；赶快，泰提涅斯，现在有人下马了；哎哟！他也下马了；他给他们捉去了；（内欢呼声）听！他们在欢呼。

凯歇斯 下来，不要再看了。唉，我真是一个懦夫，眼看着我的最好的朋友在我的面前给人捉去，我自己却还在这世上偷生苟活！

品达勒斯下山。

凯歇斯　过来,小子。你在巴底亚做了我的俘虏,我免了你一死,叫你对我发誓,无论我吩咐你做什么事,你都要照着做。现在你来,履行你的誓言;我让你从此做一个自由人;这柄曾经穿过凯撒心脏的好剑,你拿着它往我的胸膛里刺进去吧。不用回答我的话;来,把剑柄拿在手里;等我把脸遮上了,你就动手。好,凯撒,我用杀死你的那柄剑,替你复了仇了。

（死。）

品达勒斯　现在我已经自由了;可是那却不是我自己的意思。凯歇斯啊,品达勒斯将要远远离开这一个国家,到没有一个罗马人可以看见他的地方去。（下。）

泰提涅斯及梅萨拉重上。

梅萨拉　泰提涅斯,双方的胜负刚刚互相抵消;因为一方面奥克泰维斯被勃鲁托斯的军队打败,一方面凯歇斯的军队也给安东尼打败。

泰提涅斯　这些消息很可以安慰安慰凯歇斯。

梅萨拉　你在什么地方离开他?

泰提涅斯　就在这座山上,垂头丧气地跟他的奴隶品达勒斯在一起。

梅萨拉　躺在地上的不就是他吗?

泰提涅斯　他躺着的样子好像已经死了。啊,我的心!

梅萨拉　那不是他吗?

泰提涅斯　不,梅萨拉,这个人从前是他,现在凯歇斯已经不在人世了。啊,没落的太阳!正像你今晚沉没在你红色的光辉中一样,凯歇斯的白昼也在他的赤血之中消隐了;罗马的太阳已经沉没了下去。我们的白昼已经过去;黑云、露水和危险正在袭来;我们的事业已成灰烬了。他因为不相信我能够不辱使命，所以才干出这件事来。

梅萨拉　他因为不相信我们能够得到胜利，所以才干出这件事来。啊，可恨的错误，你忧愁的产儿！为什么你要在人们灵敏的脑海里造成颠倒是非的幻象？你一进入人们的心中，便给他们带来了悲惨的结果。

泰提涅斯　喂，品达勒斯！你在哪儿，品达勒斯？

梅萨拉　泰提涅斯，你去找他，让我去见勃鲁托斯，把这刺耳的消息告诉他；勃鲁托斯听见了这个消息，一定会比锋利的刀刃、有毒的箭镞贯进他的耳中还要难过。

泰提涅斯　你去吧，梅萨拉；我先在这儿找一找品达勒斯。（梅萨拉下）勇敢的凯歇斯，为什么你要叫我去呢？我不是碰见你的朋友了吗？他们不是把这胜利之冠加在我的额上，叫我回来献给你吗？你没有听见他们的欢呼吗？唉！你误会了一切。可是请你接受这一个花环，让我替你戴上吧；你的勃鲁托斯叫我把它送给你，我必须遵从他的命令。勃鲁托斯，快来，瞧我怎样向卡厄斯·凯歇斯尽我的责任。允许我，神啊；这是一个罗马人的天职：来，凯歇斯的宝剑，进入泰提涅斯的心里吧。（自杀。）

　　号角声；梅萨拉率勃鲁托斯、小凯图、斯特莱托、伏伦涅斯及路西律斯重上。

勃鲁托斯　梅萨拉，梅萨拉，他的尸体在什么地方？

梅萨拉　瞧，那边；泰提涅斯正在他旁边哀泣。

勃鲁托斯　泰提涅斯的脸是向上的。

小凯图　他也死了。

勃鲁托斯　啊，裘力斯·凯撒！你到死还是有本领的！你的英灵不泯，借着我们自己的刀剑，洞穿我们自己的心脏。（号角低吹。）

小凯图　勇敢的泰提涅斯！瞧他替已死的凯歇斯加上胜利之冠了！

勃鲁托斯　世上还有两个和他们同样的罗马人吗？最后的罗马健儿，再会了！罗马再也不会产生可以和你匹敌的人物。朋友们，我对于这位已死的人，欠着还不清的眼泪。——慢慢地，凯歇斯，我会找到我的时间。——来，把他的尸体送到泰索斯去；他的葬礼不能在我们的营地上举行，因为恐怕影响军心。路西律斯，来；来，小凯图；我们到战场上去。拉琵奥、弗莱维斯，传令我们的军队前进。现在还只有三点钟；罗马人，在日落以前，我们还要在第二次的战争中试探我们的命运。（同下。）

第四场　战场的另一部分

号角声；两方兵士交战，勃鲁托斯、小凯图、路西律斯及余人等上。

勃鲁托斯　同胞们，啊！振起你们的精神！

小凯图　哪一个贱种敢退缩不前？谁愿意跟我来？我要在战场上到处宣扬我的名字：我是玛克斯·凯图的儿子！我是暴君的仇敌，祖国的朋友；我是玛克斯·凯图的儿子！

勃鲁托斯　我是勃鲁托斯，玛克斯·勃鲁托斯就是我；勃鲁托斯，祖国的朋友；请认明我是勃鲁托斯！（追击敌人下；小凯图被敌军围攻倒地。）

路西律斯　啊，年轻高贵的小凯图，你倒下了吗？啊，你现在像泰提涅斯一样勇敢地死了，你死得不愧为凯图的儿子。

兵士甲　不投降就是死。

路西律斯　我愿意投降，可是看在这许多钱的面上，请你们把我立刻杀死。（取钱赠兵士）你们杀死了勃鲁托斯，也算立了一件大大的功劳。

兵士甲　我们不能杀你。一个尊贵的俘虏！

兵士乙　喂，让开！告诉安东尼，勃鲁托斯已经捉住了。

兵士甲　我去传报这消息。主将来了。

　　　　安东尼上。

兵士甲　主将，勃鲁托斯已经捉住了。

安东尼　他在哪儿？

路西律斯　安东尼，勃鲁托斯还是安然无恙。我敢向你说一句，没有一个敌人可以把勃鲁托斯活捉；神明保佑他不至于遭到这样的耻辱！你们找到他的时候，不论是死的还是活的，他一定会保持他的堂堂的荣誉。

安东尼　朋友，这个人不是勃鲁托斯，可是也不是一个等闲之辈。不要伤害他，把他好生看待。我希望我有这样的人做我的朋友，而不是做我的仇敌。去，看看勃鲁托斯有没有死；有什么消息就到奥克泰维斯的营帐里来报告我们。（各下。）

第五场　战场的另一部分

　　　　勃鲁托斯、达台涅斯、克列特斯、斯特莱托及伏伦涅斯上。

勃鲁托斯　来，残余下来的几个朋友，在这块岩石上休息休息吧。

克列特斯　我们望见斯泰提律斯的火把，可是他没有回来；大概不是捉了去就是死了。

勃鲁托斯　坐下来，克列特斯。他一定死了；多少人都死了。听着，克列特斯。（向克列特斯耳语。）

克列特斯　什么，我吗，主人？不，那是万万不能的。

勃鲁托斯　那么算了！不要多说话。

克列特斯　我宁愿自杀。

勃鲁托斯　听着，达台涅斯。（向达台涅斯耳语。）

达台涅斯　我必须干这样一件事吗？

克列特斯　啊，达台涅斯！

达台涅斯　啊，克列特斯！

克列特斯　勃鲁托斯要求你干一件什么坏事？

达台涅斯　他要我杀死他，克列特斯。瞧，他在出神呆想。

克列特斯　他的高贵的心里装满了悲哀，甚至于在他的眼睛里流露出来。

勃鲁托斯　过来，好伏伦涅斯，听我一句话。

伏伦涅斯　主将有什么吩咐？

勃鲁托斯　是这样的，伏伦涅斯。凯撒的鬼魂曾经两次在夜里向我出现；一次在萨狄斯，一次就是昨天晚上，在这儿腓利比的战场上。我知道我的末日已经到了。

伏伦涅斯　不会有的事，主将。

勃鲁托斯　不，我确信我的末日已经到了，伏伦涅斯。你看大势已经变化到什么地步；我们的敌人已经把我们逼到了山穷水尽之境，与其等待他们来把我们推落深坑，还不如自己先跳下去。好伏伦涅斯，我们从前曾经在一起求学，看在我们旧日的交情分上，请你拿着我的剑柄，让我伏剑而死。

伏伦涅斯　主将，那不是一件可以叫一个朋友做的事。（号角声继续不断。）

克列特斯　快逃，快逃，主人！这儿是不能久留的。

勃鲁托斯　再会，你，你，还有你，伏伦涅斯。斯特莱托，你已经瞌睡了这大半天，再会了，斯特莱托。同胞们，我很高兴在我的一生之中，只有他还尽忠于我。我今天虽然战败了，可是将要享有比奥克泰维斯和玛克·安东尼在这次卑鄙的胜利中所得到的更大的光荣。大家再会了；勃鲁托斯的舌头已经差不多结束了他一生的历史；暮色罩在我的眼睛上，我的筋骨渴想得到它劳苦已久的安息。（号角声；内呼声，"逃啊，逃啊，逃啊！"）

克列特斯　快逃吧，主人，快逃吧。

勃鲁托斯　去！我就来。（克列特斯、达台涅斯、伏伦涅斯同下）斯特莱托，请你不要去，陪着你的主人。你是一个心地很好的人，你的为人还有几分义气；拿着我的剑，转过你的脸，让我对准剑锋扑上去。你肯不肯这样做，斯特莱托？

斯特莱托　请您先允许我握一握您的手；再会了，主人。

勃鲁托斯　再会了，好斯特莱托。（扑身剑上）凯撒，你现在可以瞑目了；我杀死你的时候，还不及现在一半的坚决。（死。）

　　　　　号角声；吹退军号；奥克泰维斯、安东尼、梅萨拉、路西律斯及军队上。

奥克泰维斯　那是什么人？

梅萨拉　我的主将的仆人。斯特莱托，你的主人呢？

斯特莱托　他已经永远脱离了加在你身上的那种被俘的命运了，梅萨拉；胜利者只能在他身上举起一把火来，因为只有勃鲁托斯能够战胜他自己，谁也不能因他的死而得到荣誉。

路西律斯　勃鲁托斯的结果应当是这样的。谢谢你，勃鲁托斯，因为你证明了路西律斯的话并没有说错。

奥克泰维斯　所有跟随勃鲁托斯的人，我都愿意把他们收留下来。朋友，你愿意跟随我吗？

斯特莱托　好，只要梅萨拉肯把我举荐给您。

奥克泰维斯　你把他举荐给我吧，好梅萨拉。

梅萨拉　斯特莱托，我们的主将怎么死的？

斯特莱托　我拿了剑,他扑了上去。

梅萨拉　奥克泰维斯,他已经为我的主人尽了最后的义务,您把他收留下来吧。

安东尼　在他们那一群中间,他是一个最高贵的罗马人;除了他一个人以外,所有的叛徒们都是因为妒忌凯撒而下毒手的;只有他才是激于正义的思想,为了大众的利益,而去参加他们的阵线。他一生善良,交织在他身上的各种美德,可以使造物肃然起立,向全世界宣告,"这是一个汉子!"

奥克泰维斯　让我们按照他的美德,给他应得的礼遇,替他殡葬如仪。他的尸骨今晚将要安顿在我的营帐里,他必须充分享受一个军人的荣誉。现在传令全军安息;让我们去分派今天的胜利的光荣吧。(同下。)

哈姆雷特

剧中人物

克劳狄斯　丹麦国王

哈姆雷特　前王之子，今王之侄

福丁布拉斯　挪威王子

霍拉旭　哈姆雷特之友

波洛涅斯　御前大臣

雷欧提斯　波洛涅斯之子

伏提曼德
考尼律斯
罗森格兰兹　朝臣
吉尔登斯吞
奥斯里克

侍臣
教士

马西勒斯
勃那多　军官

弗兰西斯科　兵士
雷奈尔多　波洛涅斯之仆
队长
英国使臣
众伶人
二小丑　掘坟墓者

乔特鲁德　丹麦王后，哈姆雷特之母
奥菲利娅　波洛涅斯之女

贵族、贵妇、军官、兵士、教士、水手、使者及侍从等
哈姆雷特父亲的鬼魂

地　点
艾尔西诺

第一幕

第一场　艾尔西诺。城堡前的露台

　　　　弗兰西斯科立台上守望。勃那多自对面上。

勃那多　那边是谁？

弗兰西斯科　不，你先回答我；站住，告诉我你是什么人。

勃那多　国王万岁！

弗兰西斯科　勃那多吗？

勃那多　正是。

弗兰西斯科　你来得很准时。

勃那多　现在已经打过十二点钟；你去睡吧，弗兰西斯科。

弗兰西斯科　谢谢你来替我；天冷得厉害，我心里也老大不舒服。

勃那多　你守在这儿，一切都很安静吗？

弗兰西斯科　一只小老鼠也不见走动。

勃那多　好，晚安！要是你碰见霍拉旭和马西勒斯，我的守夜的伙伴们，就叫他们赶紧来。

弗兰西斯科　我想我听见了他们的声音。喂，站住！你是谁？

　　　　霍拉旭及马西勒斯上。

霍拉旭　都是自己人。

马西勒斯　丹麦王的臣民。

弗兰西斯科　祝你们晚安！

马西勒斯　啊！再会，正直的军人！谁替了你？

弗兰西斯科　勃那多接我的班。祝你们晚安！（下。）

马西勒斯　喂！勃那多！

勃那多　喂，——啊！霍拉旭也来了吗？

霍拉旭　有这么一个他。

勃那多　欢迎，霍拉旭！欢迎，好马西勒斯！

马西勒斯　什么！这东西今晚又出现过了吗？

勃那多　我还没有瞧见什么。

马西勒斯　霍拉旭说那不过是我们的幻想。我告诉他我们已经两次看见过这一个可怕的怪象，他总是不肯相信；所以我请他今晚也来陪我们守一夜，要是这鬼魂再出来，就可以证明我们并没有看错，还可以叫他和它说几句话。

霍拉旭　嘿，嘿，它不会出现的。

勃那多　先请坐下；虽然你一定不肯相信我们的故事，我们还是要把我们这两夜来所看见的情形再向你絮叨一遍。

霍拉旭　好，我们坐下来，听听勃那多怎么说。

勃那多　昨天晚上，北极星西面的那颗星已经移到了它现在吐射光辉的地方，时钟刚敲了一点，马西勒斯跟我两个人——

马西勒斯　住声！不要说下去；瞧，它又来了！

　　　　　鬼魂上。

勃那多　正像已故的国王的模样。

马西勒斯　你是有学问的人，去和它说话，霍拉旭。

勃那多　它的样子不像已故的国王吗？看，霍拉旭。

霍拉旭　像得很；它使我心里充满了恐怖和惊奇。

勃那多　它希望我们对它说话。

马西勒斯　你去问它，霍拉旭。

霍拉旭　你是什么鬼怪，胆敢僭窃丹麦先王出征时的神武的雄姿，在这样深夜的时分出现？凭着上天的名义，我命令你说话！

马西勒斯　它生气了。

勃那多　瞧，它昂然不顾地走开了！

霍拉旭　不要走！说呀，说呀！我命令你，快说！（鬼魂下。）

马西勒斯　它走了，不愿回答我们。

勃那多　怎么，霍拉旭！你在发抖，你的脸色这样惨白。这不是幻想吧？你有什么高见？

霍拉旭　凭上帝起誓，倘不是我自己的眼睛向我证明，我再也不会相信这样的怪事。

马西勒斯　它不像我们的国王吗？

霍拉旭　正和你像你自己一样。它身上的那副战铠，就是它讨伐野心的挪威王的时候所穿的；它脸上的那副怒容，活像它有一次在谈判决裂以后把那些乘雪车的波兰人击溃在冰上的时候的神气。怪事怪事！

马西勒斯　前两次它也是这样不先不后地在这个静寂的时辰，用军人的步态走过我们的眼前。

霍拉旭　我不知道究竟应该怎样想法；可是大概推测起来，这恐怕预兆着我们国内将要有一番非常的变故。

马西勒斯　好吧，坐下来。谁要是知道的，请告诉我，为什么我们要有这样森严的戒备，使全国的军民每夜不得安息；为什么每天都在制造铜炮，还要向国外购买战具；为什么征集大批造船匠，连星期日也不停止工作；这样夜以继日地辛苦忙碌，究竟为了什么？谁能告诉我？

霍拉旭　我可以告诉你；至少一般人都是这样传说。刚才它的形象还向我们出现的那位已故的王上，你们知道，曾经接受骄矜好胜的挪威的福丁布拉斯的挑战；在那一次决斗中间，我们的勇武的哈姆雷特，——他的英名是举世称颂的——把福丁布拉斯杀死了；按照双方根据法律和骑士精神所订立的协定，福丁布拉斯要是战败了，除了他自己的生命以外，必须把他所有的一切土地拨归胜利的一方；同时我们的王上也提出相当的土地作为赌注，要是福丁布拉斯得胜了，那土地也就归他所有，正像在同一协定上所规定的，他失败了，哈姆雷特可以把他的土地没收一样。现在要说起那位福丁布拉斯的儿子，他生得一副未经锻炼的烈火也似的性格，在挪威四境召集了一群无赖之徒，供给他们衣食，驱策他们去干冒险的勾当，好叫他们显一显身手。他的唯一的目的，我们的当局看得很清楚，无非是要用武力和强迫性的条件，夺回他父亲所丧失的土地。照我所知道的，这就是我们种种准备的主要动机，我们这样戒备的唯一原因，也是全国所以这样慌忙骚乱的缘故。

勃那多 我想正是为了这个缘故。我们那位王上在过去和目前的战乱中间，都是一个主要的角色，所以无怪他的武装的形象要向我们出现示警了。

霍拉旭 那是扰乱我们心灵之眼的一点微尘。从前在富强繁盛的罗马，在那雄才大略的裘力斯·凯撒遇害以前不久，披着殓衾的死人都从坟墓里出来，在街道上啾啾鬼语，星辰拖着火尾，露水带血，太阳变色，支配潮汐的月亮被吞蚀得像一个没有起色的病人；这一类预报重大变故的朕兆，在我们国内的天上地下也已经屡次出现了。可是不要响！瞧！瞧！它又来了！

　　　　　鬼魂重上。

霍拉旭 我要挡住它的去路，即使它会害我。不要走，鬼魂！要是你能出声，会开口，对我说话吧；要是我有可以为你效劳之处，使你的灵魂得到安息，那么对我说话吧；要是你预知祖国的命运，靠着你的指示，也许可以及时避免未来的灾祸，那么对我说话吧；或者你在生前曾经把你搜括得来的财宝埋藏在地下，我听见人家说，鬼魂往往在他们藏金的地方徘徊不散，（鸡啼）要是有这样的事，你也对我说吧；不要走，说呀！拦住它，马西勒斯。

马西勒斯　要不要我用我的戟刺它？

霍拉旭　好的，要是它不肯站定。

勃那多　它在这儿！

霍拉旭　它在这儿！（鬼魂下。）

马西勒斯　它走了！我们不该用暴力对待这样一个尊严的亡魂；因为它是像空气一样不可侵害的，我们无益的打击不过是恶意的徒劳。

勃那多　它正要说话的时候，鸡就啼了。

霍拉旭　于是它就像一个罪犯听到了可怕的召唤似的惊跳起来。我听人家说，报晓的雄鸡用它高锐的啼声，唤醒了白昼之神，一听到它的警告，那些在海里、火里、地下、空中到处浪游的有罪的灵魂，就一个个钻回自己的巢穴里去；这句话现在已经证实了。

马西勒斯　那鬼魂正是在鸡鸣的时候隐去的。有人说，在我们每次欢庆圣诞之前不久，这报晓的鸟儿总会彻夜长鸣；那时候，他们说，没有一个鬼魂可以出外行走，夜间的空气非常清净，没有一颗星用毒光射人，没有一个神仙用法术迷人，妖巫的符咒也失去了力量，一切都是圣洁而美好的。

霍拉旭　我也听人家这样说过，倒有几分相信。可是瞧，清晨披着赤褐色的外衣，已经踏着那边东方高山上的露水走过来了。

我们也可以下班了。照我的意思，我们应该把我们今夜看见的事情告诉年轻的哈姆雷特；因为凭着我的生命起誓，这一个鬼魂虽然对我们不发一言，见了他一定有话要说。你们以为按着我们的交情和责任说起来，是不是应当让他知道这件事情？

马西勒斯　很好，我们决定去告诉他吧；我知道今天早上在什么地方最容易找到他。（同下。）

第二场　城堡中的大厅

国王、王后、哈姆雷特、波洛涅斯、雷欧提斯、伏提曼德、考尼律斯、群臣、侍从等上。

国王　虽然我们亲爱的王兄哈姆雷特新丧未久，我们的心里应当充满了悲痛，我们全国都应当表示一致的哀悼，可是我们凛于后死者责任的重大，不能不违情逆性，一方面固然要用适度的悲哀纪念他，一方面也要为自身的利害着想；所以，在一种悲喜交集的情绪之下，让幸福和忧郁分据了我的两眼，殡葬的挽歌和结婚的笙乐同时并奏，用盛大的喜乐抵消沉重的不幸，我已经和我旧日的长嫂，当今的王后，这一个多事之国的共同的统治者，结为夫妇；这一次婚姻事先曾经征求各位的意见，多承你们诚意的赞助，这是我必须向大家致谢的。现在我要告诉你们知道，年轻的福丁布拉斯看轻了我们的实力，也许他以为自从我们亲爱的王兄驾崩以后，我们的国家已经瓦解，所以挟着他的从中取利的梦想，不断向我们书面要求把他的父亲依法割让给我们英勇的王兄的土地归还。这是他一方面的话。现在要讲到我们的态度和今天召集各位来此的目的。我们的对策是这样的：我这儿已经写好了一封信给挪威国王，年轻的福丁布拉斯的叔父——他因为卧病在床，不曾与闻他侄子的企图——在信里我请他注意他的侄子擅自在国内征募壮丁，训练士卒，积极进行各种准备的事实，要求他从速制止他的进一步的行动；现在我就派遣你，考尼律斯，还有你，伏提曼德，替我把这封信送给挪威老王，除了训令上所规定的条件以外，你们不得僭用你们的权力，和挪威成立逾越范围的妥协。你们赶紧去吧，再会！

考尼律斯 & 伏提曼德　我们敢不尽力执行陛下的旨意。

国王　我相信你们的忠心；再会！（伏提曼德、考尼律斯同下）现在，雷欧提斯，你有什么话说？你对我说你有一个请求；是什么请求，雷欧提斯？只要是合理的事情，你向丹麦王说了，他总不会不答应你。你有什么要求，雷欧提斯，不是你未开口我就自动许给了你？丹麦王室和你父亲的关系，正像头脑之于心灵一样密切；丹麦国王乐意为你父亲效劳，正像双手乐于为嘴服役一样。你要些什么，雷欧提斯？

雷欧提斯　陛下，我要请求您允许我回到法国去。这一次我回国参加陛下加冕的盛典，略尽臣子的微忱，实在是莫大的荣幸；可是现在我的任务已尽，我的心愿又向法国飞驰，但求陛下开恩允准。

国王　你父亲已经答应你了吗？波洛涅斯怎么说？

波洛涅斯　陛下，我却不过他几次三番的恳求，已经勉强答应他了；请陛下放他去吧。

国王　好好利用你的时间，雷欧提斯，尽情发挥你的才能吧！可是来，我的侄儿哈姆雷特，我的孩子——

哈姆雷特　（旁白）超乎寻常的亲族，漠不相干的路人。

国王　为什么愁云依旧笼罩在你的身上？

哈姆雷特　不，陛下；我已经在太阳里晒得太久了。

王后　好哈姆雷特，抛开你阴郁的神气吧，对丹麦王应该和颜悦色一点；不要老是垂下了眼皮，在泥土之中找寻你的高贵的父亲。你知道这是一件很普通的事情，活着的人谁都要死去，从生活踏进永久的宁静。

哈姆雷特　嗯，母亲，这是一件很普通的事情。

王后　既然是很普通的，那么你为什么瞧上去好像老是这样郁郁于心呢？

哈姆雷特　好像，母亲！不，是这样就是这样，我不知道什么"好像"不"好像"。好妈妈，我的墨黑的外套、礼俗上规定的丧服、难以吐出来的叹气、像滚滚江流一样的眼泪、悲苦沮丧的脸色，以及一切仪式、外表和忧伤的流露，都不能表示出我的真实的情绪。这些才真是给人瞧的，因为谁也可以做作成这种样子。它们不过是悲哀的装饰和衣服；可是我的郁结的心事却是无法表现出来的。

国王　哈姆雷特，你这样孝思不匮，原是你天性中纯笃过人之处；可是你要知道，你的父亲也曾失去过一个父亲，那失去的父亲自己也失去过父亲；那后死的儿子为了尽他的孝道，必须有一个时期服丧守制，然而固执不变的哀伤，却是一种逆天悖理的愚行，不是堂堂男子所应有的举动；它表现出一个不肯安于天命的意志，一个经不起艰难痛苦的心，一个缺少忍耐的头脑和一个简单愚昧的理性。既然我们知道那是无可避免的事，无论谁都要遭遇到同样的经验，那么我们为什么要这样固执地把它介介于怀呢？嘿！那是对上天的罪戾，对死者的罪戾，也是违反人情的罪戾；在理智上它是完全荒谬的，因为从第一个死了的父亲起，直到今天死去的最后一个父亲为止，理智永远在呼喊，"这是无可避免的。"我请你抛弃了这种无益的悲伤,把我当作你的父亲;因为我要让全世界知道,你是王位的直接的继承者,我要给你的尊荣和恩宠,不亚于一个最慈爱的父亲之于他的儿子。至于你要回到威登堡去继续求学的意思,那是完全违反我们的愿望的;请你听从我的劝告,不要离开这里,在朝廷上领袖群臣,做我们最亲近的国亲和王子,使我们因为每天能看见你而感到欢欣。

王后　不要让你母亲的祈求全归无用,哈姆雷特;请你不要离开我们,不要到威登堡去。

哈姆雷特　我将要勉力服从您的意志,母亲。

国王　啊,那才是一句有孝心的答复;你将在丹麦享有和我同等的尊荣。御妻,来。哈姆雷特这一种自动的顺从使我非常高兴;为了表示庆祝,今天丹麦王每一次举杯祝饮的时候,都要放一响高入云霄的祝炮,让上天应和着地上的雷鸣,发出欢乐的回声。来。(除哈姆雷特外均下。)

哈姆雷特　啊,但愿这一个太坚实的肉体会融解、消散,化成一堆露水!或者那永生的真神未曾制定禁止自杀的律法!上帝啊!上帝啊!人世间的一切在我看来是多么可厌、陈腐、乏味而无聊!哼!哼!那是一个荒芜不治的花园,长满了恶毒的莠草。想不到居然会有这种事情!刚死了两个月!不,两个月还不满!这样好的一个国王,比起当前这个来,简直是天神和丑怪;这样爱我的母亲,甚至于不愿让天风吹痛了她的脸。天地呀!我必须记着吗?嘿,她会偎依在他的身旁,好像吃了美味的食物,格外促进了食欲一般;可是,只有一个月的时间,我不能再想下去了!脆弱啊,你的名字就是女人!短短的一个月以前,她哭得像个泪人儿似的,送我那可怜的父亲下葬;她在送葬的时候所穿的那双鞋子还没有破旧,她就,她就——上帝啊!一头没有理性的畜生也要悲伤得长久一些——她就嫁给我的叔父,我的父亲的弟弟,可是他一点不像我的父亲,正像我一点不像赫拉克勒斯一样。只有一个月的时间,她那流着虚伪之泪的眼睛还没有消去红肿,她就嫁了人了。啊,罪恶的匆促,这样迫不及待地钻进了乱伦的衾被!那不是好事,也不会有好结果;可是碎了吧,我的心,因为我必须噤住我的嘴!

霍拉旭、马西勒斯、勃那多同上。

霍拉旭　祝福,殿下!

哈姆雷特　我很高兴看见你身体健康。你不是霍拉旭吗?绝对没有错。

霍拉旭　正是,殿下;我永远是您的卑微的仆人。

哈姆雷特　不,你是我的好朋友;我愿意和你朋友相称。你怎么不在威登堡,霍拉旭?马西勒斯!

马西勒斯　殿下——

哈姆雷特　我很高兴看见你。(向勃那多)你好,朋友。——可是你究竟为什么离开威登堡?

霍拉旭　无非是偷闲躲懒罢了,殿下。

哈姆雷特　我不愿听见你的仇敌说这样的话,你也不能用这样的话刺痛我的耳朵,使它相信你对你自己所做的诽谤;我知道你不是一个偷闲躲懒的人。可是你到艾尔西诺来有什么事?趁你未去之前,我们要陪你痛饮几杯哩。

霍拉旭　殿下,我是来参加您的父王的葬礼的。

哈姆雷特　请你不要取笑,我的同学;我想你是来参加我的母后的婚礼的。

霍拉旭　真的,殿下,这两件事情相去得太近了。

哈姆雷特　这是一举两便的方法,霍拉旭!葬礼中剩下来的残羹冷炙,正好宴请婚筵上的宾客。霍拉旭,我宁愿在天上遇见我的最痛恨的仇人，也不愿看到那样的一天！我的父亲，我仿佛看见我的父亲。

霍拉旭　啊，在什么地方，殿下？

哈姆雷特　在我的心灵的眼睛里，霍拉旭。

霍拉旭　我曾经见过他一次；他是一位很好的君王。

哈姆雷特　他是一个堂堂男子；整个说起来，我再也见不到像他那样的人了。

霍拉旭　殿下，我想我昨天晚上看见他。

哈姆雷特　看见谁？

霍拉旭　殿下，我看见您的父王。

哈姆雷特　我的父王！

霍拉旭　不要吃惊，请您静静地听我把这件奇事告诉您，这两位可以替我做见证。

哈姆雷特　看在上帝的分上，讲给我听。

霍拉旭　这两位朋友，马西勒斯和勃那多，在万籁俱寂的午夜守望的时候，曾经连续两夜看见一个自顶至踵全身甲胄，像您父亲一样的人形，在他们的面前出现，用庄严而缓慢的步伐走过他们的身边。在他们惊奇骇愕的眼前，它三次走过去，它手里所握的鞭杖可以碰到他们的身上；他们吓得几乎浑身都瘫痪了，只是呆立着不动，一句话也没有对它说。怀着惴惧的心情，他们把这件事悄悄地告诉了我，我就在第三夜陪着他们一起守望；正像他们所说的一样，那鬼魂又出现了，出现的时间和它的形状，证实了他们的每一个字都是正确的。我认识您的父亲；那鬼魂是那样酷肖它的生前，我这两手也不及他们彼此的相似。

哈姆雷特　可是这是在什么地方？

马西勒斯　殿下，就在我们守望的露台上。

哈姆雷特　你们有没有和它说话?

霍拉旭　殿下,我说了,可是它没有回答我;不过有一次我觉得它好像抬起头来,像要开口说话似的,可是就在那时候,晨鸡高声啼了起来,它一听见鸡声,就很快地隐去不见了。

哈姆雷特　这很奇怪。

霍拉旭　凭着我的生命起誓,殿下,这是真的;我们认为按着我们的责任,应该让您知道这件事。

哈姆雷特　不错,不错,朋友们;可是这件事情很使我迷惑。你们今晚仍旧要去守望吗?

马西勒斯 & 勃那多　是,殿下。

哈姆雷特　你们说它穿着甲胄吗?

马西勒斯 & 勃那多　是,殿下。

哈姆雷特　从头到脚?

马西勒斯 & 勃那多　从头到脚,殿下。

哈姆雷特　那么你们没有看见它的脸吗?

霍拉旭　啊,看见的,殿下;它的脸甲是掀起的。

哈姆雷特　怎么,它瞧上去像在发怒吗?

霍拉旭　它的脸上悲哀多于愤怒。

哈姆雷特　它的脸色是惨白的还是红红的?

霍拉旭　非常惨白。

哈姆雷特　它把眼睛注视着你吗?

霍拉旭　它直盯着我瞧。

哈姆雷特　我真希望当时我也在场。

霍拉旭　那一定会使您吃惊万分。

哈姆雷特　多半会的,多半会的。它停留得长久吗?

霍拉旭　大概有一个人用不快不慢的速度从一数到一百的那段时间。

马西勒斯 & 勃那多　还要长久一些,还要长久一些。

霍拉旭　我看见它的时候,不过这么久。

哈姆雷特　它的胡须是斑白的吗?

霍拉旭　是的,正像我在它生前看见的那样,乌黑的胡须里略有几根变成白色。

哈姆雷特　我今晚也要守夜去;也许它还会出来。

霍拉旭　我可以担保它一定会出来。

哈姆雷特　要是它借着我的父王的形貌出现,即使地狱张开嘴来,叫我不要作声,我也一定要对它说话。要是你们到现在还没有把你们所看见的告诉别人,那么我要请求你们大家继续保持沉默;无论今夜发生什么事情,都请放在心里,不要在口舌之间泄露出去。我一定会报答你们的忠诚。好,再会;今晚十一点钟到十二点钟之间,我要到露台上来看你们。

众人　我们愿意为殿下尽忠。

哈姆雷特　让我们彼此保持着不渝的交情;再会!(霍拉旭、马西勒斯、勃那多同下)我父亲的灵魂披着甲胄!事情有些不妙;我想这里面一定有奸人的恶计。但愿黑夜早点到来!静静地等着吧,我的灵魂;罪恶的行为总有一天会发现,虽然地上所有的泥土把它们遮掩。(下。)

第三场　波洛涅斯家中一室

雷欧提斯及奥菲利娅上。

雷欧提斯　我需要的物件已经装在船上,再会了;妹妹,在好风给人方便、船只来往无阻的时候,不要贪睡,让我听见你的消息。

奥菲利娅　你还不相信我吗？

雷欧提斯　对于哈姆雷特和他的调情献媚，你必须把它认作年轻人一时的感情冲动，一朵初春的紫罗兰早熟而易凋，馥郁而不能持久，一分钟的芬芳和喜悦，如此而已。

奥菲利娅　不过如此吗？

雷欧提斯　不过如此；因为一个人成长的过程，不仅是肌肉和体格的增强，而且随着身体的发展，精神和心灵也同时扩大。也许他现在爱你，他的真诚的意志是纯洁而不带欺诈的；可是你必须留心，他有这样高的地位，他的意志并不属于他自己，因为他自己也要被他的血统所支配；他不能像一般庶民一样为自己选择，因为他的决定足以影响到整个国本的安危，他是全身的首脑，他的选择必须得到各部分肢体的同意；所以要是他说，他爱你，你不可贸然相信，应该明白：照他的身份地位说来，他要想把自己的话付诸实现，决不能越出丹麦国内普遍舆论所同意的范围。你再想一想，要是你用过于轻信的耳朵倾听他的歌曲，让他攫走了你的心，在他的狂妄的渎求之下，打开了你的宝贵的童贞，那时候你的名誉将要蒙受多大的损失。留心，奥菲利娅，留心，我的亲爱的妹妹，不要放纵你的爱情，不要让欲望的利箭把你射中。一个自爱的女郎，若是向月亮显露她的美貌就算是极端放荡了；圣贤也不能逃避谗口的中伤；春天的草木往往还没有吐放它们的蓓蕾，就被蛀虫蠹蚀；朝露一样晶莹的青春，常常会受到罡风的吹打。所以留心吧，戒惧是最安全的方策；即使没有旁人的诱惑，少年的血气也要向他自己叛变。

奥菲利娅　我将要记住你这个很好的教训，让它看守着我的心。可是，我的好哥哥，你不要像有些坏牧师一样，指点我上天去的险峻的荆棘之途，自己却在花街柳巷流连忘返，忘记了自己的箴言。

雷欧提斯　啊！不要为我担心。我耽搁得太久了；可是父亲来了。

　　　　　波洛涅斯上。

雷欧提斯　两度的祝福是双倍的福分；第二次的告别是格外可喜的。

波洛涅斯　还在这儿，雷欧提斯！上船去，上船去，真好意思！风息在帆顶上，人家都在等着你哩。好，我为你祝福！还有几句教训，希望你铭刻在记忆之中：不要想到什么就说什么，凡事必须三思而行。对人要和气，可是不要过分狎昵。相知有素的朋友，应该用钢圈箍在你的灵魂上，可是不要对每一个泛泛的新知滥施你的交情。留心避免和人家争吵；可是万一争端已起，就应该让对方知道你不是可以轻侮的。倾听每一个人的意见，可是只对极少数人发表你的意见；接受每一个人的批评，可是保留你自己的判断。尽你的财力购制贵重的衣服，可是不要炫新立异，必须富丽而不浮艳，因为服装往往可以表现人格；法国的名流要人，就是在这点上显得最高尚，与众不同。不要向人告贷，也不要借钱给人；因为债款放了出去，往往不但丢了本钱，而且还失去了朋友；向人告贷的结果，容易养成因循懒惰的习惯。尤其要紧的，你必须对你自己忠实；正像有了白昼才有黑夜一样，对自己忠实，才不会对别人欺诈。再会；愿我的祝福使这一番话在你的行事中奏效！

雷欧提斯　父亲，我告别了。

波洛涅斯　时候不早了；去吧，你的仆人都在等着。

雷欧提斯　再会，奥菲利娅，记住我对你说的话。

奥菲利娅　你的话已经锁在我的记忆里，那钥匙你替我保管着吧。

雷欧提斯　再会！（下。）

波洛涅斯　奥菲利娅，他对你说些什么话？

奥菲利娅　回父亲的话,我们刚才谈起哈姆雷特殿下的事情。

波洛涅斯　嗯,这是应该考虑一下的。听说他近来常常跟你在一起,你也从来不拒绝他的求见;要是果然有这种事——人家这样告诉我,也无非是叫我注意的意思——那么我必须对你说,你还没有懂得你做了我的女儿,按照你的身份,应该怎样留心你自己的行动。究竟在你们两人之间有些什么关系?老实告诉我。

奥菲利娅　父亲,他最近曾经屡次向我表示他的爱情。

波洛涅斯　爱情!呸!你讲的话完全像是一个不曾经历过这种危险的不懂事的女孩子。你相信你所说的他的那种表示吗?

奥菲利娅　父亲,我不知道我应该怎样想才好。

波洛涅斯　好,让我来教你;你应该这样想,你是一个毛孩子,竟然把这些假意的表示当作了真心的奉献。你应该"表示"出一番更大的架子,要不然——就此打住吧,这个可怜的字眼被我使唤得都快断气了——你就"表示"你是个十足的傻瓜。

奥菲利娅　父亲,他向我求爱的态度是很光明正大的。

波洛涅斯　不错,那只是态度;算了,算了。

奥菲利娅　而且,父亲,他差不多用尽一切指天誓日的神圣的盟约,证实他的言语。

波洛涅斯　嗯,这些都是捕捉愚蠢的山鹬的圈套。我知道在热情燃烧的时候,一个人无论什么盟誓都会说出口来;这些火焰,女儿,是光多于热的,刚刚说出口就会光消焰灭,你不能把它们当作真火看待。从现在起,你还是少露一些你的女儿家的脸;你应该抬高身价,不要让人家以为你是可以随意呼召的。对于哈姆雷特殿下,你应该这样想,他是个年轻的王子,他比你在行动上有更大的自由。总而言之,奥菲利娅,不要相信他的盟誓,它们不过是淫媒,内心的颜色和服装完全不一样，只晓得诱人干一些龌龊的勾当，正像道貌岸然大放厥词的鸨母，只求达到骗人的目的。我的言尽于此，简单一句话，从现在起，我不许你一有空闲就跟哈姆雷特殿下聊天。你留点儿神吧；进去。

奥菲利娅　我一定听从您的话，父亲。（同下。）

第四场　露台

哈姆雷特、霍拉旭及马西勒斯上。

哈姆雷特　风吹得人怪痛的，这天气真冷。
霍拉旭　是很凛冽的寒风。
哈姆雷特　现在什么时候了？
霍拉旭　我想还不到十二点。
马西勒斯　不，已经打过了。
霍拉旭　真的？我没有听见；那么鬼魂出现的时候快要到了。

（内喇叭奏花腔及鸣炮声）这是什么意思，殿下？

哈姆雷特　王上今晚大宴群臣，作通宵的醉舞；每次他喝下了一杯葡萄美酒，铜鼓和喇叭便吹打起来，欢祝万寿。
霍拉旭　这是向来的风俗吗？
哈姆雷特　嗯，是的。可是我虽然从小就熟习这种风俗，我却以为把它破坏了倒比遵守它还体面些。这一种酗酒纵乐的风俗，使我们在东西各国受到许多非议；他们称我们为酒徒醉汉，将下流的污名加在我们头上，使我们各项伟大的成就都因此而大为减色。在个人方面也常常是这样，由于品性上有某些丑恶的瘢痣；或者是天生的——这就不能怪本人，因为天性不能由自己选择；或者是某种脾气发展到反常地步，冲破了理智的约束和防卫；或者是某种习惯玷污了原来令人喜爱的举止；这些人只要带着上述一种缺点的烙印——天生的标记或者偶然的机缘——不管在其余方面他们是如何圣洁，如何具备一个人所能有的无限美德，由于那点特殊的毛病，在世人的非议中也会感染溃烂；少量的邪恶足以勾销全部高贵的品质，害得人声名狼藉。

鬼魂上。

霍拉旭　　瞧，殿下，它来了！

哈姆雷特　　天使保佑我们！不管你是一个善良的灵魂或是万恶的妖魔，不管你带来了天上的和风或是地狱中的罡风，不管你的来意好坏，因为你的形状是这样引起我的怀疑，我要对你说话；我要叫你哈姆雷特，君王，父亲！尊严的丹麦先王，啊，回答我！不要让我在无知的蒙昧里抱恨终天；告诉我为什么你的长眠的骸骨不安窀穸，为什么安葬着你的遗体的坟墓张开它的沉重的大理石的两颚，把你重新吐放出来。你这已死的尸体这样全身甲胄，出现在月光之下，使黑夜变得这样阴森，使我们这些为造化所玩弄的愚人由于不可思议的恐怖而心惊胆战，究竟是什么意思呢？说，这是为了什么？你要我们怎样？（鬼魂向哈姆雷特招手。）

霍拉旭　　它招手叫您跟着它去，好像它有什么话要对您一个人说似的。

马西勒斯　　瞧，它用很有礼貌的举动，招呼您到一个僻远的所在去；可是别跟它去。

霍拉旭　　千万不要跟它去。

哈姆雷特　　它不肯说话；我还是跟它去。

霍拉旭　　不要去，殿下。

哈姆雷特　　嗨，怕什么呢？我把我的生命看得不值一枚针；至于我的灵魂，那是跟它自己同样永生不灭的，它能够加害它吗？它又在招手叫我前去了；我要跟它去。

霍拉旭　殿下，要是它把您诱到潮水里去，或者把您领到下临大海的峻峭的悬崖之巅，在那边它现出了狰狞的面貌，吓得您丧失理智，变成疯狂，那可怎么好呢？您想，无论什么人一到了那样的地方，望着下面千仞的峭壁，听见海水奔腾的怒吼，即使没有别的原因，也会起穷凶极恶的怪念的。

哈姆雷特　它还在向我招手。去吧，我跟着你。

马西勒斯　您不能去，殿下。

哈姆雷特　放开你们的手！

霍拉旭　听我们的劝告，不要去。

哈姆雷特　我的运命在高声呼喊，使我全身每一根微细的血管都变得像怒狮的筋骨一样坚硬。（鬼魂招手）它仍旧在招我去。放开我，朋友们；（挣脱二人之手）凭着上天起誓，谁要是拉住我，我要叫他变成一个鬼！走开！去吧，我跟着你。（鬼魂及哈姆雷特同下。）

霍拉旭　幻想占据了他的头脑，使他不顾一切。

马西勒斯　让我们跟上去；我们不应该服从他的话。

霍拉旭　那么跟上去吧。这种事情会引出些什么结果来呢？

马西勒斯　丹麦国里恐怕有些不可告人的坏事。

霍拉旭　上帝的旨意支配一切。

马西勒斯　得了，我们还是跟上去吧。（同下。）

第五场　露台的另一部分

鬼魂及哈姆雷特上。

哈姆雷特　你要领我到什么地方去？说；我不愿再前进了。

鬼魂　听我说。

哈姆雷特　我在听着。

鬼魂　我的时间快到了，我必须再回到硫黄的烈火里去受煎熬的痛苦。

哈姆雷特　唉，可怜的亡魂！

鬼魂　不要可怜我，你只要留心听着我要告诉你的话。

哈姆雷特　说吧；我自然要听。

鬼魂　你听了以后，也自然要替我报仇。

哈姆雷特　什么？

鬼魂　我是你父亲的灵魂，因为生前孽障未尽，被判在晚间游行地上，白昼忍受火焰的烧灼，必须经过相当的时期，等生前的过失被火焰净化以后，方才可以脱罪。若不是因为我不能违犯禁令，泄露我的狱中的秘密，我可以告诉你一桩事，最轻微的几句话，都可以使你魂飞魄散，使你年轻的血液凝冻成冰，使你的双眼像脱了轨道的星球一样向前突出，使你的纠结的鬈发根根分开，像愤怒的豪猪身上的刺毛一样森然耸立；可是这一种永恒的神秘，是不能向血肉的凡耳宣示的。听着，听着，啊，听着！要是你曾经爱过你的亲爱的父亲——

哈姆雷特　上帝啊！

鬼魂　你必须替他报复那逆伦惨恶的杀身的仇恨。

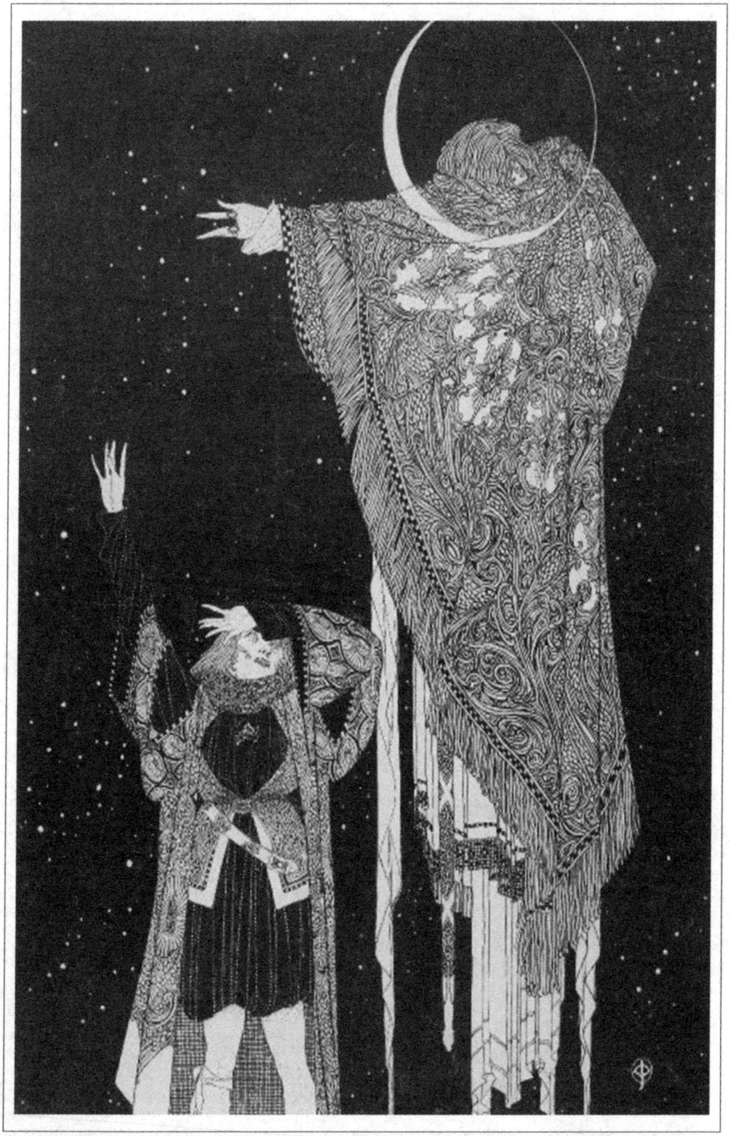

哈姆雷特　杀身的仇恨！

鬼魂　杀人是重大的罪恶；可是这一件谋杀的惨案，更是骇人听闻而逆天害理的罪行。

哈姆雷特　赶快告诉我，让我驾着像思想和爱情一样迅速的翅膀，飞去把仇人杀死。

鬼魂　我的话果然激动了你；要是你听见了这种事情而漠然无动于衷，那你除非比舒散在忘河之滨的蔓草还要冥顽不灵。现在，哈姆雷特，听我说；一般人都以为我在花园里睡觉的时候，一条蛇来把我螫死，这一个虚构的死状，把丹麦全国的人都骗过了；可是你要知道，好孩子，那毒害你父亲的蛇，头上戴着王冠呢。

哈姆雷特　啊，我的预感果然是真的！我的叔父！

鬼魂　嗯，那个乱伦的、奸淫的畜生，他有的是过人的诡诈，天赋的奸恶，凭着他的阴险的手段，诱惑了我的外表上似乎非常贞淑的王后，满足他的无耻的兽欲。啊，哈姆雷特，那是一个多么卑鄙无耻的背叛！我的爱情是那样纯洁真诚，始终信守着我在结婚的时候对她所做的盟誓；她却会对一个天赋的才德远不如我的恶人降心相从！可是正像一个贞洁的女子，虽然淫欲罩上神圣的外表，也不能把她煽动一样，一个淫妇虽然和光明的天使为偶，也会有一天厌倦于天上的唱随之乐，而宁愿搂抱人间的朽骨。可是且慢！我仿佛嗅到了清晨的空气；让我把话说得简短一些。当我按照每天午后的惯例，在花园里睡觉的时候，你的叔父乘我不备，悄悄溜了进来，拿着一个盛着毒草汁的小瓶，把一种使人麻痹的药水注入我的耳腔之内，那药性发作起来，会像水银一样很快地流过全身的大小血管，像酸液滴进牛乳一般把淡薄而健全的血液凝结起来；它一进入我的身体，我全身光滑的皮肤上便立刻发生无数疱疹,像害着癞病似的满布着可憎的鳞片。这样,我在睡梦之中,被一个兄弟同时夺去了我的生命、我的王冠和我的王后;甚至于不给我一个忏悔的机会,使我在没有领到圣餐也没有受过临终涂膏礼以前,就一无准备地负着我的全部罪恶去对簿阴曹。可怕啊,可怕!要是你有天性之情,不要默尔而息,不要让丹麦的御寝变成了藏奸养逆的卧榻;可是无论你怎样进行复仇,不要胡乱猜疑,更不可对你的母亲有什么不利的图谋,她自会受到上天的裁判,和她自己内心中的荆棘的刺戳。现在我必须去了!萤火的微光已经开始暗淡下去,清晨快要到来了;再会,再会!哈姆雷特,记着我。(下。)

哈姆雷特　天上的神明啊!地啊!再有什么呢?我还要向地狱呼喊吗?啊,呸!忍着吧,忍着吧,我的心!我的全身的筋骨,不要一下子就变成衰老,支持着我的身体呀!记着你!是的,我可怜的亡魂,当记忆不曾从我这混乱的头脑里消失的时候,我会记着你的。记着你!是的,我要从我的记忆的碑版上,拭去一切琐碎愚蠢的记录、一切书本上的格言、一切陈言套语、一切过去的印象、我的少年的阅历所留下的痕迹,只让你的命令留在我的脑筋的书卷里,不掺杂一些下贱的废料;是的,上天为我做证!啊,最恶毒的妇人!啊,奸贼,奸贼,脸上堆着笑的万恶的奸贼!我的记事簿呢?我必须把它记下来:一个人可以尽管满面都是笑,骨子里却是杀人的奸贼;至少我相信在丹麦是这样的。(写字)好,叔父,我把你写下来了。现在我要记下我的座右铭那是,"再会,再会!记着我。"我已经发过誓了。

霍拉旭　(在内)殿下!殿下!

马西勒斯　(在内)哈姆雷特殿下!

霍拉旭　(在内)上天保佑他!

马西勒斯　（在内）但愿如此！

霍拉旭　（在内）喂，呵，呵，殿下！

哈姆雷特　喂，呵，呵，孩儿！来，鸟儿，来。

　　　　　霍拉旭及马西勒斯上。

马西勒斯　怎样，殿下！

霍拉旭　有什么事，殿下？

哈姆雷特　啊！奇怪！

霍拉旭　好殿下，告诉我们。

哈姆雷特　不，你们会泄露出去的。

霍拉旭　不，殿下，凭着上天起誓，我一定不泄露。

马西勒斯　我也一定不泄露，殿下。

哈姆雷特　那么你们说，哪一个人会想得到有这种事？可是你们能够保守秘密吗？

霍拉旭＆马西勒斯　是，上天为我们做证，殿下。

哈姆雷特　全丹麦从来不曾有哪一个奸贼不是一个十足的坏人。

霍拉旭　殿下，这样一句话是用不着什么鬼魂从坟墓里出来告诉我们的。

哈姆雷特　啊，对了，你说得有理；所以，我们还是不必多说废话，大家握握手分开了吧。你们可以去照你们自己的意思干你们自己的事——因为各人都有各人的意思和各人的事，这是实际情况——至于我自己，那么我对你们说，我是要祈祷去的。

霍拉旭　殿下，您这些话好像有些疯疯癫癫似的。

哈姆雷特　我的话得罪了你，真是非常抱歉；是的，我从心底里抱歉。

霍拉旭　谈不上得罪，殿下。

哈姆雷特　不，凭着圣伯特力克①的名义，霍拉旭，谈得上，而且罪还不小呢。讲到这一个幽灵，那么让我告诉你们，它是一个老实的亡魂；你们要是想知道它对我说了些什么话，我只好请你们暂时不必动问。现在，好朋友们，你们都是我的朋友，都是学者和军人，请你们允许我一个卑微的要求。

霍拉旭　是什么要求，殿下？我们一定允许您。

哈姆雷特　永远不要把你们今晚所见的事情告诉别人。

霍拉旭＆马西勒斯　殿下，我们一定不告诉别人。

哈姆雷特　不，你们必须宣誓。

霍拉旭　凭着良心起誓，殿下，我决不告诉别人。

马西勒斯　凭着良心起誓，殿下，我也决不告诉别人。

哈姆雷特　把手按在我的剑上宣誓。

马西勒斯　殿下，我们已经宣誓过了。

哈姆雷特　那不算，把手按在我的剑上。

鬼魂　（在下）宣誓！

哈姆雷特　啊哈！孩儿！你也这样说吗？你在那儿吗，好家伙？来；你们不听见这个地下的人怎么说吗？宣誓吧。

霍拉旭　请您教我们怎样宣誓，殿下。

哈姆雷特　永不向人提起你们所看见的这一切。把手按在我的剑上宣誓。

鬼魂　（在下）宣誓！

哈姆雷特　"说哪里，到哪里"吗？那么我们换一个地方。过来，朋友们。把你们的手按在我的剑上，宣誓永不向人提起你们所听见的这件事。

鬼魂　（在下）宣誓！

---

① 圣伯特力克（St.Patrick），爱尔兰的保护神，据说曾从爱尔兰把蛇驱走。

哈姆雷特　说得好，老鼹鼠！你能够在地底钻得这么快吗？好一个开路的先锋！好朋友们，我们再来换一个地方。

霍拉旭　哎哟，真是不可思议的怪事！

哈姆雷特　那么你还是用见怪不怪的态度对待它吧。霍拉旭，天地之间有许多事情，是你们的哲学里所没有梦想到的呢。可是，来，上帝的慈悲保佑你们，你们必须再作一次宣誓。我今后也许有时候要故意装出一副疯疯癫癫的样子，你们要是在那时候看见了我的古怪的举动，切不可像这样交叉着手臂，或者这样摇头摆脑的，或者嘴里说一些吞吞吐吐的言词，例如"呃，呃，我们知道"，或者"只要我们高兴，我们就可以"，或是"要是我们愿意说出来的话"，或是"有人要是怎么怎么"，诸如此类的含糊其辞的话语，表示你们知道我有些什么秘密；你们必须答应我避开这一类言词，上帝的恩惠和慈悲保佑着你们，宣誓吧。

鬼魂　（在下）宣誓！（二人宣誓。）

哈姆雷特　安息吧，安息吧，受难的灵魂！好，朋友们，我以满怀的热情，信赖着你们两位；要是在哈姆雷特的微弱的能力以内，能够有可以向你们表示他的友情之处，上帝在上，我一定不会有负你们。让我们一同进去；请你们记着无论在什么时候都要守口如瓶。这是一个颠倒混乱的时代，唉，倒霉的我却要负起重整乾坤的责任！来，我们一块儿去吧。（同下。）

第二幕

第一场　波洛涅斯家中一室

波洛涅斯及雷奈尔多上。

波洛涅斯　把这些钱和这封信交给他，雷奈尔多。

雷奈尔多　是，老爷。

波洛涅斯　好雷奈尔多，你在没有去看他以前，最好先探听探听他的行为。

雷奈尔多　老爷，我本来就是这个意思。

波洛涅斯　很好，很好，好得很。你先给我调查调查有些什么丹麦人在巴黎，他们是干什么的，叫什么名字，有没有钱，住在什么地方，跟哪些人做伴，用度大不大；用这种转弯抹角的方法，要是你打听到他们也认识我的儿子，你就可以更进一步，表示你对他也有相当的认识；你可以这样说："我知道他的父亲和他的朋友，对他也略为有点认识。"你听见没有，雷奈尔多？

雷奈尔多　是，我在留心听着，老爷。

波洛涅斯　"对他也略微有点认识，可是，"你可以说，"不怎么熟悉；不过假如果然是他的话，那么他是个很放浪的人，有些怎样怎样的坏习惯。"说到这里，你就可以随便捏造一些关于他的坏话；当然啰，你不能把他说得太不成样子，那是会损害他的名誉的，这一点你必须注意；可是你不妨举出一些纨绔子弟所犯的最普通的浪荡的行为。

雷奈尔多　譬如赌钱，老爷。

波洛涅斯　对了，或是喝酒、斗剑、赌咒、吵嘴、嫖妓之类，你都可以说。

雷奈尔多　老爷，那是会损害他的名誉的。

波洛涅斯　不，不，你可以在言语之间说得轻淡一些。你不能说他公然纵欲，那可不是我的意思；可是你要把他的过失讲得那么巧妙，让人家听着好像那不过是行为上的小小的不检，一个躁急的性格不免会有的发作，一个血气方刚的少年的一时胡闹，算不了什么。

雷奈尔多　可是老爷——

波洛涅斯　为什么叫你做这种事？

雷奈尔多　是的，老爷，请您告诉我。

波洛涅斯　呃，我的用意是这样的，我相信这是一种说得过去的策略；你这样轻描淡写地说了我儿子的一些坏话，就像你提起一件略有污损的东西似的，听着，要是跟你谈话的那个人，也就是你向他探询的那个人，果然看见过你所说起的那个少年犯了你刚才所列举的那些罪恶，他一定会用这样的话向你表示同意："好先生——"也许他称你"朋友"，"仁兄"，按照着各人的身份和各国的习惯。

雷奈尔多　很好，老爷。

波洛涅斯　然后他就——他就——我刚才要说一句什么话？哎哟，我正要说一句什么话；我说到什么地方啦？

雷奈尔多　您刚才说到"用这样的话表示同意";还有"朋友"或者"仁兄"。

波洛涅斯　说到"用这样的话表示同意",嗯,对了;他会用这样的话对你表示同意:"我认识这位绅士,昨天我还看见他,或许是前天,或许是什么什么时候,跟什么什么人在一起,正像您所说的,他在什么地方赌钱,在什么地方喝得酩酊大醉,在什么地方因为打网球而跟人家打起架来;"也许他还会说,"我看见他走进什么什么一家生意人家去,"那就是说窑子或是诸如此类的所在。你瞧,你用说谎的钓饵,就可以把事实的真相诱上你的钓钩;我们有智慧、有见识的人,往往用这种旁敲侧击的方法,间接达到我们的目的;你也可以照着我上面所说的那一番话,探听出我的儿子的行为。你懂得我的意思没有?

雷奈尔多　老爷,我懂得。

波洛涅斯　上帝和你同在;再会!

雷奈尔多　那么我去了,老爷。

波洛涅斯　你自己也得留心观察他的举止。

雷奈尔多　是,老爷。

波洛涅斯　叫他用心学习音乐。

雷奈尔多　是,老爷。

波洛涅斯　你去吧!(雷奈尔多下。)

　　　　　奥菲利娅上。

波洛涅斯　啊,奥菲利娅!什么事?

奥菲利娅　哎哟,父亲,吓死我了!

波洛涅斯　凭着上帝的名义,怕什么?

奥菲利娅　父亲,我正在房间里缝纫的时候,哈姆雷特殿下跑了进来,走到我的面前;他的上身的衣服完全没有扣上纽子,头上也不戴帽子,他的袜子上沾着污泥,没有袜带,一直垂到脚踝上;他的脸色像他的衬衫一样白,他的膝盖互相碰撞,他的神气是那样凄惨,好像他刚从地狱里逃出来,要向人讲述地狱的恐怖一样。

波洛涅斯　他因为不能得到你的爱而发疯了吗?

奥菲利娅　父亲,我不知道,可是我想也许是的。

波洛涅斯　他怎么说?

奥菲利娅　他握住我的手腕紧紧不放,拉直了手臂向后退立,用他的另一只手这样遮在他的额角上,一眼不眨地瞧着我的脸,好像要把它临摹下来似的。这样经过了好久的时间,然后他轻轻地摇动一下我的手臂,他的头上上下下点了三次,于是他发出一声非常惨痛而深长的叹息,好像他的整个的胸部都要爆裂,他的生命就在这一声叹息中间完毕似的。然后他放松了我,转过他的身体,他的头还是向后回顾,好像他不用眼睛的帮助也能够找到他的路,因为直到他走出了门外,他的两眼还是注视在我的身上。

波洛涅斯　跟我来;我要见王上去。这正是恋爱不遂的疯狂;一个人受到这种剧烈的刺激,什么不顾一切的事情都会干得出来,其他一切能迷住我们本性的狂热,最厉害也不过如此。我真后悔。怎么,你最近对他说过什么使他难堪的话没有?

奥菲利娅　没有,父亲,可是我已经遵从您的命令,拒绝他的来信,并且不允许他来见我。

波洛涅斯　这就是使他疯狂的原因。我很后悔考虑得不够周到,看错了人。我以为他不过把你玩弄玩弄,恐怕贻误你的终身;可是我不该这样多疑!正像年轻人干起事来,往往不知道瞻前顾后一样,我们这种上了年纪的人,总是免不了鳃鳃过虑。来,我们见王上去。这种事情是不能蒙蔽起来的,要是隐讳不报，也许会闹出乱子来，比直言受责要严重得多。来。（同下。）

第二场　城堡中一室

　　　　国王、王后、罗森格兰兹、吉尔登斯吞及侍从等上。

国王　欢迎，亲爱的罗森格兰兹和吉尔登斯吞！这次匆匆召请你们两位前来，一方面是因为我非常思念你们，一方面也是因为我有需要你们帮忙的地方。你们大概已经听到哈姆雷特的变化；我把它称为变化，因为无论在外表上或是精神上，他已经和从前大不相同。除了他父亲的死以外，究竟还有些什么原因，把他激成了这种疯疯癫癫的样子，我实在无从猜测。你们从小便跟他在一起长大，素来知道他的脾气，所以我特地请你们到我们宫廷里来盘桓几天，陪伴陪伴他，替他解解愁闷，同时乘机窥探他究竟有些什么秘密的心事，为我们所不知道的，也许一旦公开之后，我们就可以替他对症下药。

王后　他常常讲起你们两位，我相信世上没有哪两个人比你们更为他所亲信了。你们要是不嫌怠慢，答应在我们这儿小作勾留，帮助我们实现我们的希望，那么你们的盛情雅意，一定会受到丹麦王室隆重的礼谢的。

罗森格兰兹　我们是两位陛下的臣子，两位陛下有什么旨意，尽管命令我们；像这样言重的话，倒使我们置身无地了。

吉尔登斯吞　我们愿意投身在两位陛下的足下，两位陛下无论有什么命令，我们都愿意尽力奉行。

国王　谢谢你们，罗森格兰兹和善良的吉尔登斯吞。

王后　谢谢你们，吉尔登斯吞和善良的罗森格兰兹。现在我就要

(Hamlet & the Players.) Dec. 6 1851.

请你们立刻去看看我的大大变了样子的儿子。来人,领这两位绅士到哈姆雷特的地方去。

吉尔登斯吞　但愿上天加佑,使我们能够得到他的欢心,帮助他恢复常态!

王后　阿门!(罗森格兰兹、吉尔登斯吞及若干侍从下。)

　　　　波洛涅斯上。

波洛涅斯　启禀陛下,我们派往挪威去的两位钦使已经喜气洋洋地回来了。

国王　你总是带着好消息来报告我们。

波洛涅斯　真的吗,陛下?不瞒陛下说,我把我对于我的上帝和我的宽仁厚德的王上的责任,看得跟我的灵魂一样重呢。此外,除非我的脑筋在观察问题上不如过去那样有把握了,不然我肯定相信我已经发现了哈姆雷特发疯的原因。

国王　啊!你说吧,我急着要听呢。

波洛涅斯　请陛下先接见了钦使;我的消息留着做盛筵以后的佳果美点吧。

国王　那么有劳你去迎接他们进来。(波洛涅斯下)我的亲爱的乔特鲁德,他对我说他已经发现了你的儿子心神不定的原因。

王后　我想主要的原因还是他父亲的死和我们过于迅速的结婚。

国王　好,等我们仔细问问。

　　　　波洛涅斯率伏提曼德及考尼律斯重上。

国王　欢迎,我的好朋友们!伏提曼德,我们的挪威王兄怎么说?

伏提曼德　他叫我们向陛下转达他的友好的问候。他听到了我们的要求,就立刻传谕他的侄儿停止征兵;本来他以为这种举动是准备对付波兰人的,可是一经调查,才知道它的对象原来是陛下;他知道此事以后,痛心自己因为年老多病,受人欺罔,震怒之下,传令把福丁布拉斯逮捕;福丁布拉斯并未反抗，受到了挪威王一番申斥，最后就在他的叔父面前立誓决不兴兵侵犯陛下。老王看见他诚心悔过，非常欢喜，当下就给他三千克朗的年俸，并且委任他统率他所征募的那些兵士，去向波兰人征伐；同时他叫我把这封信呈上陛下，（以书信呈上）请求陛下允许他的军队借道通过陛下的领土，他已经在信里提出若干条件，保证决不扰乱地方的安宁。

国王　这样很好，等我们有空的时候，还要仔细考虑一下，然后答复。你们远道跋涉，不辱使命，很是劳苦了，先去休息休息，今天晚上我们还要在一起欢宴。欢迎你们回来！（伏提曼德、考尼律斯同下。）

波洛涅斯　这件事情总算圆满结束了。王上，娘娘，要是我向你们长篇大论地解释君上的尊严，臣下的名分，白昼何以为白昼，黑夜何以为黑夜，时间何以为时间，那不过徒然浪费了昼、夜、时间；所以，既然简洁是智慧的灵魂，冗长是肤浅的藻饰，我还是把话说得简单一些吧。你们的那位殿下是疯了；我说他疯了，因为假如要说明什么才是真疯，那就只有发疯，此外还有什么可说的呢？可是那也不用说了。

王后　多谈些实际，少弄些玄虚。

波洛涅斯　娘娘，我发誓我一点儿不弄玄虚。他疯了，这是真的；唯其是真的，所以才可叹，它的可叹也是真的——蠢话少说，因为我不愿弄玄虚。好，让我们同意他已经疯了；现在我们就应该求出这一个结果的原因，或者不如说，这一种病态的原因，因为这个病态的结果不是无因而至的，这就是我们现在要做的一步工作。我们来想一想吧。我有一个女儿——当她还不过是我的女儿的时候，她是属于我的——难得她一片孝心，把这封信给了我；现在，请猜一猜这里面说些什么话。"给那天仙化人的，我的灵魂的偶像，最艳丽的奥菲利娅——"

这是一个粗俗的说法，下流的说法；"艳丽"两字用得非常下流；可是你们听下去吧；"让这几行诗句留下在她的皎洁的胸中——"

王后　这是哈姆雷特写给她的吗？

波洛涅斯　好娘娘，等一等，我要老老实实地照原文念：

　　　　"你可以疑心星星是火把；

　　　　你可以疑心太阳会移转；

　　　　你可以疑心真理是谎话；

　　　　可是我的爱永没有改变。

亲爱的奥菲利娅啊！我的诗写得太坏。我不会用诗句来抒写我的愁怀；可是相信我，最好的人儿啊！我最爱的是你。再会！最亲爱的小姐，只要我一息尚存，我就永远是你的，哈姆雷特。"这一封信是我的女儿出于孝顺之心拿来给我看的；此外，她又把他一次次求爱的情形，在什么时候，用什么方法，在什么所在，全都讲给我听了。

国王　可是她对于他的爱情抱着怎样的态度呢？

波洛涅斯　陛下以为我是怎样的一个人？

国王　一个忠心正直的人。

波洛涅斯　但愿我能够证明自己是这样一个人。可是假如我看见这场热烈的恋爱正在进行——不瞒陛下说，我在我的女儿没有告诉我以前，早就看出来了——假如我知道有了这么一回事，却在暗中玉成他们的好事，或者故意视若无睹，假作痴聋，一切不闻不问，那时候陛下的心里觉得怎样？我的好娘娘，您这位王后陛下的心里又觉得怎样？不，我一点儿也不敢懈怠我的责任，立刻就对我那位小姐说："哈姆雷特殿下是一位王子，不是你可以仰望的；这种事情不能让它继续下去。"

于是我把她教训一番，叫她深居简出，不要和他见面，不要接纳他的来使，也不要收受他的礼物；她听了这番话，就照着我的意思实行起来。说来话短，他遭到拒绝以后，心里就郁郁不快，于是饭也吃不下了，觉也睡不着了，他的身体一天憔悴一天，他的精神一天恍惚一天，这样一步步发展下去，就变成现在他这一种为我们大家所悲痛的疯狂。

国王　你想是这个原因吗？

王后　这是很可能的。

波洛涅斯　我倒很想知道知道，哪一次我曾经肯定地说过了"这件事情是这样的"，而结果却并不这样？

国王　照我所知道的，那倒没有。

波洛涅斯　要是我说错了话，把这个东西从这个上面拿下来吧。（指自己的头及肩）只要有线索可寻，我总会找出事实的真相，即使那真相一直藏在地球的中心。

国王　我们怎么可以进一步试验试验？

波洛涅斯　您知道，有时候他会接连几个钟头在这儿走廊里踱来踱去。

王后　他真的常常这样踱来踱去。

波洛涅斯　乘他踱来踱去的时候，我就让我的女儿去见他，你我可以躲在帷幕后面注视他们相会的情形；要是他不爱她，他的理智不是因为恋爱而丧失，那么不要叫我襄理国家的政务，让我去做个耕田赶牲口的农夫吧。

国王　我们要试一试。

王后　可是瞧，这可怜的孩子忧忧愁愁地念着一本书来了。

波洛涅斯　请陛下和娘娘避一避；让我走上去招呼他。（国王、王后及侍从等下。）

　　　　哈姆雷特读书上。

波洛涅斯　啊,恕我冒昧。您好,哈姆雷特殿下?

哈姆雷特　呃,上帝怜悯世人!

波洛涅斯　您认识我吗,殿下?

哈姆雷特　认识认识,你是一个卖鱼的贩子。

波洛涅斯　我不是,殿下。

哈姆雷特　那么我但愿你是一个和鱼贩子一样的老实人。

波洛涅斯　老实,殿下!

哈姆雷特　嗯,先生;在这世上,一万个人中间只不过有一个老实人。

波洛涅斯　这句话说得很对,殿下。

哈姆雷特　要是太阳能在一条死狗尸体上孵育蛆虫,因为它是一块可亲吻的臭肉——你有一个女儿吗?

波洛涅斯　我有,殿下。

哈姆雷特　不要让她在太阳光底下行走;肚子里有学问是幸福,但不是像你女儿肚子里会有的那种学问。朋友,留心哪。

波洛涅斯　(旁白)你们瞧,他念念不忘地提我的女儿;可是最初他不认识我,他说我是一个卖鱼的贩子。他的疯病已经很深了,很深了。说句老实话,我在年轻的时候,为了恋爱也曾大发其疯,那样子也跟他差不多哩。让我再去对他说话。——您在读些什么,殿下?

哈姆雷特　都是些空话,空话,空话。

波洛涅斯　讲的是什么事,殿下?

哈姆雷特　谁同谁的什么事?

波洛涅斯　我是说您读的书里讲到些什么事,殿下。

哈姆雷特　一派诽谤,先生;这个专爱把人讥笑的坏蛋在这儿说着,老年人长着灰白的胡须,他们的脸上满是皱纹,他们的眼睛里粘满了眼屎,他们的头脑是空空洞洞的,他们的两腿

321

是摇摇摆摆的；这些话，先生，虽然我十分相信，可是照这样写在书上，总有些有伤厚道；因为就是拿您先生自己来说，要是您能够像一只蟹一样向后倒退，那么您也应该跟我一样年轻了。

波洛涅斯　（旁白）这些虽然是疯话，却有深意在内。——您要走进里边去吗，殿下？别让风吹着！

哈姆雷特　走进我的坟墓里去？

波洛涅斯　那倒真是风吹不着的地方。（旁白）他的回答有时候是多么深刻！疯狂的人往往能够说出理智清明的人所说不出来的话。我要离开他，立刻就去想法让他跟我的女儿见面。——殿下，我要向您告别了。

哈姆雷特　先生，那是再好没有的事；但愿我也能够向我的生命告别，但愿我也能够向我的生命告别，但愿我也能够向我的生命告别。

波洛涅斯　再会，殿下。（欲去。）

哈姆雷特　这些讨厌的老傻瓜！

　　　　罗森格兰兹及吉尔登斯吞重上。

波洛涅斯　你们要找哈姆雷特殿下，那儿就是。

罗森格兰兹　上帝保佑您，大人！（波洛涅斯下。）

吉尔登斯吞　我的尊贵的殿下！

罗森格兰兹　我的最亲爱的殿下！

哈姆雷特　我的好朋友们！你好，吉尔登斯吞？啊，罗森格兰兹！好孩子们，你们两人都好？

罗森格兰兹　不过像一般庸庸碌碌之辈，在这世上虚度时光而已。

吉尔登斯吞　无荣无辱便是我们的幸福；我们高不到命运女神帽子上的纽扣。

哈姆雷特　也低不到她的鞋底吗？

罗森格兰兹　正是,殿下。

哈姆雷特　那么你们是在她的腰上,或是在她的怀抱之中吗?

吉尔登斯吞　说老实话,我们是在她的私处。

哈姆雷特　在命运身上秘密的那部分吗?啊,对了;她本来是一个娼妓。你们听到什么消息没有?

罗森格兰兹　没有,殿下,我们只知道这世界变得老实起来了。

哈姆雷特　那么世界末日快到了;可是你们的消息是假的。让我再仔细问问你们;我的好朋友们,你们在命运手里犯了什么案子,她把你们送到这儿牢狱里来了?

吉尔登斯吞　牢狱,殿下!

哈姆雷特　丹麦是一所牢狱。

罗森格兰兹　那么世界也是一所牢狱。

哈姆雷特　一所很大的牢狱,里面有许多监房、囚室、地牢;丹麦是其中最坏的一间。

罗森格兰兹　我们倒不这样想,殿下。

哈姆雷特　啊,那么对于你们它并不是牢狱;因为世上的事情本来没有善恶,都是各人的思想把它们分别出来的;对于我它是一所牢狱。

罗森格兰兹　啊,那是因为您的雄心太大,丹麦是个狭小的地方,不够给您发展,所以您把它看成一所牢狱啦。

哈姆雷特　上帝啊!倘不是因为我总做噩梦,那么即使把我关在一个果壳里,我也会把自己当作一个拥有着无限空间的君王的。

吉尔登斯吞　那种噩梦便是您的野心;因为野心家本身的存在,也不过是一个梦的影子。

哈姆雷特　一个梦的本身便是一个影子。

罗森格兰兹　不错,因为野心是那么空虚轻浮的东西,所以我认为它不过是影子的影子。

哈姆雷特　那么我们的乞丐是实体，我们的帝王和大言不惭的英雄，却是乞丐的影子了。我们进宫去好不好？因为我实在不能陪着你们谈玄说理。

罗森格兰兹＆吉尔登斯吞　我们愿意侍候殿下。

哈姆雷特　没有的事，我不愿把你们当作我的仆人一样看待；老实对你们说吧，在我旁边侍候我的人全很不成样子。可是，凭着我们多年的交情，老实告诉我，你们到艾尔西诺来有什么贵干？

罗森格兰兹　我们是来拜访您来的，殿下；没有别的原因。

哈姆雷特　像我这样一个叫花子，我的感谢也是不值钱的，可是我谢谢你们；我想，亲爱的朋友们，你们专诚而来，只换到我的一声不值半文钱的感谢，未免太不值得了。不是有人叫你们来的吗？果然是你们自己的意思吗？真的是自动的访问吗？来，不要骗我。来，来，快说。

吉尔登斯吞　叫我们说些什么话呢，殿下？

哈姆雷特　无论什么话都行，只要不是废话。你们是奉命而来的；瞧你们掩饰不了你们良心上的惭愧，已经从你们的脸色上招认出来了。我知道是我们这位好国王和好王后叫你们来的。

罗森格兰兹　为了什么目的呢，殿下？

哈姆雷特　那可要请你们指教我了。可是凭着我们朋友间的道义，凭着我们少年时候亲密的情谊，凭着我们始终不渝的友好的精神，凭着比我口才更好的人所能提出的其他一切更有力量的理由，让我要求你们开诚布公，告诉我究竟你们是不是奉命而来的？

罗森格兰兹　（向吉尔登斯吞旁白）你怎么说？

哈姆雷特　（旁白）好，那么我看透你们的行动了。——要是你们爱我，别再抵赖了吧。

吉尔登斯吞　殿下，我们是奉命而来的。

哈姆雷特　让我代你们说明来意，免得你们泄露了自己的秘密，有负国王、王后的付托。我近来不知为了什么缘故，一点儿兴致都提不起来，什么游乐的事都懒得过问；在这一种抑郁的心境之下，仿佛负载万物的大地，这一座美好的框架，只是一个不毛的荒岬；这个覆盖众生的苍穹，这一顶壮丽的帐幕，这个金黄色的火球点缀着的庄严的屋宇，只是一大堆污浊的瘴气的集合。人类是一件多么了不得的杰作！多么高贵的理性！多么伟大的力量！多么优美的仪表！多么文雅的举动！在行为上多么像一个天使！在智慧上多么像一个天神！宇宙的精华！万物的灵长！可是在我看来，这一个泥土塑成的生命算得了什么？人类不能使我发生兴趣；不，女人也不能使我发生兴趣，虽然从你现在的微笑之中，我可以看到你在这样想。

罗森格兰兹　殿下，我心里并没有这样的思想。

哈姆雷特　那么当我说"人类不能使我发生兴趣"的时候，你为什么笑起来？

罗森格兰兹　我想，殿下，要是人类不能使您发生兴趣，那么那班戏子们恐怕要来自讨一场没趣了；我们在路上赶过了他们，他们是要到这儿来向您献技的。

哈姆雷特　扮演国王的那个人将要得到我的欢迎，我要在他的御座之前致献我的敬礼；冒险的骑士可以挥舞他的剑盾；情人的叹息不会没有酬报；躁急易怒的角色可以平安下场；小丑将要使那班善笑的观众捧腹；我们的女主角可以坦白诉说她的心事，不用怕那无韵诗的句子脱去板眼。他们是一班什么戏子？

罗森格兰兹　就是您向来所欢喜的那一个班子，在城里专演悲剧的。

哈姆雷特　他们怎么走起江湖来了呢？固定在一个地方演戏，在名誉和进益上都要好得多哩。

罗森格兰兹　我想他们不能在一个地方立足，是为了时势的变化。

哈姆雷特　他们的名誉还是跟我在城里那时候一样吗？他们的观众还是那么多吗？

罗森格兰兹　不，他们现在已经大非昔比了。

哈姆雷特　怎么会这样的？他们的演技退步了吗？

罗森格兰兹　不，他们还是跟从前一样努力；可是，殿下，他们的地位已经被一群羽毛未丰的黄口小儿占夺了去。这些娃娃们的嘶叫博得了台下疯狂的喝彩，他们是目前流行的宠儿，他们的声势压倒了所谓普通的戏班，以至于许多腰佩长剑的上流顾客，都因为惧怕批评家鹅毛管的威力，而不敢到那边去。

哈姆雷特　什么！是一些童伶吗？谁维持他们的生活？他们的薪工是怎么计算的？他们一到不能唱歌的年龄，就不再继续他们的本行了吗？要是他们赚不了多少钱，长大起来多半还是要做普通戏子的，那时候难道他们不会抱怨写戏词的人把他们害了，因为原先叫他们挖苦备至的不正是他们自己的未来前途吗？

罗森格兰兹　真的，两方面闹过不少的纠纷，全国的人都站在旁边恬不为意地呐喊助威，怂恿他们互相争斗。曾经有一个时期，一个脚本非得插进一段编剧家和演员争吵的对话，不然是没有人愿意出钱购买的。

哈姆雷特　有这等事？

吉尔登斯吞　是啊，在那场交锋里，许多人都投入了大量心血。

哈姆雷特　结果是娃娃们打赢了吗？

罗森格兰兹　正是，殿下；连赫拉克勒斯和他背负的地球都成了他们的战利品①。

哈姆雷特　那也没有什么稀奇；我的叔父是丹麦的国王，那些当我父亲在世的时候对他扮鬼脸的人，现在都愿意拿出二十、四十、五十、一百块金洋来买他的一幅小照。哼，这里面有些不是常理可解的地方，要是哲学能够把它推究出来的话。(内喇叭奏花腔。)

吉尔登斯吞　这班戏子来了。

哈姆雷特　两位先生，欢迎你们到艾尔西诺来。把你们的手给我；欢迎总要讲究这些礼节、俗套；让我不要对你们失礼，因为这些戏子来了以后，我不能不敷衍他们一番，也许你们见了会发生误会，以为我招待你们还不及招待他们殷勤。我欢迎你们；可是我的叔父父亲和婶母母亲可弄错啦。

吉尔登斯吞　弄错了什么，我的好殿下？

哈姆雷特　天上刮着西北风，我才发疯；风从南方吹来的时候，我不会把一只鹰当作了一只鹭鸶。

　　　　波洛涅斯重上。

波洛涅斯　祝福你们，两位先生！

哈姆雷特　听着，吉尔登斯吞；你也听着；一只耳朵边有一个人听：你们看见的那个大孩子，还在襁褓之中，没有学会走路哩。

罗森格兰兹　也许他是第二次裹在襁褓里，因为人家说，一个老年人是第二次做婴孩。

哈姆雷特　我可以预言他是来报告我戏子们来到的消息的；听好。——你说得不错；在星期一早上；正是正是②。

① 赫拉克勒斯曾背负地球。莎士比亚剧团经常在环球剧院演出，那剧院即以赫拉克勒斯背负地球为招牌。

② 这句是故意说给波洛涅斯听的，表示他正在专心和朋友谈话。

波洛涅斯　殿下，我有消息要来向您报告。

哈姆雷特　大人，我也有消息要向您报告。当罗歇斯[1]在罗马演戏的时候——

波洛涅斯　那班戏子们已经到这儿来了，殿下。

哈姆雷特　嗤，嗤！

波洛涅斯　凭着我的名誉起誓——

哈姆雷特　那时每一个伶人都骑着驴子而来——

波洛涅斯　他们是全世界最好的伶人，无论悲剧、喜剧、历史剧、田园剧、田园喜剧、田园史剧、历史悲剧、历史田园悲喜剧、场面不变的正宗戏或是摆脱拘束的新派戏，他们无不拿手；塞内加的悲剧不嫌其太沉重，普鲁图斯的喜剧不嫌其太轻浮。[2]无论在演出规律的或是自由的剧本方面，他们都是唯一的演员。

哈姆雷特　以色列的士师耶弗他[3]啊，你有一件怎样的宝贝！

波洛涅斯　他有什么宝贝，殿下？

哈姆雷特　嗨，

　　　　　他有一个独生娇女，

　　　　　爱她胜过掌上明珠。

波洛涅斯　（旁白）还在提我的女儿。

哈姆雷特　我念得对不对，耶弗他老头儿？

波洛涅斯　要是您叫我耶弗他，殿下，那么我有一个爱如掌珠的娇女。

哈姆雷特　不，下面不是这样的。

---

[1] 罗歇斯（Roscius），古罗马著名伶人。

[2] 二人都是古罗马剧作家，前者写悲剧，后者写喜剧。

[3] 耶弗他得上帝之助，击败敌人，于是以他的女儿献祭。

波洛涅斯　那么应当是怎样的呢,殿下?

哈姆雷特　嗨,

　　　　上天不佑,劫数临头。

下面你知道还有,

　　　　偏偏凑巧,谁也难保——

要知道全文,请查这支圣歌的第一节,因为,你瞧,有人来把我的话头打断了。

　　　　优伶四五人上。

哈姆雷特　欢迎,各位朋友,欢迎欢迎!——我很高兴看见你这样健康。——欢迎,列位。——啊,我的老朋友!你的脸上比我上次看见你的时候,多长了几根胡子,格外显得威武啦;你是要到丹麦来向我挑战吗?啊,我的年轻的姑娘!凭着圣母起誓,您穿上了一双高底木靴,比我上次看见您的时候更苗条得多啦;求求上帝,但愿您的喉咙不要沙哑得像一面破碎的铜锣才好!各位朋友,欢迎欢迎!我们要像法国的鹰师一样,不管看见什么就撒出鹰去;让我们立刻就来念一段剧词。来,试一试你们的本领,来一段激昂慷慨的剧词。

伶甲　殿下要听的是哪一段?

哈姆雷特　我曾经听见你向我背诵过一段台词,可是它从来没有上演过;即使上演,也不会有一次以上,因为我记得这本戏并不受大众的欢迎。它是不合一般人口味的鱼子酱;可是照我的意思看来,还有其他在这方面比我更有权威的人也抱着同样的见解,它是一本绝妙的戏剧,场面支配得很是适当,文字质朴而富于技巧。我记得有人这样说过:那出戏里没有滥加提味的作料,字里行间毫无矫揉造作的痕迹;他把它称为一种老老实实的写法,兼有刚健与柔和之美,壮丽而不流于纤巧。其中有一段话是我最喜爱的,那就是埃涅阿斯对狄多讲述的故事,尤其是讲到普里阿摩斯被杀的那一节。要是你们还没有把它忘记,请从这一行念起;让我想想,让我想想:——

  野蛮的皮洛斯像猛虎一样——

不,不是这样;但是的确是从皮洛斯开始的:——

  野蛮的皮洛斯蹲伏在木马之中,
  黝黑的手臂和他的决心一样,
  像黑夜一般阴森而恐怖;
  在这黑暗狰狞的肌肤之上,
  现在更染上令人惊怖的纹章,
  从头到脚,他全身一片殷红,
  溅满了父母子女们无辜的血;
  那些燃烧着熊熊烈火的街道,
  发出残忍而惨恶的凶光,
  照亮敌人去肆行他们的杀戮,
  也焙干了到处横流的血泊;
  冒着火焰的熏炙,像恶魔一般,
  全身胶黏着凝结的血块,
  圆睁着两颗血红的眼睛,
  来往寻找普里阿摩斯老王的踪迹。

你接下去吧。

波洛涅斯 上帝在上,殿下,您念得好极了,真是抑扬顿挫,曲尽其妙。

伶甲

  那老王正在苦战,

但是砍不着和他对敌的希腊人；
一点不听他手臂的指挥，
他的古老的剑锵然落地；
皮洛斯瞧他孤弱可欺，
疯狂似的向他猛力攻击，
凶恶的利刃虽然没有击中，
一阵风却把那衰弱的老王扇倒。
这一下打击有如天崩地裂，
惊动了没有感觉的伊利恩①，
冒着火焰的城楼霎时坍下，
那轰然的巨响像一个霹雳，
震聋了皮洛斯的耳朵；瞧！
他的剑还没砍下普里阿摩斯
白发的头颅，却已在空中停住；
像一个涂朱抹彩的暴君，
对自己的行为漠不关心，
他兀立不动。
在一场暴风雨未来以前，
天上往往有片刻的宁寂，
一块块乌云静悬在空中，
狂风悄悄地收起它的声息，
死样的沉默笼罩整个大地；
可是就在这片刻之内，

---

① 伊利恩（Ilium），特洛伊之别名。

    可怕的雷鸣震裂了天空。
    经过暂时的休止,杀人的暴念
    重新激起了皮洛斯的精神;
    库克罗普斯[①]为战神铸造甲胄,
    那巨力的锤击,还不及皮洛斯
    流血的剑向普里阿摩斯身上劈下
    那样凶狠无情。
    去,去,你娼妇一样的命运!
    天上的诸神啊!剥去她的权力,
    不要让她僭窃神明的宝座;
    拆毁她的车轮,把它滚下神山,
    直到地狱的深渊。

波洛涅斯 这一段太长啦。
哈姆雷特 它应当跟你的胡子一起到理发匠那儿去薙一薙。念下去吧。他只爱听俚俗的歌曲和淫秽的故事,否则他就要瞌睡的。念下去;下面要讲到赫卡柏了。
伶甲
    可是啊!谁看见那蒙脸的王后——
哈姆雷特 "那蒙脸的王后"?
波洛涅斯 那很好;"蒙脸的王后"是很好的句子。
伶甲
    满面流泪,在火焰中赤脚奔走,
    一块布覆在失去宝冕的头上,

---

  ① 库克罗普斯(Cyclops),希腊神话中一族独眼巨人,是大匠神赫准斯托斯的助手。

>   也没有一件蔽体的衣服,
>   只有在惊惶中抓到的一幅毡巾,
>   裹住她瘦削而多产的腰身;
>   谁见了这样伤心惨目的景象,
>   不要向残酷的命运申申毒詈?
>   她看见皮洛斯以杀人为戏,
>   正在把她丈夫的肢体脔割,
>   忍不住大放哀声,那凄凉的号叫——
>   除非人间的哀乐不能感动天庭——
>   即使天上的星星也会陪她流泪,
>   假使那时诸神曾在场目击,
>   他们的心中都要充满悲愤。

波洛涅斯　瞧,他的脸色都变了,他的眼睛里已经含着眼泪!不要念下去了吧。

哈姆雷特　很好,其余的部分等会儿再念给我听吧。大人,请您去找一处好好的地方安顿这一班伶人。听着,他们是不可怠慢的,因为他们是这一个时代的缩影;宁可在死后得到一首恶劣的墓铭,不要在生前受他们一场刻毒的讥讽。

波洛涅斯　殿下,我按着他们应得的名分对待他们就是了。

哈姆雷特　哎哟,朋友,还要客气得多哩!要是照每一个人应得的名分对待他,那么谁逃得了一顿鞭子?照你自己的名誉地位对待他们;他们越是不配受这样的待遇,越可以显出你的谦虚有礼。领他们进去。

波洛涅斯　来,各位朋友。

哈姆雷特　跟他去,朋友们;明天我们要听你们唱一本戏。(波洛涅斯偕众伶下,伶甲独留)听着,老朋友,你会演《贡扎古之死》吗？

伶甲　会演的，殿下。

哈姆雷特　那么我们明天晚上就把它上演。也许我为了必要的理由，要另外写下约莫十几行句子的一段剧词插进去，你能够把它预先背熟吗？

伶甲　可以，殿下。

哈姆雷特　很好。跟着那位老爷去；留心不要取笑他。（伶甲下。向罗森格兰兹、吉尔登斯吞）我的两位好朋友，我们今天晚上再见；欢迎你们到艾尔西诺来！

吉尔登斯吞　再会，殿下！（罗森格兰兹、吉尔登斯吞同下。）

哈姆雷特　好，上帝和你们同在！现在我只剩一个人了。啊，我是一个多么不中用的蠢材！这一个伶人不过在一本虚构的故事、一场激昂的幻梦之中，却能够使他的灵魂融化在他的意象里，在它的影响之下，他的整个的脸色变成惨白，他的眼中洋溢着热泪，他的神情流露着仓皇，他的声音是这么呜咽凄凉，他的全部动作都表现得和他的意象一致，这不是极其不可思议的吗？而且一点也不为了什么！为了赫卡柏！赫卡柏对他有什么相干，他对赫卡柏又有什么相干，他却要为她流泪？要是他也有了像我所有的那样使人痛心的理由，他将要怎样呢？他一定会让眼泪淹没了舞台，用可怖的字句震裂了听众的耳朵，使有罪的人发狂，使无罪的人惊骇，使愚昧无知的人惊慌失措，使所有的耳目迷乱了它们的功能。可是我，一个糊涂颠顶的家伙，垂头丧气，一天到晚像在做梦似的，忘记了杀父的大仇；虽然一个国王给人家用万恶的手段掠夺了他的权位，杀害了他的最宝贵的生命，我却始终哼不出一句话来。我是一个懦夫吗？谁骂我恶人？谁敲破我的脑壳？谁拔去我的胡子，把它吹在我的脸上？谁扭我的鼻子？

谁当面指斥我胡说？谁对我做这种事？嘿！我应该忍受这样的侮辱，因为我是一个没有心肝、逆来顺受的怯汉，否则我早已用这奴才的尸肉，喂肥了满天盘旋的乌鸢了。嗜血的、荒淫的恶贼！狠心的、奸诈的、淫邪的、悖逆的恶贼！啊！复仇！——嗨，我真是个蠢材！我的亲爱的父亲被人谋杀了，鬼神都在鞭策我复仇，我这做儿子的却像一个下流女人似的，只会用空言发发牢骚，学起泼妇骂街的样子来，在我已经是了不得的了！呸！呸！活动起来吧，我的脑筋！我听人家说，犯罪的人在看戏的时候，因为台上表演的巧妙，有时会激动天良，当场供认他们的罪恶；因为暗杀的事情无论干得怎样秘密，总会借着神奇的喉舌泄露出来。我要叫这班伶人在我的叔父面前表演一本跟我的父亲的惨死情节相仿的戏剧，我就在一旁窥察他的神色；我要探视到他的灵魂的深处，要是他稍露惊骇不安之态，我就知道我应该怎么办。我所看见的幽灵也许是魔鬼的化身，借着一个美好的形状出现，魔鬼是有这一种本领的；对于柔弱忧郁的灵魂，他最容易发挥他的力量；也许他看准了我的柔弱和忧郁，才来向我作祟，要把我引诱到沉沦的路上。我要先得到一些比这更切实的证据；凭着这一本戏，我可以发掘国王内心的隐秘。（下。）

第三幕

第一场　城堡中一室

　　　　国王、王后、波洛涅斯、奥菲利娅、罗森格兰兹及吉尔登斯吞上。

国王　你们不能用迂回婉转的方法,探出他为什么这样神魂颠倒,让紊乱而危险的疯狂困扰他的安静的生活吗?

罗森格兰兹　他承认他自己有些神经迷惘,可是绝口不肯说为了什么缘故。

吉尔登斯吞　他也不肯虚心接受我们的探问;当我们想要引导他吐露他自己的一些真相的时候,他总是用假作痴呆的神气故意回避。

王后　他对待你们还客气吗?

罗森格兰兹　很有礼貌。

吉尔登斯吞　可是不大自然。

罗森格兰兹　他很吝惜自己的话,可是我们问他话的时候,他回答起来却是毫无拘束。

王后　你们有没有劝诱他找些什么消遣?

罗森格兰兹　娘娘,我们来的时候,刚巧有一班戏子也要到这儿来,给我们赶过了；我们把这消息告诉了他，他听了好像很高兴。现在他们已经到了宫里，我想他已经盼咐他们今晚为他演出了。

波洛涅斯 一点儿不错；他还叫我来请两位陛下同去看看他们演得怎样哩。

国王 那好极了；我非常高兴听见他在这方面感到兴趣。请你们两位还要更进一步鼓起他的兴味，把他的心思移转到这种娱乐上面。

罗森格兰兹 是，陛下。（罗森格兰兹、吉尔登斯吞同下。）

国王 亲爱的乔特鲁德，你也暂时离开我们；因为我们已经暗中差人去唤哈姆雷特到这儿来，让他和奥菲利娅见见面，就像他们偶然相遇一般。她的父亲跟我两人将要权充一下密探，躲在可以看见他们，却不能被他们看见的地方，注意他们会面的情形，从他的行为上判断他的疯病究竟是不是因为恋爱上的苦闷。

王后 我愿意服从您的意旨。奥菲利娅，但愿你的美貌果然是哈姆雷特疯狂的原因；更愿你的美德能够帮助他恢复原状，使你们两人都能安享尊荣。

奥菲利娅 娘娘，但愿如此。（王后下。）

波洛涅斯 奥菲利娅，你在这儿走走。陛下，我们就去躲起来吧。（向奥菲利娅）你拿这本书去读，他看见你这样用功，就不会疑心你为什么一个人在这儿了。人们往往用至诚的外表和虔敬的行动，掩饰一颗魔鬼般的内心，这样的例子是太多了。

国王 （旁白）啊，这句话是太真实了！它在我的良心上抽了多么重的一鞭！涂脂抹粉的娼妇的脸，还不及掩藏在虚伪的言辞后面的我的行为更丑恶。难堪的重负啊！

波洛涅斯 我听见他来了；我们退下去吧，陛下。（国王及波洛涅斯下。）

    哈姆雷特上。

哈姆雷特 生存还是毁灭，这是一个值得考虑的问题；默然忍受命运的暴虐的毒箭，或是挺身反抗人世的无涯的苦难，通过斗争把它们扫清，这两种行为，哪一种更高贵？死了；睡着了；什么都完了；要是在这一种睡眠之中，我们心头的创痛，以及其他无数血肉之躯所不能避免的打击，都可以从此消失，那正是我们求之不得的结局。死了；睡着了；睡着了也许还会做梦；嗯，阻碍就在这儿：因为当我们摆脱了这一具朽腐的皮囊以后，在那死的睡眠里，究竟将要做些什么梦，那不能不使我们踌躇顾虑。人们甘心久困于患难之中，也就是为了这个缘故；谁愿意忍受人世的鞭挞和讥嘲、压迫者的凌辱、傲慢者的冷眼、被轻蔑的爱情的惨痛、法律的迁延、官吏的横暴和费尽辛勤所换来的小人的鄙视，要是他只要用一柄小小的刀子，就可以清算他自己的一生？谁愿意负着这样的重担，在烦劳的生命的压迫下呻吟流汗，倘不是因为惧怕不可知的死后，惧怕那从来不曾有一个旅人回来过的神秘之国，是它迷惑了我们的意志，使我们宁愿忍受目前的折磨，不敢向我们所不知道的痛苦飞去？这样，重重的顾虑使我们全变成了懦夫，决心的赤热的光彩，被审慎的思维盖上了一层灰色，伟大的事业在这一种考虑之下，也会逆流而退，失去了行动的意义。且慢！美丽的奥菲利娅！——女神，在你的祈祷之中，不要忘记替我忏悔我的罪孽。

奥菲利娅 我的好殿下，您这许多天来贵体安好吗？

哈姆雷特 谢谢你，很好，很好，很好。

奥菲利娅 殿下，我有几件您送给我的纪念品，我早就想把它们还给您；请您现在收回去吧。

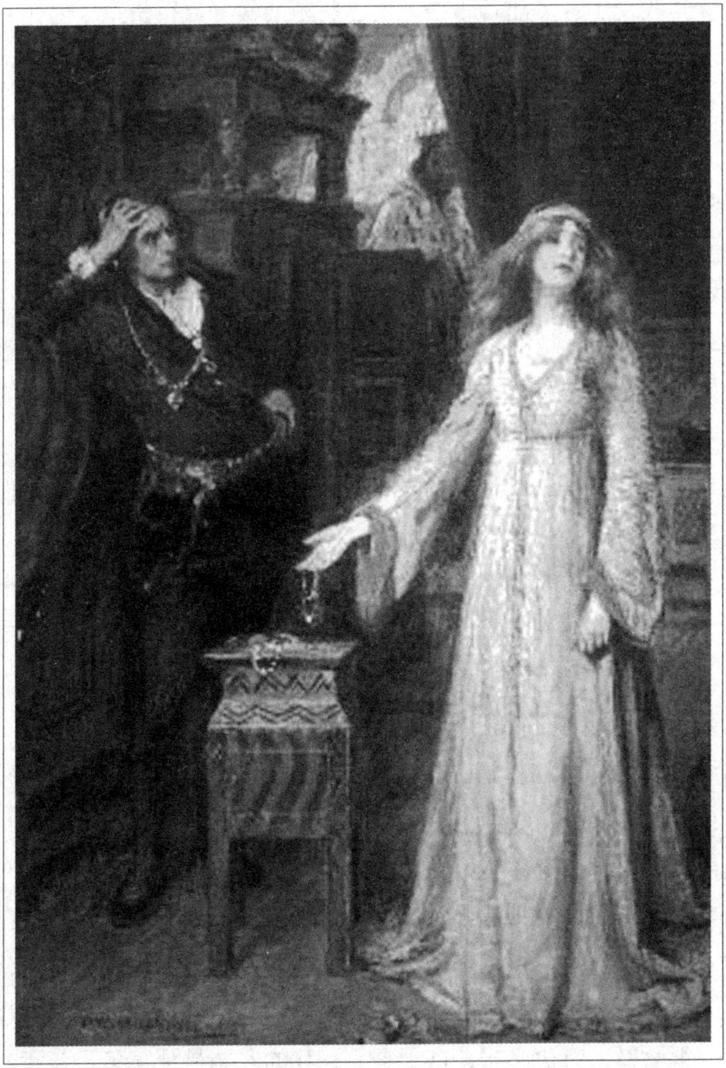

哈姆雷特　不，我不要；我从来没有给你什么东西。

奥菲利娅　殿下，我记得很清楚您把它们送给了我，那时候您还向我说了许多甜言蜜语，使这些东西格外显得贵重；现在它们的芳香已经消散，请您拿回去吧，因为在有骨气的人看来，送礼的人要是变了心，礼物虽贵，也会失去了价值。拿去吧，殿下。

哈姆雷特　哈哈！你贞洁吗？

奥菲利娅　殿下！

哈姆雷特　你美丽吗？

奥菲利娅　殿下是什么意思？

哈姆雷特　要是你既贞洁又美丽，那么你的贞洁应该断绝跟你的美丽来往。

奥菲利娅　殿下，难道美丽除了贞洁以外，还有什么更好的伴侣吗？

哈姆雷特　嗯，真的；因为美丽可以使贞洁变成淫荡，贞洁却未必能使美丽受它自己的感化；这句话从前像是怪诞之谈，可是现在时间已经把它证实了。我的确曾经爱过你。

奥菲利娅　真的，殿下，您曾经使我相信您爱我。

哈姆雷特　你当初就不应该相信我，因为美德不能熏陶我们罪恶的本性；我没有爱过你。

奥菲利娅　那么我真是受了骗了。

哈姆雷特　进尼姑庵去吧；为什么你要生一群罪人出来呢？我自己还不算是一个顶坏的人；可是我可以指出我的许多过失，一个人有了那些过失，他的母亲还是不要生下他来的好。我很骄傲，有仇必报，富于野心，我的罪恶是那么多，连我的思想也容纳不下，我的想象也不能给它们形象，甚至于我都没有充分的时间可以把它们实行出来。像我这样的家伙，匍匐于天地之间，有什么用处呢？我们都是些十足的坏人；一个也不要相信我们。进尼姑庵去吧。你的父亲呢？

奥菲利娅　在家里，殿下。

哈姆雷特　把他关起来，让他只好在家里发发傻劲。再会！

奥菲利娅　哎哟，天哪！救救他！

哈姆雷特　要是你一定要嫁人，我就把这一个咒诅送给你做嫁奁：尽管你像冰一样坚贞，像雪一样纯洁，你还是逃不过谗人的诽谤。进尼姑庵去吧，去；再会！或者要是你必须嫁人的话，就嫁给一个傻瓜吧；因为聪明人都明白你们会叫他们变成怎样的怪物。进尼姑庵去吧，去；越快越好。再会！

奥菲利娅　天上的神明啊，让他清醒过来吧！

哈姆雷特　我也知道你们会怎样涂脂抹粉；上帝给了你们一张脸，你们又替自己另外造了一张。你们烟视媚行，淫声浪气，替上帝造下的生物乱取名字，卖弄你们不懂事的风骚。算了吧，我再也不敢领教了；它已经使我发了狂。我说，我们以后再不要结什么婚了；已经结过婚的，除了一个人以外，都可以让他们活下去；没有结婚的不准再结婚，进尼姑庵去吧，去。

（下。）

奥菲利娅　啊，一颗多么高贵的心是这样陨落了！朝臣的眼睛、学者的辩舌、军人的利剑、国家所瞩望的一朵娇花；时流的明镜、人伦的雅范、举世瞩目的中心，这样无可挽回地陨落了！我是一切妇女中间最伤心而不幸的，我曾经从他音乐一般的盟誓中吮吸芬芳的甘蜜，现在却眼看着他的高贵无上的理智，像一串美妙的银铃失去了谐和的音调，无比的青春美貌，在疯狂中凋谢！啊！我好苦，谁料过去的繁华，变作今朝的泥土！

国王及波洛涅斯重上。

国王　恋爱！他的精神错乱不像是为了恋爱；他说的话虽然有些颠倒，也不像是疯狂。他有些什么心事盘踞在他的灵魂里，我怕它也许会产生危险的结果。为了防止万一，我已经当机立断，决定了一个办法：他必须立刻到英国去，向他们追索延宕未纳的贡物；也许他到海外各国游历一趟以后，时时变换的环境，可以替他排解去这一桩使他神思恍惚的心事。你看怎么样？

波洛涅斯　那很好；可是我相信他的烦闷的根本原因，还是为了恋爱上的失意。啊，奥菲利娅！你不用告诉我们哈姆雷特殿下说些什么话；我们全都听见了。陛下，照您的意思办吧；可是您要是认为可以的话，不妨在戏剧终场以后，让他的母后独自一人跟他在一起，恳求他向她吐露他的心事；她必须很坦白地跟他谈谈，我就找一个所在听他们说些什么。要是她也探听不出他的秘密来，您就叫他到英国去，或者凭着您的高见，把他关禁在一个适当的地方。

国王　就这样吧；大人物的疯狂是不能听其自然的。（同下。）

第二场　城堡中的厅堂

哈姆雷特及若干伶人上。

哈姆雷特　请你念这段剧词的时候，要照我刚才读给你听的那样子，一个字一个字打舌头上很轻快地吐出来；要是你也像多数的伶人们一样，只会拉开了喉咙嘶叫，那么我宁愿叫那宣布告示的公差念我这几行词句。也不要老是把你的手在空中这么摇挥；一切动作都要温文，因为就是在洪水暴风一样的感情激发之中，你也必须取得一种节制，免得流于过火。啊！

我顶不愿意听见一个披着满头假发的家伙在台上乱嚷乱叫，把一段感情片片撕碎，让那些只爱热闹的低级观众听了出神，他们中间的大部分是除了欣赏一些莫名其妙的手势以外，什么都不懂。我可以把这种家伙抓起来抽一顿鞭子，因为他把妥玛刚特形容过分，希律王的凶暴也要对他甘拜下风。① 请你留心避免才好。

伶甲　我留心着就是了，殿下。

哈姆雷特　可是太平淡了也不对，你应该接受你自己的常识的指导，把动作和言语互相配合起来；特别要注意到这一点，你不能越过自然的常道；因为任何过分的表现都是和演剧的原意相反的，自有戏剧以来，它的目的始终是反映自然，显示善恶的本来面目，给它的时代看一看它自己演变发展的模型。要是表演得过分了或者太懈怠了，虽然可以博外行的观众一笑，明眼之士却要因此而皱眉；你必须看重这样一个卓识者的批评甚于满场观众盲目的毁誉。啊！我曾经看见有几个伶人演戏，而且也听见有人把他们极口捧场，说一句比喻不伦的话，他们既不会说基督徒的语言，又不会学着基督徒、异教徒或者一般人的样子走路，瞧他们在台上大摇大摆，使劲叫喊的样子，我心里就想一定是什么造化的雇工把他们造了下来；造得这样拙劣，以至于全然失去了人类的面目。

伶甲　我希望我们在这方面已经有了相当的纠正了。

哈姆雷特　啊！你们必须彻底纠正这一种弊病。还有你们那些扮演小丑的，除了剧本上专为他们写下的台词以外，不要让他们临时编造一些话加上去。往往有许多小丑爱用自己的笑声，

---

　　① 妥玛刚特是基督徒假想的伊斯兰教神祇，希律是耶稣诞生时的犹太暴君，二者均为英国旧日的宗教剧中常见之角色。

引起台下一些无知的观众的哄笑,虽然那时候全场的注意力应当集中于其他更重要的问题上;这种行为是不可恕的,它表示出那丑角的可鄙的野心。去,准备起来吧。(伶人等同下。)

    波洛涅斯、罗森格兰兹及吉尔登斯吞上。

哈姆雷特 啊,大人,王上愿意来听这一本戏吗?

波洛涅斯 他跟娘娘都就要来了。

哈姆雷特 叫那些戏子赶紧点儿。(波洛涅斯下)你们两人也去帮着催催他们。

罗森格兰兹&吉尔登斯吞 是,殿下。(罗森格兰兹、吉尔登斯吞下。)

哈姆雷特 喂!霍拉旭!

    霍拉旭上。

霍拉旭 有,殿下。

哈姆雷特 霍拉旭,你是我所交接的人们中间最正直的一个人。

霍拉旭 啊,殿下!——

哈姆雷特 不,不要以为我在恭维你;你除了你的善良的精神以外,身无长物,我恭维了你又有什么好处呢?为什么要向穷人恭维?不,让蜜糖一样的嘴唇去吮舐愚妄的荣华,在有利可图的所在屈下他们生财有道的膝盖来吧。听着。自从我能够辨别是非、察择贤愚以后,你就是我灵魂里选中的一个人,因为你虽然经历一切的颠沛,却不曾受到一点儿伤害,命运的虐待和恩宠,你都是受之泰然;能够把感情和理智调整得那么适当,命运不能把他玩弄于指掌之间,那样的人是有福的。给我一个不为感情所奴役的人,我愿意把他珍藏在我的心坎,我的灵魂的深处,正像我对你一样。这些话现在也不必多说了。今晚我们要在国王面前演一出戏,其中有一场的情节跟我告诉过你的我的父亲的死状颇相仿佛;当那幕戏正在串演的时候，我要请你集中你的全副精神，注视我的叔父，要是他在听到了那一段戏词以后，他的隐藏的罪恶还是不露出一丝痕迹来，那么我们所看见的那个鬼魂一定是个恶魔，我的幻想也就像铁匠的砧石那样黑漆一团了。留心看他；我也要把我的眼睛看定他的脸上；过后我们再把各人观察的结果综合起来，给他下一个判断。

霍拉旭　很好，殿下；在演这出戏的时候，要是他在容色举止之间，有什么地方逃过了我们的注意，请您唯我是问。

哈姆雷特　他们来看戏了；我必须装出一副糊涂样子。你去拣一个地方坐下。

　　　　　奏丹麦进行曲，喇叭奏花腔。国王、王后、波洛涅斯、奥菲利娅、罗森格兰兹、吉尔登斯吞及余人等上。

国王　你过得好吗，哈姆雷特贤侄？

哈姆雷特　很好，好极了；我过的是变色蜥蜴的生活，整天吃空气，肚子让甜言蜜语塞满了；这可不是你们填鸭子的办法。

国王　你这种话真是答非所问，哈姆雷特；我不是那个意思。

哈姆雷特　不，我现在也没有那个意思。（向波洛涅斯）大人，您说您在大学里念书的时候，曾经演过一回戏吗？

波洛涅斯　是的，殿下，他们都称赞我是一个很好的演员哩。

哈姆雷特　您扮演什么角色呢？

波洛涅斯　我扮的是裘力斯·凯撒；勃鲁托斯在朱庇特神殿里把我杀死。

哈姆雷特　他在神殿里杀死了那么好的一头小牛，真太残忍了。那班戏子已经预备好了吗？

罗森格兰兹　是，殿下，他们在等候您的旨意。

王后　过来，我的好哈姆雷特，坐在我的旁边。

哈姆雷特　不，好妈妈，这儿有一个更迷人的东西哩。

波洛涅斯　（向国王）啊哈！您看见吗？

哈姆雷特　小姐，我可以睡在您的怀里吗？

奥菲利娅　不，殿下。

哈姆雷特　我的意思是说，我可以把我的头枕在您的膝上吗？

奥菲利娅　嗯，殿下。

哈姆雷特　您以为我在转着下流的念头吗？

奥菲利娅　我没有想到，殿下。

哈姆雷特　睡在姑娘大腿的中间，想起来倒是很有趣的。

奥菲利娅　什么，殿下？

哈姆雷特　没有什么。

奥菲利娅　您在开玩笑哩，殿下。

哈姆雷特　谁，我吗？

奥菲利娅　嗯，殿下。

哈姆雷特　上帝啊！要说玩笑，那就得属我了。一个人为什么不说说笑笑呢？您瞧，我的母亲多么高兴，我的父亲还不过死了两个钟头。

奥菲利娅　不，已经四个月了，殿下。

哈姆雷特　这么久了吗？哎哟，那么让魔鬼去穿孝服吧，我可要去做一身貂皮的新衣啦。天哪！死了两个月，还没有把他忘记吗？那么也许一个大人物死了以后，他的记忆还可以保持半年之久；可是凭着圣母起誓，他必须造下几所教堂，否则他就要跟那被遗弃的木马一样，没有人再会想念他了。

　　　　　高音笛奏乐。哑剧登场。

　　　　　一国王及一王后上，状极亲热，互相拥抱。后跪地，向王作宣誓状，王扶后起，俯首后颈上。王就花坪上睡下；后见王睡熟离去。另一人上，自王头上去冠，吻冠，注毒药于王耳，下。后重上，见王死，作哀恸状。下毒者率其他二三人重上，伴作陪后悲哭状。

从者舁王尸下。下毒者以礼物赠后，向其乞爱；后先作憎恶不愿状，卒允其请。同下。

奥菲利娅 这是什么意思，殿下？

哈姆雷特 呃，这是阴谋诡计、不干好事的意思。

奥菲利娅 大概这一场哑剧就是全剧的本事了。

致开场词者上。

哈姆雷特 这家伙可以告诉我们一切；演戏的都不能保守秘密，他们什么话都会说出来。

奥菲利娅 他也会给我们解释方才那场哑剧有什么奥妙吗？

哈姆雷特 是啊；这还不算，只要你做给他看什么，他也能给你解释什么；只要你做出来不害臊，他解释起来也决不害臊。

奥菲利娅 殿下真是淘气、真是淘气。我还是看戏吧。

开场词

这悲剧要是演不好，

要请各位原谅指教，

小的在这厢有礼了。（*致开场词者下。*）

哈姆雷特 这算开场词呢，还是指环上的诗铭？

奥菲利娅 它很短，殿下。

哈姆雷特 正像女人的爱情一样。

二伶人扮国王、王后上。

伶王

日轮已经盘绕三十春秋，

那茫茫海水和滚滚地球，

月亮吐耀着借来的晶光，

　　　　　三百六十回向大地环航，
　　　　　自从爱把我们缔结良姻，
　　　　　许门替我们证下了鸳盟。

伶后

　　　　　愿日月继续他们的周游，
　　　　　让我们再厮守三十春秋！
　　　　　可是唉，你近来这样多病，
　　　　　郁郁寡欢，失去旧时高兴，
　　　　　好教我满心里为你忧惧。
　　　　　可是，我的主，你不必疑虑；
　　　　　女人的忧伤像爱情一样，
　　　　　不是太少，就是超过分量；
　　　　　你知道我爱你是多么深，
　　　　　所以才会有如此的忧心。
　　　　　越是相爱，越是挂肚牵胸；
　　　　　不这样哪显得你我情浓？

伶王

　　　　　爱人，我不久必须离开你，
　　　　　我的全身将要失去生机；
　　　　　留下你在这繁华的世界
　　　　　安享尊荣，受人们的敬爱：
　　　　　也许再嫁一位如意郎君——

伶后

　　　　　啊！我断不是那样薄情人；
　　　　　我倘忘旧迎新，难邀天恕，

　　　　　　再嫁的除非是杀夫淫妇。
哈姆雷特　（旁白）苦恼，苦恼！
伶后
　　　　　　妇人失节大半贪慕荣华，
　　　　　　多情女子决不另抱琵琶；
　　　　　　我要是与他人共枕同衾，
　　　　　　怎么对得起地下的先灵！
伶王
　　　　　　我相信你的话发自心田，
　　　　　　可是我们往往自食前言。
　　　　　　志愿不过是记忆的奴隶，
　　　　　　总是有始无终，虎头蛇尾，
　　　　　　像未熟的果子密布树梢，
　　　　　　一朝红烂就会离去枝条。
　　　　　　我们对自己所负的债务，
　　　　　　最好把它丢在脑后不顾；
　　　　　　一时的热情中发下誓愿，
　　　　　　心冷了，那意志也随云散。
　　　　　　过分的喜乐，剧烈的哀伤，
　　　　　　反会毁害了感情的本常。
　　　　　　人世间的哀乐变幻无端，
　　　　　　痛哭转瞬早变成了狂欢。
　　　　　　世界也会有毁灭的一天，
　　　　　　何怪爱情要随境遇变迁；
　　　　　　有谁能解答这一个哑谜，

是境由爱造？是爱逐境移？
失财势的伟人举目无亲；
走时运的穷酸仇敌逢迎。
这炎凉的世态古今一辙：
富有的门庭挤满了宾客；
要是你在穷途向人求助，
即使知交也要情同陌路。
把我们的谈话拉回本题，
意志命运往往背道而驰，
决心到最后会全部推倒，
事实的结果总难符预料。
你以为你自己不会再嫁，
只怕我一死你就要变卦。

伶后
地不要养我，天不要亮我！
昼不得游乐，夜不得安卧！
毁灭了我的希望和信心；
铁锁囚门把我监禁终身！
每一种恼人的飞来横逆，
把我一重重的心愿摧折！
我倘死了丈夫再作新人，
让我生前死后永陷沉沦！

哈姆雷特　要是她现在背了誓！

伶王
难为你发这样重的誓愿。

350

　　　　爱人，你且去；我神思昏倦，

　　　　想要小睡片刻。（睡。）

伶后

　　　　愿你安睡；

　　　　上天保佑我俩永无灾悔！（下。）

哈姆雷特　母亲，您觉得这出戏怎样？

王后　我觉得那女人在表白心迹的时候，说话过火了一些。

哈姆雷特　啊，可是她会守约的。

国王　这本戏是怎么一个情节？里面没有什么要不得的地方吗？

哈姆雷特　不，不，他们不过开玩笑毒死了一个人；没有什么要不得的。

国王　戏名叫什么？

哈姆雷特　《捕鼠机》。呃，怎么？这是一个象征的名字。戏中的故事影射着维也纳的一件谋杀案。贡扎古是那公爵的名字；他的妻子叫作白普蒂丝妲。您看下去就知道是怎么一回事啦。这是个很恶劣的作品，可是那有什么关系？它不会对您陛下跟我们这些灵魂清白的人有什么相干；让那有毛病的马儿去惊跳退缩吧，我们的肩背都是好好的。

　　　　一伶人扮琉西安纳斯上。

哈姆雷特　这个人叫作琉西安纳斯，是那国王的侄子。

奥菲利娅　您很会解释剧情，殿下。

哈姆雷特　要是我看见傀儡戏搬演您跟您爱人的故事，我也会替你们解释的。

奥菲利娅　您的嘴真厉害，殿下，您的嘴真厉害。

哈姆雷特　我要是真厉害起来，你非得哼哼不可。

奥菲利娅　说好就好，说糟就糟。

351

哈姆雷特　女人嫁丈夫也是一样。动手吧，凶手！混账东西，别扮鬼脸了，动手吧！来；哇哇的乌鸦发出复仇的啼声。

琉西安纳斯

　　　　黑心快手，遇到妙药良机；

　　　　趁着没人看见事不宜迟。

　　　　你夜半采来的毒草炼成，

　　　　赫卡忒的咒语念上三巡，

　　　　赶快发挥你凶恶的魔力，

　　　　让他的生命速归于幻灭。（以毒药注入睡者耳中。）

哈姆雷特　他为了觊觎权位，在花园里把他毒死。他的名字叫贡扎古；那故事原文还存在，是用很好的意大利文写成的。底下就要做到那凶手怎样得到贡扎古的妻子的爱了。

奥菲利娅　王上站起来了！

哈姆雷特　什么！给一响空枪吓怕了吗？

王后　陛下怎么样啦？

波洛涅斯　不要演下去了！

国王　给我点起火把来！去！

众人　火把！火把！火把！（除哈姆雷特、霍拉旭外均下。）

哈姆雷特　嗨，让那中箭的母鹿掉泪，

　　　　没有伤的公鹿自去游玩；

　　　　有的人失眠，有的人酣睡，

　　　　世界就是这样循环轮转。

　　老兄，要是我的命运跟我作起对来，凭着我这念词的本领，头上插上满头的羽毛，开缝的靴子上再缀上两朵绢花，你想我能不能在戏班子里插足？

霍拉旭　也许他们可以让您领半额包银。

哈姆雷特　我可要领全额的。
　　　　　因为你知道,亲爱的朋友,
　　　　　这一个荒凉破碎的国土
　　　　　原本是乔武统治的雄邦,
　　　　　而今王位上却坐着——孔雀。
霍拉旭　您该押韵才是。
哈姆雷特　啊,好霍拉旭!那鬼魂真的没有骗我。你看见吗?
霍拉旭　看见的,殿下。
哈姆雷特　在那演戏的一提到毒药的时候?
霍拉旭　我看得他很清楚。
哈姆雷特　啊哈!来,奏乐!来,那吹笛子的呢?
　　　　　要是国王不爱这出喜剧,
　　　　　那么他多半是不能赏识。
　　来,奏乐!

　　　　　罗森格兰兹及吉尔登斯吞重上。

吉尔登斯吞　殿下,允许我跟您说句话。
哈姆雷特　好,你对我讲全部历史都可以。
吉尔登斯吞　殿下,王上——
哈姆雷特　嗯,王上怎么样?
吉尔登斯吞　他回去以后,非常不舒服。
哈姆雷特　喝醉了吗?
吉尔登斯吞　不,殿下,他在发脾气。
哈姆雷特　你应该把这件事告诉他的医生,才算你的聪明;因为叫我去替他诊视,恐怕反而更会激动他的脾气的。
吉尔登斯吞　好殿下,请您说话检点些,别这样拉扯开去。
哈姆雷特　好,我是听话的,你说吧。
吉尔登斯吞　您的母后心里很难过,所以叫我来。

哈姆雷特　欢迎得很。

吉尔登斯吞　不，殿下，这一种礼貌是用不着的。要是您愿意给我一个好好的回答，我就把您母亲的意旨向您传达；不然的话，请您原谅我，让我就这么回去，我的事情就算完了。

哈姆雷特　我不能。

吉尔登斯吞　您不能什么，殿下？

哈姆雷特　我不能给你一个好好的回答，因为我的脑子已经坏了；可是我所能够给你的回答，你——我应该说我的母亲——可以要多少有多少。所以别说废话，言归正传吧；你说我的母亲——

罗森格兰兹　她这样说：您的行为使她非常吃惊。

哈姆雷特　啊，好儿子，居然会叫一个母亲吃惊！可是在这母亲的吃惊的后面，还有些什么话呢？说吧。

罗森格兰兹　她请您在就寝以前，到她房间里去跟她谈谈。

哈姆雷特　即使她十次是我的母亲，我也一定服从她。你还有什么别的事情？

罗森格兰兹　殿下，我曾经蒙您错爱。

哈姆雷特　凭着我这双扒手起誓，我现在还是欢喜你的。

罗森格兰兹　好殿下，您心里这样不痛快，究竟为了什么原因？要是您不肯把您的心事告诉您的朋友，那恐怕会害您自己失去自由。

哈姆雷特　我不满足我现在的地位。

罗森格兰兹　怎么！王上自己已经亲口把您立为王位的继承者了，您还不能满足吗？

哈姆雷特　嗯，可是"要等草儿青青——"[①]这句老话也有点儿发

[①] 这句谚语是："要等草儿青青，马儿早已饿死。"

了霉啦。

    乐工等持笛上。

哈姆雷特　啊！笛子来了；拿一支给我。跟你们退后一步说话；为什么你们总这样千方百计地绕到我下风的一面，好像一定要把我逼进你们的圈套？

吉尔登斯吞　啊！殿下，要是我有太冒昧放肆的地方，那都是因为我对于您敬爱太深的缘故。

哈姆雷特　我不大懂得你的话。你愿意吹吹这笛子吗？

吉尔登斯吞　殿下，我不会吹。

哈姆雷特　请你吹一吹。

吉尔登斯吞　我真的不会吹。

哈姆雷特　请你不要客气。

吉尔登斯吞　我真的一点不会，殿下。

哈姆雷特　那是跟说谎一样容易的；你只要用你的手指按着这些笛孔，把你的嘴放在上面一吹，它就会发出最好听的音乐来。瞧，这些是音栓。

吉尔登斯吞　可是我不会从它里面吹出谐和的曲调来；我不懂那技巧。

哈姆雷特　哼，你把我看成了什么东西！你会玩弄我；你自以为摸得到我的心窍；你想要探出我的内心的秘密；你会从我的最低音试到我的最高音；可是在这支小小的乐器之内，藏着绝妙的音乐，你却不会使它发出声音来。哼，你以为玩弄我比玩弄一支笛子容易吗？无论你把我叫作什么乐器，你也只能撩拨我，不能玩弄我。

    波洛涅斯重上。

哈姆雷特　上帝祝福你，先生！

波洛涅斯　殿下，娘娘请您立刻就去见她说话。

哈姆雷特　你看见那片像骆驼一样的云吗?
波洛涅斯　哎哟,它真的像一头骆驼。
哈姆雷特　我想它还是像一头鼬鼠。
波洛涅斯　它拱起了背,正像是一头鼬鼠。
哈姆雷特　还是像一条鲸鱼吧?
波洛涅斯　很像一条鲸鱼。
哈姆雷特　那么等一会儿我就去见我的母亲。(旁白)我给他们愚弄得再也忍不住了。(高声)我等一会儿就来。
波洛涅斯　我就去这么说。(下。)
哈姆雷特　说等一会儿是很容易的。离开我,朋友们。(除哈姆雷特外均下)现在是一夜之中最阴森的时候,鬼魂都在此刻从坟墓里出来,地狱也要向人世吐放戾气;现在我可以痛饮热腾腾的鲜血,干那白昼所不敢正视的残忍的行为。且慢!我还要到我母亲那儿去一趟。心啊!不要失去你的天性之情,永远不要让尼禄①的灵魂潜入我这坚定的胸怀;让我做一个凶徒,可是不要做一个逆子。我要用利剑一样的说话刺痛她的心,可是决不伤害她身体上一根毛发;我的舌头和灵魂要在这一次学学伪善者的样子,无论在言语上给她多么严厉的谴责,在行动上却要做得丝毫不让人家指摘。(下。)

---

① 尼禄,曾谋杀其母。

第三场　城堡中一室

　　　　国王、罗森格兰兹及吉尔登斯吞上。

国王　我不喜欢他；纵容他这样疯闹下去，对于我是一个很大的威胁。所以你们快去准备起来吧；我马上叫人办好你们要递送的文书，同时打发他跟你们一块儿到英国去。就我的地位而论，他的疯狂每小时都可以危害我的安全，我不能让他留在我的近旁。

吉尔登斯吞　我们就去准备起来；许多人的安危都寄托在陛下身上，这一种顾虑是最圣明不过的。

罗森格兰兹　每一个庶民都知道怎样远祸全身，一个身负天下重寄的人，尤其应该时刻不懈地防备危害的袭击。君主的薨逝不仅是个人的死亡，它像一个漩涡一样，凡是在它近旁的东西，都要被它卷去同归于尽；又像一个矗立在最高山峰上的巨轮，它的轮辐上连附着无数的小物件，当巨轮轰然崩裂的时候，那些小物件也跟着它一齐粉碎。国王的一声叹息，总是随着全国的呻吟。

国王　请你们准备立刻出发；因为我们必须及早制止这一种公然的威胁。

罗森格兰兹　吉尔登斯吞　我们就去赶紧预备。（罗森格兰兹、吉尔登斯吞同下。）

　　　　波洛涅斯上。

波洛涅斯　陛下，他到他母亲房间里去了。我现在就去躲在帷幕后面，听他们怎么说。我可以断定她一定会把他好好教训一顿的。您说得很不错，母亲对于儿子总有几分偏心，所以最好有一个第三者躲在旁边偷听他们的谈话。再会，陛下；在您未睡以前，我还要来看您一次，把我所探听到的事情告诉您。

国王　谢谢你，贤卿。（波洛涅斯下）啊！我的罪恶的戾气已经上达于天；我的灵魂上负着一个元始以来最初的咒诅，杀害兄弟的暴行！我不能祈祷，虽然我的愿望像决心一样强烈；我的更坚强的罪恶击败了我的坚强的意愿。像一个人同时要做两件事情，我因为不知道应该先从什么地方下手而徘徊歧途，结果反弄得一事无成。要是这一只可咒诅的手上染满了一层比它本身还厚的兄弟的血，难道天上所有的甘霖，都不能把它洗涤得像雪一样洁白吗？慈悲的使命，不就是宽宥罪恶吗？祈祷的目的，不是一方面预防我们的堕落，一方面救拔我们于已堕落之后吗？那么我要仰望上天；我的过失已经犯下了。可是唉！哪一种祈祷才是我所适用的呢？"求上帝赦免我的杀人重罪"吗？那不能，因为我现在还占有着那些引起我的犯罪动机的目的物，我的王冠、我的野心和我的王后。非分攫取的利益还在手里，就可以幸邀宽恕吗？在这贪污的人世，罪恶的镀金的手也许可以把公道推开不顾，暴徒的赃物往往成为枉法的贿赂；可是天上却不是这样的，在那边一切都无可遁避，任何行动都要显现它的真相，我们必须当面为我们自己的罪恶做证。那么怎么办呢？还有什么法子好想呢？试一试忏悔的力量吧。什么事情是忏悔所不能做到的？可是对于一个不能忏悔的人，它又有什么用呢？啊，不幸的处境！啊，像死亡一样黑暗的心胸！啊，越是挣扎，越是不能脱身的胶住了的灵魂！救救我，天使们！试一试吧：屈下来，顽强的膝盖；钢丝一样的心弦，变得像新生之婴的筋肉一样柔嫩吧！但愿一切转祸为福！（退后跪祷。）

哈姆雷特上。

哈姆雷特　他现在正在祈祷，我正好动手；我决定现在就干，让他上天堂去，我也算报了仇了。不，那还要考虑一下：一个恶人杀死我的父亲；我，他的独生子，却把这个恶人送上天堂。啊，这简直是以恩报怨了。他用卑鄙的手段，在我父亲满心俗念、罪孽正重的时候乘其不备把他杀死；虽然谁也不知道在上帝面前，他的生前的善恶如何相抵，可是照我们一般的推想，他的孽债多半是很重的。现在他正在洗涤他的灵魂，要是我在这时候结果了他的性命，那么天国的路是为他开放着，这样还算是复仇吗？不！收起来，我的剑，等候一个更惨酷的机会吧；当他在酒醉以后，在愤怒之中，或是在乱伦纵欲的时候，有赌博、咒骂或是其他邪恶的行为的中间，我就要叫他颠踬在我的脚下，让他幽深黑暗不见天日的灵魂永堕地狱。我的母亲在等我。这一服续命的药剂不过延长了你临死的痛苦。（下。）

国王起立上前。

国王　我的言语高高飞起，我的思想滞留地下；没有思想的言语永远不会上升天界。（下。）

第四场　王后寝宫

王后及波洛涅斯上。

波洛涅斯　他就要来了。请您把他着实教训一顿，对他说他这种狂妄的态度，实在叫人忍无可忍，倘没有您娘娘替他居中回护，王上早已对他大发雷霆了。我就悄悄地躲在这儿。请您对他讲得着力一点儿。

哈姆雷特　（在内）母亲，母亲，母亲！

王后　都在我身上，你放心吧。下去吧，我听见他来了。（波洛涅斯匿帷后。）

　　　　哈姆雷特上。

哈姆雷特　母亲，您叫我有什么事？

王后　哈姆雷特，你已经大大得罪了你的父亲啦。

哈姆雷特　母亲，您已经大大得罪了我的父亲啦。

王后　来，来，不要用这种胡说八道的话回答我。

哈姆雷特　去，去，不要用这种胡说八道的话问我。

王后　啊，怎么，哈姆雷特！

哈姆雷特　现在又是什么事？

王后　你忘记我了吗？

哈姆雷特　不，凭着十字架起誓，我没有忘记你；你是王后，你的丈夫的兄弟的妻子，你又是我的母亲——但愿你不是！

王后　哎哟，那么我要去叫那些会说话的人来跟你谈谈了。

哈姆雷特　来，来，坐下来，不要动；我要把一面镜子放在你的面前，让你看一看你自己的灵魂。

王后　你要干吗呀？你不是要杀我吗？救命！救命呀！

波洛涅斯　（在后）喂！救命！救命！救命！

哈姆雷特　（拔剑）怎么！是哪一个鼠贼？准是不要命了，我来结果你。（以剑刺穿帷幕。）

波洛涅斯　（在后）啊！我死了！

王后　哎哟！你干了什么事啦？

哈姆雷特　我也不知道；那不是国王吗？

王后　啊，多么鲁莽残酷的行为！

哈姆雷特　残酷的行为！好妈妈，简直就跟杀了一个国王再去嫁给他的兄弟一样坏。

王后　杀了一个国王！

哈姆雷特　嗯，母亲，我正是这样说。（揭帷见波洛涅斯）你这倒运的、粗心的、爱管闲事的傻瓜，再会！我还以为是一个在你上面的人哩。也是你命不该活；现在你可知道爱管闲事的危险了。——别尽扭着你的手。静一静，坐下来，让我扭你的心；你的心倘不是铁石打成的，万恶的习惯倘不曾把它硬化得透不进一点感情，那么我的话一定可以把它刺痛。

王后　我干了些什么错事，你竟敢这样肆无忌惮地向我摇唇弄舌？

哈姆雷特　你的行为可以使贞节蒙污，使美德得到了伪善的名称；从纯洁的恋情的额上取下娇艳的蔷薇，替它盖上一个烙印；使婚姻的盟约变成博徒的誓言一样虚伪；啊！这样一种行为，简直使盟约成为一个没有灵魂的躯壳，神圣的婚礼变成一串谵妄的狂言；苍天的脸上也为它带上羞色，大地因为痛心这样的行为，也罩上满面的愁容，好像世界末日就要到来一般。

王后　唉！究竟是什么极恶重罪，你把它说得这样惊人呢？

哈姆雷特　瞧这一幅图画，再瞧这一幅；这是两个兄弟的肖像。你看这一个的相貌多么高雅优美：太阳神的鬈发，天神的前额，像战神一样威风凛凛的眼睛，像降落在高吻穹苍的山巅的神使一样矫健的姿态；这一个完善卓越的仪表，真像每一个天神都曾在那上面打下印记，向世间证明这是一个男子的典型。这是你从前的丈夫。现在你再看这一个：这是你现在的丈夫，像一株霉烂的禾穗，损害了他的健硕的兄弟。你有眼睛吗？你甘心离开这一座大好的高山，靠着这荒野生活吗？嘿！你有眼睛吗？你不能说那是爱情，因为在你的年纪，热情已经冷淡下来，变驯服了，肯听从理智的判断；什么理智愿意从这么高的地方，降落到这么低的所在呢？知觉你当然是有的，否则你就不会有行动；可是你那知觉也一定已经麻木了；因为就是疯人也不会犯那样的错误，无论怎样丧心病狂，总不会连这样悬殊的差异都分辨不出来。那么是什么魔鬼蒙住了你的眼睛，把你这样欺骗呢？有眼睛而没有触觉、有触觉而没有视觉、有耳朵而没有眼或手、只有嗅觉而别的什么都没有，甚至只剩下一种官觉还出了毛病，也不会糊涂到你这步田地。羞啊！你不觉得惭愧吗？要是地狱中的孽火可以在一个中年妇人的骨髓里煽起了蠢动，那么在青春的烈焰中，让贞操像蜡一样融化了吧。当无法阻遏的情欲大举进攻的时候，用不着喊什么羞耻了，因为霜雪都会自动燃烧，理智都会做情欲的奴隶呢。

王后　啊，哈姆雷特！不要说下去了！你使我的眼睛看进了我自己灵魂的深处，看见我灵魂里那些洗拭不去的黑色的污点。

哈姆雷特　嘿，生活在汗臭垢腻的眠床上，让淫邪熏没了心窍，在污秽的猪圈里调情弄爱——

王后　啊，不要再对我说下去了！这些话像刀子一样戳进我的耳朵里；不要说下去了，亲爱的哈姆雷特！

哈姆雷特　一个杀人犯、一个恶徒、一个不及你前夫二百分之一的庸奴、一个冒充国王的丑角、一个盗国窃位的扒手，从架子上偷下那顶珍贵的王冠，塞在自己的腰包里。

王后　别说了！

哈姆雷特　一个下流褴褛的国王——

　　　　鬼魂上。

哈姆雷特　天上的神明啊，救救我，用你们的翅膀覆盖我的头顶！——陛下英灵不昧，有什么见教？

王后　哎哟，他疯了！

哈姆雷特　您不是来责备您的儿子不该消磨时间和热情，把您煌煌的命令搁在一旁，耽误了应该做的大事吗？啊，说吧！

鬼魂　不要忘记。我现在是来磨砺你的快要蹉跎下去的决心。可是瞧！你的母亲那副惊愕的表情。啊，快去安慰安慰她的正在交战中的灵魂吧！最柔弱的人最容易受幻想的激动。去对她说话，哈姆雷特。

哈姆雷特　您怎么啦，母亲？

王后　唉！你怎么啦？为什么你把眼睛睁视着虚无，向空中喃喃说话？你的眼睛里射出狂乱的神情；像熟睡的兵士突然听到警号一般，你的整齐的头发一根根都像有了生命似的竖立起来。啊，好儿子！在你的疯狂的热焰上，浇洒一些清凉的镇静吧！你瞧什么？

哈姆雷特　他，他！您瞧，他的脸色多么惨淡！看见了他这一种形状，要是再知道他所负的沉冤，即使石块也会感动的。——不要瞧着我，免得你那种可怜的神气反会妨碍我的冷酷的决心；也许我会因此而失去勇气，让挥泪代替了流血。

王后　你这番话是对谁说的？

哈姆雷特　您没有看见什么吗？

王后　什么也没有；要是有什么东西在那边，我不会看不见的。

哈姆雷特　您也没有听见什么吗？

王后　不，除了我们两人的说话以外，我什么也没有听见。

哈姆雷特　啊，您瞧！瞧，它悄悄地去了！我的父亲，穿着他生前所穿的衣服！瞧，他就在这一刻，从门口走出去了！（鬼魂下。）

王后　这是你脑中虚构的意象；一个人在心神恍惚之中，最容易发生这种幻妄的错觉。

哈姆雷特　心神恍惚！我的脉搏跟您的一样，在按着正常的节奏跳动哩。我所说的并不是疯话；要是您不信，不妨试试，我可以把话一字不漏地复述一遍，一个疯人是不会记忆得那样

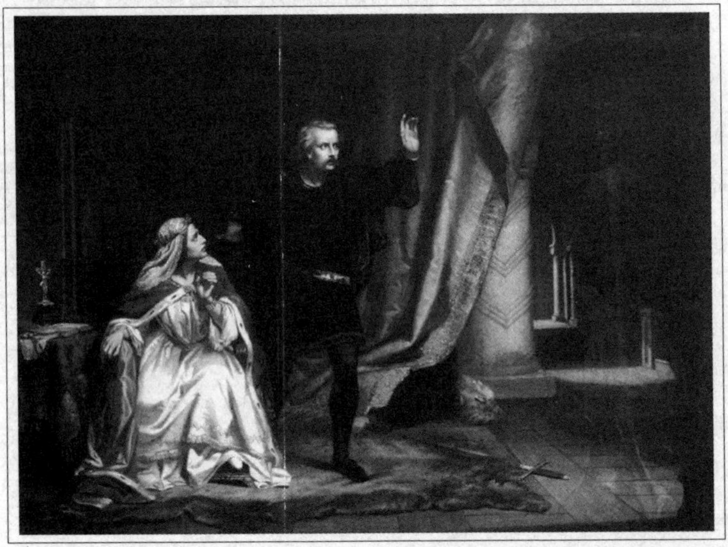

清楚的。母亲，为了上帝的慈悲，不要自己安慰自己，以为我这一番说话，只是出于疯狂，不是真的对您的过失而发；那样的思想不过是骗人的油膏，只能使您溃烂的良心上结起一层薄膜，那内部的毒疮却在底下愈长愈大。向上天承认您的罪恶吧，忏悔过去，警戒未来；不要把肥料浇在莠草上，使它们格外蔓延起来。原谅我这一番正义的劝告；因为在这种万恶的时世，正义必须向罪恶乞恕，它必须俯首屈膝，要求人家接纳他的善意的箴规。

王后　啊，哈姆雷特！你把我的心劈为两半了！

哈姆雷特　啊！把那坏的一半丢掉，保留那另外的一半，让您的灵魂清净一些。晚安！可是不要上我叔父的床！即使您已经失节，也得勉力学做一个贞节妇人的样子。习惯虽然是一个可以使人失去羞耻的魔鬼，但是它也可以做一个天使，对于勉力为善的人，它会用潜移默化的手段，使他徙恶从善。您要是今天晚上自加抑制，下一次就会觉得这一种自制的功夫并不怎样为难，慢慢地就可以习以为常了；因为习惯简直有一种改变气质的神奇的力量，它可以制服魔鬼，并且把他从人们心里驱逐出去。让我再向您道一次晚安；当您希望得到上天祝福的时候，我将求您祝福我。至于这一位老人家，（指**波洛涅斯**）我很后悔自己一时鲁莽把他杀死；可是这是上天的意思，要借着他的死惩罚我，同时借着我的手惩罚他，使我成为代天行刑的凶器和使者。我现在先去把他的尸体安顿好了，再来承担这个杀人的过咎。晚安！为了顾全母子的恩慈，我不得不忍情暴戾；不幸已经开始，更大的灾祸还在接踵而至。再有一句话，母亲。

王后　我应当怎么做？

哈姆雷特　我不能禁止您不再让那肥猪似的僭王引诱您和他同床，

让他拧您的脸，叫您做他的小耗子；我也不能禁止您因为他给了您一两个恶臭的吻，或是用他万恶的手指抚摩您的颈项，就把您所知道的事情一起说了出来，告诉他我实在是装疯，不是真疯。您应该让他知道的；因为哪一个美貌聪明懂事的王后，愿意隐藏着这样重大的消息，不去告诉一只蛤蟆、一只蝙蝠、一只老雄猫知道呢？不，虽然理性警告您保守秘密，您尽管学那寓言中的猴子，因为受了好奇心的驱使，到屋顶上去开了笼门，把鸟儿放走，自己钻进笼里去，结果连笼子一起掉下来跌死吧。

王后　你放心吧，要是言语来自呼吸，呼吸来自生命，只要我一息犹存，就决不会让我的呼吸泄露了你对我所说的话。

哈姆雷特　我必须到英国去；您知道吗？

王后　唉！我忘了；这事情已经这样决定了。

哈姆雷特　公文已经封好，打算交给我那两个同学带去，对这两个家伙我要像对待两条咬人的毒蛇一样随时提防；他们将要做我的先驱，引导我钻进什么圈套里去。我倒要瞧瞧他们的能耐。开炮的要是给炮轰了，也是一件好玩的事；他们会埋地雷，我要比他们埋得更深，把他们轰到月亮里去。啊！用诡计对付诡计，不是顶有趣的吗？这家伙一死，多半会提早了我的行期；让我把这尸体拖到隔壁去。母亲，晚安！这一位大臣生前是个愚蠢饶舌的家伙，现在却变成非常谨严庄重的人了。来，老先生，该是收场的时候了。晚安，母亲！（各下。哈姆雷特曳波洛涅斯尸入内。）

第四幕

第一场　城堡中一室

国王、王后、罗森格兰兹及吉尔登斯吞上。

国王　这些长吁短叹之中，都含着深长的意义，你必须明说出来，让我知道。你的儿子呢？

王后　（向罗森格兰兹、吉尔登斯吞）请你们暂时退开。（罗森格兰兹、吉尔登斯吞下）啊，陛下！今晚我看见了多么惊人的事情！

国王　什么，乔特鲁德？哈姆雷特怎么啦？

王后　疯狂得像彼此争强斗胜的天风和海浪一样。在他野性发作的时候，他听见帷幕后面有什么东西爬动的声音，就拔出剑来，嚷着，"有耗子！有耗子！"于是在一阵疯狂的恐惧之中，把那躲在幕后的好老人家杀死了。

国王　啊，罪过罪过！要是我在那儿，我也会照样死在他手里的；放任他这样胡作非为，对于你、对于我、对于每一个人，都是极大的威胁。唉！这一件流血的暴行应当由谁负责呢？我是不能辞其咎的，因为我早该防患未然，把这个发疯的孩子关禁起来，不让他到处乱走；可是我太爱他了，以至于不愿想一个适当的方策，正像一个害着恶疮的人，因为不让它出毒的缘故，弄到毒气攻心，无法救治一样。他到哪儿去了？

王后　拖着那个被他杀死的尸体出去了。像一堆下贱的铅铁，掩不了真金的光彩一样，他知道他自己做错了事，他的纯良的本性就从他的疯狂里透露出来，他哭了。

国王　啊，乔特鲁德！来！太阳一到了山上，我就赶紧让他登船出发。对于这一件罪恶的行为，我只有尽量利用我的威权和手腕，替他掩饰过去。喂！吉尔登斯吞！

　　　　罗森格兰兹及吉尔登斯吞重上。

国王　两位朋友，你们去多找几个人帮忙。哈姆雷特在疯狂之中，已经把波洛涅斯杀死；他现在把那尸体从他母亲的房间里拖出去了。你们去找他来，对他说话要和气一点；再把那尸体搬到教堂里去。请你们快去把这件事情办好。（*罗森格兰兹、吉尔登斯吞下*）来，乔特鲁德，我要去召集我那些最有见识的朋友，把我的决定和这一件意外的变故告诉他们，免得外边无稽的谰言牵涉到我身上，它的毒箭从低声的密语中间散放出去，是像弹丸从炮口射出去一样每发必中的，现在我们这样做后，它或许会落空了。啊，来吧！我的灵魂里充满着混乱和惊愕。（同下。）

第二场　城堡中另一室

　　　　哈姆雷特上。

哈姆雷特　藏好了。

罗森格兰兹 & 吉尔登斯吞　（在内）哈姆雷特！哈姆雷特殿下！

哈姆雷特　什么声音？谁在叫哈姆雷特？啊，他们来了。

　　　　　罗森格兰兹及吉尔登斯吞上。

罗森格兰兹　殿下，您把那尸体怎么样啦？

哈姆雷特　它本来就是泥土，我仍旧让它回到泥土里去。

罗森格兰兹　告诉我们它在什么地方，让我们把它搬到教堂里去。

哈姆雷特　不要相信。

罗森格兰兹　不要相信什么？

哈姆雷特　不要相信我会说出我的秘密，倒替你们保守秘密。而且，一块海绵也敢问起我来！一个堂堂王子应该用什么话去回答它呢？

罗森格兰兹　您把我当作一块海绵吗，殿下？

哈姆雷特　嗯，先生，一块吸收君王的恩宠、利禄和官爵的海绵。可是这样的官员要到最后才会显出他们对于君王的最大用处来；像猴子吃硬壳果一般，他们的君王先把他们含在嘴里舐弄了好久，然后再一口咽了下去。当他需要被你们所吸收去的东西的时候，他只要把你们一挤，于是，海绵，你又是一块干巴巴的东西了。

罗森格兰兹　我不懂您的话，殿下。

哈姆雷特　那很好，下流的话正好让它埋葬在一个傻瓜的耳朵里。

罗森格兰兹　殿下，您必须告诉我们那尸体在什么地方，然后跟我们见王上去。

哈姆雷特　他的身体和国王同在，可是那国王并不和他的身体同在。国王是一件东西——

吉尔登斯吞　一件东西，殿下！

哈姆雷特　一件虚无的东西。带我去见他。狐狸躲起来，大家追上去。（同下。）

第三场　城堡中另一室

国王上，侍从后随。

国王　我已经叫他们找他去了，并且叫他们把那尸体寻出来。让这家伙任意胡闹，是一件多么危险的事情！可是我们又不能把严刑峻法加在他的身上，他是为糊涂的群众所喜爱的，他们喜欢一个人，只凭眼睛，不凭理智；我要是处罚了他，他们只看见我的刑罚的苛酷，却不想到他犯的是什么重罪。为了顾全各方面的关系，这样叫他迅速离国，必须显得像是深思熟虑的结果。应付非常的变故，只有用非常的手段，不然是不中用的。

罗森格兰兹上。

国王　啊！事情怎样啦？
罗森格兰兹　陛下，他不肯告诉我们那尸体在什么地方。
国王　可是他呢？
罗森格兰兹　在外面，陛下；我们把他看起来了，等候您的旨意。
国王　带他来见我。
罗森格兰兹　喂，吉尔登斯吞！带殿下进来。

哈姆雷特及吉尔登斯吞上。

国王　啊，哈姆雷特，波洛涅斯呢？
哈姆雷特　吃饭去了。
国王　吃饭去了！在什么地方？
哈姆雷特　不是在他吃饭的地方，是在人家吃他的地方；有一群精明的蛆虫正在他身上大吃特吃哩。蛆虫是全世界最大的饕饕家；我们喂肥了各种牲畜给自己受用，再喂肥了自己去给蛆虫受用。胖胖的国王跟瘦瘦的乞丐是一个桌子上两道不同的菜；不过是这么一回事。

国王　唉！唉！

哈姆雷特　一个人可以拿一条吃过一个国王的蛆虫去钓鱼，再吃那吃过那条蛆虫的鱼。

国王　你这句话是什么意思？

哈姆雷特　没有什么意思，我不过指点你一个国王可以在一个乞丐的脏腑里作一番巡礼。

国王　波洛涅斯呢？

哈姆雷特　在天上；你差人到那边去找他吧。要是你的使者在天上找不到他，那么你可以自己到另外一个所在去找他。可是你们在这一个月里要是找不到他的话，你们只要跑上走廊的阶石，也就可以闻到他的气味了。

国王　（向若干侍从）到走廊里去找一找。

哈姆雷特　他一定会恭候你们。（侍从等下。）

国王　哈姆雷特，你干出这种事来，使我非常痛心。由于我很关心你的安全，你必须火速离开国境；所以快去自己预备预备。船已经整装待发，风势也很顺利，同行的人都在等着你，一切都已经准备好向英国出发。

哈姆雷特　到英国去！

国王　是的，哈姆雷特。

哈姆雷特　好。

国王　要是你明白我的用意，你应该知道这是为了你的好处。

哈姆雷特　我看见一个明白你的用意的天使。可是来，到英国去！再会，亲爱的母亲。

国王　我是你慈爱的父亲，哈姆雷特。

371

哈姆雷特　我的母亲。父亲和母亲是夫妇两个，夫妇是一体之亲；所以再会吧，我的母亲！来，到英国去！（下。）

国王　跟在他后面，劝诱他赶快上船，不要耽误；我要叫他今晚离开国境。去！和这件事有关的一切公文要件，都已经密封停当了。请你们赶快一点儿。（罗森格兰兹、吉尔登斯吞下）英格兰王啊，丹麦的宝剑在你的国土上还留着鲜明的创痕，你向我们纳款输诚的敬礼至今未减，要是你畏惧我的威力，重视我的友谊，你就不能忽视我的意旨；我已经在公函里要求你把哈姆雷特立即处死，照着我的意思做吧，英格兰王，因为他像是我深入膏肓的痼疾，一定要借你的手把我医好。我必须知道他已经不在人世，我的脸上才会浮起笑容。（下。）

第四场　丹麦原野

福丁布拉斯、一队长及兵士等列队行进上。

福丁布拉斯　队长，你去替我问候丹麦国王，告诉他说福丁布拉斯因为得到他的允许，已经按照约定，率领一支军队通过他的国境，请他派人来带路。你知道我们在什么地方集合。要是丹麦王有什么话要跟我当面说，我也可以入朝晋谒；你就这样对他说吧。

队长　是，主将。

福丁布拉斯　慢步前进。（福丁布拉斯及兵士等下。）

哈姆雷特、罗森格兰兹、吉尔登斯吞等同上。

哈姆雷特　官长，这些是什么人的军队？

队长　他们都是挪威的军队，先生。

哈姆雷特　请问他们是开到什么地方去的？

队长　到波兰的某一部分去。

哈姆雷特　谁是领兵的主将？

队长　挪威老王的侄儿福丁布拉斯。

哈姆雷特　他们是要向波兰本土进攻呢，还是去袭击边疆？

队长　不瞒您说，我们是要去夺一小块徒有虚名毫无实利的土地。叫我出五块钱去把它租下来，我也不要；要是把它标卖起来，不管是归挪威，还是归波兰，也不会得到更多的好处。

哈姆雷特　啊，那么波兰人一定不会防卫它的了。

队长　不，他们早已布防好了。

哈姆雷特　为了这一块荒瘠的土地，牺牲了二千人的生命，二万块的金圆，争执也不会解决。这完全是因为国家富足升平了，晏安的积毒蕴蓄于内，虽然已经到了溃烂的程度，外表上却还一点儿看不出致死的原因来。谢谢您，官长。

队长　上帝和您同在，先生。（下。）

罗森格兰兹　我们去吧，殿下。

哈姆雷特　我就来，你们先走一步。（除哈姆雷特外均下）我所见到、听到的一切，都好像在对我谴责，鞭策我赶快进行我的蹉跎未就的复仇大愿！一个人要是把生活的幸福和目的，只看做吃吃睡睡，他还算是个什么东西？简直不过是一头畜生！上帝造下我们来，使我们能够这样高谈阔论，瞻前顾后，当然要我们利用他所赋予我们的这一种能力和灵明的理智，不让它们白白废掉。现在我明明有理由、有决心、有力量、有方法，可以动手干我所要干的事，可是我还是在大言不惭地说："这件事需要作。"可是始终不曾在行动上表现出来；我不知道这是因为像鹿豕一般的健忘呢，还是因为三分懦怯一分智慧的过于审慎的顾虑。像大地一样显明的榜样都在鼓励我；瞧这一支勇猛的大军，领队的是一个娇美的少年王子，

373

勃勃的雄心振起了他的精神，使他蔑视不可知的结果，为了区区弹丸大小的一块不毛之地，拼着血肉之躯，去向命运、死亡和危险挑战。真正的伟大不是轻举妄动，而是在荣誉遭遇危险的时候，即使为了一根稻秆之微，也要慷慨力争。可是我的父亲给人惨杀，我的母亲给人污辱，我的理智和感情都被这种不共戴天的大仇所激动，我却因循隐忍，一切听其自然，看着这二万个人为了博取一个空虚的名声，视死如归地走下他们的坟墓里去，目的只是争夺一方还不够给他们作战场或者埋骨之所的土地，相形之下，我将何地自容呢？啊！从这一刻起，让我屏除一切的疑虑妄念，把流血的思想充满在我的脑际！（下。）

第五场　艾尔西诺。城堡中一室

　　王后、霍拉旭及一侍臣上。

王后　我不愿意跟她说话。

侍臣　她一定要见您；她的神气疯疯癫癫，瞧着怪可怜的。

王后　她要什么？

侍臣　她不断提起她的父亲；她说她听见这世上到处是诡计；一边呻吟，一边捶她的心，对一些琐琐屑屑的事情痛骂，讲的都是些很玄妙的话，好像有意思，又好像没有意思。她的话虽然不知所云，可是却能使听见的人心中发生反应，而企图从它里面找出意义来；他们妄加猜测，把她的话断章取义，用自己的思想附会上去；当她讲那些话的时候，有时眨眼，有时点头，做着种种的手势，的确使人相信在她的言语之间，含蓄着什么意思，虽然不能确定，却可以作一些很不好听的解释。

霍拉旭　最好有什么人跟她谈谈，因为也许她会在愚妄的脑筋里散布一些危险的猜测。

王后　让她进来。（侍臣下。）
　　　我负疚的灵魂惴惴惊惶，
　　　琐琐细事也像预兆灾殃；
　　　罪恶是这样充满了疑猜，
　　　越小心越容易流露鬼胎。

　　　　　侍臣率奥菲利娅重上。

奥菲利娅　丹麦的美丽的王后陛下呢？

王后　啊，奥菲利娅！

奥菲利娅　（唱）

　　　张三李四满街走，
　　　谁是你情郎？
　　　毡帽在头杖在手，
　　　草鞋穿一双。

王后　唉！好姑娘，这支歌是什么意思呢？

奥菲利娅　您说？请您听好了。（唱）

　　　姑娘，姑娘，他死了，
　　　一去不复来；
　　　头上盖着青青草，
　　　脚下石生苔。
　　　嗬呵！

王后　哎，可是，奥菲利娅——

奥菲利娅　请您听好了。（唱）

　　　殓衾遮体白如雪——

国王上。

王后 唉！陛下，您瞧。

奥菲利娅

　　　　鲜花红似雨；

　　　　花上盈盈有泪滴，

　　　　伴郎坟墓去。

国王 你好，美丽的姑娘？

奥菲利娅 好，上帝保佑您！他们说猫头鹰是一个面包师的女儿变成的。主啊！我们都知道我们现在是什么，可是谁也不知道自己将来会变成什么。愿上帝和您同席！

国王 她父亲的死激成了她这种幻想。

奥菲利娅 对不起，我们再别提这件事了。要是有人问您这是什么意思，您就这样对他说：（唱）

　　　　情人佳节就在明天，

　　　　我要一早起身，

　　　　梳洗齐整到你窗前，

　　　　来做你的恋人。

　　　　他下了床披了衣裳，

　　　　他开开了房门；

　　　　她进去时是个女郎，

　　　　出来变了妇人。

国王 美丽的奥菲利娅！

奥菲利娅 真的，不用发誓，我会把它唱完：（唱）

　　　　凭着神圣慈悲名字，

　　　　这种事太丢脸！

　　　　少年男子不知羞耻，

一味无赖纠缠。

　　　她说你曾答应娶我,

　　　然后再同枕席。

　　　——本来确是想这样做,

　　　无奈你等不及。

国王　她这个样子已经多久了?

奥菲利娅　我希望一切转祸为福!我们必须忍耐;可是我一想到他们把他放下寒冷的泥土里去,我就禁不住掉泪。我的哥哥必须知道这件事。谢谢你们很好的劝告。来,我的马车!晚安,太太们;晚安,可爱的小姐们;晚安,晚安!(下。)

国王　紧紧跟住她;留心不要让她闹出乱子来。(霍拉旭下)啊!深心的忧伤把她害成这样子;这完全是为了她父亲的死。啊,乔特鲁德,乔特鲁德!不幸的事情总是接踵而来:第一是她父亲的被杀;然后是你儿子的远别,他闯了这样大祸,不得不亡命异国,也是自取其咎。人民对于善良的波洛涅斯的暴死,已经群疑蜂起,议论纷纷;我这样匆匆忙忙地把他秘密安葬,更加引起了外间的疑窦;可怜的奥菲利娅也因此而伤心得失去了她的正常的理智,我们人类没有了理智,不过是画上的图形,无知的禽兽。最后,跟这些事情同样使我不安的,她的哥哥已经从法国秘密回来,行动诡异,居心叵测,他的耳中所听到的,都是那些拨弄是非的人所散播的关于他父亲死状的恶意的谣言;这些谣言,由于找不到确凿的事实根据,少不得牵涉到我的身上。啊,我的亲爱的乔特鲁德!这就像一尊厉害的开花炮,打得我遍体血肉横飞,死上加死。(內喧呼声。)

王后　哎哟!这是什么声音?

　　　　　　一侍臣上。

国王　我的瑞士卫队呢？叫他们把守宫门。什么事？

侍臣　赶快避一避吧，陛下；比大洋中的怒潮冲决堤岸、席卷平原还要汹汹其势，年轻的雷欧提斯带领着一队叛军，打败了您的卫士，冲进宫里来了。这一群暴徒把他称为主上；就像世界还不过刚才开始一般，他们推翻了一切的传统和习惯，自己制订规矩，擅作主张，高喊着，"我们推举雷欧提斯做国王！"他们掷帽举手，吆喝的声音响彻云霄，"让雷欧提斯做国王，让雷欧提斯做国王！"

王后　他们这样兴高采烈，却不知道已经误入歧途！啊，你们干了错事了，你们这些不忠的丹麦狗！（内喧呼声。）

国王　宫门都已打破了。

　　　　　　雷欧提斯戎装上；一群丹麦人随上。

雷欧提斯　国王在哪儿？弟兄们，大家站在外面。

众人　不，让我们进来。

雷欧提斯　对不起，请你们听我的话。

众人　好，好。（众人退立门外。）

雷欧提斯　谢谢你们；把门看守好了。啊，你这万恶的奸王！还我的父亲来！

王后　安静一点儿，好雷欧提斯。

雷欧提斯　我身上要是有一点血安静下来，我就是个野生的杂种，我的父亲是个王八，我的母亲的贞洁的额角上，也要雕上娼妓的恶名。

国王　雷欧提斯，你这样大张声势，兴兵犯上，究竟为了什么原因？——放了他，乔特鲁德；不要担心他会伤害我的身体，一个君王是有神灵呵护的，叛逆只能在一边蓄意窥伺，作不出什么事情来。——告诉我，雷欧提斯，你有什么气恼不平的事？——放了他，乔特鲁德。——你说吧。

雷欧提斯　我的父亲呢？

国王　死了。

王后　但是并不是他杀死的。

国王　尽他问下去。

雷欧提斯　他怎么会死的？我可不能受人家的愚弄。忠心，到地狱里去吧！让最黑暗的魔鬼把一切誓言抓了去！什么良心，什么礼貌，都给我滚下无底的深渊里去！我要向永劫挑战。我的立场已经坚决：今生怎样，来生怎样，我一概不顾，只要痛痛快快地为我的父亲复仇。

国王　有谁阻止你呢？

雷欧提斯　除了我自己的意志以外，全世界也不能阻止我；至于我的力量，我一定要使用得当，叫它事半功倍。

国王　好雷欧提斯，要是你想知道你的亲爱的父亲究竟是怎样死去的话，难道你复仇的方式是把朋友和敌人都当作对象，把赢钱的和输钱的赌注都一扫而光吗？

雷欧提斯　冤有头，债有主，我只要找我父亲的敌人算账。

国王　那么你要知道谁是他的敌人吗？

雷欧提斯　对于他的好朋友，我愿意张开我的手臂拥抱他们，像舍身的鹈鹕一样，把我的血供他们畅饮[1]。

国王　啊，现在你才说得像一个孝顺的儿子和真正的绅士。我不但对于令尊的死不曾有分，而且为此也感觉到非常的悲痛；这一个事实将会透过你的心，正像白昼的阳光照射你的眼睛一样。

众人　（在内）放她进去！

---

[1] 昔人误信鹈鹕以其血哺雏，故云。

雷欧提斯　怎么！那是什么声音？

>　　奥菲利娅重上。

雷欧提斯　啊，赤热的烈焰，炙枯了我的脑浆吧！七倍辛酸的眼泪，灼伤了我的视觉吧！天日在上，我一定要叫那害你疯狂的仇人重重地抵偿他的罪恶。啊，五月的玫瑰！亲爱的女郎，好妹妹，奥菲利娅！天哪！一个少女的理智，也会像一个老人的生命一样受不起打击吗？人类的天性由于爱情而格外敏感，因为是敏感的，所以会把自己最珍贵的部分舍弃给所爱的事物。

奥菲利娅　（唱）

>　　他们把他抬上柩架；
>
>　　哎呀，哎呀，哎哎呀；
>
>　　在他坟上泪如雨下；——
>
>　　再会，我的鸽子！

雷欧提斯　要是你没有发疯而激励我复仇，你的言语也不会比你现在这样子更使我感动了。

奥菲利娅　你应该唱："当啊当，还叫他啊当啊。"哦，这纺轮转动的声音配合得多么好听！唱的是那坏良心的管家把主人的女儿拐了去了。

雷欧提斯　这一种无意识的话，比正言危论还要有力得多。

奥菲利娅　这是表示记忆的迷迭香；爱人，请你记着吧：这是表示思想的三色堇。

雷欧提斯　这疯话很有道理，思想和记忆都提得很合适。

奥菲利娅　这是给您的茴香和漏斗花；这是给您的芸香；这儿还留着一些给我自己；遇到礼拜天，我们不妨叫它慈悲草。啊！您可以把您的芸香插戴得别致一点儿。这儿是一枝雏菊；我

想要给您几朵紫罗兰,可是我父亲一死,它们全都谢了;他们说他死得很好——(唱)

可爱的罗宾是我的宝贝。

雷欧提斯　忧愁、痛苦、悲哀和地狱中的磨难,在她身上都变成了可怜可爱。

奥菲利娅　(唱)

他会不会再回来?

他会不会再回来?

不,不,他死了;

你的命难保,

他再也不会回来。

他的胡须像白银,

满头黄发乱纷纷。

人死不能活,

且把悲声歇;

上帝饶赦他灵魂!

求上帝饶赦一切基督徒的灵魂!上帝和你们同在!(下。)

雷欧提斯　上帝啊,你看见这种惨事吗?

国王　雷欧提斯,我必须跟你详细谈谈关于你所遭逢的不幸;你不能拒绝我这一个权利。你不妨先去选择几个你的最有见识的朋友,请他们在你我两人之间做公证人:要是他们评断的结果,认为我主动或同谋杀害的,我愿意放弃我的国土、我的王冠、我的生命以及我所有的一切,作为对你的补偿;可是他们假如认为我是无罪的,那么你必须答应助我一臂之力,让我们两人开诚合作,定出一个惩凶的方策来。

雷欧提斯　就这样吧;他死得这样不明不白,他的下葬又是这样偷偷摸摸的，他的尸体上没有一些战士的荣饰，也不曾替他举行一些哀祭的仪式，从天上到地下都在发出愤懑不平的呼声，我不能不问一个明白。

国王　你可以明白一切；谁是真有罪的，让斧钺加在他的头上吧。请你跟我来。（同下。）

第六场　城堡中另一室

霍拉旭及一仆人上。

霍拉旭　要来见我说话的是些什么人？

仆人　是几个水手，主人；他们说他们有信要交给您。

霍拉旭　叫他们进来。（仆人下）倘不是哈姆雷特殿下差来的人，我不知道在这世上的哪一部分会有人来看我。

众水手上。

水手甲　上帝祝福您，先生！

霍拉旭　愿他也祝福你。

水手乙　他要是高兴，先生，他会祝福我们的。这儿有一封信给您，先生——它是从那位到英国去的钦使寄来的。——要是您的名字果然是霍拉旭的话。

霍拉旭　（读信）"霍拉旭，你把这封信看过以后，请把来人领去见一见国王；他们还有信要交给他。我们在海上的第二天，就有一艘很凶猛的海盗船向我们追击。我们因为船行太慢，只好勉力迎敌；在彼此相持的时候，我跳上了盗船，他们就立刻抛下我们的船，扬帆而去，剩下我一个人做他们的俘虏。他们对待我很是有礼，可是他们也知道这样作对他们有利；我还要重谢他们哩。把我给国王的信交给他以后，请你就像逃命一般火速来见我。我有一些可以使你听了咋舌的话要在你的耳边说；可是事实的本身比这些话还要严重得多。来人可以把你带到我现在所在的地方。罗森格兰兹和吉尔登斯吞到英国去了；关于他们我还有许多话要告诉你。再会。你的知心朋友哈姆雷特。"来，让我立刻就带你们去把你们的信送出，然后请你们尽快领我到那把这些信交给你们的那个人的地方去。（同下。）

第七场 城堡中另一室

国王及雷欧提斯上。

国王　你已经用你同情的耳朵，听见我告诉你那杀死令尊的人，也在图谋我的生命；现在你必须明白我的无罪，并且把我当作你的一个心腹的友人了。

雷欧提斯　听您所说，果然像是真的；可是告诉我，您自己的安全、长远的谋虑和其他一切，都在大力推动您，为什么您对于这样罪大恶极的暴行，反而不采取严厉的手段呢？

国王　啊！那是因为有两个理由，也许在你看来是不成其为理由的，可是对于我却有很大的关系。王后，他的母亲，差不多一天不看见他就不能生活；至于我自己，那么不管这是我的好处或是我的致命的弱点，我的生命和灵魂是这样跟她连接在一起，正像星球不能跳出轨道一样，我也不能没有她而生活。而且我所以不能把这件案子公开，还有一个重要的顾虑：一般民众对他都有很大的好感，他们盲目的崇拜像一道使树木变成石块的魔泉一样，会把他戴的镣铐也当作光荣。我的箭太轻、太没有力了，遇到这样的狂风，一定不能射中目的，反而给吹了转来。

雷欧提斯　那么难道我的一个高贵的父亲就这样白白死去，一个好好的妹妹就这样白白疯了不成？如果能允许我赞美她过去的容貌才德，那简直是可以傲视一世、睥睨古今的。可是我的报仇的机会总有一天会到来。

国王　不要让这件事扰乱了你的睡眠；你不要以为我是这样一个麻木不仁的人，会让人家揪着我的胡须，还以为这不过是开开玩笑。不久你就可以听到消息。我爱你父亲，我也爱我自己；那我希望可以使你想到——

　　　　　—使者上。

国王　啊！什么消息？

使者　启禀陛下，是哈姆雷特寄来的信；这一封是给陛下的，这一封是给王后的。

国王　哈姆雷特寄来的！是谁把它们送到这儿来的？

使者　他们说是几个水手，陛下，我没有看见他们；这两封信是克劳狄奥交给我的，来人把信送在他手里。

国王　雷欧提斯，你可以听一听这封信。出去！（使者下。读信）"陛下，我已经光着身子回到您的国土上来了。明天我就要请您允许我拜谒御容。让我先向您告我的不召而返之罪，然后再向您禀告我这次突然意外回国的原因。哈姆雷特敬上。"这是什么意思？同去的人也都一起回来了吗？还是有什么人在捣鬼，事实上并没有这么一回事？

雷欧提斯　您认识这笔迹吗？

国王　这确是哈姆雷特的亲笔。"光着身子"！这儿还附着一笔，说是"一个人回来"。你看他是什么用意？

雷欧提斯　我可不懂，陛下。可是他来得正好；我一想到我能够有这样一天当面申斥他："你干的好事"，我的郁闷的心也热起来了。

国王　要是果然这样的话，可是怎么会这样呢？然而，此外又如何解释呢？雷欧提斯，你愿意听我的盼咐吗？

雷欧提斯　愿意，陛下，只要您不勉强我跟他和解。

国王　我是要使你自己心里得到平安。要是他现在中途而返，不预备再作这样的航行，那么我已经想好了一个计策，怂恿他去做一件事情，一定可以叫他自投罗网；而且他死了以后，谁也不能讲一句闲话，即使他的母亲也不能觉察我们的诡计，只好认为是一件意外的灾祸。

雷欧提斯　陛下，我愿意服从您的指挥，最好请您设法让他死在我的手里。

国王　我正是这样计划。自从你到国外游学以后，人家常常说起你有一种特长的本领，这种话哈姆雷特也是早就听到过的；虽然在我的意见之中，这不过是你所有的才艺中间最不足道的一种，可是你的一切才艺的总和，都不及这一种本领更能挑起他的妒忌。

雷欧提斯　是什么本领呢，陛下？

国王　它虽然不过是装饰在少年人帽上的一条缎带，但也是少不了的；因为年轻人应该装束得华丽潇洒一些，表示他的健康活泼，正像老年人应该装束得朴素大方一些，表示他的矜严庄重一样。两个月以前，这儿来了一个诺曼绅士；我自己曾经见过法国人，和他们打过仗，他们都是很精于骑术的；可是这位好汉简直有不可思议的魔力，他骑在马上，好像和他的坐骑化成了一体似的，随意驰骤，无不出神入化。他的技术是那样远超过我的预料，无论我杜撰一些怎样夸大的词句，都不够形容它的奇妙。

雷欧提斯　是个诺曼人吗？

国王　是诺曼人。

雷欧提斯　那么一定是拉摩德了。

国王　正是他。

雷欧提斯　我认识他；他的确是全国知名的勇士。

国王　他承认你的武艺很了不得，对于你的剑术尤其极口称赞，说是倘有人能够和你对敌，那一定大有可观；他发誓说他们国里的剑士要是跟你交起手来，一定会眼花缭乱，全然失去招架之功。他对你的这一番夸奖，使哈姆雷特妒恼交集，一心希望你快些回来，跟他比赛一下。从这一点上——

雷欧提斯　从这一点上怎么，陛下？

国王　雷欧提斯，你真爱你的父亲吗？还是不过是做作出来的悲哀，只有表面，没有真心？

雷欧提斯　您为什么这样问我？

国王　我不是以为你不爱你的父亲；可是我知道爱不过起于一时感情的冲动，经验告诉我，经过了相当时间，它是会逐渐冷淡下去的。爱像一盏油灯，灯芯烧枯以后，它的火焰也会由微暗而至于消灭。一切事情都不能永远保持良好，因为过度的善反会摧毁它的本身，正像一个人因充血而死去一样。我们所要做的事，应该一想到就做；因为人的想法是会变化的，有多少舌头、多少手、多少意外，就会有多少犹豫、多少迟延；那时候再空谈该作什么，只不过等于聊以自慰的长吁短叹，只能伤害自己的身体罢了。可是回到我们所要谈论的中心问题上来吧。哈姆雷特回来了；你预备怎样用行动代替言语，表明你自己的确是你父亲的孝子呢？

雷欧提斯　我要在教堂里割破他的喉咙。

国王　当然，无论什么所在都不能庇护一个杀人的凶手；复仇应该不受地点的限制。可是，好雷欧提斯，你要是果然志在复仇，还是住在自己家里不要出来。哈姆雷特回来以后,我们可以让他知道你也已经回来,叫几个人在他的面前夸奖你的本领,把你说得比那法国人所讲的还要了不得,怂恿他和你作一次比赛,赌个输赢。他是个粗心的人,一向厚道,想不到人家在算计他,一定不会仔细检视比赛用的刀剑的利钝;你只要预先把一柄利剑混杂在里面,趁他没有注意的时候不动声色地自己拿了,在比赛之际,看准他的要害刺了过去,就可以替你的父亲报了仇了。

雷欧提斯　我愿意这样做;为了达到复仇的目的,我还要在我的剑上涂一些毒药。我已经从一个卖药人手里买到一种致命的药油,只要在剑头上沾了一滴,刺到人身上,它一碰到血,即使只是擦破了一些皮肤,也会毒性发作,无论什么灵丹仙草,都不能挽救。我就去把剑尖蘸上这种烈性毒剂,只要我刺破他一点,就叫他送命。

国王　让我们再考虑考虑,看时间和机会能够给我们什么方便。要是这一个计策会失败,要是我们会在行动之间露出破绽,那么还是不要尝试的好。为了预防失败起见,我们应该另外再想一个万全之计。且慢!让我想来:我们可以对你们两人的胜负打赌;啊,有了:你在跟他交手的时候,必须使出你全副的精神,使他疲于奔命,等他口干烦躁,要讨水喝的当儿,我就为他预备好一杯毒酒,万一他逃过了你的毒剑,只要他让酒沾唇,我们的目的也就同样达到了。且慢!什么声音?

　　　　　王后上。

国王　啊,亲爱的王后!
王后　一桩祸事刚刚到来,又有一桩接踵而至。雷欧提斯,你的妹妹掉在水里淹死了。
雷欧提斯　淹死了!啊!在哪儿?

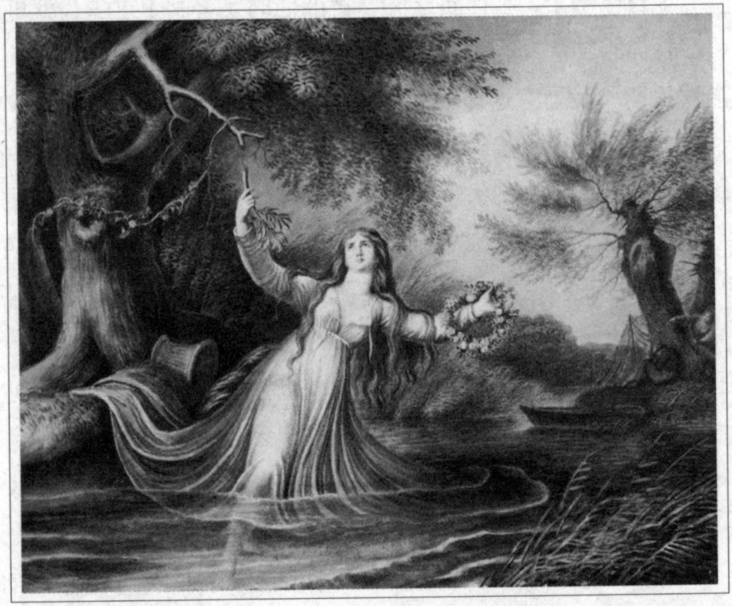

王后　在小溪之旁,斜生着一株杨柳,它的毿毿的枝叶倒映在明镜一样的水流之中;她编了几个奇异的花环来到那里,用的是毛茛、荨麻、雏菊和长颈兰——正派的姑娘管这种花叫死人指头,说粗话的牧人却给它起了另一个不雅的名字。——她爬上一根横垂的树枝,想要把她的花冠挂在上面;就在这时候,一根心怀恶意的树枝折断了,她就连人带花一起落下呜咽的溪水里。她的衣服四散展开,使她暂时像人鱼一样漂浮水上;她嘴里还断断续续唱着古老的谣曲,好像一点不感觉到她处境的险恶,又好像她本来就是生长在水中一般。可是不多一会儿,她的衣服给水浸得重起来了,这可怜的人歌儿还没有唱完,就已经沉到泥里去了。

雷欧提斯　唉!那么她淹死了吗?

王后　淹死了,淹死了!

雷欧提斯　太多的水淹没了你的身体,可怜的奥菲利娅,所以我必须忍住我的眼泪。可是人类的常情是不能遏阻的,我掩饰不了心中的悲哀,只好顾不得惭愧了;当我们的眼泪干了以后,我们的妇人之仁也会随着消灭的。再会,陛下!我有一段炎炎欲焚的烈火般的话,可是我的傻气的眼泪把它浇熄了。(下。)

国王　让我们跟上去,乔特鲁德;我好容易才把他的怒气平息了一下,现在我怕又要把它挑起来了。快让我们跟上去吧。(同下。)

第五幕

第一场　墓地

二小丑携锄锹等上。

小丑甲　她存心自己脱离人世，却要照基督徒的仪式下葬吗？

小丑乙　我对你说是的，所以你赶快把她的坟掘好吧；验尸官已经验明她的死状，宣布应该按照基督徒的仪式把她下葬。

小丑甲　这可奇了，难道她是因为自卫而跳下水里的吗？

小丑乙　他们验明是这样的。

小丑甲　那一定是为了自毁，不可能有别的原因。因为问题是这样的：要是我有意投水自杀，那必须成立一个行为；一个行为可以分为三部分，那就是干、行、做；所以，她是有意投水自杀的。

小丑乙　哎，你听我说——

小丑甲　让我说完。这儿是水；好，这儿站着人；好，要是这个人跑到这个水里，把他自己淹死了，那么，不管他自己愿不愿意，总是他自己跑下去的；你听见了没有？可是要是那水来到他的身上把他淹死了，那就不是他自己把自己淹死；所以，对于他自己的死无罪的人,并没有缩短他自己的生命。

小丑乙　法律上是这样说的吗?

小丑甲　嗯,是的,这是验尸官的验尸法。

小丑乙　说一句老实话,要是死的不是一位贵家女子,他们绝不会按照基督徒的仪式把她下葬的。

小丑甲　对了,你说得有理;有财有势的人,就是要投河上吊,比起他们同教的基督徒来也可以格外通融,世上的事情真是太不公平了!来,我的锄头。要讲家世最悠久的人,就得数种地的、开沟的和掘坟的;他们都继承着亚当的行业。

小丑乙　亚当也算世家吗?

小丑甲　自然要算,他在创立家业方面很有两手呢。

小丑乙　他有什么两手?

小丑甲　怎么?你是个异教徒吗?你的《圣经》是怎么念的?《圣经》上说亚当掘地;没有两手,能够掘地吗?让我再问你一个问题;要是你回答得不对,那么你就承认你自己——

小丑乙　你问吧。

小丑甲　谁造出东西来比泥水匠、船匠或是木匠更坚固?

小丑乙　造绞架的人;因为一千个寄寓在上面的人都已经先后死去,它还是站在那儿动都不动。

小丑甲　我很喜欢你的聪明,真的。绞架是很合适的;可是它怎么是合适的?它对于那些有罪的人是合适的。你说绞架造得比教堂还坚固,说这样的话是罪过的;所以,绞架对于你是合适的。来,重新说过。

小丑乙　谁造出东西来比泥水匠、船匠或是木匠更坚固?

小丑甲　嗯,你回答了这个问题,我就让你下工。

小丑乙　呃,现在我知道了。

小丑甲　说吧。

小丑乙　真的，我可回答不出来。

　　　　哈姆雷特及霍拉旭上，立远处。

小丑甲　别尽绞你的脑汁了，懒驴子是打死也走不快的；下回有人问你这个问题的时候，你就对他说，"掘坟的人，"因为他造的房子是可以一直住到世界末日的。去，到约翰的酒店里去给我倒一杯酒来。（小丑乙下。小丑甲且掘且歌。）

　　　　年轻时候最爱偷情，

　　　　觉得那事很有趣味；

　　　　规规矩矩学做好人，

　　　　在我看来太无意义。

哈姆雷特　这家伙难道对于他的工作一点没有什么感觉，在掘坟的时候还会唱歌吗？

霍拉旭　他做惯了这种事，所以不以为意。

哈姆雷特　正是；不大劳动的手，它的感觉要比较灵敏一些。

小丑甲　（唱）

　　　　谁料如今岁月潜移，

　　　　老景催人急于星火，

　　　　两腿挺直，一命归西，

　　　　世上原来不曾有我。（掷起一骷髅。）

哈姆雷特　那个骷髅里面曾经有一条舌头，它也会唱歌哩；瞧这家伙把它摔在地上，好像它是第一个杀人凶手该隐[①]的颚骨似的！它也许是一个政客的头颅，现在却让这蠢货把它丢来踢去；也许他生前是个偷天换日的好手，你看是不是？

霍拉旭　也许是的，殿下。

[①] 该隐（Cain），亚当之长子，杀其弟亚伯，事见《旧约·创世记》。

哈姆雷特　也许是一个朝臣,他会说,"早安,大人!您好,大人!"也许他就是某大人,嘴里称赞某大人的马好,心里却想把它讨了来,你看是不是?

霍拉旭　是,殿下。

哈姆雷特　啊,正是;现在却让蛆虫伴寝,他的下巴也脱掉了,一柄工役的锄头可以在他头上敲来敲去。从这种变化上,我们大可看透了生命的无常。难道这些枯骨生前受了那么多的教养,死后却只好给人家当木块一般抛着玩吗?想起来真是怪不好受的。

小丑甲　（唱）

　　　　锄头一柄,铁铲一把,

　　　　殓衾一方掩面遮身;

　　　　挖松泥土深深掘下,

　　　　掘了个坑招待客人。（掷起另一骷髅。）

哈姆雷特　又是一个;谁知道那不会是一个律师的骷髅?他的玩弄刀笔的手段,颠倒黑白的雄辩,现在都到哪儿去了?为什么他让这个放肆的家伙用龌龊的铁铲敲他的脑壳,不去控告他一个殴打罪?哼!这家伙生前也许曾经买下许多地产,开口闭口用那些条文、具结、罚款、双重保证、赔偿一类的名词吓人;现在他的脑壳里塞满了泥土,这就算是他所取得的罚款和最后的赔偿了吗?他的双重保证人难道不能保他再多买点地皮,只给他留下和那种一式二份的契约同样大小的一块地面吗?这个小木头匣子,原来要装他土地的字据都恐怕装不下,如今地主本人却也只能有这么一点地盘,哈?

霍拉旭　不能比这再多一点了,殿下。

哈姆雷特　契约纸不是用羊皮作的吗?

霍拉旭　是的，殿下，也有用牛皮作的。

哈姆雷特　我看痴心指靠那些玩意儿的人，比牲口聪明不了多少。我要去跟这家伙谈谈。大哥，这是谁的坟？

小丑甲　我的，先生——

　　　　挖松泥土深深掘下，

　　　　掘了个坑招待客人。

哈姆雷特　我看也是你的，因为你在里头胡闹。

小丑甲　您在外头也不老实，先生，所以这坟不是您的；至于说我，我倒没有在里头胡闹，可是这坟的确是我的。

哈姆雷特　你在里头，又说是你的，这就是"在里头胡闹"。因为挖坟是为死人，不是为会蹦会跳的活人，所以说你胡闹。

小丑甲　这套胡闹的话果然会蹦会跳，先生；等会儿又该从我这里跳到您那里去了。

哈姆雷特　你是在给什么人挖坟？是个男人吗？

小丑甲　不是男人，先生。

哈姆雷特　那么是个女人？

小丑甲　也不是女人。

哈姆雷特　不是男人，也不是女人，那么谁葬在这里面？

小丑甲　先生，她本来是一个女人，可是上帝让她的灵魂得到安息，她已经死了。

哈姆雷特　这混蛋倒会分辨得这样清楚！我们讲话可得字斟句酌，精心推敲，稍有含糊，就会出丑。凭着上帝发誓，霍拉旭，我觉得这三年来，人人都越变越精明，庄稼汉的脚趾头已经挨近朝廷贵人的脚后跟，可以磨破那上面的冻疮了。——你做这掘墓的营生，已经多久了？

小丑甲　我开始干这营生，是在我们的老王爷哈姆雷特打败福丁布拉斯那一天。

哈姆雷特　那是多久以前的事？

小丑甲　你不知道吗？每一个傻子都知道的；那正是小哈姆雷特出世的那一天，就是那个发了疯给他们送到英国去的。

哈姆雷特　嗯，对了；为什么他们叫他到英国去？

小丑甲　就是因为他发了疯呀；他到英国去，他的疯病就会好的，即使疯病不会好，在那边也没有什么关系。

哈姆雷特　为什么？

小丑甲　英国人不会把他当作疯子；他们都跟他一样疯。

哈姆雷特　他怎么会发疯？

小丑甲　人家说得很奇怪。

哈姆雷特　怎么奇怪？

小丑甲　他们说他神经有了毛病。

哈姆雷特　从哪里来的？

小丑甲　还不就是从丹麦本地来的？我在本地干这掘墓的营生，从小到大，一共有三十年了。

哈姆雷特　一个人埋在地下，要经过多少时候才会腐烂？

小丑甲　假如他不是在未死以前就已经腐烂——就如现在有的是害杨梅疮死去的尸体，简直抬都抬不下去——他大概可以过八九年；一个硝皮匠在九年以内不会腐烂。

哈姆雷特　为什么他要比别人长久一些？

小丑甲　因为，先生，他的皮硝得比人家的硬，可以长久不透水；倒霉的尸体一碰到水，是最会腐烂的。这儿又是一个骷髅；这骷髅已经埋在地下二十三年了。

哈姆雷特　它是谁的骷髅？

小丑甲　是个婊子养的疯小子；你猜是谁？

哈姆雷特　不，我猜不出。

小丑甲　这个遭瘟的疯小子！他有一次把一瓶葡萄酒倒在我的头上。这一个骷髅，先生，是国王的弄人郁利克的骷髅。

哈姆雷特　这就是他！

小丑甲　正是他。

哈姆雷特　让我看。（取骷髅）唉，可怜的郁利克！霍拉旭，我认识他；他是一个最会开玩笑、非常富于想象力的家伙。他曾经把我负在背上一千次；现在我一想起来，却忍不住胸头作恶。这儿本来有两片嘴唇，我不知吻过它们多少次。——现在你还会挖苦人吗？你还会蹦蹦跳跳，逗人发笑吗？你还会唱歌吗？你还会随口编造一些笑话，说得满座捧腹吗？你没有留下一个笑话，讥笑你自己吗？这样垂头丧气了吗？现在你给我到小姐的闺房里去，对她说，凭她脸上的脂粉搽得一寸厚，到后来总要变成这个样子的；你用这样的话告诉她，看她笑不笑吧。霍拉旭，请你告诉我一件事情。

霍拉旭　什么事情，殿下？

哈姆雷特　你想亚历山大在地下也是这副形状吗？

霍拉旭　也是这样。

哈姆雷特　也有同样的臭味吗？呸！（掷下骷髅。）

霍拉旭　也有同样的臭味，殿下。

哈姆雷特　谁知道我们将来会变成一些什么下贱的东西，霍拉旭！要是我们用想象推测下去，谁知道亚历山大的高贵的尸体，不就是塞在酒桶口上的泥土？

霍拉旭　那未免太想入非非了。

哈姆雷特　不，一点不，我们可以不做怪论、合情合理地推想他怎样会到那个地步；比方说吧：亚历山大死了；亚历山大埋葬了；亚历山大化为尘土；人们把尘土做成烂泥；那么为什么亚历山大所变成的烂泥，不会被人家拿来塞在啤酒桶的口上呢？

  凯撒死了，你尊严的尸体

  也许变了泥把破墙填砌；

  啊！他从前是何等的英雄，

  现在只好替人挡雨遮风！

可是不要作声！不要作声！站开；国王来了。

  教士等列队上；众舁奥菲利娅尸体前行；雷欧提斯及诸送葬者、国王、王后及侍从等随后。

哈姆雷特　王后和朝臣们也都来了；他们是送什么人下葬呢？仪式又是这样草率的？瞧上去好像他们所送葬的那个人，是自杀而死的，同时又是个很有身份的人。让我们躲在一旁瞧瞧他们。（与霍拉旭退后。）

雷欧提斯　还有些什么仪式？

哈姆雷特　（向霍拉旭旁白）那是雷欧提斯，一个很高贵的青年；听着。

雷欧提斯　还有些什么仪式？

教士甲　她的葬礼已经超过了她所应得的名分。她的死状很是可疑；倘不是因为我们迫于权力，按例就该把她安葬在圣地以外，直到最后审判的喇叭吹召她起来。我们不但不应该替她祷告，并且还要用砖瓦碎石丢在她坟上；可是现在我们已经允许给她处女的葬礼，用花圈盖在她的身上，替她散播鲜花，鸣钟送她入土，这还不够吗？

雷欧提斯　难道不能再有其他仪式了吗？

教士甲　不能再有其他仪式了；要是我们为她唱安魂曲，就像对于一般平安死去的灵魂一样，那就要亵渎了教规。

雷欧提斯　把她放下泥土里去；愿她的娇美无瑕的肉体上，生出芬芳馥郁的紫罗兰来！我告诉你，你这下贱的教士，我的妹妹将要做一个天使，你死了却要在地狱里呼号。

哈姆雷特　什么！美丽的奥菲利娅吗？

王后　好花是应当散在美人身上的；永别了！（散花）我本来希望你做我的哈姆雷特的妻子；这些鲜花本来要铺在你的新床上，亲爱的女郎，谁想得到我要把它们散在你的坟上！

雷欧提斯　啊！但愿千百重的灾祸，降临在害得你精神错乱的那个该死的恶人的头上！等一等，不要就把泥土盖上去，让我再拥抱她一次。（跳下墓中）现在把你们的泥土倒下来，把死的和活的一起掩埋了吧；让这块平地上堆起一座高山，那古老的丕利恩和苍秀插天的俄林波斯都要俯伏在它的足下。

哈姆雷特　（上前）哪一个人的心里装载得下这样沉重的悲伤？哪一个人的哀恸的词句，可以使天上的行星惊疑止步？那是我，丹麦王子哈姆雷特！（跳下墓中。）

雷欧提斯　魔鬼抓了你的灵魂去！（将哈姆雷特揪住。）

哈姆雷特　你祷告错了。请你不要掐住我的头颈；因为我虽然不是一个暴躁易怒的人，可是我的火性发作起来，是很危险的，你还是不要激恼我吧。放开你的手！

国王　把他们扯开！

王后　哈姆雷特！哈姆雷特！

众人　殿下，公子——

霍拉旭　好殿下，安静点儿。（侍从等分开二人，二人自墓中出。）

哈姆雷特　嘿，我愿意为了这个题目跟他决斗，直到我的眼皮不再瞬动。

王后　啊，我的孩子！什么题目？

哈姆雷特　我爱奥菲利娅；四万个兄弟的爱合起来，还抵不过我对她的爱。你愿意为她干些什么事情？

国王　啊！他是个疯人，雷欧提斯。

王后　看在上帝的情分上，不要跟他认真。

哈姆雷特　哼，让我瞧瞧你会干些什么事。你会哭吗？你会打架吗？你会绝食吗？你会撕破你自己的身体吗？你会喝一大缸醋吗？你会吃一条鳄鱼吗？我都做得到。你是到这儿来哭泣的吗？你跳下她的坟墓里，是要当面羞辱我吗？你跟她活埋在一起，我也会跟她活埋在一起；要是你还要夸说什么高山大岭，那么让他们把几百万亩的泥土堆在我们身上，直到把我们的地面堆得高到可以被"烈火天"烧焦，让巍峨的奥萨山在相形之下变得只像一个瘤那么大吧！嘿，你会吹，我就不会吹吗？

王后　这不过是他一时的疯话。他的疯病一发作起来，总是这个样子的；可是等一会儿他就会安静下来，正像母鸽孵育它那一双金羽的雏鸽的时候一样温和了。

哈姆雷特　听我说，老兄；你为什么这样对待我？我一向是爱你的。可是这些都不用说了，有本领的，随他干什么事吧；猫总是要叫，狗总是要闹的。（下。）

国王　好霍拉旭，请你跟住他。（霍拉旭下。向雷欧提斯）记住我们昨天晚上所说的话，格外忍耐点儿吧；我们马上就可以实行我们的办法。好乔特鲁德，叫几个人好好看守你的儿子。这一个坟上要有活生生的纪念物，平静的时间不久就会到来；现在我们必须耐着心把一切安排。（同下。）

第二场　城堡中的厅堂

　　　　哈姆雷特及霍拉旭上。

哈姆雷特　这个题目已经讲完，现在我可以让你知道另外一段事情。你还记得当初的一切经过情形吗？

霍拉旭　　记得，殿下！

哈姆雷特　　当时在我的心里有一种战争，使我不能睡眠；我觉得我的处境比锁在脚镣里的叛变的水手还要难堪。我就鲁莽行事。——结果倒鲁莽对了，我们应该承认，有时候一时孟浪，往往反而可以做出一些为我们的深谋密虑所做不成功的事；从这一点上，我们可以看出来，无论我们怎样辛苦图谋，我们的结果却早已有一种冥冥中的力量把它布置好了。

霍拉旭　　这是无可置疑的。

哈姆雷特　　我从舱里起来，把一件航海的宽衣罩在我的身上，在黑暗之中摸索着找寻那封公文，果然给我达到目的，摸到了他们的包裹；我拿着它回到我自己的地方，疑心使我忘记了礼貌，我大胆地拆开了他们的公文，在那里面，霍拉旭——啊，堂皇的诡计！——我发现一道严厉的命令，借了许多好听的理由为名，说是为了丹麦和英国双方的利益，决不能让我这个险恶的人物逃脱，接到公文之后，必须不等磨好利斧，立即枭下我的首级。

霍拉旭　　有这等事？

哈姆雷特　　这一封就是原来的国书；你有空的时候可以仔细读一下。可是你愿意听我告诉你后来我怎么办吗？

霍拉旭　　请您告诉我。

哈姆雷特　　在这样重重诡计的包围之中，我的脑筋不等我定下心来思索，就开始活动起来了；我坐下来另外写了一通国书，字迹清清楚楚。从前我曾经抱着跟我们那些政治家同样的意见，认为字体端正是一件有失体面的事，总是想竭力忘记这一种技能，可是现在它却对我有了大大的用处。你知道我写些什么话吗？

霍拉旭　嗯，殿下。

哈姆雷特　我用国王的名义，向英王提出恳切的要求，因为英国是他忠心的藩属，因为两国之间的友谊，必须让它像棕榈树一样发荣繁茂，因为和平的女神必须永远戴着她的荣冠，沟通彼此的情感，以及许许多多诸如此类的重要理由，请他在读完这一封信以后，不要有任何的迟延，立刻把那两个传书的来使处死，不让他们有从容忏悔的时间。

霍拉旭　可是国书上没有盖印，那怎么办呢？

哈姆雷特　啊，就在这件事上，也可以看出一切都是上天预先注定。我的衣袋里恰巧藏着我父亲的私印，它跟丹麦的国玺是一个式样的；我把伪造的国书照着原来的样子折好，签上名字，盖上印玺，把它小心封好，归还原处，一点没有露出破绽。下一天就遇见了海盗，那以后的情形，你早已知道了。

霍拉旭　这样说来，吉尔登斯吞和罗森格兰兹是去送死的了。

哈姆雷特　哎，朋友，他们本来是自己钻求这件差使的；我在良心上没有对不起他们的地方，是他们自己的阿谀献媚断送了他们的生命。两个强敌猛烈争斗的时候，不自量力的微弱之辈，却去插身在他们的刀剑中间，这样的事情是最危险不过的。

霍拉旭　想不到竟是这样一个国王！

哈姆雷特　你想，我是不是应该——他杀死了我的父王，奸污了我的母亲，篡夺了我的嗣位的权利，用这种诡计谋害我的生命，凭良心说我是不是应该亲手向他复仇雪恨？如果我不去剪除这一个戕害天性的蟊贼，让他继续为非作恶，岂不是该受天谴吗？

霍拉旭　他不久就会从英国得到消息，知道这一回事情产生了怎样的结果。

哈姆雷特　时间虽然很局促，可是我已经抓住眼前这一刻工夫；

一个人的生命可以在说一个"一"字的一刹那之间了结。可是我很后悔,好霍拉旭,不该在雷欧提斯之前失去了自制;因为他所遭遇的惨痛,正是我自己的怨愤的影子。我要取得他的好感。可是他倘不是那样夸大他的悲哀,我也绝不会动起那么大的火性来的。

霍拉旭　不要作声!谁来了?

　　　　奥斯里克上。

奥斯里克　殿下,欢迎您回到丹麦来!
哈姆雷特　谢谢您,先生。(向霍拉旭旁白)你认识这只水苍蝇吗?
霍拉旭　(向哈姆雷特旁白)不,殿下。
哈姆雷特　(向霍拉旭旁白)那是你的运气,因为认识他是一件丢脸的事。他有许多肥田美壤;一头畜生要是作了一群畜生的主子,就有资格把食槽搬到国王的席上来了。他"咯咯"叫起来简直没个完,可是——我方才也说了——他拥有大批粪土。
奥斯里克　殿下,您要是有空的话,我奉陛下之命,要来告诉您一件事情。
哈姆雷特　先生,我愿意恭聆大教。您的帽子是应该戴在头上的,您还是戴上去吧。
奥斯里克　谢谢殿下,天气真热。
哈姆雷特　不,相信我,天冷得很,在刮北风哩。
奥斯里克　真的有点儿冷,殿下。
哈姆雷特　可是对于像我这样的体质,我觉得这一种天气却是闷热得厉害。
奥斯里克　对了,殿下;真是说不出来的闷热。可是,殿下,陛下叫我来通知您一声,他已经为您下了一个很大的赌注了。殿下,事情是这样的——

哈姆雷特　请您不要这样多礼。（促奥斯里克戴上帽子。）

奥斯里克　不，殿下，我还是这样舒服些，真的。殿下，雷欧提斯新近到我们的宫廷里来；相信我，他是一位完善的绅士，充满着最卓越的特点，他的态度非常温雅，他的仪表非常英俊；说一句发自衷心的话，他是上流社会的指南针，因为在他身上可以找到一个绅士所应有的品质的总汇。

哈姆雷特　先生，他对于您这一番描写，的确可以当之无愧；虽然我知道，要是把他的好处一件一件列举出来，不但我们的记忆将要因此而淆乱，交不出一篇正确的账目来，而且他这一艘满帆的快船，也绝不是我们失舵之舟所能追及；可是，凭着真诚的赞美而言，我认为他是一个才德优异的人，他的高超的禀赋是那样稀有而罕见，说一句真心的话，除了在他的镜子里以外，再也找不到第二个跟他同样的人，纷纷追踪求迹之辈，不过是他的影子而已。

奥斯里克　殿下把他说得一点不错。

哈姆雷特　您的用意呢？为什么我们要用尘俗的呼吸，嘘在这位绅士的身上呢？

奥斯里克　殿下？

霍拉旭　自己所用的语言，到了别人嘴里，就听不懂了吗？早晚你会懂的，先生。

哈姆雷特　您向我提起这位绅士的名字，是什么意思？

奥斯里克　雷欧提斯吗？

霍拉旭　他的嘴里已经变得空空洞洞，因为他的那些好听话都说完了。

哈姆雷特　正是雷欧提斯。

奥斯里克　我知道您不是不明白——

哈姆雷特　您真能知道我这人不是不明白，那倒很好；可是，说老实话，即使你知道我是明白人，对我也不是什么光彩的事。好，您怎么说？

奥斯里克　我是说，您不是不明白雷欧提斯有些什么特长——

哈姆雷特　那我可不敢说，因为也许人家会疑心我有意跟他比并高下；可是要知道一个人的底细，应该先知道他自己。

奥斯里克　殿下，我的意思是说他的武艺；人家都称赞他的本领一时无两。

哈姆雷特　他会使些什么武器？

奥斯里克　长剑和短刀。

哈姆雷特　他会使这两种武器吗？很好。

奥斯里克　殿下，王上已经用六匹巴巴里的骏马跟他打赌；在他的一方面，照我所知道的，押的是六柄法国的宝剑和好刀，连同一切鞘带钩子之类的附件，其中有三柄的挂机尤其珍奇可爱，跟剑柄配得非常合式，式样非常精致，花纹非常富丽。

哈姆雷特　您所说的挂机是什么东西？

霍拉旭　我知道您要听懂他的话，非得翻查一下注解不可。

奥斯里克　殿下，挂机就是钩子。

哈姆雷特　要是我们腰间挂着大炮，用这个名词倒还合适；在那一天没有来到以前，我看还是就叫它钩子吧。好，说下去；六匹巴巴里骏马对六柄法国宝剑，附件在内，外加三个花纹富丽的挂机；法国产品对丹麦产品。可是，用你的话来说，这样"押"是为了什么呢？

奥斯里克　殿下，王上跟他打赌，要是你们两人交起手来，在十二个回合之中，他至多不过多赢您三着；可是他却觉得他可以稳赢九个回合。殿下要是答应的话，马上就可以试一试。

哈姆雷特　要是我答应个"不"字呢？

奥斯里克　殿下，我的意思是说，您答应跟他当面比较高低。

哈姆雷特　先生，我还要在这儿厅堂里散散步。您去回陛下说，现在是我一天之中休息的时间。叫他们把比赛用的钝剑预备好了，要是这位绅士愿意，王上也不改变他的意见的话，我愿意尽力为他博取一次胜利；万一不幸失败，那我也不过丢了一次脸，给他多剁了两下。

奥斯里克　我就照这样去回话吗？

哈姆雷特　您就照这个意思去说，随便您再加上一些什么新颖辞藻都行。

奥斯里克　我保证为殿下效劳。

哈姆雷特　不敢，不敢。（奥斯里克下）多亏他自己保证，别人谁也不会替他张口的。

霍拉旭　这一只小鸭子顶着壳儿逃走了。

哈姆雷特　他在母亲怀抱里的时候，也要先把他母亲的奶头恭维几句，然后吮吸。像他这一类靠着一些繁文缛礼撑撑场面的家伙，正是愚妄的世人所醉心的；他们的浅薄的牙慧使傻瓜和聪明人同样受他们的欺骗，可是一经试验，他们的水泡就爆破了。

　　　　一贵族上。

贵族　殿下，陛下刚才叫奥斯里克来向您传话，知道您在这儿厅上等候他的旨意；他叫我再来问您一声，您是不是仍旧愿意跟雷欧提斯比剑，还是慢慢再说。

哈姆雷特　我没有改变我的初心，一切服从王上的旨意。现在也好，无论什么时候都好，只要他方便，我总是随时准备着，除非我丧失了现在所有的力气。

贵族　王上、娘娘，跟其他的人都要到这儿来了。

哈姆雷特　他们来得正好。

贵族　娘娘请您在开始比赛以前，对雷欧提斯客气几句。

哈姆雷特　我愿意服从她的教诲。（贵族下。）

霍拉旭　殿下，您在这一回打赌中间，多半要失败的。

哈姆雷特　我想我不会失败。自从他到法国去以后，我练习得很勤；我一定可以把他打败。可是你不知道我的心里是多么不舒服；那也不用说了。

霍拉旭　啊，我的好殿下——

哈姆雷特　那不过是一种傻气的心理；可是一个女人也许会因为这种莫名其妙的疑虑而惶惑。

霍拉旭　要是您心里不愿意做一件事，那么就不要做吧。我可以去通知他们不用到这儿来，说您现在不能比赛。

哈姆雷特　不，我们不要害怕什么预兆；一只雀子的死生，都是命运预先注定的。注定在今天，就不会是明天；不是明天，就是今天；逃过了今天，明天还是逃不了，随时准备着就是了。一个人既然在离开世界的时候，只能一无所有，那么早早脱身而去，不是更好吗？随它去。

　　　　国王、王后、雷欧提斯、众贵族、奥斯里克及侍从等持钝剑等上。

国王　来，哈姆雷特，来，让我替你们两人和解和解。（牵雷欧提斯、哈姆雷特二人手使相握。）

哈姆雷特　原谅我，雷欧提斯；我得罪了你，可是你是个堂堂男子，请你原谅我吧。这儿在场的众人都知道，你也一定听见人家说起，我是怎样被疯狂害苦了。凡是我的所作所为，足以伤害你的感情和荣誉、激起你的愤怒来的，我现在声明都是我在疯狂中犯下的过失。难道哈姆雷特会做对不起雷欧提斯的事吗？哈姆雷特决不会做这种事。要是哈姆雷特在丧失他自己的心神的时候，做了对不起雷欧提斯的事，那样的事不是哈姆雷特做的，哈姆雷特不能承认。那么是谁做的呢？是他的疯狂。既然是这样，那么哈姆雷特也是属于受害的一方，他的疯狂是可怜的哈姆雷特的敌人。当着在座众人之前，我承认我在无心中射出的箭，误伤了我的兄弟；我现在要向他请求大度包涵，宽恕我的不是出于故意的罪恶。

雷欧提斯 按理讲，对这件事情，我的感情应该是激动我复仇的主要力量，现在我在感情上总算满意了；但是另外还有荣誉这一关，除非有什么为众人所敬仰的长者，告诉我可以跟你捐除宿怨，指出这样的事是有前例可援的，不至于损害我的名誉，那时我才可以跟你言归于好。目前我且先接受你友好的表示，并且保证决不会辜负你的盛情。

哈姆雷特 我绝对信任你的诚意，愿意奉陪你举行这一次友谊的比赛。把钝剑给我们。来。

雷欧提斯 来，给我一柄。

哈姆雷特 雷欧提斯，我的剑术荒疏已久，只能给你帮场；正像最黑暗的夜里一颗吐耀的明星一般，彼此相形之下，一定更显得你的本领的高强。

雷欧提斯 殿下不要取笑。

哈姆雷特 不，我可以举手起誓，这不是取笑。

国王 奥斯里克，把钝剑分给他们。哈姆雷特侄儿，你知道我们怎样打赌吗？

哈姆雷特 我知道，陛下；您把赌注下在实力较弱的一方了。

国王 我想我的判断不会有错。你们两人的技术我都领教过；但是后来他又有了进步，所以才规定他必须多赢几着。

雷欧提斯 这一柄太重了；换一柄给我。

哈姆雷特 这一柄我很满意。这些钝剑都是同样长短的吗？

奥斯里克 是，殿下。（二人准备比剑。）

国王 替我在那桌子上斟下几杯酒。要是哈姆雷特击中了第一剑或是第二剑，或者在第三次交锋的时候争得上风，让所有的碉堡上一齐鸣起炮来；国王将要饮酒慰劳哈姆雷特，他还要拿一颗比丹麦四代国王戴在王冠上的更贵重的珍珠丢在酒杯里。把杯子给我；鼓声一起，喇叭就接着吹响，通知外面的炮手，让炮声震彻天地，报告这一个消息，"现在国王为哈姆雷特祝饮了！"来，开始比赛吧；你们在场裁判的都要留心看着。

哈姆雷特　请了。

雷欧提斯　请了，殿下。（二人比剑。）

哈姆雷特　一剑。

雷欧提斯　不，没有击中。

哈姆雷特　请裁判员公断。

奥斯里克　中了，很明显的一剑。

雷欧提斯　好；再来。

国王　且慢；拿酒来。哈姆雷特，这一颗珍珠是你的；祝你健康！把这一杯酒给他。（喇叭齐奏。内鸣炮。）

哈姆雷特　让我先赛完这一局；暂时把它放在一旁。来。（二人比剑）又是一剑；你怎么说？

雷欧提斯　我承认给你碰着了。

国王　我们的孩子一定会胜利。

王后　他身体太胖，有些喘不过气来。来，哈姆雷特，把我的手巾拿去，揩干你额上的汗。王后为你饮下这一杯酒，祝你的胜利了，哈姆雷特。

哈姆雷特　好妈妈！

国王　乔特鲁德，不要喝。

王后　我要喝的，陛下；请您原谅我。

国王　（旁白）这一杯酒里有毒；太迟了！

哈姆雷特　母亲，我现在还不敢喝酒；等一等再喝吧。

王后　来，让我擦干你的脸。

雷欧提斯　陛下，现在我一定要击中他了。

国王　我怕你击不中他。

雷欧提斯　（旁白）可是我的良心却不赞成我干这件事。

哈姆雷特　来，该第三个回合了，雷欧提斯。你怎么一点不起劲？请你使出你全身的本领来吧；我怕你在开我的玩笑哩。

雷欧提斯　你这样说吗？来。（二人比剑。）

奥斯里克　两边都没有中。

雷欧提斯　受我这一剑！（雷欧提斯挺剑刺伤哈姆雷特；二人在争夺中彼此手中之剑各为对方夺去，哈姆雷特以夺来之剑刺雷欧提斯，雷欧提斯亦受伤。）

国王　分开他们！他们动起火来了。

哈姆雷特　来，再试一下。（王后倒地。）

奥斯里克　哎哟，瞧王后怎么啦！

霍拉旭　他们两人都在流血。您怎么啦，殿下？

奥斯里克　您怎么啦，雷欧提斯？

雷欧提斯　唉，奥斯里克，正像一只自投罗网的山鹬，我用诡计害人，反而害了自己，这也是我应得的报应。

哈姆雷特　王后怎么啦？

国王　她看见他们流血，昏了过去了。

王后　不，不，那杯酒，那杯酒——啊，我的亲爱的哈姆雷特！那杯酒，那杯酒；我中毒了。（死。）

哈姆雷特　啊，奸恶的阴谋！喂！把门锁上！阴谋！查出来是哪一个人干的。（雷欧提斯倒地。）

雷欧提斯　凶手就在这儿，哈姆雷特。哈姆雷特，你已经不能活命了；世上没有一种药可以救治你，不到半小时，你就要死去。那杀人的凶器就在你的手里，它的锋利的刃上还涂着毒药。这奸恶的诡计已经回转来害了我自己；瞧！我躺在这儿，再也不会站起来了。你的母亲也中了毒。我说不下去了。国王——国王——都是他一个人的罪恶。

哈姆雷特　锋利的刃上还涂着毒药！——好，毒药，发挥你的力量吧！（刺国王。）

众人　反了！反了！

国王　啊！帮帮我，朋友们；我不过受了点伤。

哈姆雷特　好，你这败坏伦常、嗜杀贪淫、万恶不赦的丹麦奸王！喝干了这杯毒药——你那颗珍珠是在这儿吗？——跟我的母亲一道去吧！（国王死。）

雷欧提斯　他死得应该；这毒药是他亲手调下的。尊贵的哈姆雷特，让我们互相宽恕；我不怪你杀死我和我的父亲，你也不要怪我杀死你！（死。）

哈姆雷特　愿上天赦免你的错误！我也跟着你来了。我死了，霍拉旭。不幸的王后，别了！你们这些看见这一幕意外的惨变而战栗失色的无言的观众，倘不是因为死神的拘捕不给人片刻的停留，啊！我可以告诉你们——可是随它去吧。霍拉旭，我死了，你还活在世上；请你把我的行事的始末根由昭告世人，解除他们的疑惑。

霍拉旭　不，我虽然是个丹麦人，可是在精神上我却更是个古代的罗马人；这儿还留剩着一些毒药。

哈姆雷特　你是个汉子，把那杯子给我；放手；凭着上天起誓，你必须把它给我。啊，上帝！霍拉旭，我一死之后，要是世人不明白这一切事情的真相，我的名誉将要永远蒙着怎样的损伤！你倘然爱我，请你暂时牺牲一下天堂上的幸福，留在这一个冷酷的人间，替我传述我的故事吧。（内军队自远处行进及鸣炮声）这是哪儿来的战场上的声音？

奥斯里克　年轻的福丁布拉斯从波兰奏凯班师，这是他对英国来的钦使所发的礼炮。

哈姆雷特　啊！我死了，霍拉旭；猛烈的毒药已经克服了我的精神，我不能活着听见英国来的消息。可是我可以预言福丁布拉斯将被推戴为王，他已经得到我这临死之人的同意；你可以把这儿所发生的一切事实告诉他。此外仅余沉默而已。（死。）

霍拉旭　一颗高贵的心现在碎裂了！晚安，亲爱的王子，愿成群的天使们用歌唱抚慰你安息！——为什么鼓声越来越近了？

（内军队行进声。）

　　　　　福丁布拉斯、英国使臣及余人等上。

福丁布拉斯　这一场比赛在什么地方举行？

霍拉旭　你们要看些什么？要是你们想知道一些惊人的惨事，那么不用再到别处去找了。

福丁布拉斯　好一场惊心动魄的屠杀！啊，骄傲的死神！你用这样残忍的手腕，一下子杀死了这许多王裔贵胄，在你的永久的幽窟里，将要有一席多么丰美的盛筵！

使臣甲　这一个景象太惨了。我们从英国奉命来此，本来是要回复这儿的王上，告诉他我们已经遵从他的命令，把罗森格兰兹和吉尔登斯呑两人处死；不幸我们来迟了一步，那应该听我们说话的耳朵已经没有知觉了，我们还希望从谁的嘴里得到一声感谢呢？

霍拉旭　即使他能够向你们开口说话，他也不会感谢你们；他从来不曾命令你们把他们处死。可是既然你们都来得这样凑巧，有的刚从波兰回来，有的刚从英国到来，恰好看见这一幕流血的惨剧，那么请你们叫人把这几个尸体抬起来放在高台上面，让大家可以看见，让我向那懵无所知的世人报告这些事情的发生经过；你们可以听到奸淫残杀、反常悖理的行为、冥冥中的判决、意外的屠戮、借手杀人的狡计，以及陷人自害的结局；这一切我都可以确确实实地告诉你们。

福丁布拉斯　让我们赶快听你说；所有最尊贵的人，都叫他们一起来吧。我在这一个国内本来也有继承王位的权利，现在国中无主，正是我要求这一个权利的机会；可是我虽然准备接受我的幸运，我的心里却充满了悲哀。

霍拉旭　关于那一点，我受死者的嘱托，也有一句话要说，他的意见是可以影响许多人的；可是在这人心惶惶的时候，让我还是先把这一切解释明白了，免得引起更多的不幸、阴谋和错误来。

福丁布拉斯　让四个将士把哈姆雷特像一个军人似的抬到台上，因为要是他能够践登王位，一定会成为一个贤明的君主的；为了表示对他的悲悼，我们要用军乐和战地的仪式，向他致敬。把这些尸体一起抬起来。这一种情形在战场上是不足为奇的，可是在宫廷之内，却是非常的变故。去，叫兵士放起炮来。（奏丧礼进行曲；众舁尸同下。内鸣炮。）